論創ミステリ叢書46

木々高太郎探偵小説選

論創社

木々高太郎探偵小説選　目次

創作篇

風水渙

評論・随筆篇

凡　例

一、「仮名づかい」は、「現代仮名遣い」（昭和六一年七月一日内閣告示第一号）にあらためた。
一、漢字の表記については、原則として「常用漢字表」に従って底本の表記をあらため、表外漢字は、底本の表記を尊重した。ただし人名漢字については適宜慣例に従った。
一、難読漢字については、現代仮名遣いでルビを付した。
一、極端な当て字と思われるもの及び指示語、副詞、接続詞等は適宜仮名に改めた。
一、あきらかな誤植は訂正した。
一、今日の人権意識に照らして不当・不適切と思われる語句や表現がみられる箇所もあるが、時代的背景と作品の価値に鑑み、修正・削除はおこなわなかった。
一、作品標題は、底本の仮名づかいを尊重した。漢字については、常用漢字表にある漢字は同表に従って字体をあらためたが、それ以外の漢字は底本の字体のままとした。

木々高太郎探偵小説選

創作篇

風水渙《ふうすいかん》

作者の言葉

毎月一つずつ、いくつかの短篇を重ねて、大きな一つの長篇になるような試みをしてみたいと、長い間考えていた。

これは、曾つて夏目漱石が『彼岸過まで』で試みたことであり、それでかなり見事にその試みをなしとげたことであるが、あれよりももっと一つずつが完了した短篇で、しかも全体がもっと緊密な長篇となることは出来ないであろうか。作者は、文学のうちでも、このような試みに対しては一番むずかしい、探偵小説でそれを試みてみたいのである。

だから、これからお眼にかける月々の短篇は、それだけで読み切りである。ある月は短かく、またある月はやや長いかも知れぬが、前の月のものを知らずとも、完全に読みきりとして面白く、そして積み木のように積み重ねてゆくと、遂には、全建築が聳然と出来上るようなものでありたいのだ。

この意図はいい。しかし、作者の腕がこれに堪えるかどうかは、やってみなくてはわからない。それを信頼して、紙面を割いてくれる本誌の編輯部のためにも、作者はやり遂げてみたいと念ずる。私は、探偵小説といえども文学であり得ることを信じ、なおかつ、私の書くものはむずかしいこと、人生的なこと、時としては専門的なことに興味が集中され勝ちであった。

しかし現代の編輯当局は「文学の大理想は、凡そ年齢の老若、教養の高下にかかわらず、誰にでも楽しく読まれて、しかも、その老若高下の段階に応じて、浅くも深くも理解さるる事にある。その大理想をめざした作品こそは、最も望ましいのである」と、語った。

この大理想が、講談社—現代の思想であるとの言を信頼し、ここに作者は大きい野心を持って筆を起してみるのである。敢えて大方諸賢の高評を俟つ次第である。

（その一）小僧と酒徳利

一

十一月の終りか、あるいはもう十二月に入っていたかも知れない。

夜になると、急に寒くなってくる。小僧は町の人家と人家との間の、風のよけられる、そしてなるべく父親の店を出しているところに近い、うす暗い場所に、しゃがんだり、よりかかったりしているのだが、父親が太極道人《たいきょくどうじん》と抜いてある提灯の上に手をかざして温まっているところを見ると、羨ましくて仕方がないのであった。

太極道人というのは父親のことなのか、父親の先生のことなのか、あるいは時とすると、父親のやっている占いの神様なのか、あるいは父親の言うことを、傍で聞いていると判らなくなるが、とにかく、何事も太極道人にはわかると言うのである。

「商売の邪魔になるから、遠くへのいて居れ。小僧」

太極道人は、こう言った。

だから、凡そ誰でも、小僧としか言ってくれないのである。太極道人は、もうよほど前に、妻に逃げられたので、今は独身である。さすがに何でも判ると称する太極道人も、自分の妻が自分を捨て去るかどうかは、判らなかったのに違いない。

「今に、帰って来る、もう直ぐ帰ると、易に出ている」

とは言うものの、妻は一向に太極道人のところへ帰っては来ない。

それだから、小僧は太極道人が店を出すために家を出て行ってしまうと、一人で留守番をしなくてはならぬ。凡そ小僧にとって、この世の中で何が一番厭かと言うと、その独りの留守番であった。だから小僧は、睡くなるまで、父親と一緒に外に出るのであったが、それも、大道易断所の近くにいることは許されなかったのである。

「易を見に来るお人は、いろいろ秘密の話を持って居る。子供といえども同座は相ならんのじゃ」

理由は、これであった。

だから小僧は、客に見えないように、家並みの軒のすき間にかくれているのであるが、よほど遠くからでも、耳をすましているから、父親と客との会話は、大凡《おおよ》そ聞いてしまうのである。

当時、父親を悩ましたのは「今度の戦争は勝つか負けるか」という質問なのであった。いや、勝つか負けるかではない。今まで日本は勝ってばかりきたのだから、負ける気遣いは一つもありはせんのだが、明日、何か勝報が入るか、入るとすれば、どの位の勝報であるか、という問題なのであった。

小僧には、何故そんなことをお客が求めるのであるかは少しも判らないのであるが、子供心にも、この問題は一番興味ある問題であったから、父親の言い出す答えを覚えていて、明日の戦報の来るのを待つのである。

父親は、この質問が出ると、必ずわざわざ卦《け》を立ててみて、答える。だから、つづけて二度、この同じ質問者が来ると、卦は同じに出るはずなのだが、実際はつい十分間の違いでも卦は同じに出ないと見えて、甚だ苦心の態《てい》なのであった。

その夜の客は、一風変ったことを占ってもらいにやって来た。

いや、問題が一風変っていたばかりではない。占ってもらうもらい方もまた一風変っていた。多くの客が初めは何も言わず、極く抽象的に、思わせ振って問題を提出するにも係わらず、このお客は、ざっくばらんに、世間話のように問題を提出して行った。

それは、聞いていると、銀座の天賞堂と言う有名な、時計並びに貴金属商のところに通っている、貴金属工なのであった。

「おいおやじさん、話は少し長いぜ。それから、これは易でわかることかどうか知らねえんだが、外に相談する人もねえので、おやじさんに相談しようてわけだ」

「なるほど、さてはお前さんは、この太極道人の易占を前から知っていなすったのかね」

「うんにゃ、知らねえ。しかし、この話のそもそもが、知らねえ大道店で起ったことだ。話が初《はな》から知らねえことから起って、ずっと知らねえずくめで今まで来ているのだ。これはいっそ、知らねえずくめでゆく方が判りがいいのじゃあないかと思って、それでおやじさんのところに来たのだから何も考えずに来たら、眼の前におやじさんがいたと言うわけさ」

客は、そう言って、次のような話をしたのである。

何しろ、この日露戦争のために、あらゆる物価があがって来たが、就中《なかんずく》、自分等の取り扱っている、貴金属、宝石、精密機械の値の上ったのには驚くほどである。それで、仲間の職工なども、誰でもやっていることだが、夜店をのぞいて、何か掘り出しものはないかと、食後二時間も三時間も廻り歩く。自分ももう一と月も前から、毎日天気でさえあれば、いろいろの方面に、夜店を探しては、ゆっくり見歩いた。

ところが、ある所で、奇妙なことがあった。

戸板の上に赤毛布を敷いて、指輪だの、時計だの、まあ、いろいろのものを並べてある。二三人の人が見ていたから、自分も黙って一々値段と、実物との鑑識をしてみたところが、いやどうして、値段のつけ方は、インチキだ。ある物は四五倍の儲けが取ってあるし、ある物は、殆どあれでは、今日の相場では儲かるまいというような値段がついていた。

そこで自分が興味を持って、眺めていると、そこへ一人の若い女がやって来て、自分にすり寄りながら、これもやや暫らく、非常に熱心に見ているのだ。妙な姐《ねえ》さんがあるものだと思って、ちょっとふり向いてみると、いやはや、実に別嬪《べっぴん》さんであった。

年齢は十八九か、水だか油だか滴るような島田を結って、服装は大したことはないが、商売柄ふと見ると、左手の薬指には、素晴しいダイヤ入りの指輪をはめているのだ。あれが本もののダイヤであれば、あの指輪は時価七八百円から千円に近い代物である。どうも本物らしい。自分なら手を取って一と眼みれば判るのだが、手にとってみたいものだ、と考えていると、驚いたことには、その娘さんが、前に並んでいる、ルビー入りの金指輪に眼をつけて、急にかがんでそれを手に取った。

「あの、この指輪は、おいくら？」

「へえ、それは八円七十銭です」

娘さんは、頗るもじもじして、いかにもこの指輪が欲しそうであった。自分はこれを見て、心の中では、あんないいダイヤの指輪を持っているのに、ルビーの八円ぽっちの指輪を欲しがる気がしれないと思った。

女というものは、指輪に対しては眼がないのだろうか。慾深かなものだ。――いや、ダイヤの指輪でこそ姐さんの美しい手に似合うのだが、ルビーの指輪では、それを汚がすものだ――。

ところが、この時オヤと思うことが起きてしまった。

娘さんは、いきなり、自分のダイヤの指輪を抜いて、屋台店の主人に見せた。そして、「あのこの指輪、そんなに悪い指輪ではないと思うんですが、取り換えできないでしょうか」と言ったのだ。

自分は、自分の耳を疑った。

これは、ものの値段がわかる、自分のような職人にとっては、天地の引っくりかえったのに等しい出来事と言っていいのだ。

屋台店の主人は、果してそうであった。いかにも気がないと言ったように、それでも、一旦その指輪を、カーバイトの光にかざしてみて「さあ」と言った。

「この指輪も、大体同じようなもんですな。金は、この方がいいが、石がルビーではないのでね――強いてお取りかえがしたければ、ようがす、一円打ってくんなせい。外じゃあ二円と言うところだが今夜は寒いので、早仕舞にしたいところですからね」

なるほど、気のなさそうに、相手の指輪に値段をつけたところはうまいものだ。そう来なくっちゃあならない、とは思っているものの、これを見ている自分は、大そう妙な感じに襲われていた。さて、どんな感じと言ったらいいだろう。まるで、美しい、無智な処女が、甘言で貞操を奪われるところを見ているといった感じと言えば、その時の自分の感じを一番よくあらわすことが出来るであろうか。

娘さんは、一円と聞いて、直ぐ蟇口《がまぐち》を出した。そして、一円紙幣を出して、それではこれで貰ってゆきます、と言って、ダイヤの指輪を置いて、ルビーの指輪をはめて、いそいそと行ってしまった。

自分は、その後ろ姿を見ることも出来ない位に、自分の眼が、その娘さんの置いて行ったダイヤの指輪に釘づけにされてしまったのを感じた。後ろの方で、その娘さんの足音が遠ざかってゆくのを聞いていると、じりじりして来て、やがて、カッとなってしまった。

「やい。その指輪を出せ、暴利にもほどがあるじゃあねえか。職人を前に置いて」と、いきなり出て来そうで、それを抑えるのに、実に苦心をした。

「待て待て、これは一番、見ていたのだから、俺が買い取ってみよう」と思い直して、自分は猶予なく屋台店の主人に声をかけた。

「阿兄《あに》さん。今、娘さんと取引をしなすった指輪を見せてくれねえか。――もしよければ、譲ってくれるといいんだが――」

その男は、「へい」と言って、指輪を自分に渡してくれた。

自分の心のうちには、この時いろいろの疑いが起きて来た。この男は、この指輪の鑑識が出来ないのだろうか。そうでなければ、自分が、見違えているのだろうか。手に取って、自分もカーバイト灯にかざしてみた。

まがう方なきダイヤなのだ。今、貴金属の物価の上っている最中に、このダイヤ一つで千円がものは確かであるとにらんだので、自分はわざと、指輪を取り移しながら、「どうだい、君が八円の台に受け取ったんだから、八円に買おうじゃあねえか」と言ってみた。

その男の顔には、一瞬間ずるそうな影がさした。さては、何か来るな、と思っていたのに、案外な答えであった。

「へえ、ようがす。今旦那も取り引きの一ぶしじゅうを御覧になっていたんですから、嘘もかくしもありゃあしねえので、どうですい、その上に一円ぶってくんなせい。九円ということに、――」

自分は、あわてて懐中を探って、十円紙幣を一枚出した。危く十円なにがししか持っていなかったのだが、それを出して、一円の釣銭と、そのダイヤの指輪を持ち帰ったのだ。

二

小僧は聞き耳を立てている。子供ながら、この奇妙な話を、殆ど悉く理解した。理解したのみではなく、聞きながら、いろいろの疑問を起こした。

客の話は、まだこれでおしまいではなかった。更にそのつづきがあってそして始めて占ってもらいたいという核心の問題に触れてくるのである。

――さて、自分は指輪を持帰って、翌日、お店（天賞堂）へ出て、番頭さんに見せた。見せる時に実はこれは、ある人から貸金の質《かた》に取ったのだが、貸した金を返えしてくれぬから、自分のものにしようと考えている、と嘘を言った。

「こりゃ立派なものだな、一体、いくら貸したのだ」

「だんだんに貸して、五十両に近いのですがね」

「ほう。それで、これを手に入れてよけりゃあ、俺が買ってやろうか」

「ええ、向うでも、仕方がないから、この質は流してもいいとは言ってるんですがね」

「お前じゃあ、仲間売りをするにも、疑われるぜ。第一が盗んだ品じゃあないか、と直ぐ思うぜ」

「ええ、それは考えています」

「俺に売らないか、二百五十両でも、三百両でもいいや。俺ならこなしてみるから、その上、儲けが多けりゃあ、あともっとやってもいいね」

果して、番頭さんも、この道の専門だけあって、その指輪の真価を直ちに見抜いていたのだ。それで考えたあげく、三百円で番頭さんに売ったのだ。

そこで問題が、今度は自分の心の内で起きた。

何しろ、自分は、屋台店から買う時も、その指輪の真価を知っていたのだ。九円のものが三百円になるということも、古物商の鑑札を持っている自分には、大して暴利だとは思わない。また、戦時に布かれている、暴利取り締り令にも触れるとは思わない。けれども、仲間内の仁儀というものがある。屋台の主人が、その指輪の価値を見分ける眼がなかったにしても、みすみす、こんなにぼろい儲けを自分だけ得るのは、同業として甚だ忸怩《じくじ》である。そこで、五十円だけ包んで、一昨夜、再び屋台店を訪れた。

行ってみると、同じところになるほど屋台店はあった。しかも、その屋台には、同じものがのっているのだ。ところが、人間が変っている。そこで暫らく躊躇していたが、思い切って尋ねてみた。

「へえ、兄弟分じゃありますよ。ところが奴は、豚箱へ昨日行ったんでさあ」

「警察へ引かれたのだね。何の罪で?」

「さあ、よくわからないのですが、いずれ贓品買《けいずか》いでしょう。彼奴《あいつ》、知らぬことに手を出す癖があるもんだから、贓品と知らないでやったんでしょうが、丁度引っかかったのです」

自分は考えた。

これは、うっかり変な真似をして、自分も係り合いが出来ては困る。自分のみならず、番頭さんや引いては天賞堂のお店に係わってはならぬ。――では、この包み金の五十円は、知らないで指輪を手放した、あの娘さんに渡すべきものであるか。

いや、そういう筋合いはない。

そこで、ともかくも、太極道人に卦を立ててもらいたいのだ。

この指輪が本来贓品であるとしたら、あの娘も一筋縄ではないに違いない。贓品でなければ、密輸入か、それにしても、唯者ではあるまい。とにかく、正当な品か、正当でない品か、太極道人に卦を立ててもらって、安心をしたい。そして、もし易から、これはこうすべきであると言うようなことが判るならば、そうしたい――と言うのである。

「ほほう、仲々奇特なお志じゃ。易は聖賢の道と称しましてな。一種の処世の指南をするものじゃ、言わば、賢く世を渡る術と申すべきでござるから、あんたの志には必ず答えがなくてはならぬと申すものじゃ――どれどれ」

太極道人は、仔細らしく卦を立てた。

そして、単柝《たんたく》の組合せを見つめながら、ふうんと長太息《ちょうたいそく》をした。

「なるほど、これはむずかしい卦じゃ。卦では、風水渙《ふうすいかん》と言う。これは、贓品でも、密輸入でもない。その娘さんの心境たるや公明正大じゃね。何も、わしはその娘さんを見たわけではないから、惚れとるので言うじゃないが、しかし、これは進んで吉じゃ。この問題については頗る発展性がある。あんたはその娘さんにモーションをかけるもいい。進んでなお、その財物をめざしてはってゆくもいい。これはこのままで終らぬ事件であるが、あんたに罪はかからぬから、安心をなさい。

――この卦では見料もやはり発展性がある。五十銭以上覚召《おぼしめ》しでよろしいと言うことになる」

天賞堂の職人であると言った若者は、これを聞いて安心したと見えて、金一円を置いて去った。

小僧は、この話を暗い陰で聞いていて、心の底から好奇の心が溢れて来るのを感じた。

客の話では、屋台店の出ているのは、この近所である。その屋台店には、その若者の経験したような、思わぬ幸運が転がっているのではないか。――それが小僧の胸のうちに起きた第一の考えであった。

その姐さんは、どうしてそんな高価な指輪を惜し気もなく捨てたのであろう。その姐さんは、もっと同じような高価なものを持っていて、それを惜し気もなく捨てるのではないであろうか。そうであるとすればそれは何のためであろう。

これが小僧のうちに湧き起った、第二の考えであった。

見ると、太極道人は、頻りに店を片づけているのだ。小僧は、これは変だなと思った。今夜は、先刻《さっき》の若者がくれた一円の外に、老婆が一度身の上判断をしてもらって二十銭の見料を払っただけであるのに、早仕舞をするのはおかしい。

太極道人は、どんどん片付けて、さっさと帰り出した。

小僧は仕方なくあとについて、とぼとぼと歩んでいたが、その間中、先刻の不思議な物語りに心を奪われていた。

「おい、小僧。これをやるから、焼芋でも買って来て、食べて寝てしまえ」

父親は五銭玉を小僧の手に握らせた。

「やきいものあったかいのでも買って、寝てしまいな」

小僧は、黙って五銭玉を受け取った。

返事をしないから、何を小僧が考えているのか父親には判り兼ねたが、小僧は何となく満足していないらしいことは見て取れた。出て歩かれてはうるさい。昼でも、夜でも、そっと父親のあとをつけ歩くに妙を得ていることは、父親もよく知っていたのだ。小僧に知られたくないようなところへ行く時は、よほど要慎《ようじん》をしてゆくのである。今日は大丈夫だと思って、ひょっと見ると、はるか町はずれのところに、父親に気付かれないようあとをつけて来る小僧の姿を見て、がっかりすることもあった。

「どうも、これは何か特別の才能だな。他人を必ず執念深く尾行する。恐らく、少しも小僧に知られていないと安心していることが、あるいは全部小僧には知られているのかも知れない。我が子ながら気味の悪るい才能だな」

父親は胸のうちで自問自答しながら、今夜はどうしても小僧をうちに寝かせてしまいたいと考えた。

そして、懐をさぐって、更に二十銭をちゃらりと出した。

「それからな。ちゃんはちょっと出かけてくる。あまりおそくならんうちに帰ってくる。坊主は、やきいもを買いにゆくついでに、酒を買って来ておいてもらいたいのだ。いつもの通り、二合な。お釣はなくなすのじゃないぞ。それから、徳利は、よく洗ってもらうんだぞ」

父親は、そう言って、部屋の隅の、見通しになっている台所を指さした。

そこには、近江屋と筆太に書いた、厚い一升徳利があった。

用事さえ言いつけておけばいい。すると、自分の帰るまでに、用事を果しておかないと、ひどく叱られることだけは知っているから、まずあとをつけて来ることは出来まい、というのが太極道人の腹であった。

太極道人は、易占の道具を下ろして、戸棚にしまった。

そしてそこに置いてある縄のような物を懐中して、家を出た。出る時に、もう一度小僧に声をかけた。

「蒲団を敷いて、帰ったらもぐり込めるようにしてから、出ろよ」

これは、我ながら蛇足であった、と思いながら、太極道人は町を歩いた。

町角のところでふり帰ったが、今夜は小僧もすぐあとをつけて来ないらしいのに安心をして、急に町を曲った。

太極道人は、天賞堂の若者の依頼で、易占を模索しながら、二つの推理をした。一つは、その話のうちに出てくる屋台の夜店というのが、極くこの町の近所の盛り場であること、第二は、その話のうちに出てくる美人というのが、無造作に夜店の指輪を買ってゆくところを見ると、やはりこの近所の者であるらしいことであった。

もっとも、この第二の問題は、極端と、極端とが相通ずるに違いない。だから、極く近所の住いであるために、無造作に夜店をのぞき歩いたのか、そうでなければ、ある目的で自分の指輪を処分するために、かなり遠いところからこの近所まで来ているのを、却って無造作に振舞ってあとをくらますためであったか。即ち、敵は近くにあるか、却って非常に遠くにあるか、その二つの一つには出でまい。これは、まず、近きにあるという考えの方からためすに若《し》かず――と考えた。

古道具屋の夜店はすぐわかった。

多くは偽物の貴金属などを沢山並べて、仔細らしく店を出しているのは、案外若い人間であった。太極道人は、ここときめあてをつけて、いきなり話しかけた。

「幸い、お客がないから聞きたいのだがね――、こないだの晩、わしのところの若い者が、君のところで、一円打って指輪を貰って帰ったのだ。わしに見せるから、受け取って見ると、素晴らしいものだった。よく聞いてみると、君のところで、その晩、別の客が持って来たやつを、そのまま廻してもらったんだって言うので、ちょいとやって来たんだがね――」

「へえ、おかしなこってすね。いかにも、そりゃあっしですが、――」

「なんだい、いきなり、おかしなこってすと言うなあ。わしも昔、古物《ふるもの》を扱ったことがあるんで、まんざら素人じゃあねえんだ」

「いや、おかしなってのはね、つい今しがた、人相の悪い奴が、そのことを聞きに来てね。うっかり、ほんとのことを喋っちゃったあとてえわけなんです」

「人相の悪い奴が？」

「へえ、つい二三十分ばかり前のこってさあ」

「そいつあ、刑事だね」

「え？　刑事？」

「そう驚くにゃあ当らねえやね——さては、お若いの、君は贓品買はしたことはねえのだな？」

「とんでもない。あなたは、あれを贓品《れこ》だと言うんですかい」

「そうさ。わしのところの若い者が買って来たから、わしは一と眼でそう言ったんだ。だが聞いてみると、右から左だという話で、それじゃ古物商にはまあ大して罪はあるまいが、とにかく、わしのところだって調べられりゃ直ぐわかるにきまっているから、話をつけて来ようってんで、それでやって来たわけだがね」

屋台の主人は、じろっと、妙な顔をして太極道人を眺めて、一瞬間眼を伏せた。

すると、にこにこ笑い出して、「そのお話は、どうか、お話をつけといてもらいたいんで、——と言うのは、今しがた、人相の悪いのがやって来て、うっかり、本当をしゃべってしまって、見廻りに来た親分に叱られたところでさあ。これから、店は隣に預けて、親分のところに御案内致しますから、どうか、うまく話をつけてくんなせえ」

若者は、あわてて隣の屋台に頼み込んで、店はそのままにして、太極道人を引っぱって行った。

ものの二町もゆくと、夜店が尽きて、横丁のようなところにつれ込んだ。

親分は、今帰ったところと見えて、自分のうちの玄関に腰かけて、奥の方に向って何か言っていた。

「親分、御案内して来やした」

「何方《どなた》だ？」

「へえ、この方です。先刻の人のあとで、また同じ話を聞きに来たんで」

太極道人は、ずいとその家に入り込んだ。玄関が暗かったので、わざと自分の顔が見えるように、奥からのあかりのさすところに、真面《まとも》に向けた。

「何んだ。あんたは、易者のおやじさんじゃあねえか」

親分は、太極道人の顔を認めて、こう言った。

「親分、実は、客がないので易を立ててみると、これは、親分に注進しなくちゃならねえと思ったんでさあ。それで、屋台店の若い衆に御案内を願ったってわけで」

「じゃあ、易やさん、知ってるのかい」

「知ってますよ。刑事さんが来たことも、ちゃんと卦には出てるんで」

「ふうん？　いや、これは、どうも不思議な話だね。わしも、昔は贓品もやらなかったわけじゃあねえ。しかし、今は足を洗ってるんで、刑事にのり込まれたって困るわけじゃあねえが、わしの店に難癖をつけられちゃあ承知がならねえ」

「それで、心当りがあるのですか、その美人てのに？」

「それがねえ、先刻刑事さんからも聞かれたんだが、皆目見当がつかねえのさ」

「親分にも似合わないですな。易だけじゃあこの問題は解けねえが、親分の顔を貸してもらえば、解けるんで――」

「なに？　あっしの顔を？」

「そうですよ。とにかく、親分は、ただ黙ってればいいので、橋渡しだけしてくんなせえ」

「じゃ、易やさん、手前《てめえ》はこの問題を」

「そうですよ。易だけじゃしようがねえので、わしも時々は、里心もつくってわけで、易占は、ただ、いいお話を釣り出す浮標《うき》でさあ。――ただね、こりゃ少し人情ものなんだが、わしには今年十二歳になる小僧がいるので、こいつばかりにゃ知らせたくねえ」

親分は、暫らく黙って、太極道人の顔を見ていた。

太極道人は、口を噤《つぐ》んで、奥からさして来るほのかな光を、満面にうけて、凝然として、その瞳は動かない。

親分がそれを見ていると、皮肉な微笑が少しずつ、太極道人の口の端《は》に上って来た。

「あッ、あなたは?」

「冗談言っちゃいけねえ、娑婆《しゃば》では君に逢ったことはないよ」

親分は、娑婆では君に逢ったことがない、と言う太極道人の言葉で、何かを了解したらしかった。

「顔はどう貸したらいいので?」

「顔を貸してくれってのは、この近所一里四方とは広くはあるまい。凡そ貴金属を取り扱う屋台店の数がわかりゃあいいのです。その親分に、必要があれば橋渡しを願いたいので」

二人は、つれ立って、外の闇に出た。

闇の中から、太極道人の声が、「親分、わしの眼が青けりゃ、この事件は、何か大きなものが引っかかるね。警察でも満足し、わし等も満足する解決をつけなけりゃあ、いっそ手を出さん方がいいと言ったようなもんでしょうな」と聞えた。

三

天賞堂の番頭から、この不思議なダイヤの指輪と、それを売った美人の話が、警察の方へ洩れた。

常時であったら、高価ではあっても、高が指輪一個の行方が、そう警察の追求を受けることはなかったであろうけれども、日露戦役の最中で、警察も憲兵隊も、水も洩《も》らさぬ警戒の網を引いていた時であったから、響きの渡るように、その筋へと伝えられたのであった。

聞き込んだのは、一人の刑事であったが、この刑事は、直ちに司法主任から、そして署長の警視へと話を持ち出したために、とにかく調査してみようということになった。

美人探し！　美人探し！

と言うので、刑事は喜んで八方へ飛んだ。しかし、その美人の身もとに肉薄して行ったのは、やはり太極道人と同じ推理を辿って行った、二人の刑事であった。しかも、太極道人が、独特の方法でその道を辿り出した時には、約二時間先んじて警察の手が、だんだんに、その美人の身もとに近づきつつあった時であった。

闇の中に、互いに知らぬ手が、だんだんにその美人の身もとへと近づいていた刻々の経過を考えてみると、まことに興味の深いことがある。

初めは、警察の方が先きに立って、太極道人が、あとからこれを追ってゆく形であった。このような場合に、先きに立っている方では、もう一つの手が、闇中《あんちゅう》を摸《ま》さぐりつつあるということは、少しも知る機縁がない。ところが、あとから追って行く方には、先きに進んで行ったものがところどころに手懸りを残しているので、その進行の工合が手にとるように判った。

始めは、親分の顔を借りていた、太極道人は、あるところまで進むと、もう単独になった。単独となってから、警察の方の手を急速に乗り越そうとして、あせりにあせった。

「へえ、その娘さんなら知っていますよ。半年位前になるが、あっしは、その美人の姉妹《きょうだい》から、時計と、それから、珍らしいもんですがね、始めて見たもんですが、時計の鎖だと言ったがね、まるで純金の板だね、そういうもんを買ったことがある」

「美人の姉妹？　じゃ、美人が二人いるんですか」

「いまさあね。美人の姉妹だけじゃねえ、その母親っていう皺くちゃ婆さんもいまさあね」

「美人の姉妹賊という奴かな――」

「賊？」

「へえ、ごめんなせえ。――あんたは、そんなものを取り扱った時に、贓品だとお考えになったことはありませんかな」

「贓品？」

「そうですよ。盗んだ品か、そうでなければ密輸入したもの」

「なるほどね。それは、外国製のものでしたよ、そう言われれば。しかし、日本の金持ちが外国から仕入れて、持って居ったってこともあるから、まさか密輸入とまでは考えなかったね」

「だが、あんたは、その美人姉妹の商売を聞いたことがありますか」

「ないね。そりゃ、君、君だって、花井の親分の紹介で来る位だから判るだろうが、ああいったものを、正当な値段で引受ける時にゃ、職業も住所も聞くがね。そうでない時にゃ、やっぱり聞きはしませんさ。――ところで、しかし、贓品でないってことは判ってますさあ」

「何で？」

「だって、同じ品を沢山持ってくるわけじゃあねえ。それに、そういったものは新《あら》じゃあねえ。手ずれのしたもんだからね」

太極道人は、感心したようにうなずいた。

「それで、何とかして、その姉妹の住所を確かめる方法はないもんですかね」

「馬鹿に御熱心ですな。そう御熱心なら、道は自らあり、と言うわけでね。実は、うちへ紹介してきた人は、近所の洗濯老婆《ばあ》さんでね。そいつへよほど鼻薬が聞いていると見えて、仲々言わないが、その老婆さんのところから、あんたが自分でつつき出したらええわ」

太極道人は、ここで、小さい声をした。

「いろいろ、どうも有難う。実は、その妹の方をね、仕え女《め》にと言って執心な金持ちがあってね、しかも競争なんで、どうかあとから向うの廻し者が聞きに来ても、うっちゃっておくんなせえ。いずれ花井の親分さんから、お礼はいたします」

太極道人は、ここで一方の手を追い越した。

同時に、しめた、と思った。ところが、これからあとで更に面倒なことがあって、結局、太極道人が、美人の娘の家をつきとめた時は、十時を過ぎて居った。つきとめてみると案外自分の家に近いところであった。面倒なことと言うのは、美人の姉妹と言ったのは、指輪を売った美人の、二人の姉であって、洋妾《ラシャメン》であった。

「へえ、二人とも洋妾かね」

近所で聞くと、そうだと言う。

「二人とも同じ洋人の妾かね」

「どうも、そうらしいのですな。何しろどっちも美人なんだが、その妹というのがいるが、その方はなおのこと美人なんですよ」

「その妹が？」

「何でも、面白がって、喋る奴等の言うところでは、近頃、その洋人が、妹まで手をのばそうってんで、執心なんだという話ですがな」

たばこ屋の老人は、太極道人の誘導に逢って、知っていることを皆喋った。

「一体洋人って、どこ人ですい？」

「何でも英吉利《イギリス》人だという話だ」

太極道人は、ここまで辿って来て、さては、ダイヤの指輪も、金時計も、出処は全部ここだと思った。

そこで、堂々と正面から、その洋館にのり込もうとして、表で訪《おと》なってみたが、中はひっそりかんとして、誰もいないらしい。仕方がないから、その近くの妹の家というのへ行ってみると、なるほど、十八九歳の美人の娘と、その母親とが住んでいた。

太極道人は、遠慮なく入り込んで「実は、私は××署の者なんだが、あなたの娘御が売った指輪について、聞き込みがあってね。それで来たんだが」と、いきなり言った。

「あら、おっ母《か》さん。指輪を売ったのは姉さんじゃあなくて私だわ」

「えッ、では、お前さんですか、その指輪はどこから手に入れなすって、またどうして手放したのです」

「仕方がないわ。喋ってしまうわ。あれは、姉さんから貰ったの。御存知でしょう、私の姉さんは、初め芸者をしていて、今は、ある外人のお世話になっているってことを。洋妾と言われるの嫌いなのよ。

だから、そう言わないでね——そのお姉さんから貰ったのよ。だけど気味が悪るいでしょう。外人から貰ったものなんて、だから、夜店で気に入ったのがあったので取りかえてしまったのよ。まだ、うちのお母さんにも、そうよく見せてないの。けれど、ほら、この方が、ずっとよくはなくって？」

娘は無邪気に、指を出してみせた。

「だけど、おかしいわ。私が姉さんから貰った指輪を、お金を出して取りかえて、どうして悪いの？　何が警察のお調べなの？」

「判りましたよ。それでは少しも悪いところはないのです。しかし、お嬢さん、あなたは損をしているのですよ。あれは七円や八円の品ではありませんよ。だから、商人があまり暴利だというので、警察の方では腑に落ちるまで調べなくてはならんのです」

「承知だわ。そりゃあれは、五、六十円するかも知れなくってよ。だけど、私、気味が悪いから、承知で八円の指輪ととっかえたのよ。そこの、どこが悪いと言うの？」

「いやいや、あなた位元気ならいいのです。それじゃ洋妾になってくれと西洋人が手を出しても、ならんでしょう」

「ひどいわ。私姉さんが、あんな人の世話になるんだって心外なんですもの」

「外には、ああいったものはないですね。あったら、お売りになる時は、余り損をして売らぬ方が、いいですよ」

「あとないわ。だけど、お姉さん達のところには、あと、うんとあるわ」

太極道人は、この一言を聞いて、辞し去った。

そのあとへ、警察の手が、今度は、妹の方を先きに探しあてて、やって来た。

太極道人は、再び洋館に引きかえした。

そして、静かに洋館を二度ほどまわり歩いていたが、いつの間にか、洋館の中に、吸い込まれるように消えていた。

夜は、更けて行って、洋館は闇に包まれたまま、暫らく静かであった。風が吹くのか、その闇の中の植込みが、時々揺れた。二十分か、三十分経ったであろうと思われる頃に、急にあたりが騒しくなって、私服の警察官が十名許りと、あとから制服の警察官が十五六名近づいて来た。そして、無人の洋館のうちにこれらの警察官がそのうちの一人の指揮によって、一っせいに雪崩れ込んだ。

急に洋館の中が騒がしくなり、そのある部屋には電灯がついた。

この時に、洋館の裏道を、蒼白《まっさお》な顔をして、あわてふためいた、太極道人が、闇の中で身じまいを直しながら、走って来た。すると、その傍から、急に動物か何か走り出して来た。その動物にも太極道人は、おびえたように逃げ出そうとした。

闇のうちから歩き出て来たのは、動物ではなかった。

十二三歳の小僧が、寒さに泣きそうになって、それでも片手に、近江屋と書いた一升徳利をかかえていた。

「おお、小僧、これを持って帰れ」

太極道人は、何か一握りのものを小僧に渡して、あわてて逃げ去ろうとした。あとから、一人の私服の警察官が追い掛けて行った。

小僧はゆっくり歩いて、町に出た。

そして町を少し歩いている時に、後から来た、制服の巡査に捕えられた。

「小僧ッ、貴様洋館の裏を歩いて来たのだなッ、逃げてゆく奴と逢わなかったか」

巡査がこう言うと、小僧は先刻から少しずつめそめそして、やっとこらえていたところを、わッと言って泣き出した。

この日の捕物は頗る重大であった。

警察では指輪の手がかりから、洋妾をつきとめ、兼ねて怪しいとにらんでいた、英吉利人ケイルズの家宅を捜査して、遂に軍機に関する秘密の書類を探知し、この英吉利人を露探《ろたん》として逮捕したのである。当夜ケイルズは洋妾二人をつれて歌舞伎座の帰りを捕えられた。

指輪を売った美人の妹は、調べによって無罪であった。しかし、その二人の姉の、洋妾はそれから六箇月も調べられていた。

ところが、この日、ケイルズの家宅にのり込んだ時に、それより前に盗賊が一人入っていたと見えて、貴重品数点が盗まれていた。あとの調べで判ったところによると、貴重品は主としてダイヤ入り指輪であって、ケイルズが日本人に誘いをかける時に、使用するために持っていたものであった。

ところが、この時の盗賊を追って出た刑事は、通行人であった、一人の易者を捕えただけで、遂にその賊を逸してしまった。

さて、ケイルズの家宅を捜査して、軍機の秘密に関する書類を探しあてたと、言ったが、実はそれは家宅のうちで探し当てたのではない。その盗賊が、洋館から盗み出して、逃げる時に落したものを父親の言いつけで酒を買って帰って来た小僧に拾われていたのであった。

署長は小僧を抱きあげて、「お前の手柄だ、お前の手柄だ」と言って十銭玉を一つやった。ところが小僧はそれでも泣きやまなかった。

「どうしたのだ。十銭ありゃあ何でも買えるじゃあないか」

「ちゃんに打《ぶ》たれるよ。二十銭貰って、二合のお酒を買って、四銭のお釣を貰ったのをなくなしてしまったよう」

「心配するな。そのお酒は、お祝いに飲んでやる。その代り二十銭やるから、もう一ペンお酒を買ってお釣を持って帰ればいいじゃあないか」

小僧はこれで泣きやんだが、酒徳利を仲々離さなんだ。

署長は十銭玉を二つ小僧の手に渡して、酒徳利を無理にとると、その拍子に酒の中で、ちゃらちゃらという音がした。

「なあんだ。小僧、お釣銭はこの中に入っている。ちぇッ！　せっかくの酒にきたない銅貨を入れちゃっちゃ仕方がねえな。その二十銭もやるから、この酒も持ってかえれ」

小僧はこれで、ようやく機嫌を直して、帰って行ったのであった。

四

昭和五年の春、この話を中年の、スマートな洋服をきた男が、聖橋《ひじりばし》にもたれながら、同じく洋服の令嬢に話していた。

夜は更けて、朧月が、柔かく二人を包むように、光を投げていた。

「面白いお話ですわ。あたし、その小僧さんが可愛いわ。——それだけ伺えば、太極道人の盗んだ、ダイヤの指輪や貴重品は、その小僧の持っていた一升徳利のうちに入っていたことが、わたしにはわかりますわ」

「お嬢さん、そんなによく、ものごとがお判りになってはいけません。では、もう一つわかることがあるでしょう」

「風水渙て言うことは、判らないの」

「それは、易の一つの卦ですな。意味はないですよ。丁度、詩と思って読めばいいのですよ。風は水上を行いて渙《とびち》る、と言うんです。それを易者は、いろいろの意味に解釈するのです。時と人とで違います。例えばお嬢さんにあてはめれば、我儘いっぱいに男を従えて歩かれることにもなり、私にあてはめれば、ゆく先き先きで波瀾をもつようにも……」

「あッ、わかったわ」

「何が？」

「もう一つのことが」

「では言ってごらんなさい」

「その小僧さんが、あなただったのですわ」

男は黙って、聖橋から下を見た。

省線電車が一つ、今やこちらに近づいて、風を渙《ち》らして、ごうとばかりに過ぎるところであった。

（その二）四十指紋の男

一

省線電車も間を置くようになった。

十二時を過ぎて、大都会の騒音も漸やく懶《もの》うくなり、東京は今や音の睡りに入ろうとしている。

青年紳士と令嬢とは、黙って静かに聖橋を離れた。

「今度はいつお眼にかかれるでしょうか、お嬢様」

「ええ、そのうちに」

令嬢はからかうように、気のなさそうに見える返事を与えた。

「お嬢さまの御用が承れると、私には一番幸福でございます。――その御用が、困難な御用であればあるほど、楽しいのです」

「何でも出来るってことを、丁寧な言葉で言っていらっしゃるみたいだわ」

「そうです。外の人のためなら、普通のことしか出来ますまい。しかし、お嬢様のためなら、何でも出来るというように、ほんとに思えてならぬのです」

二人は少しも時間を気にしない人のように、静かに歩を移していた。この時に、突然に町々から鈴の音が響いて、号外売が、一せいにかけ出して来た。

「ああ、号外ですね。実に、生れ故郷の響を聞くような気がします。勇ましい音です」

「では、あなたは新聞社へつとめたこともあって？」

「はい。お嬢さん。号外の売子から新聞配達から、それから新聞記者も極く僅かですが、やって居りました」

「新聞記者って、うるさいわね。私の父が五年ほど前に官についていた時には、もう毎日お母《か》あさまも私も懊《なや》まされましたのよ」

「そうですか。多くの新聞記者は、うるさくするので、おこぼれを頂戴出来ると思っているのですね。それは間違いなのですけれども……」

「では、あなたは？」

男は黙っていた。

「あっ、わかったわ。お父さんの跡をいつもちゃんとつけて歩いていた小僧さんは、大きくなっても知りたい人の跡は、その人に少しも気付かせずに、尾行する術を心得ているのでしょう」

男はなおも黙っていた。

「身体で尾行するのは、お嬢さん、それは知れたものですよ。心で尾行するのは、大きな力です」

「心で？」

「そうです。推理です。あるいは時として推理の飛躍――直観ですね。例えば、今の号外は何であるか、あてっこをしましょうか」

「いずれ、内閣のことでしょう。まだ中々閣僚がきまらないのでしょう？」

「ところが、あの号外は、全閣僚がきまったのです」

「どうして、それが判ります」

「簡単なことですよ。少し位の記事で号外を出す時は、呼売《よびうり》はその内容を言うのです。重要な記事で出す時は、呼売は必ず新聞社の名前を呼ぶのです。――それが新聞販売部のやり方ですよ。声は嗄がれていますが、今叫んでいるのは、皆口々に、新聞社の名を叫んでいるのです」

紳士は、そう言いながら、身軽に令嬢を離れて、忽ちにして一枚の号外を手にして来た。

「ほうら、そうです。――全閣僚がきまりました。――おや、この名前は？」

「あら――私の父ですわ」

「お父さんですね。間違いなしです。二度目の警視総監ですね」

「あら、今朝出かける時は、そんな気配は少しもなかったのに――」

「急です。喜びは急に来るのです。そして去る時も、また急に去るのです。それが、私の人生経験でした。いや、何よりもお目出度う、お嬢さん、お目出度う」

「あらいやだ。私がなったのではなくってよ。父がなったのよ」

「けれども、お嬢さんに対しても、大きな意味がありますな、恐らくは、それに、私に対しても」

「あなたに？」

「そうです。私に対しては、二つの二律背反がありますな。一つはお嬢様とお交際《つきあい》する機会が少なくなる。あるいは、お嬢様には縁談が沢山降って湧きますよ。一つには、その反対に、却って私の御用をつとめる機会が殖えはせぬかということです」

令嬢は黙っていた。

心の中では、お父さんが警視総監になった喜びで、恐らく今夜自分が少しおそくなり過ぎたのも、きっと、少しもとがめられはすまい、と思っていたのだ。

果して、一時近くになって自宅についた時には、邸はあかあかと灯が入っていて、新聞記者と警官とが、十数名、ものものしく前庭のところに立っていた。そして、さすがに大木邸は新任の喜びに充ち溢れているようであった。

「お父さん、お目出度う」

「うん。わしも久しぶりの出仕だが――今夜は馬鹿におそかったな」

「ええ、ウォルフさんのところで、おそくなったあげく、お送りを願った方と少しゆっくりしたのです。それに、神田でお父さんの号外を見たわ」

「もう号外が出ているかね。閣僚の顔ぶれは見たが、わしのは仲々きまらなかったのだよ」

「確か一つの新聞の号外には出ていました。それで少しはおそくても、叱られないだろうて、その人とも話していたのよ」

「馬鹿な奴だな。これから総監をやるには、家族の者にもよく注意して間違いのないようにしてもらわねばならん。殊に、勝子は嫁入り前でもあるし、注意してもらわにゃならん」

「私、お嫁になんかゆかないわ」

「馬鹿を言ってはいかん。――それに、外国人なんかと交際しているのは、考えものだ。わしが総監をやっとる間は、外国人のうちに出入するのは差控えてもらいたいのだ」

「ウォルフさんは、そんな方じゃあないわ。独逸《ドイツ》の方ですもの」

「いや、独逸人でも、露西亜人《ロシア》でも同じだ。それには、――これは、誰にも話さんでおいた話だが、今夜を機会に、皆の了解を得るために、その話をしとこう。今までは、日本で、ただの五人位しか知らぬ話なのだ。――この話を聞かせると、なるほど政治家というものは、恐ろしい立場に立つ、政治家の家族というものは、そういう恐ろしい立場に、政治家を立たしちゃあならん、ということが判るに違いない。――この話は、わしが五年前に警視総監だった時の話だ。あの内閣の崩壊した時を記憶しているかね。丁度議会の最中であった。――そして政府は突然に、それこそ何の予告も予想もなしに、三日間の議会の停会を奏請したのだ――知っているかね。我が国憲政の歴史上に、こんな不思議な停会なんというものはない。しかも、三日で足らず、また四日停会をつづけた。そのあげ句、内閣は議会を再開せずして崩壊した。あの当時の混乱を覚えているかね」

「少しは覚えています。私は十七歳位でしたもの」

「うん。その話をするのだ。今、二三の人に逢ってしまえば、用がすむ。それで、午前二時にもなるじゃろうが、お母さんと、お前と、それから正人《まさと》にも話しておく。面白くもあり、無気味でもあり、そして何よりも、今後家族の者達の注意のために、極めて肝要な話だ」

大木新警視総監は、その夜、家族の者に次のような不思議な物語を述べて聞かせたのであった。

二

この話は、極めて秘密の話だから、誰にも喋っちゃいかんよ。同時に、日記などへ書き残しても困る。それからわしも、この話を極めて抽象的に話すことにする。

まさか、昔々あるところに、と言い出すわけにもゆかぬから、出て来る名前などは一切言わないことにする。

さて、事件は丁度議会の開期中に起きた。当時二つの大政党が両立して、その国の憲政は、花のように発展していた時代であった。その一方の政党が内閣を組織していた。議会では、凡ての問題で、この二大政党は対立していて、高論は花と散った。力が正に伯仲の間にあるのだから、何か僅かな非が露《あば》かれると、忽ちにして政権が一方から一方へと移ってゆくような状態にあった。だから議会は極めて慎重であって、開期中の政府の警戒は厳重を極めたもので、小盗人一人でも、倒閣の具に供されてはいけないと言うので、警察部は、常よりもはるかに重大な責務を負っていた。

何しろ、日刊新聞の小説があるだろう。あの小説にちょっとしたこみ入った恋愛で、不倫に思われるような描写があった。すると一議員が文部大臣に質問して、あんな小説を許しておいていいつもりか、と詰問するような仕末であった。

このやかましい議会の開期中に、政府に責任のある、何と三百万円の現金が紛失してしまったのだ。

三百万円という現金はどの位の嵩《かさ》のあるものか知っているかね。百円紙幣で百枚で一万円だ。厚さは五分もないが、これが三百集まった嵩だから、相当なもので、中位の鞄に一杯あるのだ。

その三百万円は、政府を通して、某方面へ行くはずになっていたものだった。日本銀行から直接に送ればよかったのだが、誰でも知っている通り、銀行には日曜というやつがある。それで、都合によって日本銀行より受け取って、一旦大蔵大臣官邸に置いたのだ。抑々《そもそも》、間違いは、ここから起きた。

日本銀行の行員が、鞄を持って、勿論数名の警官が警備しながら、官邸へ入った。大蔵大臣自身が受け取って、大臣の私室に入れたのだ。それを、わしもそこにいあわせて、この眼でちゃんとみている。

「この部屋は、安全だよ。窓は二重になっていて、鍵が厳重にかけてある。それに扉《ドア》はエール錠だ」

「閣下、しかし、やはり金庫の方が安全ではありませんか」

「うん。しかし、金庫は書類も一緒で、閣議がもう直ぐある。必要によっては、秘書官に取りに来させるから」

大蔵大臣はそう言って、やはり、無造作に、私室の方へ入れたのだ。

勿論、その部屋の窓の面している庭には、わしが警官と私服を特に見張らせた。これは大臣には言わずに、夜中交代させることにしておいた。このことがあとで推理のために役立ったには役立ったのだが、さて、エール錠の鍵のことだ。

エール錠って言うのはどんなものか知っているかね。

大蔵大臣官邸には、いつの大臣からこのエール錠を用うるようになったか、わしも知らないが、とにかく、エール錠というのは、扉を内からすぐあけられるが、外へ出て、扉を引いてパタンと閉じてしまうと同時に錠がかかるあの鍵のことだ。このエール錠には合鍵というものがない。外からあける鍵は一つの錠を作る時に二個だけ作って、あとは作ってはない。だから、鍵を紛失するか、破壊すると、そのエール錠を始めから組立って、合鍵を作らねばならぬやつだ。

さて、大臣私室のエール錠には鍵が二つついていた。

一つは大臣が持っている。もう一つの同じものは、秘書官が持っていた。ところが、この部屋に三百万円を入れた時に、大蔵大臣は秘書官からその鍵を取りあげて、わしにあずけたのだ。

「さあこの部屋の鍵は、わしと、総監とが持っていることになった。もし金が紛失したら、これはどうしても、わしか総監かが取ったことになるのだぞ」と閣下が冗談を言った。

ところが、その夜のうちに、この三百万円が見事に盗まれてしまったのだ。

実に驚いた。

翌日の日曜日に、大臣閣下が念のため、部屋をあけてみて、急にわしのところへ電話をかけてよこしたので、わしはすぐ行った。

「あれからこの部屋へ入ったものはないのだ。いろいろ訪問客はあった。夜おそくまで、参与官や代議士が来ていたし、新聞記者などもつめかけていた。殊に議会へ提出してある予算の件について、官邸に来る客は極めて多いよ。しかしこのエール錠があくわけがない」

「窓は勿論大丈夫でしょうね」

「勿論だよ。窓はこの通り、中から二重にかけてある」

「それに、窓の外には、閣下には申上げませんでしたが、警官が寝ずの番をしていたはずです」

「どうもおかしい」

二人は、当惑した。

「紙幣番号はわかっているでしょうね」

「勿論わかっとる。みんな日本銀行には記帳してあると思う」

「では、手配して、使えないようにしましょう。これが、金貨でしたら困りますが、紙幣だったら始末がしいいでしょう」

「面目はないが、そうでもする外はない。それで、ともかくも、捜査してくれ」

大臣閣下は、そう言って、憂悶の瞳をあげた。白髪の鬢髪が、この時ほど困惑気に見えたことはない。

「総理大臣にだけは申上げておこう。それから、もう一度日本銀行から三百万円発行させればいい」

窮余の一策であったが、結局、そうするより外はなかった。

日曜日ではあったが、直ちに日本銀行を調べて、紙幣番号は、全国の銀行業者に通知した。同時にわしは、東京では大捜査陣を布いて、大蔵大臣官邸に出入りした者は悉く調べあげようという大決心をしたのだ。

これが、議会に洩れたり、殊に他の政党の代議士に洩れでもしたら、それだけで倒閣の具に供されるかも知れない。従って捜査は秘密裡に、しかも迅速にやらなくてはならぬ。

二日間は、全く不眠不休であった。けれども少しも判らぬ。少しも手懸りがない。

この間に、議会は、貴衆両院で進行しつつあった。そして、紛失した三百万円は判らぬばかりではない、あたかも、そんなことはなかったように、世間は平静であった。

わしは、これは、もう四五日も過ぎてからならば、紙幣番号の方からあがって来るに違いない。犯人の方からの見当が少しもつかないのだから、その方からあがってくれば、結局それでいいのだ、と覚悟をきめた。それでこのことが議会へ洩れることだけを防ぐために、一切の捜査を引きあげてしまおうと決心した時であった。不思議の方面からこれが出て来たのだ。そして、内閣は大混乱に陥入ることになった。

それは、困ったことに某国大使館からだ。

その大使館に、日本人の雇人として入れてあった、スパイなのだが、――それは、当時凡ての外国公館には、日本人が雇われていた。そして、その日本人は、同時に、その外国公館の様子を知らせるように、旨を含めておく、言わばスパイであるが、このことは、各国がやることで珍らしくもないし、今、そうであったと言ったところが困りもしないのだが、その某国大使館に入れてあったスパイが、次のようなことを報告して来たのだ。

「いつもは、私共雇人はその部屋へは入れぬところですが、荷物の出し入れのために、偶然に入ったのです。それは大使のお部屋で、今、その国の大使は丁度帰国中で、参事官が大使代理をしています。それで大使の部屋は、二箇月以来開けずにあるのですが、その大使の部屋に、一等書記官の命令で、私ほか両三名のものが入りました。すると、その一人が、大使の荷物の中から、ハトロン紙に包んだ、日本の紙幣を見つけ出したのです。おや、というので参事官や一等書記官に告げたのですが、皆がやって来て数えているのを見ると、実に沢山なのです、どうも二三百万円ではないかと、私は思ったのですが、参事官が直ぐに、私共雇人を外に出して、ほんとの数を数えたようです。それから問題になったようです。そして、ともかくも、これは大使が帰国前に、何かの考えから保存したのかも知れない。とにかく、日本紙幣がその外国の大使館にあるというのは不思議だ。大使の帰国を待たないで、電報で問い合わせろと言うので、今本国に問い合わせ中と思われます」

と言うわけであった。

わしが、この報告を大蔵大臣に知らせにゆくと、大臣閣下は長大息せられた。

「困ったことになった。それでは、日本銀行に再発行させてすますというわけにはゆかなくなった。これは内閣が責任を負わねばならぬ」

「でも、その二三百万円というのは、今度紛失した二三百万円とは別のものかも知れませんよ」

「別のものだったらいい。しかし、それは銀行関係を調べてみればわかる。二箇月以上前に、その某大使館に二三百万円のエキスチェンジをしてあるかどうかはすぐわかるよ。何しろ些少の額ではないから。二三百万円というと、その大使館の数年の予算に相当するだろうからな」

三

困ったことになったのだ。

これが、日本人の手にあるとすれば、それがどんな兇悪な人間の手にあろうが少しも差支えがないのだ。それをすっかり無価値にさせて、新らしく日本銀行から発行させるという手が出来ないではない。ところが、これが外国公館の手にあったのでは、その手段は絶対に出来なくなった。

どうして外国公館へ入ってしまったのだろう。

捜査どころの話じゃあない。遂に、このことが、他の政党の代議士達の耳に入ったらしいという噂が、内偵によってわかって来た。

大蔵大臣とわしとは、総理大臣に逢った。総理の困られた顔からこの時ほど深い印象を受けたことはない。

「何とかして、それを奪いかえすことは出来ないか。とにかく盗まれたのだ。取りかえして悪いという法はないよ」

総理大臣はとうとう、そう言われた。

「第一、捜査の方はどうかね。外国の大使館員が盗んだのかね。大蔵大臣官邸に、しかも議会の開期中に、むやみに外国公館の館員等がやってくるわけはあるまい。これは必ず日本人の不心得者がやったことに違いないのだ。直ぐ調べ給え、凡て、その某国大使館員と関係のある人物を探せばいい。それが大蔵大臣官邸へ入り得る人物を」

「承知しました。その方は極力調査いたしましょう。しかし、閣下、エール錠をかけて、窓の外には見張りを置いた部屋から、絶対に盗むことは出来ません」

「その鍵を持っていたという大蔵大臣と、君とが入れば、それでも取れる。——あるいは、この二人から、その鍵を一時的にでも奪い取れば入れる」

総理は皮肉な、そしてこの人特有な辛辣な顔をして、わし等二人をながめた。

「いや、二人共翌日まで、その鍵を手放したことはないのです」

「睡っている間もかね。家族の者がそっと取って、そっともとに戻しておいてもかね」

わしは、この言葉でハッとした。

そうだ。これは、わしの方はまだ大丈夫だ。大蔵大臣の方は一応調べる必要がある。さすがは総理であった。とにかく、そこまで気がついたのだ。

家族の者は注意をせんければいかん、と言うのは、ここのことだ。とにかく、わしは翌日から、大蔵大臣の家族をも、それから、その日及その以前に、大蔵大臣官邸に出入りしたと思われる人間は、全部調べた。勿論、わしの家族も除外はせなんだ。そして偶然にも、大蔵大臣の次男の方が、独逸人の語学の教師を頼んでいること、この独逸人がその某大使館に深い関係があり、殆ど毎日その大使館に出入していることを確かめることが出来た。

大蔵大臣はこの報告で、苦い顔をした。

しかし、勿論、その次男の方から出たという確証があがったわけではないし、その次男の方はその問題の日は、少しも官邸に出入したことはないことが、逆に証明せられた位であった。

ただしかし、このような場合に、家族の者のうちにいかがわしい外国人と交際しているのがあったら困るのだ。このことは、わしの今度の任官の場合だとて、充分注意してもらわんけりゃならぬ。

さて、しかし、そんなことは、その場合、ただ調査してみたら、そういうことが判ってきたと言うだけで、この事件が内閣に対して持っている重大な、運命的な影響は、どうすることも出来なかった。

「これを、代議士共に、議会で持ち出されることは、一番困る。この事件は新聞や、国民の前に、決して見せてはならぬ。――議会は、すぐにも停会を奏請する。そして、どうかして、その証拠品を奪い取ることだ。しかも、こんな、憲政上の理由のない停会は、長くは出来ん。まず三日だ。三日のうちにどんなことをしてでも、それを奪いかえせ」

総理は、そう言って、誰にともなく叱咤した。

国民も、代議士も、いや、政府の諸省も、この理由を明かにせざる三日の停会については、あっけに取られてしまった。

新聞は一せいに内閣を攻撃した。その最も痛烈なのは、閣議で対議会策が未だに決しないのが、この停会の理由であろう。憲政を無視した停会である。日本の議会政治始まって以来、曾てない乱暴なる停会である、と言って論じた。

実にそうだ。

しかし、とにかくこの乱暴なる停会によって、一時この問題が国民の前にさらけ出されるのを防止することが出来たのだ。しかし、この三日の間に、警視総監及その管下の者達の負わされた運命こそ、悲惨なものだった。わしは、あらゆる術策を弄してでも、その三百万円を奪いかえそうとした。

第一に、スパイとして、その大使館に入り込んでいる日本人をつかうことだ。内閣の機密費のうちから支出出来るかなりの金額を与えて、その大使館員の、誰かを買収してしまうことだ。その他あらゆる方法を、全部取ってみた。

「到底駄目です。その金は参事官が自分の室に移しました。そして、腹心のものに見張らしています。そして室の扉は、やはりエール錠で、合鍵がありません。それに、破壊するのも容易ではありません」

スパイは、こう報告して来た。

これが個人の家なら、非常手段で強情に入り込むことが出来る。ところが、外国公館には、いかなる罪名でも法の力を借りて、家宅捜索をやることは出来ないのだ。

さて、この時になって、極めて不思議な一人物が現われた。いや、その時になって現われたのではないのだ。それより前からいたのだが、その時になってわしのために、最も重要な意義を持つような人物になったのじゃ。

その人物というのは、小さい新聞の、記者なのだ。まだ当時三十にはならなかった、若い記者だ。この記者について、わしは、始めからかなり強い印象を受けていたと言うのは、所謂、敏腕というか種取り記者としては、必ず種を取り得る人間だ。わしも若い時に、極く短かい間だが、新聞記者をやったことがあるからよく知っている。

その青年記者は、わしの経験では、わしから種を取ろうとすると、わしの跡から跡からと、尾行してまわる。いや、それが尾行ではないのだな、先行なのだ。あるところへわしがゆくと、そこにもうその記者が来て待っている。今度はまた別のところへわしがゆくと、もう、その記者が来ている。つまり、わしのゆくところへは、必ずついて廻るのだ。ある時の如きは、わしの方からまいてやろうと積極的に考えた。そして、最短距離を最短時間で先方についたと思ったら、ちゃんと、もうその記者はそこに来ている。

どうも、その尾行と言うか、先行と名付くべきか、天才的な能力を持っているのだから、小さい新聞であったが、その奴の関与した記事では、はるかに大新聞を瞠若《どうじゃく》たらしめていたのだ。――この記者が、とうとう、この三百万円事件をどこからか嗅ぎ出してしまったのだ。

「閣下、嗅ぎ出しましたよ。どこから嗅ぎ出したか言いましょうか」

そう、この青年記者は、わしに直接逢って言った。

「うん。聞きたいね。実は、新聞に書かれちゃあ困る。それからまた、君一人で嗅ぎ出したのなら、仲間に洩らしちゃあ困る。あとで代償をするから、それだけはこの際考えておいてもらわんと困るのだ」

「いやいや、他社の記者で嗅ぎ出した奴はまだありません。それに、私の社で持っている特種を、他社に洩すことは絶対にありません。だが、先きに国民の前に洩らしますよ。あとで代償と言ったとてこれは閣下、容易なことでは代償の出来る代物ではありませんですぜ」

「それは知っている。だから、約束をしておこう。例えば――」

わしは、そう言いながら、ふと、途方もないことを思い付いた。そして、真面目に聞いてみた。

「君は、ものを盗んだことはあるかね」

「冗談言っちゃあいけません。私は、ニュースを盗んだことは何度だってありますよ。しかし、それは相手に油断があるからと、私の苦心が充分それに値いするからです。しかし、形のある物を盗んだ覚えはありませんね」

「いや、そりゃ悪るかった。僕の言うのは、そういう意味ではない。君の推理では、エール錠の部屋から、ものを盗み出すのに、何であけたかという問題だ」

「エール錠のある扉以外のところから入ればいいではありませんか」

「それは全然否定してあるのだ」

その青年記者は、じっとわしの顔を見て考えていた。

「エール錠をあける。――鍵なしで開けるということは曾つて考えたことはありませんが、ひょっとするとあけられるかも知れませんよ」

「冗談言ってはいけないよ。他の錠は皆開かっても、エール錠だけはがちゃんとしめたら最後だ。それがために、全世界に信用されているのだ」

「知っています。しかし、がちゃんとかけるような鍵は、却って普通の鍵でかける錠よりも、むしろ素手で開くのじゃあありませんか。素手でしめたのだから、素手で開け得るのじゃありませんか。全世界が知らないでも、そんなことは少しも開け得ないという証明にはなりませんよ」

「だって君、それは君の空想だよ。自然科学は空想では出来ないよ」

「いいや、空想ではありません。私の嗅ぎ出したのが確かならば、その数百万円の紙幣を、大蔵大臣官邸から持ち出した賊は、エール錠を素手であけて、またその某外国公館のエール錠をも素手であけていますね。両方共エール錠がつかってあったということで、それだけの推理が出て来ますね」

「一体どこから嗅ぎ出したのだ」

「言いましょう。その某大使館から嗅ぎ出したのです。私は、前に各国大使館専門の種取りをしていたことがあるのです」

わしの心のうちには、この時妙なものが湧いてきた。それは、ひょっとすると、この青年記者に、その大使館から盗み出させることが出来たらいいなあ、という考えであった。そのためには、どれだけの報酬を出してもいい。あとで与える便宜ならば、どんな便宜を与えてもいい。

「閣下、私がエール錠を開けてみましょうか。約一時間工夫をしてみれば――合鍵を要するような錠では、あかりません。しかし、素手であかるとすれば、一時間の工夫で充分です」

わしは、夢のようなことだと思ったが、やらしてみようと考えた。

全世界で信用を受けている、エール錠が、このひょっとそういう思想を持った一青年などに、開かるわけはないが、その時は、事件のあまりに重大にして、手懸りがないので、いささか自分も夢の世界にいるような心理になったのだな。よくそういうことがあるじゃないか。

ところが、奇蹟が起った。

その青年記者は、素手でエール錠をあけた。

素手で？

そうだ、少くとも洋服を着たままだ。持っているものは、鉛筆と手帳位のものだろう、それだけでエール錠があいたのだ。

「見てはいけません――しかしとにかく、私には素手で開かることが判りました。これも閣下の示唆によったので、今まで、なるほどエール錠があかるとは思っていませんでした。世の中には、誰も出来ないと思っているためにも出来ないので、一旦誰かがやったとなると、あとはどんどん出来てゆくようなことがあるものですね。飛行機の宙がえりだって、一人もやらない前はやれないと思っていた。偶然に、誤ちで、一人がやったら、今では誰でもやりますな。あれと同じではないでしょうか」

わしは、驚いてなぞいられなかった。

わしの心の底に、この内閣の危機を脱する、唯一の機会を把《つか》んだのだ、という感じがした。藁でもつかむ時だった。

わしは、この青年記者に提言してみた。すると、との青年記者は、応じたのだ。

「国家のためとならば、やりましょう」

そう言って、その外国大使館から、紙幣を盗み出す約束をしたのだ。

出来れば大したものだ。

わしは、そのためにはいかなる便宜でもはかるつもりだ。すると、その青年記者は、その外国大使館へ忍び込むことは出来る。何しろニュースを取るために、人の家に忍び込むこと位いつだってやれるのだ。しかし、忍び込んで、エール錠をあけて部屋へ入ったとしても、その鞄を持ち出すことが出来るかどうかはわからないのだ。止むを得なければ窓から出す。万一困難の時には、紙幣の束を一つずつ投げるから、窓の外ですっかり受け取ってもらうより外はない、と言うのだ。

そこで、その夜、打ち合わせておいて、その青年を、某大使館のうちに忍び込ました。忍び込んで暫らくすると、大使館員が怪しみ出したと見えて、窓々には灯がついた。そして、大使館員が、外の方へも警戒に出て来た。

「いや、今賊を追跡してここまで来たのですが、どうも貴国の大使館内に侵入したようです。それで、出て来るのを捕えようと待っているところです」

止むを得ないから、わしはそう部下のものに答えさせた。

「では、外の見張りはお願いします。もし何か盗んで出たら、あとで受け取れるようにして下さい」

それで万事好都合に行った。こっちの目的は、とにかく外の警戒をこっちの手に収めておきさえすればいいのだ。

「勿論ですよ」

あとは、短かく話そう。

ともかくも、この盗み出しは成功したのだ。ところが、この青年記者が、窓から投げ下ろしたものの半分位が、困ったことに、我々の手に入らなかった。兼ねてこのことを探知していたと見えて、他の政党の手に落ちたのだ。

そんな馬鹿の話はない、と言うかも知れない。

しかし事情はこうだ。窓から投げ下ろしたものの半分位は始め受け取ってしまった、わしの部下の数え違いで、約三百万円位に相当すると思った。ところが、それは半分で、あとの半分は、青年自ら、大使館の小門のところまで持ち出し、これを、そこにいた私服の刑事に渡したのだ。ところが私服の刑事だと思い、実際に、そう答えて受け取ったのが、他の政党の廻し者だったのだ。

青年記者は、あとで大使館員に捕えられた。

「ニュースのためだ」

と答えたが、これはその後約一週間ばかり、大使館内に抑留された。あとで、引き渡しを請求して渋々と引き渡してくれたが、ひどい目に逢いました、とその青年記者の言っていたのも無理はない。

ところが、その青年記者が、大使館内に抑留されている間に、とうとう内閣は、停会で持ちきれずに瓦解した。

他の政党の首領から、時の内閣総理大臣に、この三百万円の一部の証拠を握っている。もし、国民の前にこの不始末をさらけ出すことが厭ならば、内閣を辞職せよとの交換条件の申出しを受けたのだ。

不思議な停会をして、そのあげ句、内閣総辞職となった、当時のかくれた事情はこれであったのだ。表面の理由は、予算の不成立にあるが、裏面には、こんなにがい経験があったのだ。

四

大木総監の話は、これで大体終った。

客間の大時計は、二つ打った。

午前二時。外の警官や新聞記者のざわめきも鎮まったらしく、内閣成立の第一夜は更けて行く。

家族――総監夫人と、長女勝子嬢と、長男正人君とは、異常の興味を覚えて、熱心にこの話を聞いた。

「少しわからんところがありますね、しかし、その判らんところは、秘密に属することで、お父さんの省略したところでしょうね」

高等学校の制服を着ている正人君が、父を擁護するように、こう言った。

「しかし、お父さん。お父さんはこういう疑いをお持ちになったことはありませんの。この事件で――その青年記者が、始めから主役で、大蔵大臣官邸から三百万円を盗み出し、そして某国大使館へ持ち込み、やがて再び政府へそれを帰るようにした――と」

「なに？　何のために？」

「倒閣のためでしょう。結果から言うと三百万円の紙幣は、とにかく完全に政府へ帰っています。半分はお父さんの手を経て、あとの半分は、次の内閣の手を経て」

総監は令嬢のこの鋭い質問で、一時ぎょっとしたような顔をした。

「それは、暫らくしてから考えぬではなかったよ。それで指紋を調べてみた。大蔵大臣のエール錠の部屋の扉の把手の指紋は大蔵大臣の電話で出かけて行って直ぐ鑑識課に調べさせてある。三人の指紋、一つは大臣自身の、もう一つはわしのだ。そしてもう一つ見知らぬ指紋があったが、その青年記者の指紋ではない」

「エール錠が開かるってこと、今では周知のことですか」

「いいや、周知ではない。しかし、その青年にはあかる。その後、いろいろのところを開けさせて実験したのだ」

「その青年記者というのは、今どうしています」

「その事件直後に、新聞社をやめて、いなくなった。――」

「お父さんは、その青年記者を、今見ればすぐわかりますか」

「わかるつもりだ」

「どんな風な人？」

「そうだな。背は高いよ。それから比較的大きなボタンを好むと見えて、洋服のボタンが大きい。その他、話しっぷりは、極めて歯切れのいい点が特徴だ。それにな――」

そう言って、総監はちょっと躊躇したが、次のようなことを述べた。

「その青年記者を疑うべき一つの重大なことがあった。それは、当時若い法医学者で、今、えらくなっている人だが、××大学の志賀博士というのがある。その人がわしから、この話を聞いて、その青年を疑った。むしろ敵意を持つ位に疑った。それで、その人がその青年の指紋を調べた。すると、その青年の指紋は調べる毎に違うのだ」

「えっ？　調べる毎に違う？」

「そうだ。そう言わねばならん。勿論、その青年の指から特別に取らした指紋はいつも同じだ。

二度しか取ってないが、それは同じだ。ところが、その青年の触れ歩いた器具から得られる指紋は、その都度違うと結論せねばならん。――一体こういうことになる。その青年を、わしの部屋に呼び入れる。そしてさんざんと器具や何かを弄《いじ》らせておく。その青年の外には、誰にも触らせないようにしておく。その器具をあとで、志賀博士が調べてみると、その青年の指紋は、実際その青年の指紋とは全く違うのだ。このような実験は三度やってある。いろいろの機会に、ある時は、その器具の指紋を調べて、殆ど一時間の違いなしに、その青年の指紋を、指でつかせて調べた。明らかに違うのだ――これだけの実験によると、その青年の指紋は、器具に残す指紋と実際の指紋とが違うということになる。その上に実際のその青年の指からの指紋はいつも同じだが、器具に触ると、その都度違ういろいろの指紋になって残るのだ――ということになる」

「四十指紋の男ですね」

正人君がそう言った。

「何だって？　四十指紋？」

「ええ、独逸の怪奇小説に、そんなのがありますよ。勿論空想の物語りですが。確か、四十指紋の男となっていたと思います。――すると、そういう、怪奇な人間が、実際にもいるのでしょうか」

「志賀博士はこの秘密を闡明《せんめい》しようとして一生懸命になった。むしろ敵意を抱いたと言うのは、ここのことだった。ところが、間もなく、その男は、いなくなった」

「調べてみましたか、その男がどうなったか」

「新聞社から、独逸へ派遣されたのだ。ところが、もとより、大きな新聞社ではないので、その記者がうまくやって、留学させてもらったのだろうが、そのうちに社運が悪るくなって、その社もつぶれた。従ってその青年記者も判らなくなった」

「まあ気味の悪い話ですね。その指紋の違うということは」

総監夫人が、そう言って眉をしかめた。

「お父さん。すると、その青年記者のような人が出て来ると、いつでも内閣はつぶれますね」

令嬢がこう言うと、正人君が「縁起の悪るいことを言うなよ、姉さん。内閣は今日成立したばかりなのに」と言って、大きく笑った。

しかし、令嬢は熱心であった。

「お父さん。志賀という、その法医学の先生は、指紋のことについてどう言いました」

「全く、自然科学では判らぬ不合理だと言ったよ。もう二三箇月、その青年記者がいたら、きっと発見してみせる。その詐術を露いてみせる、と言っていた」

「では、そのエール錠の秘密は詐術ですか」

「勝子も仲々鋭いな。よしよし、ここだけだから言うよ。エール錠のあけ方は、その青年がわしにだけは見せたよ。その方法は極めて合理的、自然科学的で、簡単だ。この方法を考え出したとすれば天才だが、日本人のやりそうなことだ。道具が少々入用だが、多くの青年や学生のいつも持っているものだ」

「何よ。言ってよ」

「それは言えない。また天下には、エール錠があかるということも公表し難い。公表すると、この種の犯罪が殖える恐れがある」

「では、お父さん、その青年は、犯罪をいくつもやって、それでわからぬのじゃあありませんこと?」

「そうだ。そこが大問題だ。その青年は、わしに対して好意をよせていたので、わしの方で看破出来なかったが」

「お父さんでも、好意をよせられると、眼が曇ることとあって? 鬼のようなお父さんのお眼が?」

令嬢はそう言って大きく笑った。

五

青年紳士と令嬢とは、帝国ホテルのロビイで、深々と腕椅子にうずまって、話していた。

令嬢は、澄んだ瞳を、まともに紳士の顔に向けていた。

「四十指紋の男という怪奇小説をお読みになって？」

「独逸の赤新聞にのったものですよ。名もない作家のです、文学的価値のない」

「でも、その空想、面白くはなくって？」

「空想？——そうです、それは一般には空想だという点では面白いですね。しかし、それが空想でなく出来ることが自然科学的にわかってしまうと、少しも面白くありませんね」

「では、そんなこと、出来て？」

青年紳士は、ちょっと、肩をそびやかして、そして、伏せた。

「公表すると、犯罪を誘致しますので——」

「あら、おかしい。あなたは、まるでうちのお父さんのようなこと仰言るわ。お父さんはね、エール錠ね。ほら、このホテルでもちゃんとつかってるわ。世界一安全な錠よ。素手で、あの錠をあける方法を知ってるのよ。昔ね、お父さんが警視総監をしている時に、一人の青年新聞記者が内閣を倒したのです。その青年記者から聞いたのですって、——私がね、教えてよ、教えてよ、と言っても、こればかりは言わないの、公表すると犯行を誘致する、と言うのよ」

「なるほど、私の言うことと似ていますね。——しかし、その青年記者が内閣を倒したと言うのはほんとうですか」

「お父さんは、あとでそう思うようになったのですって」

「でも、それは何故でしょう。その青年記者が政党の手先きだったのですか」

「それは、お父さんのお話だけではわからないのよ」

「お話しのような、天才的な男だったら、それには深いわけがなくてはなりますまいねえ」

青年紳士は、そう言って内ポケットが見えるまでに、背広を開くような恰好をした。

その時、令嬢は、内ポケットの止めボタンが、厚い、比較的に大きい、珍らしいボタンであるのを見た。

令嬢は黙って紳士の顔を見た。

それは疑惑の瞳であった。むしろ詰問の眼であった。

――お父さんの、大道易者のあとを尾け歩くに、殆ど天才的な才能を持っていた小僧――大木警視総監が、尾行と言うよりも、先行する能力と言って感嘆した才能――令嬢は、そのことを一心になって考えて、この二つのものの間に連絡の糸を求めようと、我にもなく心を苦しめていたのだ。

「エール錠のあけ方教えてよ。そうでなければ、四十指紋の秘密を教えてよ」

令嬢は、突然甘えかかるような、嬌態をつくって、青年紳士の方へ首をかしげた。

青年紳士は暫らく沈黙していた。やがて、何か嘆息めいた呼吸《いき》をした。

「お嬢さん。マソヒズムスという独逸語知っていなさいますか」

「そんなこと位知ってるわ。あたし、女子大学をこの四月終っているのよ」

「尾籠《びろう》な言葉を言ってすみません。しかし、私の好奇心を許して下さい。どの程度に御存知ですか」

「虐待されて喜ぶ、あらゆる心理を言うのです。殊に性慾的な喜びと結合している心理を?」

「虐待と言うと」

「打《ぶ》ったり、蹴ったりすることよ。――あなたは、私をいたわってはいけません。いたわられるのは嫌いよ。どんな言葉だって、それが人生の真理をあばくために用うべき言葉なら、私の前で御遠慮なさるには及ばなくってよ」

「許して下さい。――そうです。マソヒズムスというのは、打ったり蹴ったりされて楽しむ心理です、ところが、マソヒズムスのうちで一番高いのは、自分の運命を、愛する異性に預けるような場合、自分の運命を左右するような秘密を、相手の手に洩らすことです。相手の手に、生殺与奪の権利を握らせることです」

令嬢は黙ってしまった。

令嬢は理解したのだ。

しかし、まるで理解しないと装うがごとくに、令嬢は快活に、再び口を開いた。

「そんなむずかしいことは別として、教えて下さいよ。四十指紋を」

「お教えしましょう。エール錠のあけ方は、言いません。その代り四十指紋の種あかしをしましょう。これは、独逸の物語作者の話では空想ですが、その話から思い付いて、私の工夫したものです」

青年は、内ポケットのボタンをちょっとまわした。すると、ボタンの前半が外れて、平たい金属製の丸いものとなった。

「この内側に何が見えますか」

「あっ、指紋だわ。指紋のように、金属の浮彫りが出来ているわ」

「この金属を熱して、適当な、ちょっと火傷する程度にあつくします。それを指に押しつけると、火傷で出来た、この指紋が指の表面につきます。一時的のもので、二十四時間か、三十六時間で消失します。しかし、一時はこの指紋になりますか。これは、私が遊戯として見せるために、いつもこのボタンに仕掛けておくのです」

令嬢は理解した。

「医学的にも、それは確かなの?」

「確かです。誰も知りませんが、やってみると面白いように出来ます」

令嬢は、静かにボタンを青年紳士の手にかえした。

「おしまいなさい。――私はマソヒズムスなんて好みません。それは、私の趣味にあわないのよ――さあ、演芸場が開く時間らしいわ、グリルへ行ってみましょう」

そう言って、令嬢は立ち上った。

「お先きに立って頂戴。殿方が先きに立つものですよ」

そう言いながら、実は令嬢が先きに立って、二人はずんずんホテルの奥の方へと歩いて行った。

（その三）銀十二枚

一

演芸場ではもう何か始まっていた。

明るいところから、急にうす暗いところへ入ったものだから、二人共少しの間よくわからなかった。

令嬢がハンドバックから、四枚の切符を出して、入口のところにいたボーイに渡した。

「お幾人様でございましょう」

ボーイは、四枚の切符でありながら、二人しか入って来なかったので、こう聞いた。

「あら、そう。二人だけですわ」

令嬢は、そう言って二枚の切符を、あわてて取りかえした。

ボーイはちょっとあっ気にとられたが、二枚の切符を裂いて、席券の方だけを令嬢にかえそうとした。令嬢は黙って身振りをしたので、ボーイは後ろからついて入った、青年紳士の方に、その席券を渡した。

「警視庁の方々は沢山見えていますか」

令嬢はボーイに聞いた。

すると、ボーイの後ろの方にいた小さい腕章をつけた、老人が出て来て、恭しく答えた。

「はい。御家族の方が主でございますが、それでもあまり大勢様ではございません」

令嬢と青年紳士とは、案内の少女に導かれて、ずんずん中に入った。

席は丁度中央で、舞台から四列ばかり距っていた。そこが特等席であると見えて、人は極くまばらにしかいなかった。

二人は並んで席に着いて、うす暗い光で、すかすようにしてプログラムを読んだ。

「今日の催しは何ですか」

「月並の催しなのでしょう。でも、それを内務省と警視庁とで慰安会に利用したのでしょう」

青年紳士は、令嬢がこう言うと、何か一瞬間ギョッとしたようであったが、すぐもとの冷静な態度に戻った。

「では、内務大臣や大臣官房の人達も見えるのですか」

「勿論、招待状は行ってるのでしょう。けれども、大臣も総監も、見えるはずがないわ。第一、大臣の御家族でも、極く近い人は見えないでしょう。いそがしいのでしょうし、家族は要慎《ようじん》するのでしょう」

「警視庁の催しでも、要慎が必要なのですかね」

「皮肉を仰言るわね。だけど、あたしは来ていますわ」

二人は、小声で喋りながら、それでも熱心に舞台を見ていた。

舞台では十五六歳を頭《かしら》に六七歳までの男の子と女の子が、両側に背の高さの順に傾斜を作り、レビューのような踊りを、やや滑稽な音楽にあわせて今踊っているところであった。そこへ鬼の一隊が出て来るので逃げる。やがて、桃太郎の一隊が出て来て鬼を追い払うという他愛のないものであるが、一切を舞踊で表わす新らしい試みであった。

「おや！」

鬼の一隊が出て来た時は、令嬢は極く低い叫び声を洩らして、急に、オペラグラスを出してみた。

それから、更に踊りが進んで行って、桃太郎の一隊が出て来た時にも、令嬢は同じように、かすかな叫び声をあげて、あわててオペラグラスを取り出した。

「誰も気がつかぬようですが、お嬢さんは気がついていますね」

令嬢の耳もとで、青年紳士が囁やいた。

「確かに、そうですわ。あれは、変ですね。そうでしょう」

「そうです。あの男の子の側の小さい方から四番目の子でしょう」

「ええ、あの子どうも様子が変ですね。尤も、あとであの子が何か主役をやる。何か驚きをかくしておくのかも知れませんわ」

「そんなことは予想出来ませんね」

二人は、そう言って、四方《あたり》を見廻した。

その舞台で踊っている八九歳の男の子は、特別にすぐれた踊り手であるというわけでもなく、特別に踊りが下手であるというわけでもない。ただ、新らしい舞台の変化の来る時、例えば、急に音楽が低くなって来て、突然鬼の一隊が出て来たような時、あるいはそのあとで、進軍ラッパのような音楽が鳴り出して、急に桃太郎の一隊が出て来たような場合に、その一人の男の子だけ明らかに外のものと異《ちが》う態度を取るのである。

ヘマをやるのかと言うに、そうではない。令嬢の始めに受けた印象によると、何か急におびえて、逃げ出そうという態度を取る、スキを伺って、舞台裏に逃げこもうとするのではないか、というような態度であった。

「あの子幾つ位でしょうね」

「それは、舞台姿だけではよくわかりませんね。しかし、計算からすると、九歳《ここのつ》位でしょうね」

「計算て言うと」

「それは、一歳宛《ずつ》年齢の違う子供を集めたものとして、一番小さい子供を六歳《むっつ》と推定してですね」

青年紳士は、令嬢からオペラグラスを借りて、熱心に舞台を見ていたが、やがてグラスを再び令嬢にかえした。

「あなたの仰言る通りです。あの子は何か企らんでいるのです。恐らく脱走をたくらんでいます。僕にはよくわかります。――何か、こう共感するものがある。僕の少年時代に、ある運命から逃がれようとしていた頃の感情を呼び醒ますものが、あの子の身体つきや眼つきのうちにあるのです」

「外の誰方《どなた》も気がつかないようですね。してみると、あなたの気がついたのは、その少年時代の感情を呼び醒されたのかも知れませんが、では、私も同じことを気付くのはどうなるの」

「それは、やはりあの子供の態度のうちに、客観的に、そういう感じを起こさせるところがあると見ていいでしょう」

「私、何かその原因をつき止めたいわ」

青年紳士は、暫らく黙っていたが、やがて低い声で言った。

「あなたが、つきとめたいと仰言れば、それは出来ます。本気でそう仰言るのですか」

今度は令嬢がちょっとの間黙った。

「気がついた人は、私共より外にもあるかも知れませんね。しかし、それを突きとめたいという考を起こしたのは、お嬢さん一人でしょうね」

二人が、そんな会話をしているうちに、舞踊はどんどん進行して行って幕を閉じた。

二人は「やれやれ、何にも起こらなかった」と言おうとして、顔を見合せた時に、突然、幕の下から飛び出して、観客席の通路をまっしぐらに走って、演芸場入口の方へと馳けて行ったものがあった。見ると、それは、先刻二人が疑問を起こした、九歳ばかりになる男の子で、馳け抜ける時に、近くでみると白粉《おしろい》を塗ったまま、踊りの衣裳のまま、真剣になって馳けて行ったのであった。

観客はびっくりして、一せいに、その子供の方を見た。

ある者は、立ち上ったが、それはこの幕間を利用して、立ってゆこうという人であったかも知れない。そして、その子供が馳け抜けて、入口を越えてホテルの廊下へ出てしまった時に、一度どぎもを抜かれた観客はその結果が悪戯のように見える子供の行動であったので、一せいにドッと笑った。

二人は、笑った観客の方を見渡して、誰かこのために、その跡を追うような人があるだろうかと、探してみた。

しかし、観客はこの意味の判らぬ出来事にも、少しも心をわずらわされることのなかったように、やがて、次の開幕を知らせるベルが鳴りはじめた。

「行ってみましょうよ」

「ほんとですか、お嬢さん」

「ほんと？　そうだわ。――あなたはまた、何かで、私をいたわろうとするのね。私はいたわられるのは嫌いよ」

令嬢はそう言って、先きに立ち、幕が開きはじめたのに見向きもしないで、ずんずん出て行った。

二

演芸場を出ると、青年紳士は黙ってぐんぐん令嬢を従えて行った。そして、ずっと裏にまわって演芸人出入口のところに、二人はそっと立った。

白粉を落したのもあるし、白粉を落しもしないで、臆面もなく町に出てゆくのもある。キャラメルか何か口にしながら、何か大声で喚いて、数名の少年少女の一団が出て行ったあと、ちょっと途切れた。

青年紳士は莨《たばこ》をつけて、吸いながら「時間があるようでしたら、帽子とステッキをロビイから取って来ますよ」と言った。

「あら、だけど、もし、その間に出て来たら？」

「出て来たら、尾行して下さい」

「尾行を？——私一人で？」

「ええ、あなたが尾行していれば、たとえ僕ははぐれてしまっても、すぐ見つけて追い付きます」

「だって、相手が乗り物に乗ってしまったら？」

「ほう。よくお気がつきましたね。——僕に知らせて下さるには、あなたが何かサインを残しておいて下されぱいいのです」

「サインて、どんなものを？」

「お持ち物でもいいし、伝言でもいいし、あるいは、町の人の気付くような、変なことをなさっておけば、僕はすぐ嗅ぎ出します」

令嬢の心は、低迷して来た。その冒険には心が惹かれた。同時に、青年紳士の手を離れるのが急に心細くなった。

令嬢が眼を伏せて、暫らく迷っている姿は、何となくしおらしかったので、青年紳士は、気持ちの上で、いたわろうとしたのに違いない。

その気持を感得した令嬢は、急に力づいた。

「ええ、やってみるわ。風水渙《ふうすいかん》の小僧さんのように、うまくはゆかないと思うけれどもね」

青年紳士がロビイの方へ行ってから、なお暫らく時間が経った。

尾行と言うからには相手に気付かれてはいけないに違いない。しかし、果して、これを尾行してみたら、あの少年のなした不可思議の行動が解きあかされるであろうか。それは疑問ではないか。もし解きあかされたにしても、何の意味もない一つの気まぐれであったら、そうまで苦心して探索するに値しないではないか。——令嬢は一人になるとだんだんに意気沮喪してくるのを覚えた。

しかし、今はとにかく、尾行しなくてはならない。もし、その尾行そのものが無駄であるとしても、青年紳士と逢うためにも、尾行の外に道がなくなってしまった。

令嬢はコッコツと歩き廻った。考えがここまで来ると、ふと重大な疑問が起ってきた。それは、自分等の探し出そうとする少年は閉幕と同時に幕を抜け出し、演芸場入口の方からホテルの廊下の方へ、一散にかけて行ったではないか。恐らく、帝国ホテルの表玄関の方へと逃げ去り、どこかの出口から出てしまったのではないであろうか。すると、その少年をこの演芸人出入口に待っているというのは頗る意味のないことではないか。青年紳士は逃げ去った少年を見張りするために、何故こんなところに自分を来させてしまったのであろう。

令嬢が自問自答で、こんな疑問に到達した時に、あたかもその疑問を否定するかのように、十五六歳の女の子に引っ張られながら、突然に、その当の少年が出て来た。

「厭だい。僕はすぐおうちへ帰えるのは厭だい」

「そんなこと言って、お父さんに叱られるよ」

少年は年上の女の子にしっかり手を摂られていたのを、ひねって突然に離した。

すると年上の女の子は、またすぐ少年の手を取って、しっかり、くびれるほどに強く握った。そして暴力で引っぱるようにぐんぐんホテルの出口の方へつれて行った。

令嬢は後ろを振り向いて見たが、青年紳士が容易にやって来ないと思われたので、思い切ってその二人を尾行し始めた。

帝国ホテルを出た二人は、また暫らく町の電柱のところに立ち止まった。

少年が動かないので、叱ったりすかしたりして、年上の女の子が連れてゆこうとしているらしい。尾行に馴れない令嬢は甚だ困ってしまった。しかし、どうかして、その会話を盗み聞こうとして苦心したが、ふと思いついて、自分も待つ人があるような態度でその電柱のあたりを行ったり来たりすることにした。

「お姉ちゃん。どこかへ寄って、何か喰べてゆこうよ。僕が奢るから」

少年は、そう言って、懐中からお金を出した。

その一つを取り落して、あわてて拾ったところを見ると、五十銭銀貨であった。このお金は、年上の女の子の顔に、急に誘惑の影を宿した。

「あらっ！　幾ら持っているの？　五十銭銀貨ばかり沢山持ってるわね。見せてよ。どうしたの？」

「うん、先刻《さっき》ホテルで、知らない小父さんに貰ったんだ」

「うそうそ、知らない小父さんが呉れるものか」

「ううん、ううん、呉れたんだい」

「先刻っていつ？」

「僕、舞台から馳け下りた時だよ」

「だって、舞台から馳け下りた時は、逃げようとしたんじゃあないか。それでわかったわ。お金を持っていたので逃げようとしたのね。ホテルのボーイさんが、出口がわからなくって困っていたと言うので、あんたを演芸場の控室の方へつれて来た時に、ひょっとすると逃げ出そうとしていたのかも知れないって、親方に言っていたよ。親方は衣裳を着たまま逃げ出して、質に入れた子があったので、それかと思って――」

「ううん、僕ただホテルの外のところが見たかったんだ。それじゃあ、この着物では困るし、それで衣裳のまま出たんだよ。そしたら、このお金呉れた人があったんだ」

「いったい幾干《いくら》あるの？」

「十二あるよ」

「五十銭で十二――じゃあ六円だね」

会話は、ここから急に小声になった。

そして、結局銀貨三つだけ女の子に捲きあげられて、二人はいそいで町を歩き出した。令嬢はもうこの時は、少年に対する興味を何かなしに大分失いかけていたのだが、しかし、尾行は青年紳士との約束であったから仕方がなかった。

少年と少女とは、なるほどみすぼらしい風姿《なり》をしている。年上の女の子が、電車賃だけを貰って来たのであろう、小さい財布を袂《たもと》から出して、地下鉄にのり、そして、やはり令嬢にも少しは予想があった如く、浅草へと向って行った。

令嬢はもう尾行するのが少しずつ怖ろしくなった。

二人は浅草で裏町のようなところの食い物屋に入り、のろのろと歩いて映画館に入り、午後から夕刻まで費した。そして何故か、映画館の時計が午後八時を指すと急に立ち上って、映画がまだつづいているにも係らず、いそいで外に出た。

夏の日は、もうすっかり暮れて、浅草の町は団扇を持った人達で相当に込みあっていた。生れてから始めて他人を尾行し、さんざん疲れてしまった令嬢は、帰宅の時間が、おそくなることも心配になって、ひどく心細くなってしまった。

いっそのこと二人を捨てて帰ってしまおうかと思っているところへ、向うから青年紳士が、悠然と歩いて来た。ハッと思うと、すれ違いざま「尾行をやめて、僕についていらっしゃい」と言って、あとは黙ってずんずん歩いた。

三

「ひどい目に逢ったわ、あなたなしで、ちっとも事件でもなんでもなさそうな子供達を尾行したりして――」

令嬢は、青年紳士が急に小さい路次のような横町にまがって、促すように立ち止った時に、怨みと懐かしさのために、取りすがろうとして、やっと踏みこたえた。

「あなたは子供達と映画を一緒に見たのですね」

令嬢は、映画のプログラムをかたく握っているのに気付いて、恥かしくなっていきなりそこに捨てた。

「さすがは警視総監のお嬢さんだけあって、尾行は仲々うまいですね」

「いやだわ、さんざ一人ぼっちにさせておいて」

「いや、どうして、どうして、この事件は面白くなりそうですよ。僕の方は、ホラ、あのホテル演芸のプログラムにのっていた高橋興行部とあった、今日の出し物を提供したブローカーを訪ねて、子供の身許をすっかり洗って来たのです。さすがあなたの不審を打っただけあって、今日はこれから大へん変ったものが見られるかも知れませんよ。あなたにとっては貧乏見学のいい機会です」

「貧乏見学ですって？」

「そうです、貧乏が人間に対して、どんなに影響があるかという——貧乏が犯罪に近づき、犯罪が人間の道徳や何かすっかり捨てさせる——しかし、人間は遂に道徳の動物で、とんでもない道徳に生きるということ——」

青年紳士の面白そうな理論が、疲れた令嬢をもすっかり恢復させた。

「では、あの男の子の持っていた銀貨は盗んだものでしたの？」

「銀貨を持っていましたか？　幾干？」

「五十銭銀貨で六円」

「六円？　では十二ですね。そう。銀十二枚、銀十二枚——何かを思い出しませんか」

青年紳士は、そう言ってゆっくり令嬢の顔をのぞき込んだ。

「銀十二枚——思い出したわ。新約聖書のイスカリオテのユダが、基督《キリスト》を売り渡したお金ですわ」

「そうです。人を売るのは、十二枚と相場がきまっているとみえますね。とにかく、貧乏見学の手始めに、ここいらの飯屋に行って、夕飯を食べましょう。そして食べながら、その十二枚のお話をいたしましょう」

青年紳士は、そう言って、とある路次へと曲って行った。

「一番安くて一番おいしい、諸君の食堂」という長い名前を持った、しかしいやに細長い汚い家に入った。

「貧乏の見学だから、我慢しなくてはいけませんよ。幸い、もう夕飯時が過ぎたから、すいていますね」

青年紳士が注文して、七銭の夕飯が来た。これがどうして七銭で出来るであろうと思う位、それはおいしかった。

「これが七銭とは、盗むか拾うかした材料だと思うでしょう。そうなのです。この食べ物やの原料は頗る安いのです。主人や女中に聞えると怒って、嘘を言いますが、これはね。皆残飯なのです」

令嬢は、残飯と聞いて、グッと胸がつまるような感じに襲われた。そしてもう大方食べてしまった茶碗を置いた。

「衛生的には大丈夫です。蒸しかえしてありますからね。そして、生理学者に聞くと、消化系統というのは外界と同じような、汚いところだと言いますね。貧乏の第一要件は、まず消化系統を地に委すところから来ています。貧乏の最後の要件は、生殖系統を地に委すところに到達するのです――」

青年紳士が一切のいたわりを捨てているのが判ると同時に、令嬢は、胸の厭な感じがすっかり消失せて、出された夕飯を全部食べてしまった。

「これから、先刻の少年の家にゆきます。午後八時半になると、労働者であるその父親が帰ってくるのです。僕達はそのあとでゆきましょう。――実はね。あの少年が、今朝、銀十二枚で、その父親の友人を売り渡したのです。ある警部にね。新聞は記事禁止になっていますから、まだ誰も知りませんが明日の新聞に出るでしょう。脱獄囚があったのです」

「え？　脱獄囚ですって？」

「そうです。破獄つまり――、牢破りです。最も兇悪な犯罪常習者です。それが高橋興行部へつとめているあの少年の父、佐山とか言うんですが、その父の昔からの友人でした。当然のことでこれが、脱獄した囚人の頼って来たところでした。勿論、友人のところへ頼って来るということは警察部の方へもすっかり当りがついている。そこで見張りをつけたのですが、今まで二箇月もの間、どうしても判らない。第一佐山の家庭なんていうのは、明けっぱなしで、表から屋根裏まで見透せようと言うのです。ここにかくまうか、あるいはこの佐山の勢力でどこかにかくまってあるに違いないのですが、少しも判らない。夜中でも昼中でも、佐山一家をうかがっているのだが、人数の増したようなこともない。勿論、佐山というのは人買いなのですからね」

「人買い？」

「そうです。子供を買っては、いろいろの興行部に売り込むのです」

「ああ、それを人買いと言うのですか。昔とは形が違うけれども、今でもあるんですねえ。私は子供の時乳母から人買いの話を聞いて怖がったものでしたわ」

「実質は昔の人買いより、今の人買いの方が怖いのですよ。――そうです。佐山はそれが一面の商売なのですから時々子供達の違ったのが寝泊りをするが、さて四十歳以上の人間がかくまってあるとは、どうしても思えない。それで、ここにはいない、という決定になって、見張りを撤退することになりました。ところが、ある警部が、それは強力犯係《ごうりきはん》の落合という警部ですが、それがね、とにかくもう一度自分に調べさせてくれ、というのでやって来た。それが今朝、佐山も母親も留守で、九歳になる少年、これが佐山の実子ですが、佐山とその母親は、やはり貰い子だと誰にでも言い聞かしていますが――ええ、勿論、少年も自分が貰い子でない位のことはよく知っています。

──その少年が一人で居った。拗《す》ねて、学校を休んで。──そこへ落合警部が単身、誰も従えずに来たらしいのです。誰もいなかったので、銀貨をありったけ出した。それが皮肉にも、丁度十二枚あったのですね。少年に対する誘惑が大きかった。これが、十円紙幣とか百円紙幣とかであったなら子供に対しては誘惑にはなり得なかったかも知れません。ところが、五十銭銀貨、何枚という奴がうってつけの誘惑だったのです。警部は一つ一つ、数えながら少年の手の上にのせてゆきました。ゆっくり、ゆっくり、──そして少年の返事を促した。誘惑が余りにも残酷でありました。それに、もう二箇月も毎日その少年と交渉があって、その脱獄囚とその少年との間にはすっかり反感が高まっていたのかも知れないのです。とうとう、七八枚の銀貨の包みが手にのったのを意識すると、その少年は、脱獄囚のありかを警部に告げたのです」

「その家の一員となって、そこにいたのですか」

「そうです。その家庭の一員となって」

「でも、先刻あなたは、父母と、子供等だけで、大人で増した人数はないと言ったではありませんの」

「そうですよ。それでありながら、その家庭の一員としていたのです」

「そんな不合理ないわ。居れば男が二人いなくてはならぬのに──大人が二人」

「大人は、現にその家庭に二人いたのです」

「だって、夫婦が大人二人で、子供でしょう──あら、では、そのお内儀《かみ》さんと言うのが？」

「お内儀さんが──」

「だから、その脱獄囚というのは女だったのですか」

「いいえ。お嬢さん、あなたの推理が、もうほんの僅かなところですね」

「あっ！　判ったわ。では、女に、そのお内儀さんに化けていたのですかッ？」

青年紳士は、ゆっくり言った。

「そうなのです。その脱獄囚という奴も、前から高橋興行部に関係があり、ちょっと俳優めいたこと――勿論田舎まわりのですが――をやったこともあるのです。それでいきなり佐山のお内儀さんに化けたのです。調べてみると、ほんとうの佐山のお内儀さんは――」

「それは、まさか殺されていたのではないでしょうね」

「お嬢さん、あなたの推理は卓抜です。兇悪な脱獄囚、そして獄には行ったことはないが人買いを生業としている最も下等な奴、この二人が揃えば、まず人殺しを疑うのがほんとうです。ところが、幸いにそうではなかったのです。人を殺すと、死骸の仕末に困るのが理由であったのでしょう。旨を含めて、ほんとうのお内儀さんはひそかに女中奉公に出していたのです」

青年紳士は、そう言って口を結んだ。

どうして、お内儀さんに化けていて、二箇月もの間隠しおおせていたのか。

それはうまくやったと言うより外はない。勿論鬘《かつら》を使ったのだが、そのために非常な好条件が一つあった。それは、ほんとうの佐山のお内儀さんというのが、十年も前から禿頭病《とくとうびょう》で、普段鬘を用いていたことであった。これが近所には知られていなかったが、高橋興行部の連中には知られていたものだから、内偵の時に不審を起こさせる余地とはならなかったのだ。

「では、佐山というのも、警察に引かれたでしょうね」

「ところがまだなのです。恐らく、何か外に考えがあるでしょう。それは、これから、私共の手で探ぐってみましょう」

令嬢は了解した。

その先きに何があるのか。恐らく青年紳士の頭のなかには、未来に起ることの予想があるに違いないことを了解した。

「だけれども、少し不審なところがありますわ、そのお話に」

「どんな点なのです」

「だって、母親が取り換え子になっているのに、その子供、殊に、九歳と言えばまだ正直な子供に、二箇月も、お芝居がどうして出来ていたのでしょう」

「その解答も、これから私共に探り出せるかも知れません。但し、子供はしょっちゅう子役の足らぬ時に芝居をやらされていますし、それに悧巧な子なのでしょう。とにかく、自分では承知していた——あるいは、父親が怖かったのかも知れません。現に、今日正午《ひる》頃、父親が帰って来て、レビューの子役の不足からその少年をつれて行った時にも、母親のいないことに対して、一応の不審は打ったに違いないのですが——」

この時青年紳士の脳裏には、何かの考えがかすめたらしく、ちょっと口を噤んだ。

「そうです。子供というものは、殊に、悧巧な子供というものは恐ろしいものです。もっと、私共の全然予想の出来ない理由から、二箇月の間隠しておき、そして、今それを裏切ったのかも知れませんね。とにかく、さあ、これから行って、調べられるだけ調べてみましょう」

四

「この蔭にかくれていましょうか——ああ、いやいや、これでは逆光線で甚だ見にくい。では、こちらへ廻りましょう」

青年紳士は、まるで闇の中でも眼が見えるように、音を立てずに令嬢を導いて行った。そして、二人は、丁度隣家だか町だかから来る、かすかな光線を背にして立った。

闇に馴れて来ると、そのかすかな光だけで、殆ど部屋の内が全部見ることが出来る。

「話をしていいですよ。悪るい時は、ソッとあなたの肩をたたきますよ」

「では教えてよ。ここはどこなの？」

「空き家ですよ。どうもかなり長い間空き家になっているらしい。調べてみても人は住んでいませんね」

「当り前ではないこと？　空家というものは人の住んでいないところだってことは」

「ところがね。それは普通の法則です。貧乏の法則は、普通の法則とは違うのですよ。この暗《やみ》の中の眼だとてそうです。貧乏人には、これ位の光で部屋の隅までみえるのですよ。僕の推理が誤りがなければ、今このうちに誰かが入ってくるのです」

「先刻入ってくる時は、暗かったので、ただあなたの言うように入って来てしまったので、この家の位置もさっぱり見当がつかないわ。――あら」

令嬢は、かすかな物音を聞きつけて、急に言葉を切った。

「まだいいですよ。この家の位置はね。先刻の夕飯を食べたところから、三丁ほどのところだったでしょう。大切なことは、隣家が先刻の少年の家なのです」

令嬢が何か言おうとした時に、青年紳士は肩を軽く打った。

それは、あたかもあの声を聞けと言うように、見えない隣家から、濁声《だみごえ》が響いて来た。

「さあ、愚図愚図しねえで、行ってきねえ――高橋興行部じゃあ俺の帰るのを待っているんだ」

「お前さん行くって約束だろう。だからさ、お前さん行っておいでよ」

「俺は、行かねえ。新聞記者の奴等、これからも来るに違えねえ。俺がいて追放《おっぱら》ってやるのだ。――第一、何だって此奴《こいつ》の写真なんか撮らせやがるんだ。せっかく俺の匿《かくま》っていたのを、裏切りやがって、その上手柄だってんで新聞に写真がのりゃあ、世話ねえや。佐山が昔友達を匿ってお縄を頂戴したというなら通るが、裏切り者を出したと言われちゃ、お店はおしまいだ」

「だって、お前さん、これはお前の実の子だよ」

「そう思っていた。ところが、十年も俺が育ててみて、五円や六円の銀貨で買収されるようじゃあ、てめえが間男でもしやがって生んだ子だろう。俺は、そんな子供を生ました覚えがねえ」

「馬鹿をお言いでないよ。十年つれそった女房に、今更ら間男呼ばわりをおしでないよ」

「いいから行ってこいよ。第一女中奉公に出ていろ、俺の迎いにゆくまで帰ってくるのじゃあないと言うのに、何で帰って来やがったんで」

「そりゃあお前さん、警部さんが来てさ、事情が暴《ば》れたから、もう帰っておくんなさいと、お前が言ったと言うじゃあねえか。そして、詳しく顛末を話してくれたから……」

「何故、私ゃ佐山なんて男を知りませんと言わねえんだ」

「言えようがないよ。図星を指されて、のめのめと女中になっていられるかい」

夫婦喧嘩の声が急に低くなった。

誰かが訪問して来たのか、と思っていると、今度は、その低い声が、大分二人のところに近づいて来たらしかった。

「とにかく、行って来るよ。けれどもね。この子をつれてゆくよ」

「心配するなよ。この子をどうもしやあしねえよ。ただ、この子をつれてゆかれちゃあ、新聞記者をとっちめるに都合が悪るいのだ」

やがて、表の戸を閉める音がしたところを見ると、母親は不承不承で出て行ったと見える。

令嬢は何か言おうとして闇の中で青年紳士の方へ向いた途端に、肩をたたかれて、ハッと見ると、今二人のところからよく見える、この空き家の一室に、どこを入って来たか大きな男にぎゅっと腕を取られて、一人の少年が入って来た。

「お父さん、堪忍して——僕は、僕はこれをかえすよ」

少年はそう言って、何か握ったものを差出した。

令嬢は先刻青年紳士の言った「貧乏人にはこの位の光でよく見えるのだ」という言葉を思い出していた。

父親が静かに少年の握っていたものを受取って数えた。

「銀貨が五枚あるな。渡し銭にはお釣りが来らあ、——さあ、これはしっかり三尺帯へはさんでおきな。——それからと、おい、先刻書いたものをこっちへお渡し」

少年は、急に父親がやさしくするので、ちょっととまどいしながら、懐中《ふところ》から一枚の紙を出して、父親の手へ渡した。

「よしよし、これでよし」

父親は暗の中でそれを一読したと見えて、こう呟いて自分の懐中に入れた。

「さあ、機械体操の要領で、この二つの縄をつかむのだ」

見ると、この工場かなにかの廃屋の梁から、いつの間にか二本の縄が吊り下っていた。その二本の縄の先きは、見ると輪のように丸くなっていた。父親は、子供を抱き上げながら左右の手で、これを握らして、子供を放した。子供は軽々しく小さい身体を空に浮かして「お父さん、かんにんしてよう」と小さい声で泣き出した。

「そうして、下りていいと言うまでいろ。それが貴様への罰だ。人のものを盗んでも、人を殺しても俺は罰を下すことはなかった。裏切り者だけには俺の罰が下るのだ」

父親はそう言った。

令嬢の眼は暗にすっかり馴れてきたので、子供のすがっている二本の線の中央にもう一本の縄があるのが見えてきた。その縄の端は、三本のうちでは一番大きく、輪に結んであった。

この縄に気付くと同時に、令嬢の身の内には急に戦慄が走った。そして、全世界が氷ってしまったように、身体中が冷たくなった。青年紳士は、それをすっかり知っているように、令嬢の身体を抱くようにかかえて、僅かに声を立てるのを抑えた。

この時、父親は、中央の縄の輪を少年の首にかけた。そして、すっかり手を放しておいて、下から少年を見上げている。

「お父さん許してよ」

少年は、この意味が判るのか判らぬのか、小さい声で、あきらめたように、そう言った。

「おい、右の手を放してみろ」

少年は右の手を放した。

「今度は左の手を放してみろ」

少年は、躊躇していた。

そして意味が判ったと見えて、急に喚き声を立てようとした。間髪を入れない時であった。今まで失心していたような令嬢の心のうちに、本能的とも言うべき強い力が起きて来た。それは殺人を眼の前に見て、湧き立たずにはいられぬ、人間の法則によるのであった。

ハッとして、青年紳士の手をふりほどこうとしたが、何故か、その手はしっかり令嬢の手を抑えていた。眼の前の光景は、この間一髪の間に進展した。父親は、その手をあげて、少年の縄を握っている方の手を抓《つね》った。少年は手を放した。ギュッというような小さい音がして、少年の身体は空中に浮いた。

令嬢の眼からはポロポロ涙が落ちてきて、青年紳士の手を濡らした。それでも紳士は手を放さなかった。それは、もっとよく現実を瞠視《どうし》せよという意志を伝えるかに見えた。

父親は、先刻少年から受取った紙を出した。

そして暫らく考えていたが、吊り下った少年の帯から、そっと銀貨を取り出して、床の上に紙の押さえとして置いた。この時父親はゆっくり、また銀貨を数えた。

それから、部屋の隅から踏み台になるようなものを少年の傍に置いて、そっと部屋を立ち去った。立ち去る時に、少年の左右に垂れていた縄を力いっぱい毟り取ってしまった。

五

浅草公園まで来ても、令嬢はまだ息がはずんでいた。そして、黙りこくって、青年紳士の、いろいろになだめるのに対しても、少しも口をきかなかった。いや、口をきかなかったのではない。口がきけなかったのであろう。

青年紳士は、ここで休息しようとしたらしかったが、令嬢の心が堅く閉じているのを見て取ったと見えて、黙って令嬢を促してその頃始めて竣工した、地下鉄に下りて、上野公園まで来た。

二人はだんだん高いところへ登った。

「お嬢さん、いたわってはいやと仰言いましたので今日は、貧乏の見学を少しもいたわらずに案内したのですよ」

令嬢はまだふるえていた。

声を出してみたら声までふるえていた。

「あら、あたしふるえがとまらないのよ。――これは怒りのふるえです。何故、何故私達は人殺しを見て黙っていたのですか――」

「貧乏が犯罪に近づき、それでも何か一種の道徳を形成する――裏切り者だけに対して、あんなに激しい、ということを証明するためであったのです」

「それは、弁解だわ、勇気がなかったのだわ」

「いいや、お嬢さん、大勇気です。自然の法則を認識するためには、大勇気が必要なのです。――父親が見事に殺人を犯しました。明日の新聞紙には、あの少年が脱獄囚を摘発した手柄が書かれ、明後日の新聞には、それを後悔して自殺したと出るでしょう。――そして、その真相を知っているのは三人だけということになるでしょう」

「三人て？」

「父親と、私達二人と――それから恐らく母親もそれを察して知るでしょう。しかし、摘発すれば出来るのは、私共二人だけです。すばらしいトリック。子供を殺しておいて自殺と見せかけるすばらしいトリック――しかし、ああいうトリックがあることを知れば、殺人の真相がわかるのはずいぶん困難ですね。私共は、これから数日、あるいは数ケ月の間、日本の犯罪捜査の第一等の頭脳がこの問題に苦しめられて、どう解決をつけるか、――見物《みもの》ですね。もし、明後日少年の後悔のための自殺として片付けられるようならば、日本の第一等の頭脳というのも、まやかしものですね」

二人は、はるか下の方に、上野それから、浅草の方へと、灯の海を見ながら、なお暫らく立ちつくした。

「厭、厭、私、厭や《い》！」

突然令嬢がそう叫んだ。

「私には我慢が出来ません。私これから帰ってパパに言います。そしてすぐ警視庁の人達に――」

「そうです。お嬢さんの心のうちに、隠された事実に対する怒りが起って来るのはよくわかります」

この時令嬢は、怒りの眼をあげて、まともに青年紳士の方へ向いた。その眼が血走っているので、令嬢の真剣さは、すぐに青年にも響いた。

「私の怒りは、人間として自然なのです。どうして――どうしてあなたは怒らないのですか。男の癖にどうして怒りが起きて来ないのですか」

青年紳士は、この言葉で打たれたように顔をあげた。

「お嬢さんは、清純な心であるから怒れるのです。それにしては、僕の心は、不純で、今まで世の中にいじめられて、そして、あの少年と同じように、正義と不正義の混淆してしまって、わからなくなるような、貧乏のうちに育ったからです。そのために、怒るよりも、まず堪えるという恐ろしい習慣がついてしまったのです――ハイ、人間にとって一番恐ろしい習慣が――」

「怒るよりも堪えるという？」

「そうです。お嬢さん、貧乏人は怒るためなら一日中怒っていなくてはならぬのです。今日のような犯罪よりも、もっと大きな、もっと沢山の人命を損する、もっと残酷な、典型的の犯罪を金持ち達が行っているからです」

「あなたはそれでいいでしょう。しかし、あれを私と一緒に見たからには！」

「はい、お嬢さん、ほんのちょっとしたことですが、僕は、あの犯罪が必ず発覚する手助けをして来ました」

「え？　いつの間に」

「父親が立ち去って、私共《わたしたち》が逃げ去る前に――丁度お嬢さんが怒りに燃えて、我を忘れていた間に――」

「え？　では――」

「そうです。ひそかに、銀五枚の下に置いてあった紙を読んだのです。それにはたどたどしい筆でこう書いてありました。

　　オトウサン、オカアサン、ユルシテクダサイ
　　　　昭和五年七月××日　　　　　　　冬　吉

これは、立派な遺言です。これは父親が、侭冬吉《せがれ》には意味がわからず、検事や警察官にははっきりわかるように、口述して書かせたのです」

「まあ、可哀そうに！」

「そうです。これで立派にトリックが完成しました。この紙の隅に、僕はただ一行書き加えました。それは速記文字で、これはお父さんが無理に書かせたのです――と。速記文字は、個人によっ

て少しずつ違う、個性がありますが、捜査官はやがて判読します。しかし父親や母親には虫のような文字はわかりませんから、子供がいたずらをしたと思うでしょう。判ってからは、さては子供は速記を知っていたのかと思うでしょう」

そう言って青年紳士は黙ってしまった。

令嬢は、キッと結んだ唇を、夜の灯の海の方へ向けて、身動《みじろ》ぎもしなかった。

山下の広告灯が明滅して、夏の夜は更けて行った。

見る人があったら令嬢が化石して、正義と愛の権化になったのではないかと疑ったであろう。

そして、その正義と愛の権化は、東京を見下ろしているのであった。

（その四）獅子の精神病

一

どんな道を取られても、正《しょう》九時に家を出られさえすれば、先方へおつきになるまでには、必ず御一緒になっていますから――という青年紳士の手紙の一節を繰りかえしながら、令嬢は、清々しい秋の朝を、丁度朝のラッシュアワーを過ぎてしまったあとの、空いた省線電車に乗っていた。

代々木で乗りかえて、渋谷駅で下りた。

そして、駅を出て、これから市内電車にするか、バスにするか、あるいは、そうでなければタキシイにするか、とにかく、今までは判っても、これから選ぶものは判らぬはずだから、結局途中で一緒になるというのは、非常にむずかしいはずだ、と考えながら、やや暫らく躊躇していると、急に自分の前で一台のかなりの高級車がハタと止まった。

下りる人の邪魔になっては気の毒だと思って、令嬢が身をわきに外らそうとすると、扉《ドア》が開いて、中から「さあ、どうぞ、お嬢さん」と言う、歯ぎれのいい声が響いた。

「結局待ち合わせの約束をして、一緒になれなかったりするよりは、一方は勝手に目的地にいそいでいる間に、その途中で一方がつかまえる方が、一緒になるためには結構なのですよ。――今は、探しあてる方が私でしたが、そのうちに、あなたでも、何、たいしてむずかしいことはありませんね」

「じゃあ、あなたは、お宅から一直線に渋谷駅へ来られたのですか」

「はい、お嬢さんが駅前に立たれる時間に、正確に間に合うようにやって来たのです」

「だって、お手紙には、どんな道を通ってもとあったではないの——私が省線電車を通るということが、どうしてわかりますか」

「正しい人は、正しい道を通るものです」

「だって、省線電車が正しい道ということが、どうして定《きま》って」

「お宅から一番道順がよくて、時間も一番短い——自動車とさして変りがない、そして、一番経済的ならば、それが正しい道に違いないでしょう」

「正しい、という言葉は、そんな、経済的な意味もあるの？」

「そうですよ、お嬢さん、原理的の問題に触れていない場合には、やはり経済的に正しさがきまるのです。だから、お嬢さんには正しくても、お嬢さんのパパには正しくないことは、勿論、あり得るでしょうね」

二人は、楽しく言い争いをするように、今はもう仲よくなっていた。

「したが、御病人はいかがですか」

「病人は、一方はもういいそうです、一方は、今が仲々重態だという話です」

令嬢は青年紳士が、御病人はと聞いたので、笑いながら答えた。

「では悪るい方のお名前は？」

「悪るい方がエトなの」

「では、もういい方はリカですね」

「よく覚えているわね」

「そうですね。覚えるのは苦心はいりませんが、どうして、そういう変った名前をつけたかを知るのには、大そう骨を折りましたよ」

「私がつけたのだわ。どうしてその理由まで判るでしょう。それは、個人の自由から来ているので、少しも一般的の法則から来ていないはずなのに」

「それはそうです。しかし、そういう問題についても、一般的の法則らしいものはありますよ。例えばその親の名を取るとか、あるいは、季節の名であるとか、あるいは、名を付ける時に起った社会的の事象であるとか」

「それは、しかし、人の名を付ける場合でしょう」

「人の名も、犬の名も、人間がつける時の心理には、同じような法則がありますね。ただ犬の名の場合には、多くは外国語めいた名前を付けることだけを顧慮すれば、ですね。——そのような一般法則があることは、私が、エトとリカの名の出所を見出したのでも判るでしょう」

「じゃあ、言ってよ。どういう語源だか」

「しかし、この二つの名前だけでは、実は、私にも判らなかったのです。データは多くなければ判りません。私は二つのデータだけでは判らなかったのですが、三つのデータにした時に、始めて判りました」

「三つのデータって言うと、そのもう一つは何なの？」

「それは、いつか、その二匹の犬の親犬の名をお伺いいたしたでしょう」

「ええ、ランスと言う」

「そうです。ランス、エト、リカとなりますとね。すぐわかります。これはね。フランス、ソビエト、アメリカ、と皆その地名から来ているのです」

「まあ、あたったわ」

「勿論ですよ。同じ法則に関して、三ツ以上のデータがあがっていたら、推理は大ていの場合に出来なくてはならぬのです」

二人が、こんな会話をしている間に、自動車は目的の場所へついた。それは、板木獣医学博士の、病院でもあり、そして自宅でもあった。令嬢は、ここに入院させてある、二匹の犬の見舞いに来たのである。

板木博士は、犬が専門だと見えて、病舎には様々な犬が、ずらりと並んでいた。それがやはり人間の病院のように、呼吸器病とか、消化器病とか分類してあったので、青年紳士は微笑を洩らした。

ヂステムパーは、特別になって、伝染病という、別室にいた。

板木博士も、当日は居たし、それに、警視総監の令嬢に対する敬意でもあったであろう。わざわざ自分で出て来て、病犬の容態を説明した。

「どうも、リカの方はよほど重態だと思いましたが、この分では大丈夫でしょう。熱は今は三十九度より下ですから、……呼吸も脈搏《みゃくはく》も、もう普通と大して差異はありません」

リカは、令嬢を認めて、懐かしそうに尾を振った。

「ヂステムパーは、分類上はやはり呼吸器病ですか」

青年紳士は、板木博士に聞いていた。

「そうです。呼吸器病ですね。しかし、伝染力が強くて、他の犬に伝染し易いものですから、こういうように、特別の病棟を作ってあります。――あれは犬の一生に一度病めば、あとは大丈夫です。だから、ヂステムパーをやってしまっている犬に対しては少しも恐れるに及びませんが、しかし、まだ一度もやっていない犬も来ますし、まあ、やってはあると思いましても、もしそうでないとすると、病院へ来て、ヂステムパーをしょった、となると、困りますので、一番その点が苦心です」

「では、こうして別棟にいても、伝染の危険は少しはありますか」

「ありますね。それで、失敗した経験があるのです。その時、よくよく尋ねてみると、犬から犬へ伝染したのではなかったらしいのです。同じ人間が、同じ服装で、ヂステムパーの犬舎へも入り、直ちに外の犬舎にも入った。それが原因らしかったです」

板木博士は、説明しながら、他の病棟へ入りかけたが、自分の白衣を脱ぎかえていた。二人は、板木博士の親切な案内で、外の病棟の犬をも見せてもらった。

「したが、犬には精神病と言うものはありませんか」

「精神病ですって？」

「ええ、人間の精神病に該当するものです。狂犬病のことではありません」

「そうですね。近頃の研究では、露西亜《ロシア》の生理学者のパヴロフという人が、犬にも神経症を起すことが出来る、と言っていますから、まあ、やはり一種の精神病があると見なくてはなりません」

「なるほど、神経症というのは、怒って噛みついたり、乱暴をして、とめることが出来なかったりしますか」

「さあ、そういうのは、狂犬病の外には、私の取り扱った範囲内では殆どないですね。自発的に乱暴をしたり、発作的に狂暴になって手におえなくなるようなのは、見たことはありませんねえ」

板木博士がこういう話をしている時であった。

白衣を着た助手の一人が、あわただしく板木博士のところへやって来た。

「先生、至急に往診を願いたいと、警察から言って来ています」

「どこだ？」

「芝浦です」

「どんな病気だ」

「ところが、犬ではありませんので――獅子が精神病にかかったらしいから、直ぐ来て診て頂きたいとこう言うのです」

「獅子ってライオンのことか」

「そうです。雄の狂暴なライオンだそうです」

「芝浦にどうしてライオンがいるのだ」

「今、曲馬団がかかっているのです。が、その曲馬団の余興のために見せるライオンです」

「とにかく、あっちへゆこう。そして警官の方に逢ってみよう」

板木博士は、そう言って、令嬢と青年紳士の方へ向いた。

「どうです。あっちへ参ってみましょう」

「ライオンですって？　こわいけれど面白そうなお話ですね。私共も参ってよろしくって？」

「ええ、どうぞ、——御一緒にいらっしゃって下さい」

板木博士は、余裕を見せながら、先きに立って二人を導いて、病院の診察室の方へ行った。

二

曲馬団のことは、ここ二三日以来、新聞紙上に喧伝されていた。

団長というのは、日本人で、長く南洋植民地や、支那、台湾などを打って歩いて、東京へ来るのは六七年振りであると標榜している位で、この長い外遊の間に、団員には外国人も沢山入り込んで、まるで人種の展覧会も出来そうな、多彩なところが大評判であった。

曲馬団は、珍らしい動物も数種持っている。

印度《インド》産の象や、獅子や、豹や、二匹のオランウータン、大蛇、さては小猿などは沢山持っていた。

動物のうちでは、象と獅子とオランウータンとが曲芸をするので少年少女等の人気を集めていた。

殊にこの獅子は今まで日本に来たもののうちでは、一番大形のもので、獅子使いの露西亜人がつれて、舞台に出るだけで、観衆をアッと言わせた。

獅子の芸というのは、大したものではない、ただ舞台に出で、獅子使いの命令のままに、ウォー、ウォーと咆哮するだけである。獅子馴らしを始めてから、まだ四五年しか経っていない。比較的若い獅子だから、その他の芸は今仕込んでいる最中である——と新聞紙が伝えている。

しかし、この咆哮は、いかにも百獣の王に恥じない、熱帯の広野を思わせる凄いものであった。女や子供ばかりではない。大人もまた、その咆哮のために心の底から恐怖に似た戦慄を感ずるのだが、しかし人間は、この戦慄を愛するのであろう。曲馬小屋の外で思案して立っている人々も、この咆哮が聞えて来ると、すぐ決心がつくらしく、切符を買うというのは、まんざら新聞紙だけの嘘でもなさそうであった。

「その獅子がどうしたと言うのですか」

「団員の二人を嚙みましてね。そして、昨日の夕刻に嚙まれた団員は瀕死の重傷を負ったのです。もう死んだかも知れません。そのあと獅子の様子が頗る変だと言うのです」

「嚙まれたのは二人で、重傷なのは一人ですね」

「そうです。一昨日《おととい》の夕刻に、一人の団員が嚙まれました。それは、嚙まれるとすぐ救いを求めたところが、幸いに、獅子使いの主任が近くにいましたので、極く簡単な傷で済んだのですが、昨夜のもう一人の団員は救いを求めた時に、獅子使いの主任も、その他の人も傍にいなかったのです。それでとうとう致命的の咬傷《こうしょう》を受けてしまったのです。——ところが、それ以来、獅子は近づく人間を、誰でも嚙もうとするらしく、とうとう、獅子が精神病となったのではないか、と言うのですがね。それで警察の方でも、多数武装した警察官が行って監視しているのですが、何分にも放っておいては仕方がないので、先生の診断を得たいと言うことになったのです」

「獅子使いの、その馴れた露西亜人というのは、どんなことを言っていますか」

「ところがですね。その露西亜人というのが日本語が殆ど出来ないのです。こちらから言うことは、ある程度まで判るらしい。しかし、本人の意志表示が、殆ど出来ない。それでもゆっくり、片語《かたこと》まじりで、やや喋ったのだそうですが、今度の事件で逆上してしまって、よけい日本語が喋れなくなったのです」

「では、その獅子使いは、何語を話すのですか」

「露西亜語と印度語だけだそうです。その男は露西亜の南のチフリスに生れた男でペルシャから、印度の方へまぎれ込んで、獅子使いを習得して、そして、松田曲馬団の団長にカルカッタで拾われて来たと言うのです。初めは、団のうちにも露西亜人が二人いて、その露西亜人は英語と日本語を喋りましたので、その通訳で獅子使いの意志はよく判ったのです。そのうちに団長の松田氏が、だんだんに日本語を教え込もうと努力していたのですが、——ところが、今度日本へ帰る道で、長崎で、その二人の露西亜人は手を取って駈け落ちしてしまったので、今は、もう露西亜人は一人切りということになってしまいました」

「駈け落ちと云うと、その二人は男女であったのですね」

「そうです。その女の方の露西亜人は仲々の美人で、一座のうちでも花形であったので、団長も非常に惜しんだのですが、この二人に逃げられて一番にしょげてしまったのが、その残された獅子使いの露西亜人で、それからあと、獅子の馴致《じゅんち》訓練は一切助手にまかせ切りみたいになってしまい、それで今度の獅子の病気が発したものと見える節もあるのです」

板木博士は、これ等の話から、益《ます》々《ます》困惑の表情を深めた。

「どうも、お話を承ってみると、病気——そうですね。病気と言えるかも知れませんが、何しろ、私の専門は犬その他の家畜でしてね、猛獣のことは研究したこともないので、診断や治療が出来るかどうか、——殊に、その馴れた獅子使いの人が、日本語を話さない。英語や独逸《ドイツ》語も話さないということになりますとね。私の考えるには、その獅子使いの人こそ、獅子の習性や経歴をも知って居り、従って病気や治療のことも詳しいのではないかと思いますがね——」

令嬢は、板木博士の表情から判断して、博士は診察にゆくのが厭なのだと直感した。

そして、何故厭なのであろうか、怖いのであろうか、そうでもなければ自分に判らぬのが困るのであろうか、と考えていた。怖い話に、自分のようなものまで、非常な好奇心をそそられるのに、博士はどうして躊躇しているのであろう。そう思って、傍に黙ってじっと聞いている青年紳士の方を見ると、やおら青年紳士が言い出した。

「板木先生、露西亜語は私には少しわかりますから、ある程度の通訳は出来ると思いますが、どうでしょうか、よろしければ、お供をいたしてもいいのですが、――大木さんのお嬢さんも、こんな興味あるお話なら、きっと御一緒したいと考えて居られると思いますが」

「あら、厭だわ」

「お嬢さん、獅子や曲馬団の生活を見るのに、こんないい機会は稀ですよ。先生さえよろしければ、是非お供をしようじゃありませんか」

板木博士は威厳を持ち直した。そして「お嬢さんも御一緒しましょうか。では、とにかく、あなたの通訳をお願いすることにして、行くだけは行きましょうか――だが、危険なことがあったら？」

すると、警察官は早くも立ち上りながら言った。

「危険なことはないように、武装したものがついています。団長も、これ以上人命を損ずるようなことがあっては困るから、いざとなったら猶予なく発砲してくれていい、と申しています。それに、先生の方には麻酔薬という武器があるではありませんか」

「そうだね。麻酔薬は是非、必要に応じては使わねばなりませんね」

「しかし先生、獅子となるとおとなしく注射をさせはしませんでしょうね」

書生もいつの間にやら応接間の話を洩れ聞いていたと見えて、薬局から麻酔薬を取り出しながら言った。

「うん、わかっているよ。とにかく、何か瓦斯体《ガス》の麻酔薬をも持ってゆこう。それから、君も一緒に来るのだ」

そこで板木博士は助手として書生一名を引き具して、青年紳士と令嬢とを伴ない、表に待っていた警察自動車で、芝浦の曲馬団へと出かけて行った。

三

一同は、獅子檻の前に立った。

なるほど獅子は、かなり大きな檻の奥に、しっかり立ってこっちを睨んでいた。檻はまことに粗末なもので、丸木を組合せて、作ったようなものであった。四方と天井とは格子状になっていて、僅かに床が張ってはあるが、それでも獅子の肢《あし》の陥ち込める位の穴は二つばかりあいている仕末であった。

檻の奥の一面だけは、黒い布が張り垂れてある。

その上檻は大きな天幕のうちにあるので、少し光線が足りないけれども、じっとみているうちに一同の眼が馴れてきた。見るとなるほどこの大獅子は、上顎や頬のあたりを痙攣させているようで、もの凄い表情をしていた。

「あら、神経質の人間のように、顔のどこかが痙攣しているわ」

「そうなんです、お嬢さん、いつも檻の中では決して吼えない獅子が、昨夜も今朝も吼えたのです」

団員の一人が、説明するようにそう言った。

「しかし、よく見てごらんなさい、あれは怒りの表情ですか、僕には、むしろ困惑の表情のように見えますがね」

青年紳士は、低い声で令嬢の耳もとに囁やいた。

令嬢は黙ってうなずいたものの、獅子を近くでみるのは始めてであったから、何とも判断がつかなかった。

「なるほど、変ですね。ともかくも、噛みついた時の状況をもう少し詳しく話して下さい」

板木博士がそう言ったので、団長は、檻の扉だの、その他の実物を指示しながら、話した。

一昨夜も、昨夜も、その状況は同じであった。

獅子使いの助手として、獅子の使い方の伝授を受けているのは、二十四歳の達夫という青年と、二十三歳の弥吉という青年と、いずれも団長が十年位前に貰い子として、今まで育てあげてきた団員であった。獅子使いの露西亜人が獅子の飼養はこの一週間位この二人に委せ切りであったが、事件は何も起こらなかった。突然に、一昨夜、達夫の方が一人で獅子に夕食として定《き》められている二匹の兎を与えるために檻に入った時に事件が起きたのだ。

「一人で入ったのですね」

「そうです。一人で入って、檻の扉は閉めてしまいます。それは、もう暗黙のうちに、怪我人が出来ても、この檻のうちに入っている一人だけに止めたいという用心ではあるのです。何故ならば、もし獅子が狂暴になって、その一人を倒し、その上檻を出たとすると、これは多数の人のために危険ですから、獅子の飼養は冒険なのです」

「では、狂暴になって、獅子がうちかかって来た時に、その飼養に入った一人は、逃げ出すことは出来ないのですね」

「勿論です。その突嗟の間に扉を自分であけることが出来れば出来るでしょう。しかし、それは予め厳禁して覚悟させてあります」

そこで一昨夜も、獅子が忽ち狂暴になって、達夫をめがけて打ちかかった時にも、達夫は扉をあけなかった。

大きな声で救いを求めながら、ともかくも檻の隅々を逃げまわろうとした。

「達夫の方よりもふだんははるかに、弥吉の方がすばしこい人間なのです。しかし、その時、達夫の話によりますと、どうして自分にあんな素早いことが出来たかと思う位に、本能的に逃げたと申します。それで達夫は、ただ左の二の腕を嚙まれただけでした」

これは大事件であった。

人々が達夫の救いを求める声を聞きつけて、かけつけた時は、達夫は檻の右隅のところに紅《あ》けに染まって倒れて居り、獅子は、その近くで残りの兎を食べていた。この有様を見た獅子使いの露西亜人は気狂いのようになって檻の扉をあけて入り込み、後に扉を閉《とざ》しながら、まず思い切り獅子を打擲したのだ。

露西亜人は泣いていた。

獅子はしかし、この獅子使いに、いくら打擲されても、間の悪るそうな顔をして、なおも兎の残りを食べているだけで、まことに音なしかった。

「弥吉、入って来い」

露西亜人は叫んだ。

「弥吉あぶない」と金切り声でとめたものもあったが、しかし、弥吉は、満面朱を灑《そそ》いだ如く興奮しながら、直ちに勇敢にも扉をあけて入り込んだ。そして右の拳をあげて、何事か喚きながら、師匠の獅子使いがしたように、思い切り獅子を打擲した。打って打って打ち据えるような勢いであったが、獅子は少しも動じない。巌《いわ》を打たれたように、ただ、音なしそうに眼を瞑《つぶ》っている。

「糞! これを食らえ!」

弥吉はそう叫びながら、自分の右の拳を獅子の鼻の先きにつきつけたが、獅子は媚びるように、その拳を嘗めるのであった。

馳けつけたもの十数名は、胸を躍らして、この光景を見ていた。

弥吉が、そんなことをしている間に、露西亜人は、倒れている達夫を抱き起しながら、何事か神に対して訴えるような言葉を露西亜語だか、印度語だかで叫びながら、遂に扉を開いて外にかつぎ出して来た。

直ぐ医師が迎えられて、傷口を改めたが、幸いにして、傷は、ただ一と噛み噛まれただけで、大したことはなかった。熱も出ず、ただ手に吊り繃帯をかけてもう翌日から起きている。ただ、それ以来獅子を怖がって、飼養だけは休むことにしてある。

団長が話しているうちに、手を繃帯で吊った若者が、群集の後ろから進み出た。

「ああ、君が達夫君だね。大変な目にあったね」

「いいえ、私は何でもないんです。しかし、弥吉が可哀そうでした」

この時、青年紳士が、静かに声をかけた。

「兎はいつも二匹やるのかね」

「そうです。コーリャさんの指図で、夕方二匹やることになっています」

「やる時は、勿論生きたままですね」

「そうです。生きたのを二匹持って入りますと、獅子は興奮して喜びます。それから、眼の前に二匹投げますと、一匹は直ちに右の前肢で圧《お》し殺し、もう一匹は尾をあげてハッシと打ち殺します。実に見事にこれだけのことをやって、直ぐ一匹ずつ食い始めるのです」

「一匹食い始める時に、他の一匹はどうしているね」

「それは、前肢でかるく押さえている時もあるし、自分の傍にそのまま置いてある時もあります」

「ありがとう。では、弥吉の方の話をして下さい」

ここで、コーリャという露西亜人が話し出した。

それを青年紳士が巧みに通訳をした。

翌日の弥吉の場合にも、最初にかけつけたのがコーリャで、二番目にかけつけたのが、達夫で、時を移さず大勢がかけつけている。

「事件は、私の責任でした。あんないい若者を殺しました。それは、前日達夫がやられているのに、どうして、また翌日弥吉を檻の中へ入らしたかと、さぞ非難なさるでしょう。しかし、それは、私には確信があったのです。達夫より、弥吉の方がはるかに悧巧でもあり素ばしこくもあります。それに獅子の心理をもぐっと理解して握っています。それに、安心しました。前々から、危険が起るなら達夫の方で、弥吉の方ではないと確信していました。それが悪るかったのです」

それに、もっと重大なことがあった。

それは、達夫のやられた日に、弥吉は檻に入って、思い切り獅子を打擲していた。それだのに、獅子は少しも怒らなかった。この目前の事実が、コーリャの確信を裏付けていたので、翌日、弥吉に二匹の兎をやらせたのだった。ところが丁度同じ時刻に、そして同じように、救いを求める声でかけつけてみると、達夫の倒れていたのと同じような位置に、今度は弥吉は死んで倒れていたのだ。傷は左の二の腕を嚙み取られ、第二の咬傷に、左の肩先きを嚙みくだかれ、動脈を食い取られていたのだ。

医者はすぐ来たが、今度は重態だと言った。そして、直ちにその医者の病院へ運んだのだが、出血と骨折とでもう救い難く、生命は、ただ時間の問題であるに止まると言うのである。

青年紳士が、これだけの翻訳を終えると板木博士が口をはさんだ。

「それで警察へ知れたのは」

「それは、外科病院の院長さんが、これは死ねば、変死になると言うので、予め警視庁の友人の医務官の方に話したのだそうです。それに新聞記者が沢山来られたし、その方からも聞えたのではないでしょうか。もう今日の夕刊には大きく出るでしょう」

団長が、そう答えた。

「伺いたい点は、ですね。達夫君の場合と弥吉君の場合とは、全く同じだと言うのですが、その位置も、獅子の態度も全く同じですか」

「そうですね。実に似ているのです」

「では倒れていたのはどの辺です」

そこで団長は青年紳士を引っぱって行って、達夫の倒れていたところを指さし、また弥吉の倒れていた場所を指さした。

「なるほど、達夫君の方が少し中央《まんなか》へ近く、弥吉君の方が遠い。つまり一二間《けん》よけい逃げた方が強くやられているのですね。では、獅子の態度は？」

「ああ、それは、少し違っているところがありました。達夫の場合は、兎の食べのこりを食べていました。ところが弥吉の場合は、何も食べていません。もう食べてしまっていたのです」

「では、達夫君の場合には、兎の肉を食べている途中で狂い出し、弥吉君の場合には、肉を食べてしまってから狂い出した。だから一方は大傷を受けた、とも取れるですね」

令嬢は、青年紳士の推理を聞きながら、何か謎が解かれてゆくように思うのであった。

青年紳士はこれだけ聞いて、何故かじっと考えていた。そして、ややあってから、急にまた訊いた。

「団長、獅子は食物でなくても、血のついた着物だとかシャツだとかいうもので、興奮しますか。例えば、血のついたシャツを着て中に入るのは危険ですか」

「そうですね。それは、コーリャに聞かねば……」

青年紳士は、獅子使いの露西亜人に聞いた。

「いいえ、そんなことはありません。私は、兎の血や、牛の鮮血のついたシャツを着て何度も入ったことはあります、ちっとも危険はありません」

「では、君は今度の事件を何のために起ったと思います」

「恐ろしいことです。獅子は獅子使いの心理で動かされます。私も、仲間が長崎で逃亡していた時から、心が平静ではなかったのです。それだからなるべく、獅子に若い者を近づかせたのです。ところが若い者にも何か心の平静でないことがあったのでしょう」

「心の平静でないことが？」

「そうです。これは、先生様方から見ると迷信であるかも知れませんが、どうもそうです」

「では、若者達の心の平静でないことが、何か、あなたには心当りがありますか」

「あります。達夫も、弥吉も、二人共いい青年です。そして同じように、団長の一人娘の花子さんを恋しているのです」

これらの会話は、露西亜語であったから一同にはわからなかった。令嬢は、それをすぐあとで、出てゆく時に、青年紳士から聞いて始めて知った。

「えっ！」

青年紳士は、露西亜人の返事で、驚いたような声をあげて、獅子を見、そして檻のすみずみに眼を放った。

四

「もし、弥吉の方が死ねば、これは殺人事件です」

「殺人事件？　では、弥吉というのは誰れかに殺されたんですか。獅子に噛まれたというのは見かけですか？」

「いいや、そうではないのです。殺したのは獅子です。そして、獅子を使って、弥吉を殺そうと企らみ、遂にその目的を達した人間がいるのです」

「あら、どうしましょう。では、私達は、何故――いいえ、あなたは何故、それが判っていて訴えないのですか」

青年紳士は、急に真剣になった、令嬢の顔をじっと見て、静かに言った。

「これから、事実をあつめて、確信がつけば、私共二人がこの事件を解決しましょう。お嬢さんには、その覚悟がありますか」

「覚悟って？」

「新聞などに出る時には、僕の名は出ないで、大木総監の令嬢がパパの助けを借りて、犯罪を発《あば》いた、と出ますよ」

「いやだけれど、犯人を逃すよりいいわ。そういう犯人は、これからも何をやるかわからないではないの。獅子使いの露西亜人が殺さしたのですか」

「さあ、それは、これからゆくところで判るかと思うのです」

二人がいそいで行ったのは、瀕死の弥吉が横わっている、外科病院であった。

二人は刺《し》を通じて、お見舞に上ったことを述べた。

案内されて、いきなり病室に入ってみると、弥吉は紙のように白い顔をして寝台に寝ていた。その傍に、十八九歳の、異国趣味の服装をした娘が、じっと、弥吉の呼吸を見守っていた。

「ああ、あなたが、団長さんのお嬢さんですか」

青年紳士ばかりではなく、生き生きとした美しい洋装の令嬢がついて来たので、その娘は丁寧に立ち上った。

「はい、花子ですが」

「こちらは、警視総監の大木閣下のお嬢さんです。御不慮のことをお見舞いにあがったのです。何か御手助けが出来ればと、私も一緒について参りました」

「あの、では曲馬団の方は？」

「今行ってまいりました」

花子は静かに立ち上ったが、背は高く、色は白く、なるほど、長崎で逃げたオリガという露西亜美人のあとを一身に受けている一座の花形曲芸師の貫禄は充分であった。

「今、弥吉は眠っています。それに聞えてもいけませんから、応接室で、申し上げたいこともございます」

三人は、病院の応接室に行って、むき合って坐った。

「弥吉さんにもあなたにも聞きたいことがあるのですが、第一に、弥吉さんのこの事件についての感想はどんなでした、予感があったとか、自分が檻に入った時から獅子が、変てこであったとか、そういうことはなかったのでしょうか」

「有ませんでした。弥吉は、苦しい呼吸《いき》の下から一切詳しく私に話しましたが、獅子の檻に入って、兎二匹を投げ与え、一匹を食べかけるまでじっと見ていたが、いつもの獅子で、少しも変ったことはありませんでした。一匹を半分ほど食べた時に、何か口笛のような響が檻の外で聞えたので私が参ったか、と実は思ったのだそうです」

「あなたは――そうです、卒直に申し上げましょう。弥吉さんと思い合った仲であったのですね」

一瞬間花子の顔に紅がさした。

曲馬団の娘らしく、忽ち軽い微笑を浮べたが、「あなた方のように、私達は、そうでした」と言った。今度は令嬢が顔を赤くした。

「それで、私だと思ったものですから、ちょっと後ろの方をふりむいて、獅子から眼を離すと、忽ちに、獅子の怒る、鼻息の音が聞えました。この音は、弥吉はよく知っています。さすがの弥吉も狼狽したのでしょう。突嗟に逃げたのです。忽ち嚙みつかれ、食いつかれたので、一体何が原因で獅子が怒ったのか少しもわからぬと申しているのです」

「失礼ですが、檻の床の上に穴がありますね。人間の足位はまり込みそうな大きな穴が、――あれでひょっとすると蹉《つま》ずかれたのではないのですか。弥吉さんのような素速い人が、どうしてもっと逃げられなかったのですか」

「いいえ、私もそう思ってよく聞いていますが、決してつまずいたのではありませんのです。それは、明らかに、獅子が猛烈に速かったのです。一体この猛獣を馴らすのに背を見せてはいけないと言い伝えられています。それがいけなかったのかと申しています」

「そんなことはありませんよ。それがいけなかったのかと申していますが、背を見せたって、その人がいれば、同じに重錘《おもり》です。お嬢さん。猛獣でも獰悪な人間でもそうですが、背を見せたって、その人がいれば、同じに重錘《おもり》です。——それよりも、失礼ですが、達夫君とあなたは、何か仲たがいでもありはしませんか」

団長の娘は、再び顔を赤らめた。

「何かお手助けをいただけるかも知れないと思いますので、かくさずに申上げましょう。達夫は、弥吉がありますのに、私に横恋慕をいたしまして、それがために弥吉も私もずい分悩まされました。それで、達夫が、獅子に喰われてしまえばいいと二人で話し合ったこともあった位です。人を呪わば穴二つと申しますが、そんなことが、却って弥吉の、今度の不幸になったのでしょうか」

「そんなことはありません、お嬢さん。それは正当な理由があって呪ったのです。呪うなどと言うことは迷信ですから、仮令《たとえ》そう思われたことがあっても、その報復があるなどということはあり得ません」

今度は令嬢が団長の娘を慰めた。

「したが、達夫君と、コーリャとは特に仲がよくて、弥吉君とコーリャよりもいい、と言ったようなことはありませんか」

「それは、ございません。これは、弥吉のことは私にはよく判っていますが、コーリャは却って弥吉の方をいつもいつもよくしていたのです。達夫と弥吉と一緒にして一箇月一緒にいてごらんなさいませ。必ず弥吉の方がずっと立派な、正直な、勇気のある人間であることが誰方《どなた》様にも判るでしょう。私の父も、弥吉なら将来この団長ともなれるだろうと、申して居ったのです」

この時、バタバタと廊下をかけてくる足音が聞えた。看護婦が蒼白《まっさお》な顔をして「ああ、ここにいらっしゃいましたか、弥吉様が、御臨終の様子です、早く来て下さい」と言った。

団長の娘はさあッと立ち上って、あとをも見ずにかけつけた。

二人もその跡を追って、病室に行ってみると、弥吉は、今や空ろな眼をあげて、花子を求めているところであった。

花子がワッと言って抱きつくのと同時に、青年紳士はのしかかるように弥吉の耳のところに口をよせて叫んだ。

「弥吉君、わかるかね。君は殺されたのだ。しかし、その殺した人間は必ず僕が処分してやる」

医員や看護婦のあっ気にとられているのをあとにして、青年紳士は、令嬢を促していそいで病院を出た。

その眼はいつになく真剣な色を漂わせていた。

五

曲馬団劇では、板木博士がまだ診察しているらしかった。

入口には巡査が頑張っていたが、先刻《さっき》からどことなく大木総監閣下の令嬢だと言う声が聞えていたものだから、敬礼をして通した。

二人は、獅子小屋を裏の方からまわった。

そして青年紳士はいきなり獅子の檻の床下の二尺ばかりのところへもぐり込んだ。やがて、待っている令嬢の前に、どさりと投げ出したものがあった。それは一匹の死んだ兎で、その一方の足には紐が結びついているが、一間ばかりの長さであって、もっと長い紐が鋭利な刃物で切断したと思われるものであった。

この時、不安そうな顔をして、達夫がこっち側の方へ顔を出した。同時に、煤だらけの青年紳士が、這い出して来た。

達夫は、死んだ兎を見ると、ギョッとしたようであったが、その瞬間に、青年紳士が矢庭《やにわ》に達夫に打ってかかった。

「貴様、人殺しだ。弥吉を殺したのは貴様だ」

青年紳士の叫び声で、大勢のものがかけつけて来た。そのうちには、警部の服装をしている人があった。

「警部さんその達夫というのを捕えて下さい、殺人犯人です」

警部にじっと眼をそそいだ令嬢の凛とした声が、響いて来ると、警部は直ちに巡査に命じて、達夫を捕えさせた。

「大木閣下のお嬢様、私は急報でここへ来たのです。これを御説明下さい」

「この方が説明します。いそがしいので一度ほかいたしませんから、よく書きつけておいて、起訴して下さい」

それから、蜘蛛の巣を払いながら、青年紳士は説明をした。

警部が質問し、更に紳士が説明した。あとで達夫の自白も全くこれと一致し、その大略は次のようであった。

達夫は、恋敵の弥吉を殺そうと謀った。

工合よく、二人が共に獅子係りであったので、これを利用しようと企んだ。獅子が狂暴になって、人を殺すようにすれば、誰にもわからずに殺すことが出来る。それで、長い間研究した結果、まず自分が獅子から極く軽微な傷を負うこととし、そして自分の策謀は見破られぬように、いかにも自然のようにやることにした。

丁度、自分が獅子に餌をやる役に廻っていたので、まず二匹の兎を持って入った。これを投げ与えると、獅子は型の如く、一匹を圧し殺し、一匹は尾を振って殺した。そして忽ち一匹を食い始めた。その隙に、そこに横わっている残っている兎を持って、急に逃げ出したのである。

猛獣というものは、いかに馴れてしまっても、一旦与えた食餌《えさ》を奪い取ろうとする時は必ず憤激するものであることは、達夫はいつの間にか体得していたのである。

一旦逃げたが、獅子が自分に触れようとした時は、急に兎を投げ返えした。獅子は、だから、僅かに達夫の二の腕をちょっと嚙もうとしただけで、直ちに兎に嚙みついたのだ。

大げさに救いを求めた。

そして、自分は獅子にやられたということを充分広告してからあと、翌日の工作にかかった。弥吉が無造作に二匹の兎を持って入る時に、自分も一緒に入ってやると言って一匹の兎を引き取りその肢に細い紐を結びつけて、弥吉に渡した。紐は檻の床の穴から床下に引かれている。二匹の兎を弥吉に渡してから、急に自分だけ外に出た。

もううすぐらい時であったが、床下へ入って待っていると、弥吉は、何か暫らく兎をやらないで、獅子に訓誡を加えてから、二匹を投げ与えたのであった。

適当な時、即ち、一匹の兎を獅子が喰い終った頃に、紐を力一杯に引いて、残る一匹の兎を奪い取り、穴から床下まで取ってしまった。

一旦与えられた食餌を奪われて狂暴になった獅子は、うっかりしている弥吉に嚙みついて、とうとう致命の傷を与えたのであった。

×　　×　　×　　×

午後二時頃、軽いランチを食べながら、青年紳士と令嬢とは、何気ない顔をして、三越の食堂に坐っていた。

「今日の事件の秘密は、つまり猛獣は一度与えられた食餌を奪われると、狂暴になるという、本能ということにあるのね」

「そうです。猛獣でなくても、馴れないとそうです。猫でもそうです。狼でも、虎でも、ライオンでも同じです。むしろ、始めからやらなければ、おあずけをします。ところが一旦やってしまって、彼等が喰べ始めたら、もう駄目です、取り去れば、必ず、その取り去った者に危害を加えます」

「つまり、何よりも摂食本能というものが強いことを意味するのですね」

「そうです。ところがですね。恋のために人殺しをするところを見ますと、もう一つの本能、恋愛本能などというものも、強いですね。今度の事件は、丁度、その二つの本能の如実に示されている事件でした」

「あら厭だ」

「お嬢さん、私もまた猛獣のような生活をずっとして来ました。私もまた猛獣なのですよ」

「いつも貧乏人に同情をなさるのは、それですね」

令嬢がそう言うと、青年紳士はうなずいて——そして暫らくためらって、言おうか言うまいかとしているらしかったが、決心したと見えて、やがて言った。

「お嬢さん。私もね。一度自分のものになると思った、大切なものを奪われると、獅子のように精神病になるでしょう」

「あら、いやだ」

令嬢はそう言って、顔を赤らめたが、その感情を誤魔化すように、すぐ言った。

「だって、獅子が精神病になったと考えたのはどうしてだったのでしょう」

「それは、達夫が獅子に責任を帰するために、獅子の毛にアンモニヤかなにか、鼻を刺戟する物質をつけておいたのでしょう。獅子は鼻を刺戟せられて、噴嚏《くさめ》が出そうになって困惑した顔が、皆には険悪に見え、さては獅子が気狂いになったと思ったのでしょうね」

（その五）祖母の珊瑚珠

一

「今日はほんの五分間か十分間位しか、お時間がありませんのよ」

令嬢は青年紳士に逢うと、いきなりそう言った。

「はい、お嬢さん、覚悟をして居ります。お祖母様《ばあさま》のお病気は益々お悪るくなるようですね」

「そうなの、だから、あたし、だんだん短かくしかおめにかかれないの――それに、近頃どうも、病気のせいなのか、年齢《とし》のせいなのか、少しここもおかしいようよ」

令嬢はそう言って、自分の額に右手の薬指を触れた。

普通の人が示指《ひとさしゆび》とか親指とか用いるところを、令嬢は薬指を用いたので、それは何か違った意味があるようにも見えた。

「お祖母様、えらい人だったのに」

令嬢が、すぐつけ足してこう言ったところを見ると、薬指を用いたのは、祖母の話だったので、祖母を瀆《けが》すまいとする心であったのかも知れない。

「癌の末期に、そんなにおなりなさることはないはずですがね。私の父も癌で亡くなりました。しかも食道癌でね。――貧乏易者で、裏長屋に住んでいたのです。食道癌でよかったのです。貧乏人には――あれは何も食べられませんからね」

「では、看護をなすったのはあなたなの」

「そうですよ。外に看護する人は誰もありません。そうです、もう十六歳位になっていましたが、その易者の小僧が、死ぬまで傍についていましたが、その小僧も食道癌のように、お食事が出来なくて痩せてしまいました」

「あら、では人間が癌で死ぬまでのことを御存知ね？」

「知っていますよ。それは正確に観察してありますから」

「では、そのお話を詳しくして頂戴、私がお祖母様を看護するのに役立つと思うわ」

「では、時間はのびていいのですか？」

青年紳士は狡《ず》るそうな眼をして、そう言って令嬢をからかったが、その眼の色はすぐに真剣になった。

「私のお話より、あなたのお祖母様の、そのおかしいと言う話をして下さい。私のようなものでも何か判断に役立つ意見を申述べることが出来るかも知れませんよ」

十月の声を聞いても、日中はまだまだ少し暑かった。

しかし、その暑さも澄んだ青い空を透き通って、直接太陽の光線が落ちるかと思われるまでに、清新な気分に充ちていた。秋気磅礴《しゅうきほうはく》――という感じであった。

「珊瑚珠《さんごじゅ》のことばっかり、毎日口癖のように言うの。――ラケル子なきにより慰さめを得ず――という文章が聖書にあったではありませんか。ラケルの嘆きと言って、私共女子大学の何かの本で習ったわ。あのラケルみたいなの」

「では、どうしてもかえらぬものを、何ぼでも嘆いているってわけですか」

「そうなの。珊瑚珠をなくしたんです。二十年も前に、それを思い出して、どうしても、あれを欲しいと言い出したのよ」

「二十年も前に？　ではあなたの生れたか生れないかの時ですね」

「ええ、私の二つか三つの時なの。その頃まだお祖父《じい》さんが生きて居られたのですって——とにかく、私には少しも記憶のないことなんですけれども、六歳か七歳になった頃から、毎晩お祖母さんに寝しつけてもらいながら、その当時のお話を聞いたので、そのお話ならすっかり記憶《おぼ》えているのですがね。それはそれは立派な珊瑚珠であったと言うんです。大きな珊瑚珠の珠で、直径二糎《センチ》もあったと言うんです」

「直径二糎ですって——ではこの位ですね」

青年紳士は万年筆を出して、二糎位のところに指を置いて、そう言った。

「ええ、かなり大きいわね」

「大きいには大きいですが、その位の珊瑚珠って、大した値段のものではありませんよ。それが金だったら、今金の値が上りかけていますから、大したものでしょうがね。それ位の珊瑚珠なら、私が彫らせて作ってあげましょうか」

「いや、ところが、それがただの珊瑚珠だったら、あなたの言うように大したお値段ではないかも知れませんがね。珊瑚の中をくり抜いて、白金の珠が入っていたのですって。それで普通の珊瑚の珠のような色ではなくって、稍々《やや》黒ずんだ紅だったそうですが、その珊瑚の部分の厚さやなにかとてもよく研究してあるので、その内部にある白金の表面で光が反射して、それで珊瑚の色沢《つや》が出来ているもんですから、素晴らしい、一種特有な感じの光を放つのですって——」

「なるほどね。それは特殊なものですね。しかし、一体何の目的に作ったものなのですか」

「それも、いつもいつもお祖母さんから伺ったわ。それはね、最初はお祖父さんがお祖母さんのために、根掛の玉として作ってあげたのですって、ところが、もうお祖母さんが根掛などをしなくなってから、もう一度お祖父さんがそれを取りあげて、今度は、お祖父さんの莨《たばこ》入れの根つけ玉にしたのですって」

「莨入れの？」

「そうです。昔の人は刻み莨であったではないの。お祖父さんは議会へ出なさる時だって、莨入れだったんだそうです。甲州印伝《いんでん》の莨入れと言えば、当時仲々幅が効いたものだそうですよ」

「なるほど、それでお父祖様の莨入れにつけられたのですね。それから」

「それが、ある時のこと突然に紛失してしまって、それ以来その不思議な珠がなくなってしまったのだそうです」

青年紳士は、令嬢の話で、益々興味を駆られたように、熱心になってきた。

「それだけ伺うと、いろいろ想像が湧いて来ますね。その当時、即ちお祖父様のその珊瑚珠の珠を作られた当時は、お宅はどんなだったのです」

「どんなとは、どういうこと？」

「失礼に当ったら許して下さい。お宅の、即ちお祖父様の経済的の状態はどんなでした」

「貧乏代議士だったと思います。あるいはその当時はもう代議士ではなかったかも知れません。しかし政治家であったことは確かで、お祖父さんは、商売やなんか、外のことは少しもやったことがなかったのです。一生政治で苦労して、そして貧乏していました」

「それで、私にはよく判ってきましたよ。その珊瑚で白金の玉はね。新婚の当時の、お金に余裕のあった頃に、予め考えて作ったものです。つまり、将来金に困った時は、この玉の中の白金を売ればそれだけで一月や二月は保つことが出来る。即ち急場の救いという意味で作られたものでしょう。——そう推理して来ると、恐らくお祖父様が紛失したと称して、実は何かの資金のために、それを金に代えてしまわれたのではないのですか。しかし、お祖母様の手前、正直にそれを言うことも出来ないで、そのままお祖父様が亡くなられたので、それでお祖母様は紛失したものと考えて居られるのではありませんか」

「いやいや、そうではないわ。それが紛失したのは祖父の手からではなくて、祖母の手から紛失したのです」

「では、その莨入れから取り去って、再びお祖母様の用いるような品になっていたのですか。——それを紛失したので、今でも心残りがあり、それで、死に近づかれてから欲しいというようなことを洩らされ始めたのですか」

「どうして死に近くなって、そのことばかり、子供のように欲しがってきたのか、それは、老人になってぼけて来たのかとも思うのですが、しかし、失った時は、あなたの言われるように、祖母のものとしてではなかったのです」

「では、まだお祖父様の莨入れについていて、そして、それをお祖母様が紛失したのですか——」

「そうなんです。しかも、それが紛失した事情については、お祖父さんの政治上の失脚——お祖父さんばかりではなく、お祖父さんの配下の人の大きな政治的失脚が伴ったのです。だから、私の父は、祖父が政治家として相当に認められた人であり、しかもある不幸な事情で失脚してしまったために、今日は父自身が政界にのり出すのに、それはそれは苦労をしたのですわ」

「お嬢さん、よくわかります。その珊瑚珠がなくなった事情と、お祖父様の政治的失墜と関係があるとすれば、そして、今やお祖母様が死に近づいて来られて、そのことが残念で死に切れないで居られるとすれば、それはもう大きな意味があるではありませんか。恐らく、まだ私共にかくされたものが、そのうちにあるのですね」

「そう言えばお祖父様は、この珊瑚珠が自分の政治家としての運を守っているのだ、と言ったそうです——否、今思い出しましたわ。お祖父様が帰って来て、莨入れをお祖母様にお渡しになって、そう言ったのです。この珊瑚珠を大切にして呉れ、俺の政治的の生命が、かかって一にこの珠のうちにある——と」

「珠のうちと言われたのですね」

「そうです。——お祖母様は大切にそれを預かったところが、それから二三日のうちに、——そうです、少くとも三日目の夜までの間に、それが紛失しました。しかも翌日の夜に、お祖父様は卒中で倒れておしまいになっていたのです」

「そして」

「そして、何か言い開きの出来ないことが、党に対して出来てきました。お祖父様は卒中で言葉が出来なくなったのですが、そのために、何度も意志を伝えて、珊瑚珠だ珊瑚珠だと言われたと言います。しかし、その意志を酌み取る力が、その近くの人になかったのか、あるいは、珊瑚珠がなかったためか、とにかく、それから祖父は約六箇月位、そんな状態で生きていましたが六十年の生命をこめた、祖父の政治的の城府は、あとかたもなく破壊されたのです」

「そんな重大な事情が、珊瑚珠と関係があるとしたら——そうです、今からでも遅くはないと思います。データを詳しく話して下さい。これから、私が珊瑚珠の行衛《ゆくえ》を探してみましょう」

「え！　あなたが、二十年前に紛失した珊瑚珠の行衛を？」

「そうです。それが一枚の紙のようなもので、——雨や風ですぐ破れてしまうようなものでしたら駄目です、しかし人がそれを重んじ、そして雨や風で破れないものでしたら、その跡の辿れぬ理由はありません。そのためには、その時の有様をもっと詳しく述べて下さい。第一に知りたいことは、その珊瑚珠の珠と一緒に、莨入れも紛失してしまったのですか」

「いいえ、その莨入れだけは、祖父が死んでから見付かりました。それは、お仏壇の奥に投げ込まれてあったのです。ところが珊瑚の珠は紐が鋭利な刃物で切られたようになって、それにはついていなかったのです」

「莨入れがあったなら、それは今でもありますか」

「あるでしょう。祖母の用箪笥のうちに」

「有難い。それがあれば、珊瑚珠がどんな風についていたか、想像するよすがに充分なります。人間の想像力が、何を便りとしてでもいいのです、その往時そのままに、そっくり浮び上るならば、その品物がその次の瞬間にどう移動したかも、それから出て来なくてはなりませんねえ、——ともかくも、あなたの知って居られる限りの、お話をして下さい」

二

「あら、お時間が十分や十五分では足りなくなりましたわ。お時間を延ばすのがお上手ね」

令嬢は冗談を言いながら、祖父の死の当時の模様を詳しく青年紳士に話した。

「今の家です。今私共の棲んでいる家は、お祖父さんの建てた家で、その後、父が少し建て増しをしました。今、父だけは官舎に住んでいますが、お祖母さんは、前にお祖父さんの亡くなった、同じ部屋に寝ているのです」

「ありがたい。お家が引っ越してないとすると、珠の捜査にはこれほど好条件なことはありません。――どうかその二十年前のお祖父さんのお話をして下さい」

「二十年前です。当時、陸軍の少将で不思議な死に方をして、新聞種になった、遠山という人がありました」

「名前は忘れましたが、それは、ある夜家にかえって来て、自殺をした将軍ですね、ところが、深い刃傷《にんじょう》が二つばかりあったので、他殺ではないか、と言うので問題になった将軍でしょう」

「そうです、そうです。私は母や父から聞いたのですが、あなたは、その当時のことを知っているのですね」

「余りに不思議なものですから、子供心にもよく記憶していたと見えます――さて、その詳しいお話は?」

遠山少将はもう退役していた人であったが、軍部の重要な機関と深い連絡があり、その連絡を力として政治界に打って出ることと噂されていた人であった。

ある朝、午前二時頃に眼醒めたと見えて、直ぐ隣室に寝ていた夫人を呼び起こした。その前夜もかなりおそく帰って来たはずで、約二時間許り寝たらしかったのだが、夫人があわてて起き枕元にゆくと不意に次のようなことを言った。

「おい。泰次郎はまだか。あいつは帰っているか?」

泰次郎というのは、将軍の弟で、これは長い間政治ゴロと言うべきような生活を送って来た人で、将軍の家に寄食していた。

「お帰りになって居るでしょうよ。見て来ましょう」

夫人は、そう言って、電灯のカバーを取ろうとした。

将軍は明るいと睡れないと言うので毎晩かなり厚いカバーで電灯を蔽っていたからである。

「取るな。暗くてよろしい。早く見て来い」

いつも落付いた将軍が、何かせいているので、不審には思ったが、夫人は廊下を渡って弟の泰次郎の寝室へ行ってみたが、寝床が取ってあるままで、まだ帰っていなかった。

泰次郎は毎晩酒席に連ると見えて、おそいのが普通であったから、夫人はそのまま玄関にゆき、書生を起こして聞いてみた。

「まだです。まだお帰りがありません」

書生の返事を聞いて、そのまま奥の将軍の寝室に入り復命をした。

「そうか。俺は少し泰次郎に言い残したいことがあるのだが、――ではいい、寝よ」

言い残したいこと、と将軍は確かに言った。

これは、その時は夫人も差して気にとめず、あとになって思い出して、警察官にも話してある。

やがて、一時間ほどしてから、再び夫人を起こす将軍の声がした。凡そ午前三時頃でもあったろうか、夫人が起きてゆくと、同じように泰次郎が帰ったか調べて来い、と命じ、まだ帰っていないと答えると、

「寝よ。もう明日の朝でよいから、帰って来てもそのままにしてくれ」と言った。

翌朝、将軍の起き出るのが遅かったので午前八時半頃に、夫人が奥の間をあけにゆくと、将軍は死んでいたのだ。

ともかくも、変死であるから直ちに警察官の出張を仰いで、死体は精査せられた。初めに、右肩先きと左の上膊に入ったかなり深い刀傷が発見せられた。刀傷は将軍の腹巻きを裂いた布でしっかり繃帯がされている。しかしこれが死の原因ではないかと考えられたので大騒ぎとなり、新聞にも出た。

ところが、死体は大学病院に運ばれて、当時の法医学の教授であった、小山田博士が執刀して検査した結果、刀傷は決して致命傷ではない。死因は麻酔薬の過量を飲んだことにあるということが明瞭に証明せられた。

麻酔薬は、その頃、将軍が不眠を訴えたので、医師が処方しているし、奥の間で一人で寝るのもそのためであったことが判っていたし、かつ、その小山田博士の答申を裏付けるような事実があった。

それは、第一に、夫人が朝将軍の死体を発見した時に、枕元の水を飲んだ形跡が歴然と残って居り、その傍に、薬包紙が落ちていたことである。それから、第二は、夫人に洩らした、「言い残したいことがある」という一言であった。

遺書はなかったけれども、このために将軍の死は、自殺の目的で麻酔薬を多量に飲んだものということになり、その他には警察部の精査を嫌うような家族的の事情もあったのであろう。夫人、令息を始めとして、弟の泰次郎氏その他の親戚もこれを問題とすることをなさなかったので、不審はあったがそのままに葬られた。

ところが、この将軍の死を機会に、政治的の陰謀が暴露して、とうとう、その陰謀団が解散したという事件が起った。この事件は、次の議会である議員が質問をしたが、問題が何か公表を憚かるような政治問題と密接な関係があったと見えて、そのまま暗《やみ》から暗に葬り去られたが、令嬢の祖父が失脚したのは、この秘密陰謀団の解散と同時であったのだ。

「これは、一家の秘密にも属するそうですが、もう年月が経っているから、あなたにはお話ししてもいいと思いますわ。実は、その秘密陰謀団の党首であったのが、私の祖父であったのです」

「え？　その党首が？」

「そうです。困ったことには、その党首の所有の仕込み杖には、血痕が附着していたのです。このことは、警察部の方へは洩れませんでしたが、私の祖父の属していた政党の幹部の方たちが、その血痕の代償として、祖父の政治的生命を断ってしまい、そして祖父の部下の二十数名の有為の人々が、同時に政治的に失脚し終りました」

「仕込み杖は！　仕込み杖と聞くと、今の青年達にはまことに遠い時代を感じさせますが、当時の政治の模様を髣髴として浮ばせますねえ。まだその抽象的なお話では事情が判明しません。どうせお話し下さるなら、もっと具体的に、そのお話をして下さい」

令嬢は、思い切って話すというような表情をして、なおその先きの話をつづけた。

それは次のように奇怪な物語りであった。

将軍の死因が、他殺ではないかと疑われるや否や、警察部では直ちに行動を開始して、二つの足取りを追求した。一つは、将軍が、その死の前夜に、どういう行動を取っていたかということであり、もう一つは、将軍の弟の泰次郎氏が、どうしていたか、ということであった。

泰次郎氏は、その夜数名の政客と共に、京橋のある待合で飲みあかしていた。その数名の政客というのは、いずれも知名の士で、当時の政府与党であった。

「我が党内閣の安泰のためには、どうしても根本的に発掘しておかなくてはならぬ、秘密陰謀団があることが判った。その秘密の内容は今夜我々に明らかになる。我々は飲みながら待っていよう」

「もっとはっきり言ってくれ。その陰謀団というのは、どういう性質のものだ」

「それは、もうすぐ明らかになる。恐らく政府要路のものを一挙にして失墜させようという不逞の陰謀なのだ」

「一体それは、反対党のものか」

「ところが、それが反対党のものであるということが判らんのだ。それで政府も断乎たる処置が出来ないでいるのだ。ところが、今夜それが明らかになる。今日も、その真相をもたらす人がここに現われて来るのだ」

泰次郎氏は、虹のような気焔をあげていたのであった。

「それは誰だ。その勇敢な人間は」

「それは、今、ここに来てみれば判る。諸君も知っている男だ」

「それは、君の兄貴か?」

誰かが、こう迫った質問をした。

泰次郎氏は、この質問で、赤くなった眼をあげたが、「うん、必ずしもそれは否定しない」と叫んだ。

しかし、待っても待っても、泰次郎氏の言明が実現しなかった。

「どうしたのだ。もっと具体的に話してくれなければ、便々と長く待つわけにはゆかないぞ。貴様のいつものような寝言だとしか思えんな」

誰かが、そう言った。

「いや、もう少し話そう。その秘密陰謀団の首領と考えられる男から、俺の兄貴に誘いをかけて来た、つまり兄貴を引っぱり込みさえすれば目的が遂げられる。兄貴は、ちょっとそう見えるところがあるからな」

泰次郎氏は昂然として、こう言った。

三

この間に、当の遠山少将はどこにいたか。

それも、警察部の追求で明らかにせられ、新聞には一切出なかったが当時の警視総監が面目を施したものの一つであった。

遠山少将は、東神奈川の某所にいたのだ。

その家は、秘密陰謀団の本拠として借り受けられたものらしく、この日は十数名のものが集っていた。党首の言明した通り、この十数名のものが集合して待っているところに、遠山少将が導かれてやって来た。

「これから入党の式を行います。紹介者は、わしじゃ。党是《とうぜ》その他のことは予め話してあるが、今晩は、党の最近の活動の目的を、この新入者に話すことを以って、歓迎の引き出ものとしよう。そのあとで、署名が済めば、新入党者が、引き出ものとして、政府の秘密関係を述べる。この関係は、恐らく政府をも、政府の与党をも、すっかり打破するに足る材料であるということは、入党者自身予め保証するところである」

党首の宣言と紹介とによって、遠山少将は型の如く着席した。

党書記長から、党の目的と今までの行動とが述べられた。

この内容はあとの調査ではどうしても警察部には判らなかったことではあるが、しかし、その時の模様だけは判った。

ところが、遠山少将は、党の秘密に属する事項を知ってしまったあと、突然に、入党の署名は、党首と二人だけの席上でなし、自分の方から入党のために提供する秘密もまた、党首のみに話したいと申し出した。

これは明らかに一種の入党拒否に等しかったので、党員の中には不服を唱える人もあったが、党首がこれを承知したので、十数名の党員は、自動車を所有する一人の若い党員一人を残して、直ちにその場で散会してしまった。

あとのことは、少しも判らぬが、このことだけを探知した警視総監は、早速政府と協議を遂げて、この秘密結社の全貌を明らかにしようとして手を入れ始めた。

しかし、ただ、この時の党首が、大木氏であること、この秘密結社の名が、日本新生党というのであったことが判明しただけで、逸早《いちはや》く党首大木氏を調査しようとした時は、大木氏の脳溢血に倒れていた時であった。

大木氏を疑って、人を派して大木氏邸を調べたが、党員名簿もなし、一切が不明となってしまった。

警視総監は、大木氏が、遠山少将との帰途にあたって、卑怯にも少将を仕込み杖で斬りつけたことを推定して、謀殺未遂として告発をしようとしたが、そうはゆかなかった。

それは、大木氏の主治医が、大木氏が脳溢血の最初の発作を起こしたのは、その前夜であって、大木氏は東神奈川の某所までゆくことは到底出来なかったはずであると証明したからであった。

「なるほど、あなたのお祖母様もえらい方でしたね。お祖母様が、そのお医者様を説きつけたのでしょう」

息づまるような物語りに、卒然として口をはさんで、青年紳士がこう言った。

「私も、そう思うの。しかしお医者様が、説きつけられた位で、証明をするものではないわ。それには、もっともっと具体的の工作があったのだわ」

「え？——お嬢さん、それは、誰が想像したのです」

「私が——私自身が、よ」

「どんな具体的な工作が？」

「さすがに、あなたにもおわかりにならぬでしょうね。お祖母様は、その二三日、毎日主治医を呼んで自分が診察してもらっていたのよ。それで主治医は、ほんのただ一日のがれを、――つまりお祖母さんを診察に行ったのを、お祖父さんの診察のために呼ばれたと、のべたのです」

「なるほど、それは予めお祖母様が、お祖父様のためにせられた工作だったのですか」

「いいえ、それは、お祖母様に軽い喘息があったことも確かよ」

青年紳士は立ち止まった。

二人はこの話をしながら、いつの間にか新宿から青梅街道の方へと、歩いていたのだった。

「では、お祖父様及びその配下の方々の失脚なすったと言うのは?」

「それは、警察の問題ではなかったの、日本新生党は、秘密な党だったのですが、お祖父様の公けに属していた政党の総裁の意志によっていたのです。ところが、その総裁が、この事件がその政党に及ぶことを恐れて、お祖父様を除名したのです。内部だけでは、お祖父様が遠山少将を引っぱり込んだのは、遠山少将という人の本質を知らなかった失敗であって、これはお祖父様の政治的のあるいは政党人としての幹部たる手腕を欠くということになったのです。それだけではありません。あとでは、その政党に対する反逆者という汚名を着せられましたのよ。この除名処分に反対した議員もまた除名されました。それが、恐らく日本新生党の党員であったろうと想像されるのです。お祖父さんの子飼いの連中です。――お祖父様は病床でこれ等の処分を受けました」

「その代りに謀殺の罪名は着せられなかったではありませんか」

「でも、反逆という汚名が一番厭でしょう。だからその政党史の一頁《ページ》に、お祖父様は悪るく書いてあります。お祖母様が、珊瑚がなくなってから、お祖父様に不運なことばかり起ると信じたのは、そのためでしょうね」

「そして?」

「そして、お祖父様は寂しく死にました。総裁からの弔詞《ちょうじ》もなしに、ただ、一緒に除名された十数名の議員達が、泣いてお祖父様の野辺送りをしたのです。そしてその十数名の若い議員達にも病気する人や、死ぬ人や、寝返えりする人が出来、その後皆よく行っていないのです」

「なるほど。お祖母様が珊瑚珠を探して死にたいとお仰言る理由がよく判りました。——それでは、私がそれを探してみましょう」

「探し出せたら、お祖母様は大往生をなさるでしょう。——だけど、そんな、二十年も前になくなったもん、探し出せて?」

「その当時の家族の方々を言ってごらんなさい」

「別にあなたの知らない人はないわ。ただごたごたしていたでしょう。特に、日本新生党の党員であったと思われる、若い議員の方達が繁く出入していたのです」

「その連中の姓名は判るでしょうか」

「それは政党史を見れば、同時に除名された人達だから判るでしょう」

青年紳士は再び立ち止まって、青く澄んだ秋の空をじっと眺めていた。

「それから、お祖父様の死後、あなたの家は経済的に困ることになりましたか」

「それは想像の通りですわ。お祖父様の集めた骨董品などは、全部売りました」

「では珊瑚珠があれば、その珍らしい白金珊瑚珠でも売ったかも知れませんね」

「それは判らないわ。何しろお祖母さんが大切に思っているから。——ただね。父がそれがあれば売ったでしょうね。外の骨董でも、お祖母さんが残したいと言うのを、父が喧嘩しては売り払っていた位だから……」

「判りました。調査のために、少くとも二十四時間は入用です。お祖母様のお生命のあるうちに、僕は何とかして、その珊瑚の珠を探し出してみましょう」

四

青年紳士は二十四時間と言った。

しかし、今度はどこで逢って、打合わせるとも何とも言わなかった。

令嬢は、恐らく電話で打ち合せをしてくるであろうと思って祖母の看病をしながらも心待ちしていると、母親が入って来た。

「お祖母さんどう？」

「ええ、今日は、よほどおよろしいようですよ」

「あら、お前どうしたの、それは何なの」

「これ？　ほら、珊瑚珠の珠のついていたと言う、お祖父様の莨入れだわ」

「そんなもん、どこにあった？」

「お仏壇の抽出しの中に――だからほら、この匂い！　古い、お仏壇の匂いがしてるわ」

「しまっておおきよ。お祖母さんに見せると、思い出して、また大騒ぎですよ」

「もう見せたわよ。仲々いい印伝の革だってお言いんなっただけで、別にやかましくはなかってよ」

母親は暫らく、祖母と令嬢を見ていたが、それがこの部屋に入って来た目的であったのだろう。

「お前今日は出かけないの？」

「出かけないでもいいわ。お母さんがお出かけなら」

「あなたがいれば、私はちょっと買物にゆくその帰りに官舎へ行って、お父さんの身のまわりのものを見てきたいのだけれど」

「いいわ。何かあったらこちらから電話かけるから」

令嬢は、そう言って一旦母親と一緒に病室を出た。

総監夫人はこうしてお昼頃に出かけてゆき、弟や妹もそれぞれ出かけたので、午後は病む祖母と令嬢と、それに女中達と書生達だけになってしまっていた。

秋の日ざしは、祖母の寝ている病室の廊下いっぱいにさして、一年のうちに二三日だけある、おだやかな日であった。

午後二時頃、主治医の先生が祖母を見舞いに来た。そのあとで直ぐまた、女中が名刺を持って令嬢のところへ来た。

「誰方《どなた》か、家族の方におめにかかりたいと申して見えました。平服なのでございますよ」

見ると、名刺は警視庁巡査と書いてあった。

「お父さんからのお使いかも知れない。私出てみるわ」

令嬢が出てみると、びっくりしてしまった。

そこには、黒い背広服の背の高い、青年紳士が何か青写真の図面のようなものを二三枚持って立っていた。

「あら」

令嬢は一度も自分の家には来たことのない青年紳士の姿を見て、声を立てようとすると、彼は静かにそれを制した。

「お宅の一箇月許《ばかり》前に出来上った建築図面で不明のところがありますので、ちょっとだけ拝見に上りました」

令嬢には意味が判った。

もうこの青年紳士のやり方にはすっかり信頼をよせているので、「どうぞ、お上り下さいませ、私が御案内いたしましょう」と言って、すぐ上げた。

「なあに、二十分もかかれば見てしまいます。お茶はそのあとでいただきましょう」

彼は、応接間に招じ入れられると、いきなり、そう言って令嬢を促した。

「ついて来なくていいわ。私一人で」

女中にはそう言って、令嬢はいきなり祖母の病室へ案内した。

「お祖母様、お父さんからのお使いで、建築課の方が、お部屋のことを調べますよ」

祖母に紹介すると、青年紳士は、直ぐに巻尺を出して、天井までの高さを測定した。

「この高さは、五尺二寸の男が肩馬になって、その上に同じ位の背の高さの人がのれば、天井の破目板に届きますね。大人の上に大人がのれば――」

「それはどういう意味ですの」

「大人の上に子供では駄目ということです」

青年紳士は懐中から小さい水盛器を取り出して、天井から一定の長さの位置に鉛筆を引いて、そこにあてて見た。

「この天井は傾むいていますね。おやかなり、両方から傾いて、左の部屋の隅が一番低くなっています。お嬢さん、椅子を一つかして下さい」

椅子を借りて一番低いと言った隅に立って、破目板を動かしてみた。

「ハハア、これは隣室はもっと低くなっていますね」

青年紳士は隣室へ行って再び同じようなことをやった。そして、低い位置、低い位置と尋ねてゆくと、第三の部屋で、今度は右の隅が一番低くなっていた。そして段々に調べて、台所の隣りの室《へや》までゆくと、今度は一番低いところが、庭に面した隅になっていた。それがゆき止まりで、その隅には隣りがなかった。

「このお部屋は?」

「これは、物置同様なのです」

「なるほど、いろんなガラクタが――失礼、いろいろのものが置いてありますね。大掃除の時にも、碌にお掃除はなさらぬ部屋ですね」

「そうです」

「この天井の隅を少し壊してみましょう」

青年紳士は、令嬢の返事も待たずに、ポケットから柄の短かい金槌を取り出して、力をこめて破目板をたたいた。

破目板がはずれた。

「おや、おかしいな」

青年紳士は、予期した効果が現われないと見えて、首をかしげて、手をつっ込んだ。

「ハハア、ここにも鼠公《ねずこう》の孔がありますね。この孔は、どこへ行っているだろう。なるほど、これは壁と外の板壁との間に入り込んでいます。これは外へ出なくては駄目ですよ」

青年紳士は、そう言って、令嬢を促して、丁度その部屋の外に当る庭に出た。

「二十年位、家が古くなると、いろんなところが傾ぐものです。その傾ぐに従って、丸い、重い珠は、ころげて移動しますね」

「あら、では珊瑚珠は天井裏をころげまわっていたの?」

「そうですよ。天井裏へ入れられているとすれば、必ずそうです。一年毎にその位置が違うはずですよ。——ほら、これではないのですか」

青年紳士が外の板壁を二三枚へがして、ころっとかなり重い、直径二糎位の黒い球を取り出した。

令嬢は、これをハンケチで拭いてみた。拭いているうちに、令嬢の眼からポロポロ涙が滾《こぼ》れて来た。

「あらあら、容易《たやす》くめっかったわ。お祖母さん、お祖母さん!」

かけ出しそうにする令嬢をとめて、「ちょっと見せて下さい」と青年紳士が言った。

自分のハンケチを出して、その球をすっかり拭いて、同時に、その球に割れ目がないかとしきりに探してみた。割れ目はあった。しかし、それは白金の球を込めるための割目であって、それ以外の意味はないらしく見えた。

「おかしいですね。これに違いないでしょうがね」

何か予期しているものが見付からぬような面持で青年紳士は蒋《しき》りに首をかしげている。

「これでいいのよ。これで、お祖母さんに見せてみましょう。まあ、ずいぶん重い、しかし見事な珠だわ」

五

「ありがとう、ありがとう。どうしてあなたにわかったのでしょう」

「それはね。お話の模様から判ったのです。これはほんとの推理ですよ。珠の紛失した時に、誰も盗んだ人が判らなかった。お祖父様の話からかなり重大なものと考えられたのでかなりよく調べたに違いないのです。それにも係らず犯人が判らなかったのは、恐らく、利益を得ようとの犯行ではないと考えられます。そんならどういう犯行か。すると、お家のためを思う人が、この大切なものが、意味が判らぬうちに人手に渡っては困ると思ったに違いない。何しろお祖父様の政治的の生命を守るもの救うものがこの中にある、と考えられた。しかし、この中のどれがそうなのか判らぬ。とにかく、それがあとで判る時期が来るかも知れぬ。それまで、恐らくお祖父様の死後必ず来るであろう骨董売却からこれを助けねばならぬ。――お家を親愛している、しかしお家に直ちにそのような一見荒唐無稽な説の信用されないことを知っている人があったとします。すると、それを何とか隠そうと考える。私には二人の若い党員が、その珠を保存しようとして、肩車にのって天井裏に投げ込む有様が想像されるのです。自分等が取ってゆけばそれは盗みである。しかし、所有者のお家のどこかに置けばいい、とその二人は考えたでしょう。――これもお祖父様の言を信頼し、お家を思ったからです。ところが、その珠が、鼠の孔を抜けて、重力の力の指さす方向へ、低い方へ低い方へと、お家の中を旅行して、とうとう二十年間にあんな位置に来たのですね。少しずつ自然に移動したのです。この私の推定が確かなことは、珊瑚珠の珠が、発見されたことで証明されますね」

青年紳士は、応接間でお茶をのみながら、令嬢にこう説明をした。

「珠はあった。——ではお祖父様が、自分の政治的の生命が、このうちにあると言い残されたのは?」

「さあ、それは、今珠を拝見しただけでは、珠のうちには別にそんなものがかくされている様子でもないし、また、かくされている余地もないのです……それで、私も少々困っているのですがね」

「でも、とにかく珊瑚の珠が発見されたのです。二十年も前に紛失したのが。——お祖母さんは、これで自分の病気が癒るとでも思ったように喜んでいますわ。——これを見付けて下すった方は、大木家の恩人だと言って」

「大木家の恩人には不足していますよ。待って下さい。私は、お祖父さんの言葉の秘密を解かなくては、お礼を申されるのも心苦しいです。呀《あ》っ!」

青年紳士は何か思い付いたらしく、大きな声で叫んだ。

「お嬢さん。その珠のついていたという、印伝の莨入れを見せて下さい。それが、珠が切り取られたまま、保存されてあると仰言ったあれを!」

令嬢は青年紳士の剣幕におされて、返事もしないで、いそいで立った。

「これがそうです。この大型の、古い匂いがしますわ」

青年紳士の眼は、忽ち血走ってきたようであった。

奪い取るように、令嬢からそれを受取ると、いそいで引っくりかえして見た。首を傾げながら、あっちこっちを引っくりかえしているうちに、その隅の縫い糸をかみ切って、バラバラにはずし始めた。

令嬢も一心になってそれを見ている。

印伝の革と革との間には、綿のようなつめ物があったが、青年紳士はそれを引っぱり出してみた。するとそのつめものの間に、よく小さく畳んだ一枚の紙が出て来た。

それは日本紙であった。

その日本紙に墨で何か小さく書いてあった。

青年紳士は固唾をのんで、それに見入った。

その終りには、三人の署名があり、そして血判であろう、拇印が押してあった。

今度は青年紳士の眼からポロポロと涙がこぼれてきた。大きな歓喜が、発見者のみが味う、大きな喜悦が、今青年紳士を揺り動かしているのであった。

「お嬢さん、とうとうありました。お祖父様の遺言にも等しい大切な大切な文書が発見されました。御覧なさい。お祖父様の署名があります。おや、遠山少将の署名もあります。もう一人の署名も、——恐らくこれは非常に重大な書き物ですよ。私が読ましていただいてもいいでしょうか」

「ええ、ええ、あなたが第一番に読む権利を持っています」

「でも、これは御一家の秘密に関係が?」

「かまいません。孫の私が許しますわ」

令嬢の断乎とした声が聞えた時は、もう紳士は読み始めていた。

覚え書き

ここに署名いたす三名の外には、天も知らず、地も知らず、しかして日本の政治の裏面に行われたる重要事なり。これを書き残すは、正しきもの遂に正しからざれば、政治は決して正しく行われざるものとの信念に出づ。

日本新生党は、本日、少将遠山氏をその秘密党員の一人として迎えんとしたり。この意志は当初遠山氏自身より出でたるものにして、決して大木党首の勧誘したるものにあらず。されど遠山氏は自ら有する政治的の潜勢力大にして、氏の入党は日本新生党のために非常なる威力を与えるものと予想せられたるにより、党員のうちには一日も早く迎え入れよとの声高かりしも、党首は遠山氏の性格に疑いを抱き、隠忍自重《いんにんじちょう》したり。されど遂に、遠山氏より一切の党規を承認し、入党の上は党首及び党の総意を重んじ決して違背いたすことなきにつき、是非入党許可せられたしとの鞏固《きょうこ》なる意志を申し来りしにより、入党を許可することとなしたり。

型の如き入党の式は本日午後七時、東神奈川の党本部において行われたりしも、遠山氏は党の秘密を明かさるるや、署名は党首のみの面前にて行うべしと称して、党員を解散せしめたる上、卑怯にも入党の意志を翻えし、党首がその約の違うことを責めしに、党首及び外に一人の党員のみ居らざるを奇貨とし、腕力を以って争うともよろしと言い放ちたり。

党首は、数言を費せしのみにて、決意をなしたるものの如く、ではともかくも人家なき所に到りて雌雄を決せんと言いたり。

何を小癪な、余は剣士中山博道《はくどう》氏を相手にして三合の仕合をなしたることあるぞ、しかも今余の手許には軍刀一振りあり、と嘯《うそぶ》く遠山氏を静かに促し、自動車に同乗して、東神奈川より八王子に抜ける道の途中某所に至りたり。

時正に十時にして、朧ろなれども月明あり、人跡殆どなかりしも念のため道路より深く雑木林中に入り、やや広き場所を得て、ここに両人の決闘をなすの止むを得ざるに到達せり。

党首は仕込み杖を抜き放ち、遠山氏は所持せる軍刀を抜き放ち、約五間《けん》を距てて相対したり。

沈黙して一言も発せざる大木氏、日本新生党及び反政府党の悪口雑言を小止みなく述べ立てる遠山氏両人はそれより約二十数分に亙りて決戦をなしたり。初めは、遠山氏の方優勢に見えたるも、落付きたる党首の、正義のこもる刃は、遂に遠山氏の右上膊に深く入り、遠山氏声を立ててやがて昏倒せり。時を数えること五分。自ら醒めたる遠山氏は、冷然とその傍に立ち居る大木氏に向いて、「なるほど、小党ではあるも、党首たるもの少しは武士の志を有すと見ゆ」と言いながら、再び決戦に入りたり。

この度の決戦は、約三分にして大木氏の仕込み杖は、遠山氏左肩に深く入りたるにより、遠山氏再び昏倒す。やがて十分にして遠山氏己れを取りかえして「今夜のことを利用することも、また他に言い振らすこともせざるにつき、命を助けよ」と哀願す。

依って党首及び、この決闘に立ち合いたる余は、同氏を助け起こし、繃帯を施し、ここに休息すること約一時間、遠山氏の自ら歩み得るに至りて、自動車にて自宅まで送り届くることとせり。

送り届くるに当り、この覚え書きを作製、遠山氏に読み聞かせたる上、当事者三者にて各署名血判をなせり。

因みに、日本新生党の党員名簿は党首この夜に持参し居りたるも、遠山氏の反逆により証拠となることを恐れて、決闘地において焼却したり。

この書を認むるものは、同じく日本新生党の党員たりし一人にして、大木氏、遠山氏の外に当書に署名しあるもの也。


二人は読み終って暫らく言葉がなかった。

二十年前武蔵野の朧ろなる月明の下に、政治的生命を賭して決闘をし、なおかつ立会ってこの文章を作った三人の人を思い浮べて、肌に粟を生じていたのであった。

「お祖父様の方から、入党をすすめたのではなかったわ」

「そうです。これでお祖父様の意志もはっきり判ったのです。そしてしかも、それは」

「それは、あなたのお力で光の下に現われたのです」

「いいえ、私ではありません。それは、お祖父様を信じている、お祖母様と、その孫とが、これを光の下に出したのです」

青年紳士は、そう言って、もう帰り仕度をしていた。

令嬢はとめる口実もないので、とにかく、次のような一つの質問をして、僅かに青年紳士をとめるような手真似をしたのみであった。

「では、遠山少将の死因は何だったのでしょう」

「刀傷ではありませんね。恐らく痛みに堪えかねて、それで、麻酔薬を二回分も三回分も飲んだのでしょう。多くの麻酔薬は同時に、鎮痛剤ですからねえ」

青年紳士はこの一言を残してさっさと大木邸を帰り去った。

（その六）霜を履む

一

「お嬢さま。人殺しがございましたのよ」

「え？　どこに？」

「ここでございますよ。この病院のなかの」

「病院の中の？　中のどこ？」

「この病棟でございますよ。お部屋からは少し離れて居りますが、あちらの三十二号室に」

「え？」

令嬢は驚きの眼を見張った。

「だって、少しも騒いではいないじゃあないの？」

「それはね。この病棟の主任看護婦さんは仲々しっかりしていらっしゃるので、病室の皆様にはお知らせしないで、事務所と警察の方へと知らせたらしいのです。もう警官の方も来ているようですよ。私はね。そっと行ってみてまいりましたが、もう誰をも入れません」

令嬢は病室を出て廊下の方を眺めてみた。

なるほど人だかりはしていないが、三十二号病室の方に、二三の看護婦がうろうろしているし、巡査が一人立っていた。

巡査が病院に来ることも稀ではないので、誰も怪しまぬと見えて、病院の廊下は静かで、まるで事件などはないような様子であった。

外は、雪が降りしきっていた。

秋の終りに、祖母が入院し、年の暮に近づいて、祖母の病気は益々悪るくなる一方であった。坂を下るように、ぐんぐん悪るくなってゆく癌の症状を、それでも毎日用いる大量のラヂウム照射がとめているのであると、医師は説明している。年内と言うわけではありますまい。いずれ来年には持ち越されると思いますが、はっきり言うことは困難です、と医師が言っているうちに、この年は珍らしく、年内に雪が降った。

「ああ雪のようだね。お祖父さんが初めて代議士におなりんなった年の暮は、雪が降ってね。議会へお行きんなるのに、真綿のちゃんちゃんこを用意していなすった」

祖母は、久しぶりで気持ちがいいのか、朝、雪を見ながら、こんなことを言った。

看護のために、母だの、叔母だのが来ていたが、昨夜のうちに二人とも家にかえって、今日は令嬢一人が看護を任かされていたので、祖母がやや元気に、昔の話などを口に出す様子は、令嬢のためにはよほど嬉しいことであった。

ところが、朝ラヂウムを済まして、祖母がやうとうとと睡りかけたので、ちょっと控室の方へ来ると附添看護婦の一人が、人殺しの話を聞き込んで来て、それを熱心に話すのであった。

「なるほど、巡査が一人立っているわ。しかしほんとかしらん、人殺しがあったの?」

「ほんとです。病院ではなるべく患者さんにはかくしておくことになっているんですが」

「病院のうちで人殺しがあるというのは、よくよくのことね。きっとその人、助かりそうな病気ね。死にそうな病気の人だったら、わざわざ殺す必要ないわね。三十二号たら何という方なの」

「はい、牧山と仰言る外務省の方ですが、その御主人が、胆石かなにかの軽い病気で寝て居られていたのですが、その御主人の方が殺されたのだそうですよ」

「ああ、牧山さん、前に満洲の領事をしていた方ですね」

「前ではないという話ですよ。今でも領事だそうですが、病気のために、日本へ帰っているだけだという話です」

「私、どうもまだ信じられないわ。病院のうちで人殺しがあるなんて、――そりゃお医者さんが人を殺すことはあるでしょうがね――一体何で殺されたの？」

附添看護婦は、令嬢が冗談を言ったので笑った。しかし、何で人殺しをしたかは、知らなかった。この時、電話がかかって来たので、令嬢は電話口に出た。そして始めて人殺しの嘘でないことを知った。

「おい、勝子かい。今お前の病院に殺人事件があったそうだ。知っているかい？　知らない？――そうかも知れん。なるべく騒ぎ立てないようにしようというつもりなのだろう。だがとにかく、今警視庁から大勢出かけたよ。祖母《おばあ》さんもお変りはないかい」

「ええ、お祖母さんの方は、今朝は仲々よさそうです。昔のお祖父さんの話などしていなさる位ですから」

電話は令嬢の父からであった。

もう殺人のあったことに疑う余地はない。警視庁から来る警官のうちには、祖母がこの病院に入っていることを知っている人もあるだろう。もし誰かが祖母の見舞に来てくれたら、つかまえて聞いてやろう。令嬢はそう思って、病室にかえってからも、心待ちしていた。

用事のために、時々部屋を出ては、帰ってくる附添看護婦が、刻々の情勢の変化を令嬢に知らせてきた。

今、警視庁かららしい大勢の警察官が来ました、とか、今看護婦達が調べられているようですとか、三十号や二十八号の病室では患者まで調べられているようです、とか、刻々に報告を齎《もた》らしてきた。

令嬢は好奇心をそそられて、何度か自分で行って聞いてみたいという衝動にかられた。しかし祖母の傍を離れるわけにゆかないし、それに、女の身で、何ぼ知っている警部が来ているに違いないにしたところが、独りで出てゆくのも憚かられた。

正午に近くなって、雪は益々降り込めて来た。

これでは、今日は見舞客もあるまいと考えていると、ひょっこり、約束もなしに、青年紳士が見舞いに来てくれた。祖母の珊瑚珠を探し出してくれて以来、紳士は公けに大木家に出入りすることになり、祖母が病院に移って来てからは、よく見舞いに来て呉れた。

「あら、偶然と言うか、――あなたはよく事件にぶつかる方ね」

「事件ですって？　何かあったのですか。僕はただ、雪が降ったから来たのに過ぎませんよ」

「雪が降れば何故いらっしゃることになるの」

「いや、ただ、極く簡単な理由です。二つの――。一つは、雪が降れば見舞客も少ないだろうということ、一つは、私の父が癌で寝ていました時に、急に雪が降ったところが、大へん気持ちがいいと言っていたことがありました。これは単なる一つの思い出であるに過ぎませんが、その昔の思い出に引かれて、そして、お見舞がしたくなったのです」

「あら、うちのお祖母さまも、今朝雪を見て気持ちよさそうに、珍らしく昔のお祖父さまのお話などしましたよ。何か、雪と癌と関係があるのでしょうか」

「いいや、医学的にはないらしいのですね。その当時、僕もそのことを思いついて、お医者さんを根掘り葉掘り追求しましたがね。確証があがらなかったのです。単に、心理的の、大雪が降ったので、心のどこかに、自然の威力に打たれるための、清新さが湧くのじゃあないでしょうか。――そうです。したが事件と仰言ったのは何ですか」

「人殺しがあったのです。この病院の一つの病室の中に？」

令嬢は附添看護婦から聞いた話を詳しく述べた。

「先刻。お父さんからも電話がかかって来たので、多分私共の知っている警部さんが来ていると思いますわ。私、行って見たいわ」

二人は約十分許《ばかり》、この問題について相談したあと、折よくやって来た叔母の一人に祖母の看護を頼んで、事件の方へ行ってみることにした。

二

事件はこの一等病棟の第三十二号室に起きた。

三十二号室は、調査してみると外交官の牧山という人が、胆石症で入院しているのだが、かなり軽症だと見えて、附添看護婦が一人いるだけで、夫人が隔日位に看護に来ることになっていた。

丁度昨夜は、夫人も病院に泊ることにして、附添看護婦と二人がついていた。牧山氏は、この頃発作が少なくなって、夜はよく眠るようになったが、昨夜は、殊によく眠り、夕食を食べてから三十分位で、ぐっすり寝てしまった。それから、二人の看護の人も安心して、附添看護婦も許されて看護婦部屋へお喋りにゆき、夫人だけがぼんやり病人の傍についていた。

夜の九時頃になっても病人は身動きもしないで、軽い鼾《いびき》を立てて寝ているものだから、夫人もこの分なら附添看護婦はまだ帰って来ないが、あとは帰って来るのに任かせて、寝てしまおうと思って、隣の控室に入って寝た。それでも控室と病室との間の扉《ドア》はあけておいた。

十一時頃であったろう、附添看護婦が帰って来て、そっと開いていた扉をしめた。このことは、うとうとしながら夫人も知っていた。附添看護婦は、控室との間の扉をしめたあと、病室の一隅に、いつもの通り寝たのである。

附添看護婦の陳述するところによると、控室と病室の間の扉をしめたのが、十一時過ぎていたと思う。
のぞいてみると、夫人もかなりよく睡って居られたし、病人もよく睡っている様子だから、いつもの通り、夜中に起こされる覚悟で、却って少し早目に寝ようと思い、直ぐ寝た。つい朝まで寝てしまってさて起きてみると、外は大雪で、病人は依然として睡っている。やれやれと思ってもう一度眼を閉じると、八時頃まで寝てしまった。夫人も、同じように、この朝は寝坊していると見えて、起きて来ない。

これは寝過ぎたと思って、附添看護婦は起き上り、病人の様子をまず見ようとして、驚いた。病人は死んでいたのだ。

おや、と思って、腕を探《さ》ぐって脈を見ようとすると、胸のあたりがはだけているのに気付いた。かけてあった毛布をあげてみると、心臓部に、光る、細い針がさしてあった。

附添看護婦は思わず、声を立ててしまった。

夫人がその声を聞いて、寝巻きのまま隣りの控室から出て来た時は、それでも看護婦は毛布の下の腕を引き出して、脈を触れてみようとしている時であった。そして、手首をあげてみて、キャッと叫んだ。

手首には、キリストの磔刑《たっけい》のように、一本の釘が、掌から甲の方へと抜けささっていたのである。

さすがに外交官の夫人だけあって、ものの順序を心得ていた夫人は、驚きあわてる看護婦を制してまず、この病棟の主任看護婦を呼んでもらい、ついで直ぐ婦長さんをも呼んでもらった。それから、隣の病室にも極秘にするようにして、宿直の医師がやって来た。宿直の事務員がやって来た。院長と副院長とに直ぐに電話がかけられ、適当の指揮を仰いだ。

これらの人々は、ただ毛布をあげてみただけで、誰も死体に手を触れることはしなかった。そして、直ちに警察官の出張を仰ぐことになったのである。

十時には、警察官がすっかり出動して、調査が開始せられ、十一時には検事局より検事が出張して来た。そして、それから正午頃までには、わかることはすっかり判ってきたが、捜査の手懸りになるようなものは、何一つなかった。

まず第一に、死後の時間の推定はどうか。

主治医と警察医と心をあわせて、研究したところによると、昨夜の九時から十一時頃までの間であるということになった。

死因は、心臓部まで見事に突きささった針である。その針は、あとで抜いて調べてみると、普通の針ではない。鋼鉄で出来た編み物棒で、その先端の、糸を引っかけるところは、鑢《やすり》がかけて削られてとがっていた。明らかに、殺人のために用意せられたものと、推定せられる。

この同じ針は、単に心臓部だけではなかった。両手と両足とに、磔刑のように突きささっていた。足の方は、うまく行っていなかったが、手の方は、両手共に、掌から甲へと見事に貫いているのだった。血液はこれらの五本の針が突きささっているに拘らず、一滴も出てはいなかった。落付いて、心をこめてつきさしたことを思わせる。

「しかし、この五本の針が一本も無駄がなく、折れもせず、しかも見事に心臓を貫く深さに、肋骨の間をつきさしてあるというのは、専門家が、しかもよほど落ちついてやったものですね。専門家と言っちゃ悪るいが、とにかく人間の身体についてよほど研究してあるわけだね」

係官の一人が言った。

「それはそうだ。用意のしてあった、つまり謀殺であることは確かだね。第一、編みもの棒の尖端を削ってあることからもよくわかると思いますね」

「ところが、ここに一つの不思議がある。どうして、心臓部にあんなに見事に貫通されるのに、抵抗もせずしておとなしくしていたかという問題だね」

「それは、五本の針のうちでは、心臓部へさしたのが最初にやられたのに違いないね。すると、心臓部を非常な速度で急激にやってしまえば抵抗するひまも何もありはせんということになるのではないかね」

「いや、いくら急激にやったところで、第一そっと入って、丁度胸のあたりの、心臓のところをねらうひまはなくちゃあならんね。よく睡っているとしたところで、病人の睡眠が特に深いということもあるまいし、衰えてはいるとしたところで、この頃では発作も少ないし、昼間は起きて歩くという位なこの病人にあんなに見事に針をさすというのは、特別の何か条件がなければ、理解が出来ないね」

「第一が、女がやったのか、男がやったのか、ということになる。編みもの棒をつかっているところは女のようでもあるし、人間の身体のことについて、かなり深い知識を持っていること、しかし抵抗もさせずにやってしまっている点、男のようでもある」

「つまり、医師と看護婦とが一番疑わしいことになるのかね」

「うん、僕は本気でそう思っているのだ」

ところが、この問答を聞いていた、落合警部は、笑いながら口をはさんだ。

「医者というわけがないよ。医者は、君、昔から匙かげんと言ってるだろう。病気で死んだように見せて、いくらでも人を殺すことは出来る。それなのに、わざわざ編みもの棒を持って来て殺すというなあ、つまり、医者としては気のきかんことだね」

「そう言えば看護婦だって同じことだろう」

「いや、看護婦の方は、そうとばかりも言えまい。これは医者のように自由に処方をすることも出来ないし、医師の許可なくしてむやみに薬品を手に入れることも出来ない。――いや、第一に、この殺人事件には、もっともっと特徴がある。磔刑のように、手や足まで針をさしてあるじゃあないか。これは、どうしても、復讐を意味するね」

この落合警部の推理に対しては、ただ一つ、次のような反駁が現われただけで、それも極めて弱い考えとして、主として、復讐説が一同の承認を得ることになった。

「復讐と考えるのが妥当らしい。ただ、復讐と見せかけて、そうでないものの捜査方針を迷わせるという手もある」

三

捜査は、直ちに開始された。

第一に、指紋である。これは廊下の外の把手《ハンドル》から内の把手へかけて、ガーゼがまきつけて、扉が音を立てないでしまるようになっていたものだから、ここから指紋を得ることは出来なかった。その他の器具などから調べたが、指紋は主として、夫人と附添看護婦のものであった。

第二は戸じまりである。

これは窓は折から外は寒気が強く、雪もよいの夜であったから、厳重に閉じられてはいたが、さて鍵はかけてはない。これは病院の習慣で、外から窓を通して、盗賊や犯人が入ることは至って稀である、という統計的の経験から来ているのだ。それに、もう一つの理由は、病院は大玄関は夜中あいていて、見舞客は出たり入ったりする。これは、何しろ急に臨終に迫る病人も多いことだから、門番一人の裁断で、いつでも入るようにしてあるし、各病室の扉は、夜中に看護婦の見廻りもあるので、鍵をかけることはしない。だから、盗賊でも、犯人でも、大玄関で臨終の病人を見舞うのだと言えば大手をふって入れるし、病室に入ることもまたわけがない。

窓はこうして開けてあった。

窓の外は雪であったから、捜査は至極く明瞭で、窓より賊の忍び入った形跡は一つもないことが決定せられた。

第三に、時間的関係である。

良人《おっと》が非常によく睡っていたので、夫人が控え室に入って寝たのが、九時近かった。それからあと控室と病室との間の戸が閉められたのが、十時であったと記憶する、という夫人の証言に対して、附添看護婦は、室にかえって病人があまりよく睡っているので、控え室との間の戸をしめて、自分が同じ病室に寝たのは、たしかに十一時十分であったと述べている。

「その時に、戸をしめる時に、控室の方に寝ていた奥様は、何か言ったかね」

「何も仰言いませんでしたが、寝がえりを打たれたらしい音が聞こえましたから、その時に眼がお醒めになったかと思います」

「病人がよく睡っていたと言うが、それは確かかね。死んでいたのではないか」

そう言われて、附添看護婦はよほど困ったような顔をした。

「睡っていられました。しかし、死んでいたのではないかと仰言られると、実は脈をみたわけでもなし、いつもなら、睡って居られてもお脈をみることもありますが、この頃大分よい方へ向いて居られたので、却って安眠を妨げても悪るいと思ったものですから……」

更に、この夜十二時頃に、婦長がちょっとこの部屋を見廻っていた。見廻ったとは言い条、ただ扉を細目にあけて、内部を一瞥しただけのことである。

「病人は向うをむいて寝ていましたし、附添看護婦さんは、部屋の隅の長椅子の上に、蒲団を頭からかぶって寝ていました。控室の方は拝見いたしませんでした」

婦長の証言はこれであった。

これらの状況証拠から、殺人は、夫人の寝た九時より、附添看護婦の帰って来た十一時までの間に外部より入った犯人によって行われたものと推定されるし、死後の時間推定の問題も、この推定と殆ど一致すると言ってよい。

そこで一せいに同じ病棟の各病室が調査せられて、その夜出入したもののうちこれはと思うものを追求してみた。ところが、そのうちには捜査官が直接ににらむようなものは一人もなかった。それで捜査の手は、他の病棟、病院の医員や事務員、使用人にまで及ぶことになった。

同時に、夫人が、検事や警部の前で、特に聴取りをせられたのは、復讐の殺人ではないかと云う疑問からであった。

「どうも、復讐されるというような覚えはありません。なるほど、唯今満洲の××で領事をして居ります。病気を癒すために、二三箇月の予定で日本へかえったのでございますが、全快すれば直ぐまた満洲へ帰官するつもりでありました」

「だから、単に内地だけでなく、満洲あたりに原因のある、何か恨みに思われるような、言わば敵といったものは心当りはありませんか。何も少しもお隠しになるには及びません」

「いいえ、何と言っても思い付くものはありませんです。第一良人《たく》は気の弱い、おとなしい人間で、世間でどうも、日本の外交官は腰が弱いなどと申されて居りますが、腰が弱い方がいいのだ。それで日本は大過なくやってゆくのだと、自分で主張していました通り、外交についても、個人としての生活についても、時とすると、女の私共が歯がゆい位に、気の弱いところのある人でした。だから、大凡そ個人的のおつきあいで、恨みを受けるようなことは一度もなかったと思います。これはどうか交友関係の方々を御調べ下すって、捜査の御参考になすって下さいませ」

「したが、奥さん。どうも、これは奥さんの前でお聞きしにくいのですが、悪るく思わないで下さいよ。社交的に極くおとなしい、気の弱い、好人物の方で、他人《ひと》からは恨みを受けることはないとしても、そのような人物に、よく女にかけては仲々いろいろの怨恨の種を播いて歩くというような方がありますのでね、その方面について、何か恨みでも買うようなことがありはしませんでしたか——これはどうも、決して奥様に対して失礼なつもりで申上げたのではないのです、当局は何とかして犯人をあげなければならぬのですから」

「いいえ、どうしても思い当りませんねえ。なるほど、外交官ですから、女に対してどうと言うような機会も多かったでしょうが、私の耳に入るようなことは一つもありませんでしたから、まあ、深入りしたのはないと思うのです。それに、お話しのように、お友達つきあいで好人物でも、女にかけては凄腕であるというような方もあるでしょうが、良人は、そのどちらに対しても、至って慎重な、気の弱い人であったと思われるのです。だから、大凡そ、良人の場合だけは、復讐で殺されるというようなことは考えることが出来ないのです」

これで、午前中の捜査行動は終った。

警察官の調査のために、病院の大きな応接室が二つあてられていた。一同は、そこにかえって、これからの捜査の相談と、同時に、現に進行しつつある、病院関係者の全部の調査と、それから、何よりもまず、死体解剖の結果とを待つことになった。

この時、落合警部を、美しい令嬢が、一人の青年紳士を伴って、尋ねて来た。

「やあ、大木閣下のお嬢さん。どうしてここに?」

「お祖母さまが癌で入院しているのです。その同じ病棟で今日は事件が起きたというので、警視庁からは沢山の方が来ていられると聞きましたので……」

「はい、どうも、病院内の殺人というのは、初めての経験でしでね。どうやら困難な事件なのです」

「よろしければ話して頂戴な。いつかの、獅子が精神病にかかったという、あのサーカスの事件ではずいぶんお手助けが出来て、うれしかったわ」

「ああ、あの時の――そうです。今度も一つ、何かお手助けが願えれば、是非欲しいと思いますね。――今、死体の解剖が行われるのを待っているのです。何しろそういうことになると、この大学病院で起った事件については、甚だ便利でしてね」

「死体の解剖、私たちにも見せていただけるかしらん」

「勿論、いいと思いますよ。しかしお嬢さん、大そう厭《い》やなものですよ」

「何しろ、その解剖の前に、一応のお話を聞かせて下さいませんか」

青年紳士が、令嬢の後ろから、その高い背の上から、ゆっくり、しかし歯ぎれのいい口調で、警部を促した。

四

「へえ、五本の編みもの針をね。心臓と両手と両足に突きさして殺してあったのですね」

青年紳士は、落合警部の説明を聞き終って、「驚くべき犯罪ですね」と呟くように言った。

「病院、殊に同じ病院内に同じような編みもの針を持った女はいませんでしたわね。どの位。長いものですか？」

「抜いてみると四五寸――あるいはそれ以上もあります。同じ針を持った女は勿論みつかりませんでしたが、それに、そんな針がどこかへ捨ててはないかと探してみましたが、それもありません」

「では、五本だけ用意して、五本だけ使用して殺人を遂げたのですかね。そんなにあぶない――そうですよ。僕が同じ方法で殺人を犯すなら、もっと用意して、折れることも考慮に入れて――あっ！　そうです。これはね女が自分の髪の毛にさして持って行ったに違いない。すると係官の捜査の時には、髪の毛の中にさしてかくしてしまうことも出来ますね」

「そうか、そこまでは気付きませんでした。では、検事と係長とに言って、早速それも調べてみましょうか」

「いや、ちょっと待って下さい。今までのお話では、どうしても僕には女の犯罪だと思われるのです。しかも、あなたの御意見のように、復讐であることも間違いないと思いますね」

「ところが、領事夫人からよく聴取してみるのに、復讐されるようなことは絶対にあり得ないと言うんです。これが、何か良人を庇うとか、あるいは、名誉にかかわるからとか、そういう考えから否定しているのではないらしいのです。夫人は真にそう信じている。良人の性質から、弱気の、まあ外交官の腰弱と言われるには、恰適《こうてき》しているような性質を見抜いているので、その信念から、あの人が恨みを受けるようだったら、世の中の人誰として恨みを受けない人はあるまい、とさえ信じている――」

「なるほど。気の弱い、好人物で、だから、大学を出るとき秀才であったが、領事位までしか出世しなかった。人を排除したり、悲惨な境遇につき落したりしたことはない。従って、恨みを買うことはない――と言うのですね」

「そうですよ。夫人の話を聞いているうちに、私共も段々、殺された人の性格がわかって来ました。勿論、物盗りやなんかではない、それに相続問題とか、遺産問題とかでもないことは、初めから確信があった。それに、この病院へ入ってから附添看護婦の話を聞いても、御本人の性格の弱さ、あるいは別の言葉で言えば紳士的なことは、よく判るのです」

「では、弱い性格で、紳士的な方で、だから、心臓へ針をさされる時も、おとなしくさされたということになりますか?」

令嬢が鋭い一言を吐いたので、二人はびっくりして顔をあげた。

「いやいや、それはまた別の疑問なのです」

落合警部が、面目なさそうに、そう言った。

「その解決は、お嬢さん、大してむずかしいことはありませんよ。これは、恐らく解剖の結果すぐわかると思います。恐らく必ず、予め麻酔薬を与えられて、熟睡以上に睡っていたものと、僕は想像するのです。しかも、その麻酔薬を何かの手段で病人に呑ました人物こそ、犯人か、そうでなければ犯人に非常に近い関係にある人でしょうね」

落合警部は、この青年紳士の一言で、強い衝動を受けたらしかった。ちょっと立ち上るような様子を見せて、そしてまた坐った。

「しかしですねえ、僕の興味を惹いていますのは、性格の弱い、好人物ならば恨みを買うことは絶対にないはずだ、という、常識的な判断についてですね。少しパラドクスかもしれませんが、僕は、弱い、好人物であることが原因で、却って怨恨の原因となるということの方が、あり得る。むしろ極論すれば復讐の半分は、それから来ていはすまいかと思うのですね」

「だって、それは、余りにパラドクスに過ぎますわ。誰としたところが、弱い、好人物に対して敵意を感ずるということはないと思うのです」

「いいえ、お嬢さん、弱い、好人物が、市井の閑寂な階級に伍して暮しているときには、そういったことはないのでしょう。しかしですね。そういう人物が、非常に重要な位置についているような場合はそのパラドキシカルな現象も、また現われて来はすまいか、と思うのですね」

「それは、もっと具体的のお話がないと、すぐには納得がゆかないわね。それに、今度の、この事件を解く鍵がこれなのだとお考えですか」

「いいや、この事件にはもっと考えねばならぬことがあるでしょう。――午後の捜査に僕たちも立ち合ってよろしければ、午前に洩れたことで二三確かめてみたいと思うこともあるのですが……」

「どうか、お立会い下さい。総監閣下のお嬢さんがお立ち会い下さるのは光栄です」

「いいやな警部さんね。でも、何とか早く解決がつくといいわね。これは警視庁の名誉のためですよ」

午後一時からの死体解剖では、まず死因と死後の時間の決定がなされた。

解剖してゆくと、胸からさされた針は、丁度その先端二糎《センチ》ばかりが心筋のうちに深くつきささっていた。これが致命的なもので、約二三分で死んだものと思われる。胃の内容物を調査して、死後の時間が計算せられたが、それは外景検査による推定と大して違いはなかった。しかし胃の内容物は、化学的検査が施されることになり、研究室の方へ持ってゆかれたが、これも夕刻には多量の麻酔薬を含有して居ることが証明せられた。

しかし、青年紳士の捜査は、まだ麻酔薬の存在が証明せられない前に、既に次のような重要な事項を剔抉《てっけつ》していた。落合警部立ち合いの上で、青年紳士は領事夫人と、牧山氏の附添看護婦を丁寧にもう一度聴き取りした。

「奥様、あなたがおやすみになったのが九時、それから、附添看護婦さんが部屋に帰ってこられたのが十一時、その間の約二時間ばかりの間に、犯人が入って殺したと考えられるのですが、その間は奥様はぐっすりおやすみになっていましたか」

「さあ、ぐっすりということは判りませんが、しかし、附添看護婦の帰った時を知っている位ですから誰か入って来て、いやしくも病人の傍で何かするのを眼の覚めぬはずはないのですが、私は至って眼ざとい方ですから……」

「そうですね。では伺いますが、控室と病室の間の戸は、おやすみになる頃には、どの位あけておかれたのですか」

「戸はいっぱいにあけておきました。だから、病室はすぐ眼の前に見えていたわけです」

青年紳士は附添看護婦を呼び入れた。

「看護婦さん、あなたが部屋へ帰ったのが十一時でしたね。その時に、病室と控えの間との間は、どの位戸があいていましたか」

「はい、約三分の一位あいて居りました」

「そのあいていたのを、あなたが帰って来て、閉めたのですね。その閉めた音を、奥様が聞かれて、ちょっと眼がさめたのです――どうですか、奥様、附添看護婦が帰ってくる前に、誰か入って来て、控え室との間の戸を三分の二ほどしめたのです。すると、丁度奥様の寝ていられるところから病室の方が見えなくなります。だから、その引き戸を閉めた人があって、奥様はお眼覚めにならなかったのです」

一同は、青年紳士が徐々に事実を誘導してゆくのに驚いた。

「では奥様は、何故そんなに深く、熟睡されたのでしょう。また附添看護婦が帰って来ない、という一方で警戒心があるのに――。それが、事件の疑問の一つですよ。僕は想像するのですが、あなたは御病人の夕飯に出たもののうち、何かをめしあがりはしませんでしたか」

「はい、それは、主人が残しました牛乳を、そうですね、約三分の一合位の量だけ飲みました」

「では、御主人がその三分の二を飲まれたのですか」

「はい。近頃食慾が出て参りまして、前には牛乳だけは全部のんでいましたが、近頃は先きに御飯をいただくものですから、牛乳を残したのでございますが」

「ありがとう。では、もう一つ伺います。それは、昨日の夕飯は何時頃に、誰の手で入ったのですか」

「さあ、五時頃でしたか、いつもの通り看護婦さんが配膳室から持って来てくれたと思います」

「附添看護婦さんですか」

夫人は、返事の代りに傍らにいる附添看護婦を顧みた。

「いいえ、私ではございません。病院の看護婦さんです」

「病院のどの看護婦さんですか、覚えていますか」

附添看護婦は赤い顔をした。

「実はいつもは病院の看護婦さんが呼びに来ますので配膳室まで取りにゆくのですが、昨日は、仲々呼びに来てくれませんので、五時半頃になって私が取りに行ったのです。残っていますからどれでもいいものと思って、牛乳ののっているお膳を一つ持って、部屋にかえって見ますと、もう来ているのです。それから私は、そのお膳をまた配膳室へかえしました」

「なるほどね。あなたは夕方ちょっと留守にしたのですね。どこに行っていたのかは言わなくてもいいのですが、ちょっと留守している間に、お膳はひとりでに来ていたのですね」

「はい」

「奥様は、お膳を運んで来る姿が附添看護婦と似ていたので、そう思い込まれたのでしょう。御病人はもとよりお膳を運んでくる看護婦などには、お気はつけますまいね」

大木令嬢も、落合警部も、青年紳士が順次に糸を解きほごすのに、非常な興味を覚えてきた。夫人と附添看護婦を退らしてから、青年紳士は、何か蒋《しき》りに考え込んでいた。二人は、何が出て来るかと、固唾をのんだ。

「あの病棟の婦長さんに聞いてみたら犯人はわかると思いますがね。しかし、何のための犯罪か。――まあ、どうしても復讐を考えはいたしますが、それにしても、どういうことになりますかな」

青年紳士は、そう言って、病棟の婦長さんを呼び入れた。

「婦長さん、この病棟の患者の総数は何人ですか」

「そうです。約四十人位になりますか」

「では、附添いとして入っている人は？」

「看護婦の免状を持っている人は……」

「いや看護婦の免状はどうでもよろし、とにかく、看護に従っている男女は？」

「そうですね。五十人位になりましょう」

「その他に病院の看護婦は」

「私の下に、二十人ほど居りますが、昼夜交代ですから十人宛《ずつ》になります」

「ありがとう、では、お伺いいたしたいのですが、最近その同じ病棟の患者さんで、麻酔薬を多量に処方されている人がありますか」

「それは、カルテを調べてみれば判ります」

「では、すみませんが主治医の御了解を得て、カルテを全部一応拝見させて下さいませんか」

五

「お嬢さんと御一緒に習った独逸《ドイツ》語の知識が役立ちました。医者という奴は、どうしてこう独逸語ばかりつかうのでしょうね」

青年紳士は、冗談を言いながら、カルテを一々精査しては、その上に印をつけた。

この間に、死体解剖の結果取り出した胃の内容物の検査がすんで、多量の麻酔薬があったことが報告されて来た。青年紳士の仮説は、一つだけ証明された。カルテは、印がついたのが二つあった。あとを返えしながら、青年紳士は再び婦長を呼んで、その二つのカルテを示しながら次のようなことを聞いた。

「この青木旦三郎（六十五歳）という人についている看護婦は誰ですか？」

「はい、その三十号の病室は、青木という老人の娘さんが看護しているのです」

「こちらの丸山さんの方は？」

「それは、本当の看護婦さんです」

「どちらも、ここ十日ほどの間に、ずいぶん麻酔薬が処方してありますね」

「はい。どちらも、ひどい不眠症なのです」

「青木さんと丸山さんとでは、年齢も同じ位ですが、職業が不明ですね。お酒はどちらも飲むでしょうか」

「はい、それは青木さんの方は、見てくれから昔は酒豪であったようです」

「すみませんが、この青木さんの方の看護をしている、その娘さんというのを呼んで下さい」

婦長は出て行って、暫らくしてから、その娘というのをつれて来た。娘とは言い条、もう三十五六になる女で、瘦せているが、悧巧そうな人であった。

「あなたが青木さんの看護をしていられますね。実は御聞でしょうが、昨夜、お隣りの牧山領事が殺されましてね。犯人はまだわからぬのですが、お隣りですから、何かお気付きのことはありませんか」

「いいえ、別に」

この女は、無表情でありたいと萕りに努力をしているらしかった。

「あなたは、失礼ですが、お父さんの御看護をなさるのに、看護婦も雇わずに、大変なことでしょうね。お宅はどちらですか」

「はい、東京の郊外でございます」

「御良人《ごしゅじん》は？」

「亡くなりました」

「いつ頃ですか」

女は、この質問で、暫らく躊躇していた。

令嬢と警部とは一心になって、女を見ていたが、女は、暫らく見ているうちに、少しずつ紅潮してきた。

「では、私から申上げてみましょうか。三年ばかりこちらのことでしょう、——いや、これは、あることを思い付いて、伺ってるのですよ」

「はい、二年ほど前です」

「何でお亡くなりになりましたか」

女は、再び黙った。

「それも、私の方で申上げげましょうか」

青年紳士は、ゆっくりそう言った。

「はい」

「あなたの旦那さんは、満洲で亡くなりましたね」

「え？」

女は、急に顔をあげて青年紳士を仰いだ。

「あなたは、昨夜、三十二号室へゆくべき配膳を故意にまちがえて、一旦自分の病室に持って来ましたね。それに気がついて、すぐお隣りへ運んで、誰も居らないのでそのまま、そっと置いて来ましたね。その時に、牛乳のうちに、今まで十日ほどもらっては貯めておいた麻酔薬を投げ込みましたね」

青年紳士がこう言うと、令嬢は立ち上りそうになった。

女の表情は、犯人が、その罪を恐れ、その罪の発覚を恐れて出て来るようなところは微塵もなかった。丁度正当なことをして、戦いに功を立てて、それが他人に判った時に出て来るような、一種奇妙な表情を現わした。

「もっと詳しく説明しましょう。そうしてあなたは、三十二号の牧山という満洲領事を深く眠らせたのですね。ところが、あなたの目的を遂げ易くしたもう一つの事情が重なって出て来ました。それは、その牛乳を、患者の牧山氏が飲んだばかりではないのです。夫人も残りの牛乳を飲んだのです。だから十時から十一時の間にあなたが忍び込んで、兼ねて用意をしていた、編みもの針で心臓部をさした時には、牧山氏は勿論のこと夫人も熟睡していたのです。――さあこれだけ私には判っているのです。この復讐が、たとえ私怨であっても、あなたのお顔から、それには正当の理由あるものと、同情しています――。牧山氏みたいに外務省のうちでも気の弱い、人の好い人物が、あなたの良人の仇であることになったのは、何かただならぬ理由がひそんでいはしませんか。私は、それに同情を申上げているのですよ」

「仰言ることが判りかねます」

「そんなことはありません。私は、あなたのお父さんが共犯であるとは信じません。よし、そうであっても、証拠はありません。調べ係りの私が言うのですから、あなたのやったことは、安心してお述べなさい」

女は黙って眼を伏せた。そして、もう一度青年紳士の凝然とした瞳を見て、低い声で言い出した。

「まことに申訳ありません。良人は、満洲で不良の支那人の手にかかって――そうです、張学良《ちょうがくりょう》の輩下の軍人の手にかかって、殺されました。全く負うべき罪がないのにも係らず、――」

女は、急にワッと言って泣き出した。

「私の子供も、その当時十一歳になる男の子も、良人と同じように殺されてしまいました。領事の牧山という人は、この事件によって学良政府と本国との間に事が起ることを恐れて、良人と子供の死の理由を報告いたしませんでした。良人と子供とは、犬死にをいたして、さぞ残念であったでしょう――」

「それは」

「いいえ、もう少し聞いて下さいまし。あなたは、それは中央の方針であって、そのような事件がここ三年間に五十件以上あるということを言おうとなさるでしょう。しかし、何故？　何故、張学良を恐れて無辜《むこ》の民の、惨虐な殺され方をするに任せておくのでしょう。これは、外交の危機を恐れるばかりで同胞の生命などは何とも思わぬからです。それで――」

「判りましたよ。それで、あなたはいつかはその復讐を遂げようとねらっていたのに、丁度牧山氏が帰国してこの病院に入ったのを見つけて、やってしまおうと思ったのですね。御老父は入院してもしなくてもいい位の御病気であったが、急に入院したのですね。それがあなたの考え出されたことで、決して御老父の関知されぬという証拠は？」

「え？」

「御用意をなすった針の残りはどこにありますか」

「はい、控室の畳の間に入れてございます」

六

「お嬢さん。あの先刻《さっき》の女の人の表情をよく御覧になりましたか。罪を犯しても、あんなに澄んだ表情で居られるような罪なら犯したいものですね」

「糸の解けるように、すらすらと解けたので、驚いたわ。でも、満洲に住んでいると、あんな風に気丈になるのでしょうか」

「単に気丈というだけではないのですね。満洲では、五十件も六十件も、日本の新聞に出ない、張学良の軍隊の横暴な、非人道的な一切の行動がもとになってあした悲劇があったのです。外交というものは、血の流れるのも犠牲にして、平和の重要さを要求すると思っているのです」

「それで？」

「易の坤《こん》の卦《け》に、象に曰く、霜を履《ふ》んで堅氷《けんぴょう》至る、というのがありました。日露戦争の時に、僕のやくざ親父が立てた卦に荐りに出て来たのです。いろいろ小さい不祥な事件が重なって、大事件が起ってくるという意味の、これは詩ですね——僕は、今日の犯罪から、二つの教訓を得ました」

「判ったわ、一つは、弱い、好人物であるということ、平和を愛好するということ、それが却って復讐されるべき仇《あだ》となり得るということ——」

「そうです。そして、もう一つは」

「もう一つは？」

「それは、満洲の野に当って、何か一大事変が到来しはせぬか、ということです。日露戦争の時に、僕等の先祖が血を流したところ、そして今は、今日の犯罪のような、隠された血の沢山流れているところ——そこに、霜を履んで堅氷の至らぬということはありません」

青年紳士は、病院のバルコニイから、雪の降り止んだ曇った空を仰いでそう言った。令嬢は、その表情のうちに、先刻の女が表わした表情と一種共通のものがあるのを認めて慄然としたのであった。

×　×　×

その翌年の九月になって、満洲事変が起きた。

（その七）釣鐘草の提灯

一

クリスマスが近づいて来て、祖母の病気はだんだんに悪くなって行った。

「いいことが一つあると、悪いことが一つあるものだもん。今度は悪いことが出来てくる……」

祖母は、七十何年の生活経験から、こんな哲学めいた信念を持っているらしかった。

「いいことって、なにがあったんですか」

「ほら、お祖父《じい》さんの大切にしなすった、珊瑚珠の珠を、勝子の知合いの人が来て、探し出して下すったのん」

「うん、うん、あれね。では悪いことと言うと」

「そんなことは、人間には判らんが――多分、あしがお祖父さんとこへゆくことになるであろ」

「そんなことないわ。先生もこの分ならだんだんよくなると言っていなさるのですもの……」

勝子は心にもない嘘をついて、祖母を慰さめようとした。しかし、一種の信仰を持っている祖母は、ただそれだけでは慰められない様子であった。

「いいや、あしの助かるためには、外に、大木家に何か悪いことが出て来ねばならんのんです。あしは、それは困ると思うとるもんだから……」

「だって、お祖母《ばあ》さん。たとえお祖母さんの信じていなさることが正しい事でも、幸福の次は不幸が、不幸の次は幸福……というように、交代に来るとはきまっていないでしょう。例えば二つの幸福が来て、そのあと二つの不幸が来るというようなこともあるでしょう」

「だから、あしは、不幸が来ねば、安心して幸福の来ることが信じられんのんです」

祖母は、でも、算術のような勝子の抗議によって、大分慰さめられたらしかった。

ある程度まで悪くなってからは、もう自身では益々悪くなるということは、はっきり意識されないようであったが、事実祖母の病気は、段々に悪くなって行った。

「まだ、激しいお痛みがないからいいですが、そのうちに、どうしても麻酔薬を差上げないとならなくなって来ますよ。癌の治療に対しては、今の医学がまだ殆ど無力なのですからねえ」

医師もそう言って、予め警告を発するようになっていた。

こうして、勝子には殆ど自宅《うち》には帰らず、病院に寝泊りをつづけることになった。看護のためには、看護婦が二人雇ってあったが、見舞客の応待から、祖母の寂しさを慰めることから、勝子は仲々多忙な生活をしていた。

この間に、一方では、勝子の縁談が荐《しき》りと進められていた。

話の起りは、もう一箇月ばかり前であったが、暫らく忘れているうちに、先方から矢つぎ早やの催促で、出来れば年内に定《き》めてしまいたいと言うのであった。

「とにかく、勝子の決心だけになったよ。それに、先方もいそいでいるのだし、これはむしろ、こちらにしてみれば感謝せなくてはならんとも言える。どうかね」

勝子はとにかくちょっと自宅に帰って来てもらいたい、と言う母からの電話で、二時間許りの予定で帰ってみると、父と母とが待っていて、いきなり父から、そう言われた。

「どうって、私にしてみれば、まだもう少し、結婚は待っていただきたいの」

「何故?」

「何故ってことはないわ。まだ、結婚ということについても、もう一二年考えてからでもいいと思うの」

「それは、考えるのもいいさ。しかし、考えたって結婚というものは、決してそれで解決出来るものではないよ。相手があるかないか、ということが先決問題で、相手がある時に考えてみて、よければきめるというもんだぞ」

「それは今度のお話の方が、最上の相手だということでも判れば、そういうことにもなりますが……」

「まあ、俺《わし》が考えたのでは最上だね」

父親はズバリと言ってのけた。

「勝子が、今更になって渋り出すというなあ、よくわからんね。最初に話が切り出されたときには、お父さんやお母さんの意見にまかせる、と言ったじゃあないか。それを今更ら、愚図つくのは少しおかしいよ」

「すっかりお任かせすると言ったんじゃあないわ。調査をなさると仰言ったから、それには異議はありません、と言ったのですわ」

「同じことじゃあないか。調査をして、よろしければ、それは承知と同じじゃあないか」

父親はやや気色ばんで、そう言ったが、気をかえたという風に、母親の方を見た。

そして、冗談とも真面目とも見えぬように「それとも、外の望みの男でもあるというんで、それでどんな縁談でもお断りというわけかね」と言った。

勝子は、黙った。

これは、もう最近、この縁談の話が始まってから、勝子の心の一隅において、ずっと自問自答していることであった。

心の一方では、確かにそうだ、と言っている。

しかし、心の別の一方では、まだまだそれを承認してはいなかった。女子大学を卒業して、もう一年に近くなる勝子には、結婚ということについて、反省する機会は充分にあった。

初めは一も二もなく愛がなくては結婚すべきものではない、と理窟通りに考えていた。しかしだんだんに、同じ愛でも理性の承認した愛でなくてはほんとうではない、と考えるようなところまで、自分を高めてきた。

理性の承認した愛、それは相手をはっきり見極めて、そして愛することを意味していた。

少くとも、勝子は、そういう愛に根柢を置いた結婚をしたかった。勿論、偶然に、結婚してから、お互いが認めあうことの出来るような相手もあるということもあろう。しかし、その偶然だけを手頼《たよ》りとして結婚をしたくなかった。

勝子がこう考えてきている頃に、独逸語《ドイツ》の手ほどきを受けるために勝子の通っていたウォルフという独逸人のところに、同じく独逸語の会話を勉強に来ている一人の青年紳士と知り合った。そして、この五月以来、いろいろの事件で、この青年紳士と一緒に行動を取る機会に恵まれていたが、しかし、直接に結婚の相手として考えることはまだしていなかった。

青年紳士もまた、令嬢に対する深い愛情をいろいろの形で随時に示しはしたが、令嬢を結婚の相手として考えているとまだ判然《はっきり》と伝えたことはなかった。

確かになかったのであろうか。

しかり、確かに、青年紳士はまだ直接には令嬢に対してそのことを伝えようとしたことはなかった。自分の身の上を少しも語らず、そして、自分がそれに値いするものであるという態度を、青年紳士は曾つて一度も示したことはなかったのだ。それでありながら青年紳士は、この世のものとも思われぬような愛情を、理性に訴える仕方で、しばしば令嬢に表明していたのだ。

このような青年紳士のやり方は、見方によっては、自分は令嬢に値いしないが、しかし、激しい愛情で令嬢を愛していることは、何憚からず、遂いには、令嬢を守る役目だけで、その愛情の充分の報酬である、と思いでもしているようであった。

父親から「それとも、外に望みの男でもあるというのか」と言われた時に、急に沈黙に陥ったのは、「そうです」という返答も、「そうではありません」という返答も、いずれも出来ない自分を意識したからであった。

「下らない人間と交際をしてはいかん、と言うてるではないか。まさか、どこの馬の骨ともわからんやつと出来あったりはすまいがね……」

父親は、この問題に限らず卑しい言葉を遠慮なくつかった。

勝子は「お父さんの方が馬の骨だわ。そんな想像をなさるなんて」と言おうとしたが、問題が問題であったので止めた。

勝子が、この問題に対して割合に余裕のありそうな態度をして居るのを、父親も母親も気に入らなかった。

「貴族院の三益《みます》伯爵のお世話で、満川《みつかわ》さんの一族からお話があるなんて、お父さんが総監をしていなさるからですよ。そうでなければお話も何も起こらなかったでしょう。過ぎたお相手だということは、あなたにもお判りでしょうね」

「そりゃ、判ります」

「それに、政治というものは、一寸先きも予測が出来ないのですから、お父さんがいつ総監をおやめになるか判りませんよ」

母親も横から気色ばんで、勝子をたしなめた。

「では、お父さんが総監をおやめになれば、先方では、この結婚は引っこめるかも知れないんですか」

勝子は、心のうちで何度も何度も、そう繰りかえしていた。しかし、さすがに母親に対しては、この言葉を口にすることが出来なんだ。

三人は、稍々《やや》暫らく黙っていたが、最後に父親が、頼むような口調で、次のようなことを言った。

「とにかく、外に異議がなければ、見合いだけはするさ。調査では双方がよろしいとなったのだ。見合いをした上で、断る筋があれば、断ってもよかろう」

勝子が黙っていたので、それはいつものやり方で、承認ということになった。

二

青年紳士は、病室に殺人事件があった日以来、一度も来もせず、電話もよこさなかった。

勝子は、青年紳士にともかくも、縁談の経過だけでも知らせてやり、出来れば、結婚の調査も、父親の手でやった以外に、青年紳士の手でもやってもらい、遠慮のない意見を述べ合いたいと思っていたが、その機会はなかった。

見合いの日は、師走の二十日で、曇った厭な日であった。

祖母は朝から少しく疼痛があって、しきりに勝子を手頼りにしていたが、勝子は子供をあやすように、祖母をなだめた。

「直ぐ帰って来ますわ。ちょっとお会計のことや何かで、自家《うち》に行って来るだけですから。ほんの一時間半位の御辛抱ですよ」

そう言いながら、いっそのこと、身嗜《みだしなみ》などはどうでもいいから、このまま出かけてしまおうか。そして、もし相手から断られでもすれば、それは却って幸いなのではないか、とさえ考えた。

しかし、結局出て行く時は、念入りにお化粧をした。

自家に帰ってみたら、勝子としては暫らくの間着なかった和服が用意してあった。母親が見合いのためにわざわざ作ってくれたものであった。

「さあ、これでいいね。今日は昔風な方々が多いそうですから、いつものお転婆《てんば》はおやめですよ。

だから、お転婆封じに、お裾模様をこさえてあげたのよ」

背の高い勝子には、洋髪で和服というのも似つかわしかった。

「いやな、お母さん」

「先方の方の、履歴だとかお所だとか、よく読んでおきましたね」

「ええ、読みました。けれども、そんなこと、話題に出るのじゃあないでしょう」

「出るかも知れませんよ。あちらも調査はよくなすって居られるから、あちらからもこちらのお話が出るかも知れませんよ」

「試験されるみたいで、厭だな」

勝子が、そう言うと、母親は、さして機嫌の悪くない令嬢の様子に、満足を感じたのであろう。

「さあさあ、御機嫌の変らぬうちに、ゆきましょう」

そう言って二人は自動車で東京会館へ行った。

ここで父親とも落ち合い、こちらは外に母親の弟夫婦とも一緒になって、総勢五人であった。三益伯爵は夫婦でちゃんと見えていたし、先方は、当人の外に、両親、姉二人の夫婦、それに少将か中将の軍服を着た人も一人加わっていた。

この日は、一室に集まって、一同でお茶を飲むだけであったが、和やかな雑談が、三益伯爵とこちらの父親を中心として、仲々尽きなかった。

勝子は、一と言も口をきかなかったが、これらの雑談には注意していた。当の相手というのは、英国の大学を出て、つい日本に帰ったばかりで、やっと実業方面へ顔を出したばかりだということは、その態度から見てもうなずける。豊かな頬をした、色の白い、おだやかな青年紳士であった。

「これは元来が次男で、兄がありましたので遠い所へなどやっていましたが、兄が死にましたのでな。今度つれ戻したわけでして、まだ日本の礼儀に馴れとりませんでね」

先方の父親は、誇り顔に、そんなことを言った。

勝子はだんだんに潮のようなものに流されてゆく感じがして来た。その潮のようなものは、自分の父母や、先方の父母が形作ったもので、どうやら自分の意志などは、その潮のうちで押し流されてしまいそうであった。

押し流されることが、即ち自分の意志でもあったなら、それは安易なものであるかも知れない。しかし、勝子は、自分の理性と意志とを没却《ぼっきゃく》するのが、少し不快であった。

ついに、この日のプログラムは、最後に到達してきた。

「これは、別々にお聞きせなならんこってすが、もう御両家とも御了解のある、お互いによく認めていなさる間なのだから、改めんでもいいでしょう。どうです、満川さんの方には、御異議はありませんか――まあ、こう聞くのが、西洋流としておいて下さい。貴族院みたいな各派交渉じゃあうるさいから。それから、大木さんの方も御異議はありませんか」

「異議はございません。な」

満川の父が、当の伜《せがれ》の方を向いて言った。

「はい。私には何も」

「お前の考えに皆が同意なのじゃから――どうか、伯爵、こちらはもうこのまま承知でございます」

伯爵は満足そうに、うなずいて、ゆっくり総監の方へむいた。

「当方にもないはずです。な、勝子、ないな」

勝子は、皆の視線が一せいに自分の方に灑《そそ》がれているのを感じながら、顔を赤くした。

そして、一二度うなずいたが、何か言い出そうという気魄を充分に示した。この勝子の気魄を感知したので、一同がちょっと片唾《かたず》をのんだ。

すると、勝子の聞きとれぬような、低い声が、ゆっくり、とぎれて、聞えてきた。

「あたくしには意見はございません。祖母が承知いたしませば、それは、あたくしの承知でもございます」

父親があわててつけ足した。

「祖母と申しますのは、今病気で病院に入って居りますので、まだ相談はしてございませんが、今日にでも相談をいたします。なに、祖母に異議のあるはずはございません」

三

勝子が病院に帰る時には、父親も気軽に、

「今日の様子をお祖母様に話しておきなさい。明日か、明後日《あさって》はわしも行って話すつもりだから、即日先方へは返事をすることにすればよかろう」と言った。

「でも、御返事は一日も早い方が、礼儀でしょうから、お父様も外のことではないし、今日の方がよろしくはありませんか」

母親が、傍から促した。

「それとも、私から申上げてみましょうか」

勝子は、自分より先きに祖母の返事を奪い取られるのは困ったことだと考えていたので、これらの問答を心配していた。しかし、父親は「やっぱりわしから話す方がよかろうと思う。今日はどうも時間がない。そんなら明日の朝早く病院へ行ってみよう。——」

と気軽く言ってのけた。

勝子は、折から雨となった年末の町を、自動車にのってともかくも病院へ帰って来た。

祖母は、近頃ずっとそうであるように、首をながくして、勝子の帰るのを待っていた。

「お祖母さん。御手をさすりながら、勝子はお祖母様に、いろいろお話だの、お願いだのあるの」

勝子は、段々たそがれてくる病室で、細々とした声で、静かに話の初めからを述べて行った。

「始まったのは、ついこの十月頃ですが、お父さまもお母さまも、どういうわけか、まだお祖母さまにお話がないでしょう?」

「ない。それはあしが病気だから、芽出度いお話を予期させたり、それが外れたりするといけないと思ってのことだろうよ。それに、お父さんもお母さんも、総監になってからはいそがしいことも忙しいのでしょう」

「だから、あたしからお祖母様にお話が出来てよかったわ。そうでないと、お祖母様がいきなり賛成してしまわれてからですと、困ると思っていたの」

「どうして困ると」

「あたし、まだ、結婚したくないの、それから、――英国で大学か何か出られたというのはいいけれど、やっぱり暫らく御交際を願わないと、人というものは判りませんものね。だから、これは勝子からお祖母様へお願いなのですが、何とかお父さまやお母さまの面目をつぶさないで、今度だけはお断りする工夫はないの。出来れば、お祖母様の御不賛成ということにしてもいいわ」

「あしの不賛成――それは、勝子がたってと言うならば、出来ないわけじゃあないがね。まあ、病中だから、その話はあしの死ぬまでのばしてくれろ、とも言えば言えるし」

「ところが、先方様も、それからお父様やお母様も、お祖母様にもしものことがあっては、却って長びくから、どうしても急に取り運んでしまいたい、というらしいの」

「それは、そういうことになるね」

祖母は黙って眼を閉じてしまった。

部屋はもうすっかり暮れて、ただ、馴れているから、ものが見えるというに過ぎなかった。

「ねえ、お祖母様、何か工夫はないの。殊にこの問題が、お父様の政治的の生命に対しても、何か関係があるようで、勝子その方は判んないから、よけい困るわ」

「相手が、満川の一族だと言えば、すぐそのことを考えるのも無理はない」

「だから、お父様が、そのためだよ。これは俺のためだよ。だから結婚してくれ、ともしお言いんなったら、勝子困ってくるわ」

祖母は再び沈黙した。

しかし、その眼はうす暗《やみ》のうちに見開かれて、苦痛を堪えようとする時の表情によく似てきた。

「政治ということも、お祖父様の生活がそうだったから、あしもずいぶん苦労したことがありました。殊に、満川一族との関係については、お祖父さん時代にもいろいろの交渉があった。そして、お祖父さんは、それについては一々拒否される態度であった、とまあ言っていいでしょう。その点は、お父様とはまるで違うのだが、お父様はお父様で自分の政治的生命を開拓して来たのだから、無理もないのですよ」

「お祖母様、その話よくわからないけれど、何か、私達の今のお話と関係がありはしませんの?」

「あるのだよ。今度の縁談について、はじめからあしに話すのを躊躇していたらしいところは、そこにあるのだとも言えるでしょう。しかし、お祖父様の生きていられる間は、そういうことはあるけれど、お祖母様一人になってからは、政治的の意味はないのだから、少しも遠慮する必要はないのですがね」

「それは、そう思うわ。ただ、お祖父様の記憶に遠慮があるのでしょうね。――けれど、お祖父様とすれば、満川の一族と面倒な関係があったのですか」

「面倒な、という問題ではないけれど、お祖父様は、とにかく満川一族の資本に対しては、いつも迎合しなかったのです――ところがね。そうだ。このことが今度の勝子ちゃんの問題にも、意外に役立つかも知れませんね」

祖母は、そう言って、思い付いたように話し出した。

満川一族の資本が、ある時祖父に対して微笑を送ってきたことがあった。

そして、差出されたその手をもし祖父が拒否すれば、その頃やっと芽生えかけた祖父の政治的生命は、全く地に委せられてしまったであろう。その手を受け容れれば、祖父は一躍して大臣になったかも知れぬ。しかしそれと共に、満川一族の一傀儡《かいらい》になってしまっていたであろう、祖父にとっては、最も困難な運命が来たのであった。当時、もう相当の地歩を占めていた祖父は、一も二もなく満川一族の差し伸べる手を拒否してしまおうと考えた。しかし、同時に、その報復としてやってくるものを恐れた。祖父に附属する数名の同志は、毎日ひそかに相談しかつ議論してみたが、解決は容易ではなかった。結局、当方からは何の返事をもしないで、何の理由でか先方から断ってくるようなことがあればいいがという虫のいい考えをひたすら手頼りとするようになった。

「あたしも今、そう思っているわ。こちらではお断りなしで、向うから、何かの理由で断ってでもくることがあればいちばんいいわ」

丁度、その時の祖父の考えもそうだった。

ところが、その時に、不思議な、偶然の出来事によって、祖父やその同志の思い通りになった。それは次のような事情であった。

「勝子ちゃんも、四歳か五歳の時だから、覚えているかも知れないし、あるいは、忘れているかも知れないね。勝子をとても可愛がってくれた。女中さんで、斎《さい》やと呼ばれたのが居たんだよ」

「そう、そのことは、少し覚えているわ」

「その斎やというのが、年増《としま》だが、美しい上品な顔立ちでね。初めは普通の女中として雇われて来たのだが、六箇月許りいる間に、だんだん素生もいやしくなさそうだということが、判ってきたのだ。それに、勝子ちゃんを心から可愛がるのが、気に入られていたのだよ」

その、斎やが、この問題に対して大きな役割を果したのだが、初めから、こんないい女中は、偶然にまぎれ込んだので、長くはいてくれまい。素生なども尋ねれば、あるいは決して卑しい出ではあるまいが、しかし、何か隠しているようなところもある。

ふとしたことから、漢籍の素養なども並々でないのが判った。というのは、当時祖父の大切にしていたもので、伊藤博文が易経の一齣《せつ》を書いた軸があったが、それをすらすらと読んでいるのを、かげで祖父に聞かれたことがあるのである。

さて、満川との交渉が進行して、遂に双方から一夕の会談を遂げる約束が出来、祖父は、その会談の場所として、ある実業家の持っている郊外の別邸を一日借りることにしたのであった。茶室があり、庭があり、それから何よりも、新聞記者や、政治ゴロを避けて秘密に会談するのに都合のよいところであった。

満川の方からは、満川一族の主なる人々が四名ばかり、こちらは祖父、祖母、及び祖父の腹心の人が一名、都合三名のはずであった。祖母は茶の湯の免許を取っていたから、当日の接待役でもあるはずであった。ところが、その前日に至って、祖母がはげしい風邪を引いてしまったのである。祖母の代りに勝子の母がゆくか、ということになった。ところが、勝子の母には、お茶の自信がなかった。寝ていた祖母がふと考えついて「お斎はどうでしょう。あれは勝子の母よりも老けているし、お茶が大丈夫なら、私の代りに、私だと言って出るのも一案でしょう」と言い出した。

この素晴らしい思い付きは、斎やにお茶が出来ることが判ったので、直ぐ実行されることになり、祖母の着物を借りて着させて幸い、先方で誰も知らぬので、祖母に仕立てて行ったのである。

上品で、おとなしく、それから、お茶の素養も申し分なく、斎やは当夜予期以上の成功であったと言える。

先方では、これが祖母であるかないかを知らぬはずであったが、偶然に、思いがけない事情から、斎やが、祖父の妾であると思われるに至った。

それは満川の老主人が、斎やを見て吃驚《びっくり》した表情をした。

斎やの方では、少しも予期を持っていなかったらしいが、満川の老主人の方は、自分のよく知っている人間に、似た人に逢ったというような驚きの表情をしたのである。

「大木さん、つかぬことを伺うようですが、奥様にはいつか一度宴会でおめにかかった記憶ですが」

満川の主人は、ズバリと言った。

「ああ、貴方は亡くなった女房のことを言われるのですね。もう伜には、孫が二人も居りますがな」

祖父は何気なさそうに、答えて、笑った。

この会談があってから三日目に、満川からは丁寧な謝罪の手紙が来て、それとなく提案を引っ込めてしまった。恐らく、会見後にはなおのことからんで来るのではないか、と心配していた祖父の予期は全く外れた。言わば、虫のいい考えの通りになったのであった。しかし、祖父はこの手紙を読みながら、傍の祖母に、こう言った。

「予期に反して、満川の方から断って来た。何故だか判らん。この間の会談では、少しもそんな予期がなかったがね」

この話を洩れ聞いていた、斎やは、何を誤解したのか、その夜のうちに置き手紙をして失踪してしまったのである。

杳としてその消息を絶ち、祖父の部下などが惜しがって、いろいろ手をまわしたが判らなかった。もとより初めに世話をしてくれた桂庵《けいあん》に記してあった住所などは、出鱈目のものらしく、調べてみたら、その番地は深川の路地深いところのお稲荷さんの小さい社であって、その傍に、灯の入れてない易者の看板がかけてあった。

「これで、稲荷さんの番地を人の住居《すまい》だと勘違いしやがって尋ねて来る奴が、三人目にならあ。金を出して易でも見てゆきねえ」

灯のない看板の蔭から、貧乏易者が怒鳴っているのが聞えたばかりであった。

斎やの行方は、こうして皆目判らなくなってしまったが、残して行った置き手紙は、不思議と、勝子にあててあった。

お嬢様が大きくなって、お嫁さんにゆかれますような時に、斎やがお役に立てばいいと思って居ります。野に散り敷く、葛の葉の一葉は、お嬢さんが、お訪ね下さるかと、長い間待っているでしょう。


この手紙は、まだどこかに取ってあるはずだが、文句は祖母も好奇的に、誤りなく記憶していた。いかにも探し出す手づるになるようでありながら、さて何が手づるなのか判らない。

「それで、今度も斎やがいてさえくれれば、満川の方は、こちらから断らないでも、思い通り先方から断ってくると、お祖母様はお考えなのですか」

「どうもね、満川の一族と聞くと、お祖母様は何となく、そういう気がするのだよ。それに、どうして、その時に、満川の方から断って来たのか、それが、斎やとどう関係があるのか、これはお祖父さまも長く持って居られた疑いですが、あしも、判れば二十年来のつきものが落ちる感じがするだろうと思うね」

「斎やは今幾つ位でしょう」

「まあ、当時、明治から大正へ移る時代に、三十歳を超えていた位だったから、今はもう五十歳を越しているでしょうね」

この時、勝子は思い出した。そして言った。

「お祖母様、その斎やというのが、私に教えてくれた童謡があったじゃあないの、あたし、小さかったけれど、あとあと、教えられたので、よく記憶しています。そのうちに、斎やのいる場所が隠されているのではないの」

「ああ、そうだったね。五歳にしかならぬあんたに、莽りに斎やが教えていたね」

二人は、十五年を距てて、その唄というのを思い出した。

釣鐘草を提灯に
野原を遠く尋《もと》め来れば
ここは二二んが六となり
三と三とで八となる。

「二二んが四ではなくて六、三と三と加えて六でなくて八、とあるわ。これは何か、番地を言い現わしているのではないかしら」

「でも、二十年の月日がたってから、尋ねてくるかも知れないのに、番地などを言うことが確かだろうかね」

祖母は機嫌よく、その夜の寝についた。何事でも、昔を回顧する機会があると、祖母のためには楽しいのであるかも知れない。

しかし、孫の勝子は、この問題を更らに更らに追究してみようという執拗な意志に耽っているのであった。

四

十二月二十三日に、久しぶりで青年紳士から電話がかかって来た。

「一刻も早く来て頂戴、是非ともお逢いしたいことがあるのです」

「お祖母様がお悪いのですか」

「いいえ、お祖母さまは、まだだいいの、外のことで」

電話でこう言っておいたので、青年紳士は心持ち蒼白な顔をして、何があるかと疑い恐れつつ病院にやって来た。

「驚いてはいやよ。それから、結局、私の決心に文句を言ってはいやよ」

令嬢がいきなり、こう言ったので、青年紳士は機先を制せられたような顔をした。

「とにかく、お話しして下さい」

「それから、お話の外に、御相談もあるの。それはね。今度、あなたに意見をのべていただきながら、私自身が探偵をしたいことがあるの」

「探偵？」

「そうよ。あなたから言うと、頗るむずかしい探偵かも知れませんよ。それはね、二十年前に失踪した女を探がそうと言うのだから」

「二十年前に？　では、その女は、もう二十歳年齢がふえていますね」

「当り前だわ」

「探偵のうちで、凡そ一番むずかしいのが、それですね。えええ、私自身すらが、その同じ問題について懊《なや》みきっているのです。尤も、私のは二十年ではありません、三十年です」

「三十年前に失踪した女と言うわけですね」

「正に、その通りです。少しも手懸りのない失踪をした女です」

「ところが、私の方には手懸りがあるのです。ただ、残念ながら、その人の筆蹟だけは、どこかへ失ってしまったのです。お祖母様は確かにとってあると言っていなさるのですが、どうしてもないのです」

「では、手懸りと言うのは？」

「それは、その女が、当時五歳になっていた私に、繰りかえし繰りかえし、教えておいた、ただの四行詩の、童謡なのです」

令嬢は、小声で、その四行詩をくりかえした。

そして、自分の結婚の話のことから、それが満川一族との間に起っているということから、自分は好ましくないと考えていることから、一切をありのままに話した。

「大変な問題ですね。しかし、いつかは予期していた問題でした」

話を聞いてしまうと、がっかり力が抜けたというような表情をして、青年紳士が、そう言った。

そう言って、暫らく無言のまま、令嬢の顔を眺めていたが、やがて青年紳士は眼を伏せて、ゆっくり音なしい声で言い足した。

「お嬢さん、ありがとう。私はいつかはこの問題で、調査か探偵かの事項を、お嬢さんから命ぜられるものと思って覚悟をして居りました。でも、それが、相手の身の上を調査して、あばくためでなかったのは、何というありがたいことだったでしょう」

今度は令嬢が、暫らく沈黙した。

「そう、もう一つ考えついたわ。何かの手段で、先方から断ってもらうためには、私自身が悪く思われてもいいのだわ。そうでなければ、先方の身元調査をやってみて、不品行であったり、不しだらであったりしたら、それで、断るという手もあるわね――ところが、今、私達のやろうとしているのは、そのどちらでもない手を用いられれば用いてみようとしているわけね」

「それと、昔の、残されたままの謎を、解きたいというのが、このお話の核心をなしているのですね」

青年紳士は、初めから言いたいことが一つあったと見えて、ここで口を切ってから、やっと、それを言い出した。

「したが、お嬢さん。結婚のことは、今度の具体的のお話とは無関係に、充分思索していなさることが必要だと思いますね」

「よく知っているわ。それは、充分考えているのです。しかし、決心だわ結婚というのは、理性で充分見究めた上に、一つの大きな決心だったわ。——」

「そうです。そうです。ところが多くの女の人は、決心だけで動いて、よく見究めるということをちっともしないのじゃあないか、と思いますね。——現に、私の母などがそうです」

「あなたの？」

「私は貧乏易者の子供ですが、母は、仲々素生もいい出なのではないかと、今思われるような根拠があるのです。ところが初め何でも、心に染まぬ結婚をし、それから、当時遊び人であった私の父に誘惑せられ、遂に私を生みました。それから父のもとを逃げ去り、いろいろのところをさ迷い歩いたものらしいのです。父の臨終の時に、もっと時間があれば、その一伍仔什《いちぶしじゅう》を聞くことが出来たのですが残念ながら、その時間がなく、父の死と共に、私と母とのつながりは消失してしまったのです」

「では、お父さんは、あなたと一緒に住んでいながら、そのことについて、段々に話すということはなかったのですか」

「無かったのです。それは、母恋しという心を、湧かせないためだったかも知れません。あるいは、母を悪しざまにでも言っておく方が、私を手許に置くのには都合がよかったのかも知れません。あるいは死ぬ時に、一度に母のことを話して、私と母との間だけは和解をさせるつもりであったかも知れません。——とにかく、これを果さずに死にましたから、今、母の所在も、母の戸籍も何も私は知らぬのです。——ほんとうの戸籍は、私は田舎の祖母の子になっているのです。内縁関係だけで出来た子は、夫婦で謀った上、そうされてしまったのかも知れません」

「では、三十年前に失踪した女を探すというのは、あなたのお母様のことなのね」

青年紳士は悲し気にうなずいた。

そして、今令嬢から教えられた、四行詩を、口に出して何度も、何度も繰りかえした。

「釣鐘草を提灯に、野原を遠く尋め来れば、ここは二二一んが六となり、三と三とで八……なのですね、なぜ二二六、三三八なのでしょう。これは東京近郊の大きな地図で研究を要しましょう。もし出鱈目であるとすれば駄目ですが、そうでないとすれば、これは立派な手懸りになると思いますね」

五

クリスマスの前日は、午後になってから父と母とが祖母の見舞に来て、勝子の結婚についての話もあり、ゆっくり午後を病院に過すことになった。

それで、勝子は久しぶりで街へ出て、クリスマスの用意をしようと考えた。仕度をして出ようとするところへ、青年紳士から電話をかけて来た。

「昨日のお話の問題が、大体やってみる値《ねうち》のあるところまでゆきました」

「あら、もうですか」

「そうです。これはいそがなくてはいけない問題だと思って、一生懸命にやったのです。ただ、いそいだので、大きな抜かりがあるかも知れませんが、それはともかくとして、一つやってみたいことがあるのです」

指定された新宿の駅に来てみると、青年紳士は大きな手風琴をかかえて、待っていた。

「おや、これは？」

「これで、あの歌を唄おうと言うのですよ。ところが、あなたはその調《チューン》を覚えていますか」

「特別の調なんてなかったと思いますが、何しろ五歳位でしたから、その女の人が唄った調子は覚えていませんね」

二人は新宿駅から自動車を取った。

自動車の中で、青年紳士は、一枚の名刺を出して、令嬢に見せた。それは、ある医学博士から、松沢病院の院長に宛てた紹介状であった。

「では、ゆく先は、松沢病院なのですか」

「そうです。釣鐘草は、武蔵野のある近所には一杯にあります。そして、あそここそ、野原を尋め来る感じではありませんか。そしてまた、あそここそ、二二んが四でもなく、三足す三で六にもならぬところです。二二が六であったり、三プラス三が、八になったりするところではありませんか」

「では、あの唄からの推理ですか」

「そうです二十年前から、今日自分があそこに入っている――あるいはあすこのうちに、患者として入っているのではないかも知れませんが、とにかくあすこにいるということを予言しておくという点に、この事件の秘密があるのです。これから、それを解きあかしてゆくのですから」

「では、斎や、という女についても、少しはお調べになったのですか」

「調べました。四十五六歳から、五十五六歳までの年齢の女で、茶の湯の奥許しを二十年ほど前から持っている人、となりますと、ある程度まで限定されるのです。それでも数は大分多くなりましたよ」

「それで、それらしいものがありまして」

「それらしい感じから、一二三を選抜《えりぬ》きました。そのリストがこれです」

青年紳士は懐中から紙片を出して、令嬢に渡した。

見ると、四つ許りの姓名が書き並べてあり、その各々に、簡単な履歴が書いてあった。そのうちに○印がついてある一名には、斎田すみ五十三歳とあり、明治末年頃の貿易商で斎田組一族の出であり初め満川貞良なるものに嫁ぎ、その後離婚したる後、家にも帰らず、遂に斎田家もまた没落に瀕したことが記されていた。女子大学中途退学、音楽学校も中途退学、とある。

これらの経歴が、転々として男を代えたその女の一生を物語るようでもある。

自動車は、松沢病院についた。

青年紳士は松沢病院に仲々入らずに自動車を下りてから、令嬢を促して、その附近を歩いた。

「あったわ、釣鐘草、もう花は萎んでいるけど」

「そのうちで一番形のいいのを取ってゆきましょう」

この病院は幸いは病棟が二つの群になっていて、女の患者は、女の患者だけで、同じ群の病棟にいるので、調査は極めて好都合であった。

令嬢等は医員の一人に導かれて、各病棟を参観して歩くうちに、いろいろな精神病の種類のあることを始めて知った。

同じところを見つめて、昵《じ》っと何時間でも動かないような女、帯を解いたり結んだり同じことを一日中やっている女、人もいないのに嗄がれた声をして言い罵っている女、昼でも夜でも蒲団を引きかぶっている女、それから、最後に麻薬中毒患者の一群へと、参観の歩を移した。

青年紳士は一人一人、その名簿を調べていたが、ある麻薬中毒患者のところで、暫らく立ち止まった。

その女は、五十三歳になっていた。

名前は「木田とみ」であった。「似ていますね。斎田すみと木田とみ、これは、やはり精神病学の方でも説明があるのでしょうが、偽名をする時の一つのやり方ですね。更に深く考えてやりますと、もっと全く別の名前が出て来るのでしょうが、軽く、すぐにも偽名を思い付く場合は、どうも、こうした法則があてはまるようです」

青年紳士は、医員の人と暫らく相談していたが、やがて了解がついたと見えて、木田とみの部屋のうちに入った。

令嬢も促されて、共に入った。

顔はやつれているが、眼は鋭く、医員の言うように、もう中毒症状は殆どない、ということは、素人眼にもよく判った。

女は、入って来た二人を一人ずつ、じっと見た。

その眼のうちには、この女の過去五十年の思い出が、一々手繰《たぐ》り出されているような表情があった。

「まだ暗くはないが、あたしに逢いに来るには、提灯が入り用であったよ」

横柄な言葉が、しかし、少しも不思議でなく出てきた。

二人は、この言葉を聞いただけでこれは負けた、という感じに、襲われた。それは、まだ、まだ、自分達の方が、知っていることは少ないのだ。この女の方が、はるかによけい、知っているものがあるのだ、ということが判ったように思ったのだ。

二人は眼を見合わせて、この敗北をうなずき合った。

そして、令嬢は、先刻取ってきた釣鐘草の萎んでしまったのを、出して、やや高いところまであげた。

「はい。これがそうです」

「では、九々を言ってごらん。二二んが？」

「二二が六」

「三足す三？」

「三足す三で八です」

精神病院では、患者を調べるのに、簡単な数学をやらせるのが習慣である。

医員や看護婦は、それがあべこべになって現われて来たのだから、開けられた部屋の扉の外で、吃驚してしまった。しかも、外から来た、精神病でもなんでもない人達が、まるで間違った九々を言っているので、尚更驚いた。同時に、何が起ってくるのかという好奇心を覚えた。

「よろしい、試験は及第したのだ。だが、もう二つばかりある。第一に、お前達は、今、どういう関係にあるのだね。それから第二に、どうしてわしを要求するのだね」

「第二の質問の方を先きにお答えしていいのですか？」

青年紳士は気おくれのしたような声で、そう言った。

「そうか。それなら、それでもよろしい」

「あなたが、もう二十年ばかり前に、偶然の機会でやって下すったことを、今度は、この令嬢のためにもう一度やっていただきたいのです。――それは、御手紙一本で足りるかも知れません。あるいはあなたが、先方の方に逢う必要があるかも知れません。それは、恐らく、私共よりもあなたの方がよくお判りではないかと思います」

女は黙って青年紳士を見つめた。

ものの二三分もそうしていたかと思うと、今度は眼を令嬢に移して、同じようにじっと見つめた。こんなところに、常人と変ったところがあるのではないかと思って、二人は見つめられながら、憮然とした。

「結婚の問題だね。丁度、もう、その年頃になるね。それで、満川との間に、結婚の問題が起きたね？」

「はい」

「わたしが顔を出せば、それが破《こわ》れるということが、どうしてわかっているのかね」

「それは、判って居りません。ただ、今病気で寝ている祖母が、前に同じようなことが、どういうわけか判らぬが、あなたと思われる人によって、すっかり解決してしまったことを思い出し、今度もどうかしてあなたに頼めという意見を持っているのです。それから、何よりも、それは、あなたが家出をされる時に、当時五歳にしかならなかった私にあてて、置き手紙で約束されたことでもあると、申しました」

「じゃあ、お祖母様は不賛成なのだね。それから、恐らく、お父様やお母様は賛成なのであろうね」

「いいえ、特に不賛成なのではないと思いますが、断るべき理由がなくて断ることが出来ない、と申すのです」

「二十年前に、わしの予想した通りであった。——では、お祖母様も、誰も、何でこの前に、わしが茶を立てただけで、その事件が終ったのかは、知らぬのだね」

「知りません。しかし、祖父も——これはもう死んでしまいましたが、——それから祖母も、今に至るまで、それを知りたがって居ります」

「では、第一の質問に答えなさい」

「はい。満川家の結婚を破ろうとするのは、私にまだ、結婚をする決心がついていないからです」

「それでは、どうして、この男と一緒にあたしのところに来たのかね」

「それは、その、——それは、その、——道案内をしただけです。謎を解いたのが、私だったのです」

「お前は黙っておいで、私はお嬢さんに質問をしているのだから。——この男は貧乏易者の、盗坊《どろぼう》易者の子供で、恐らく掏摸《すり》の弟子位はしていたろう。だから大木家の令嬢の如きが、相手にするには足らんと思っているのかね」

令嬢は蒼白となって黙ってしまった。

心のうちで急に解決を迫られた、大きな問題にぶつかってしまったのであった。

「返事はどうかね。この男は、自分で自分の身の上を知らぬ哀れな男だ。謎を解いてここに来たなどと言うけれど、どうしてどうして、自分の身の上を知らぬから、そんなことをするのだ。だが、これは運でもあった。もう、今夜のクリスマスで、この病院ともおさらばと思っていたところへ、丁度引っかかるなんてのは……」

青年紳士は、蒼白となって、手がワナワナ振るえて来た。

令嬢は、そんな青年紳士を曾つて一度もみたことがなかった。

「では、言って聞かせよう。あたしが、大木さんの旦那と一緒に、満川の主人達のお客をする時に、奥様の代りに行ったために、満川の問題が手が切れたのは、始めから満川をお客に呼ぶのだと私に、言わなかったことに原因がある。それを知ってれば、そんなことはしなかったのだ。

満川に逢った。こちらも驚いたが、向うはなおのこと驚いた。無理はない。あたしは、当時世に時めいていた斎田家から、満川家の長男に、始め嫁いだのだ。子供が生れそうになった。しかし、あたしは満川家にも、その時結婚した当の相手にも、始めから喜んで行ったのじゃあない。だから、生れそうな子をかかえて逃げた。その時に、貧乏易者があたしの持って出た金に眼がくらんだのだろう。あたしを引き取って子供を生まし、田舎の自分の母親の籍に入れてくれたのだ。それから、汚いっちゃあない。その貧乏易者と暫らく暮していたのだ。そのうちに逃げ出してしまったのだ。それから転々として女中になったのが大木家であった。だから、満川の主人は、自分の嫁が大木の祖父の妾になったのかと思って、大恐慌だったのさ」

「ちょっと待って下さい。しかし、あの時に、祖父の方では、満川と関係を結びたくないので、あなたのために却って好都合になったと思ったのです」

「それは、あたしにも判然《はっきり》わからなかった。何しろ偶然のことで、まことに相済まぬことをした、と思ったので、あたしは家出をしたのだ。ところが、そこに五歳になる孫娘がいた。あたしになついて何でもあたしを信頼していた。唄を教えて、脱走の準備をしておいたが、家出の時は、辛かった」

見ると、青年紳士は、傍の椅子にかけて、頭を抑えてうつむいてしまった。

「この男が、だから、あたしの子供だ」

女はズバリと言ってのけた。

そして、急に威丈高となるような口調で、

「しかし、お前はお前の道を歩むがいい。当時ある不徳の医者と馴れあって、精神病院がいざという時には一番安全な宿だと教わり、出たり入ったり、この病院の公用患者として、わたしの半生は過ぎた。もとより、生れつきが、――これがあたしの性質でもあったけれども、これが最初の結婚を、よくよく納得して行ったなら、こうはならなかったのかも知れない」

クリスマス前夜は、もう薄暮となって、折から淡雪がチラチラと降り出してきた。

この麻薬中毒の女は、急に、狂暴性を現わしてきたように見えた。「さあ、出てゆけ、いつも明日があるという心でゆけ。釣鐘草などを提灯にして過ぎ去ったことを尋ね歩いてはいかん！」

そう怒鳴って、二人を押し出して、扉をバタンと閉めてしまった。

（その八）純情の指輪

一、嵐の夜

薄暮となってから、淡雪が降り出して、クリスマス前夜の重い、しっとりとした夜を迎えると思われた。その年の年末は、その重い雲の奥の方に、大嵐をひそませていたのであった。

淡雪のまま粉のように、やがて吹雪となってきた。

勝子はとにかく、いそいで病院の祖母のところに帰って来た。

「どうだったたい？　勝子さん……何か手がかりが見つかりましたか」

祖母は、令嬢が外出の洋装のまま、冷たい手をして、それでも祖母の手をさすりながら、重い沈んだ心そのままの表情をしているのを、老いた眼でいたわりながら、そう聞くのであった。

「手がかりはあるにはあったわ。けれども、勝子にもまだよく考えてみなければ判らぬような、ほんとに思いも及ばないような事情があるらしいの――。今夜よくお話の順序をつけて、明日お祖母《ばあ》様に申上げることにするわ」

「ああ、ああ、それでいい、お祖母様は、何でも勝子のいいように、勝子の幸福だと感ずることの出来るようになればいいと思っています」

令嬢は、急に病んでいる祖母がいとおしくなったという風に皺の手を、なおもさすってやるのであった。

「お祖母様、幸福というものは、どんなものでしょう。お金があって、楽が出来て、そして、多くの人々を使って、世の中を生きてゆくことでしょうか」

「さあ、——それは祖母様にも答えられないけれど、祖母様の永い経験では、祖父様《おじい》が小さい政党であったけれども、持って居られて、貧乏して苦労して居られた時が、一番幸福であったかも知れませんね。張りがあって——貧乏などは少しも苦にはなりませんでした」

「張りがあって」

「そうです。しかし、勝子みたいに若い人を見ると、貧乏は可哀そうで、見ていられません。だから、やっぱりお金も相当ある暮しが出来なければいけませんね」

「お祖母様、勝子はそんな意味でいたわられるのは嫌いよ」

祖母の痛みは、幸いにその夜は来ないらしく、やがて睡ったらしかった。令嬢は睡った祖母の足をさすりながら、じっと考えに耽っていた。

それは、自分のことではなかった。青年紳士の、奇しき身の上のことであった。

では、青年紳士は、あの財閥満川一族の実の血統を引いているのだ。してみると、自分と今結婚の話の進行している満川の次男とは、一体、どういう関係があるのであろう。それは、考えてみればすぐわかるはずである。今の満川の当主というのは、若い時に、斎田家の娘を妻に迎えた。斎田家は、今は微禄してしまって殆ど跡かたもなくなっているが、当時は、満川、三津木と並び称せられていた財閥であったから、この結婚には大きな意味があったのであろう。

ところが、斎田家から嫁いだ女は、結婚数箇月で失踪してしまった。この時に、その女は既に妊娠していたのである。しかし、どういう事情かその妊娠を隠したまま出て行ったと見えて、満川の方ではそのことを少しも知らなかった。

あとの話から想像してみると、この女は貧乏易者のところに身をよせて、男の子を生んだ。その子は、易者の母の戸籍に入っている。恐らくこの工作のために、女は易者のところに身をよせたのであろう。そして、ここをも出奔してしまって、流れ流れて、麻薬中毒患者として松沢病院に収容された。その間に斎田家も滅亡してしまい、女は老いてなお流転の生涯を送っているのであろう。してみると、青年紳士は、満川家の当主にとっては長男である。満川家では第二の妻を迎え男の子が二人生れた。第一の子は病弱で死に、第二の男の子が、今、勝子令嬢と結婚の話が持ち上っているのである。では、青年紳士とは異母兄弟ではないか。何という不思議な因縁なのであろう。

令嬢は遂に驚くべき関係につき当った。満川家では夢にも知らないのであるが、実際は、その青年紳士が満川財閥の跡目をつぐべき長男であったのだ。自分がその青年紳士に寄せる心情は、それが満川の出であろうが、貧乏易者の子であろうが、そんなことはどうでもよいことではあるが、今迦ってここに至ってみると、小説よりもなお奇なる人生の不思議に打たれざるを得ないのであった。令嬢が、いつの間にか雨となり、嵐となってきた年末の夜更けに、病む祖母の病床に長い物思いに耽っていると、小さいノックの音がして、看護婦が「お嬢様に電話でございます」と言って来た。

電話は遠かった。そして途切れ途切れであった。まるで、外の世界からでも来るような声であった。しかし、その声は、今日の夕刻別れてきたばかりの、青年紳士の声に間違いはなかった。「おそくなって電話をかけてすみませんでした。急に、遠くへ旅行をしなければならないことになり、明日の午前九時に、東京駅を立つことになりました。ついては、是非々々お手渡ししたいものがありますので、駅まで御いでが願えませんか」

「遠くへですって？　どこへ旅行をなさるのですか」

「はい、それは満洲なのです。暫らくの間お暇《いとま》をいただかねばなりません。詳しい事情を申上げ兼ねるのは、お国のために働かなくてはならぬことになったのです」

「満洲へ？　お国のために？」

「そうです。一切が運まかせ、早く片付くかも知れませんし、あるいは相当の時間がかかるかも知れません。とにかく、お渡しいたしたいものを何とかして直接に——」

「判りました。私も、直接に伺いたいことがあります。明日は、どんな嵐でも、その時間に必ずおめにかかりますわ」

令嬢には、第二の一層大きいショックが来た。自分の心の上の杖でもあり柱でもある、青年紳士が、自分の一生涯の一番のむずかしい問題、結婚問題の最中に、不意に遠くへ行ってしまおうとするのだ。

これを引きとめる工夫はないであろうか。

それは、もう旦夕《たんせき》に迫った祖母の生命を引きとめると同じように、むずかしいという予感がしている。

結婚！　そうだ、自分から青年紳士に結婚を申込んでみようか？——令嬢にはふと、その考えが浮んできた。

しかし、その考えのあとすぐに躊躇の気持が湧いてきた。青年紳士について、余りにもまだ令嬢が知らないことが多かった。例えば、その青年紳士の年齢すら知らなかった。——しかしそう考えると、今結婚の話の起っている満川家の次男についても、令嬢は何ひとつ知ってはいないのである。ただ一度、逢ってみただけである。

結婚というものが、何にも知らぬ間柄で行われるというのであるならば、その思想、心情などについては、その青年紳士の方を、はるかによく知っていると言わなければならぬ。たとえ年齢だとか、経歴だとかは知らないにしても、その人間は過去一年に近い交際で、令嬢にもはっきり判っているると言うべきではないか。

二、数字の彫り込んだ指輪

どんな嵐でも、と言っておいたが、翌日の朝は、すっかり嵐がないで、年末には珍らしい快晴であった。吹風《かぜ》が強かったので、気温は急に寒く、太陽の光を吹きまくるような感じのする日であった。

令嬢は厚いオーヴァに身を包んで、自分が旅立ちでもするように身を固めて、正確な時間に駅まで出た。

想像していたように、外に見送りの人もないと見えて、青年紳士はただ一人でプラットフォームに立っていた。

「おお、よく来て下さいました。ここにお渡ししたいものがあるのです。これは、あなたの身を守るために差上げるので、決しておこがましい意味を持っているのではないことを、まず認めて下さい」

青年紳士は、むしろ事務的に、そう言って差出した。令嬢は手に取って開いてもいいか、というように眼で聞いた。そして紙包みをすぐに開いてみた。なるほど青年紳士の言いわけを必要とする贈物であった。

それは金の細い指輪で、中央には大きな青色のサファイアがつけてあった。

「これは?」

令嬢は思わず、声を立てて、青年紳士を見た。指輪を贈るということに、おこがましい意味はないのだと言う言葉は、そのまま令嬢は受け取ったのであったが、このサファイアは、一度どこかで見たことがあったからである。しかし、令嬢は、そんなことにかかずらっていることは出来なかった。もっと重大なことが、心の中にあった。

「お国のためと仰言ると、それは、どうしても動かせないものなの——だって、今までのうちで、こんなにも私の困っている時に、急にその御用が降って湧くなんて……」

「そうです。降って湧いたのです。お嬢さん、人生には、喜びも、そして悲しみも、降って湧くようにしか来ません。そして、私がひょっとすると生命《いのち》を投げ出すようなことも――それは少しの予期もなく来るものです。ただ、私としては、あなたを守ることが出来なくなっても、今はある安心を持っています。それは、私に代って、あなたを守る人を見付けましたから」

「あら、いやだ。では、あなたは満川の家と私が結婚をすると思っていらっしゃるんですか」

令嬢にこう云われると、青年紳士は、じっと奇妙な眼をして令嬢を眺めた。そして、言おうか言うまいか、としているような表情をした。

令嬢はまるで、その青年の言おうとすることを知って、それに返事を与えるとでも言うように、今貰った指輪を、自分の左手の指にはめて見せた。

始めに薬指にはめようとしたが、少し大きかったので、中指にはめた。その所作をゆっくりやったのは、指輪を贈られる意味が、どんなであっても、それを全部受取ります、と言っているようであった。

発車のベルは、もう鳴りつづけていたので、青年紳士は列車のうちに入った。そして、窓の傍に立って、もう何も言うことはない、というような、――二人の間は一切の重要なことは、ふだんから言いつくされているのだ、といったような自信の表情に立ちかえっていた。

「でも、いつごろお帰りなの、もうお帰りのないつもりではありますまいね」

「すぐにでも帰ります。一切が、私に仕事を命じたある大きな力のままです。案外早く、再び東京の地を踏みます」

「では、お待ちしていますわ。私は、いそがないんですから」

令嬢がいそがないんですから、と言ったのは、勿論結婚をいそがない、という意味であった。しかし、その時は、汽車はもう出発していたので、青年紳士の耳にたしかにその言葉が受け取られたか、どうかは定かではなかった。

令嬢は、病院の祖母のところに帰る途々、何度も、今青年紳士から贈り物として渡された、サフアイア入りの指輪を眺めた。

それは、新らしい型ではないが、しかし高尚な、古典的な型の指輪であった。見ているうちに、先刻《さっき》、どうしても判らなかった、一度見たことのあるという記憶が、突然思い出された。

昨日の夕方、松沢病院のうす暗い女患者の部屋のうちに、麻薬中毒の女が、窓を背にして、突っ立っていた。その左手の中指に、確かに指輪があって、それがサファイアであったかどうかが記憶に確かではないが――呀《あ》っ、そうだ。令嬢の胸のうちには、はっきりと麻薬中毒患者の言った言葉が浮んできた。

――この男は貧乏易者の、盗棒易者の子供で、恐らく掏摸《すり》の弟子位はしていたろう――と言ったのだ。そうだ、あの女患者の言葉に打たれて、青年紳士は頭をかかえて打ち萎れていた。しかし、その咄嗟の間に、あの指輪を掏《す》り取ったのであろうか。凡そ、掏摸のうちでは、指輪をするというのが一番むずかしい。とものの本で読んでいた。そのむずかしい掏摸を、あの自分の忠実な友達の、青年紳士が、ちょっとの間に、やり遂げていたのだろうか。自分はあの時、少しも気がつかなかった。それをまた、自分に別れの贈り物として呉れるために、そうしたのであろうか。

令嬢は、指輪を抜き取ってみた。

見れば、段々に見事な出来である。金もそう沢山は使ってはなく、サファイアも飛びきり上等というわけではない。しかし、この細工は、相当の名工に相当のお金を出して作らせたものであることは確かである。

見ているうちに、ふと気がついてみると、細い指輪の座金の裏に、何か文字か数字かが彫りつけられているのが判った。令嬢は、それを右手にすかして読んでみようとした。

1899. 4. 4. 19. 13

指輪の裏に書いてあったものは、これだけの数字であった。この数字は何を意味するのであるか。令嬢のちょっと考えたところでは一八九九というのは年号で、西暦一八九九年ではあるまいか。そうとすれば四・四というのは、四月四日のことでなければならぬ。ところがそうすると、一九・一三がさっぱりわからぬ。まさか時間を現わすものではあるまい。西洋では午後七時を十九時と呼ぶことがあると聞いている。そうとすればこれは四月四日の午後七時を意味するのであるかも知れない。しかし、それではそのあとにある一三という数字はどう解釈すべきであろう。これを仮りに十三分としてみよう。すると、西暦一八九九年四月四日午後七時十三分となる。

呀っ、そうだ。これはしてみると、青年紳士の生れた月日と時間とであろうか。

青年紳士の年齢は、日露戦争の時に七八歳であったということから、およそ想像してみると、この数字があうようにも考えられる。しかし、この数字を母親が自分の指輪に刻まして持ち廻っているということの意味が判らぬ。

結局、令嬢にはその意味が判らなかった。しかも、青年紳士が、この指輪があなたを守るであろうと言い残して行ったことは、なおのことその意味を酌むのに苦しんだ。

三、祖母の死

青年紳士と別れてから、令嬢は一方でこのような謎に悩みながらも、心に余裕のある日を送ることが出来なかった。それは、祖母の病が急に悪るくなり、とうとう十二月三十日に至って危篤に陥ったからであった。

年末のいそがしい時であったが、母の死のためには、さすがの大木警視総監も、枕頭に神妙にしていなければならなかった。その間に、電話で政治行政上の重大な相談がやって来るのに交って、満川家との結婚の話を仲介してくれている三益伯爵からは熱心な催促があった。

「どうですか、満川家の方では、見合いがすんでから急に熱心になり出しましてね。この結婚はいそいで話を進めてくれと申していますよ。恐らく、お嬢さんを気に入ったのではないか、と考えるのですがね」

「いや、どうも有難うございます。祖母の生きているうちに仮祝言でもということになっていたら却って早く出来たのでしょうに、そうならなかったので、生憎死にました。それで、早くても四十九日が過ぎないと出来ないことになりましたが、いや、まことにどうも……」

「どうですか、日本の習慣としちゃあ別に決しておかしくはないのだが、御遺骸の前でお盃をする、ということもあるのだがね。どうせ、四十九日過ぎてすぐやるものなら、それでもいいと思うとりますがな」

「そうですな。遺骸は今夜にも自宅に移しておきますが、いずれ妻とも相談した上で早速御返事をいたしましょう」

大木総監は、ひとまず電話をきりあげてはおいたものの、娘の勝子がまだはっきりした承知の返事をしていないので、三益伯爵の言う通りにすることも、すぐには返事は出来ないのであった。

「おい。勝子の返事はどうかね。とにかく伯爵の方ではああしていそいでいられるし、また四十九日のばしてこの結婚に差支えが生じたりせんとも限らぬし……」

「そうですね。こちらには差支えは生じませんでしょうがね」

「うん。こちらには、まさかあるまい。しかし、先方でだな、どんな差支えが生じまいものでもない」

「けれども、先方がですね、四十九日延ばすのならば別の家から貰うというような風なら、それは、勝子のためにもならぬというものですわ」

「お前まで、そんなことを言うからいかんて、結婚の問題こそ、結婚してしまえばもう文句はないものだが、結婚せずに長い間放っておいたりすると、得《え》てしていろいろの差支えが双方から生ずるものだよ。なあに、我々みたいな貧乏人の結婚だった時は、それは何でもなかったのさ。けれども、今度の結婚は、とにかく満川家の一族のものとの縁組みなのでね」

「だから、お父さんが直接勝子に聞いてごらんになればいいではありませんか」

「いや、こういうことは、母親から聞くもんだよ」

夫婦は、母親の葬式の指図をしながら、令嬢の結婚の問題については一向に決心がきまらなかった。それは、令嬢の返事が判然としないことが最大の原因であった。

「あら、この娘《こ》は、今まで見かけなかった指輪をしていますね。あら、古い型ですが、それは立派な指輪ですね」

母親は、すぐに勝子の中指に、新らしくはめられた指輪に眼をつけた。

「おや、あなたは珍らしい指輪をしていますね。どうしたのですか」

「これ？　ああ、まだお母様《かあ》に言わなかったわね。これを、お祖母様が、看病してくれたお礼だと仰言ってついお死にになる二三日前に、あたしに下すったのだわ」

勝子は、そう言って、中指にはめてあったその指輪を抜いて、母親に見せた。

「お祖母様の、昔持っていた指輪ではないでしょうか」

「さあ、これは私も一度も見た記憶がないのですがね、いろいろな昔のものを、大切がって取っておくお祖母様のことだから、ずいぶん昔のものかも知れませんね――きっと」

勝子は母親の詳しく調べない先きに、いかにも自分の大切なものだ、と言うように、母親の手からその指輪を取りかえした。

四、婚約

祖母が死んでから、勝子は急に生活の中心を失ってしまったように、手持ち無沙汰となった。生れてから、祖母に一番可愛がられて育ったということからも、殊に、最近は祖母の病気以来、一切を放擲して親身になって看病につとめたことからも、殆ど祖母なしの生活は思いも及ばぬ別の生活のように感ぜられることからもそうなったのであろう。

今まで、祖母を口実に防いできたものが、一つも防ぎがなくなったのも、自然に勝子の生活を変化させずにはおかなかった。差当り、その最も大きな問題が結婚の問題であった。

青年紳士からは、祖母が死んでも、何の便りもなかった。今はもう去年となったが、五月頃から殆ど繁々と二人は逢って、その間に、青年紳士が、いかに俊敏であり、洞察力に富み、そして勝子の心をしっかり捉えているかに驚きもし、安心をも感じていたのが、突如として遠いところに、不明な旅に出かけてしまったので、勝子の生活が急に空虚になったのも、それが確かに一つの原因であった。

三益伯爵からの結婚の話は、このような令嬢の生活の変化にも係らず、積極的に進められて来た。結婚——それは抽象的に考えても、結婚そのものとしても、令嬢にはまだ何の決心もついていなかった。まだまだ、結婚しないで、そのままにいたかった。しかし、それは、親たちの言うように、自分の我儘であるとしてみてもいい。具体的の問題として提出されてきた満川家との問題については、もう一つの問題があった。そのために、令嬢の返事は、優柔不断で、積極的に断るのでもなければ、さりとて受けるのでもない、変なものにならざるを得なかった。

「あんな、はきはきした娘が、どうしてこうもわからないのでしょうねえ。お祖母さまがお死になったので何かがっかりしてしまったとも考えられるし、——相手の方を気に入らぬ、という風でもないわ」

「我儘だよ。あんないい相手を見つけてやっても、まだもっといいのがあるだろうって愚図々々しているのだろう。世間知らずの我儘から来ているのさ」

父親は、ただ我儘で、それは一度自分が怒鳴りつければ、それですぐ馴《おと》なしくなるのだ、と単純に考えているらしかったが、母親は、それには不賛成であった。

「お父様は、そう仰言るけれど、どうして、あの娘はただ我儘でああしているといったような娘ではありませんよ。私にはどうも、何か別の考えがあるのじゃあないか、というように思われるのですがね」

「別の考えたあ、つまり、別に結婚をしたい男でもある、と言うのかね」

「さあ、そうも思われるのですね」

「心当りでもあるのか」

「いいえ、心当りと言ってはないのですが……」

「じゃあ、駄目じゃあないか。俺《わし》は、そんなはずはないと思うよ。何しろ俺は帝都の裏から裏へと網を張っているが、どうして俺の娘に虫が付くわけはないよ」

「そんなこと仰言ったってわかりませんわ。お父様が警視総監だって、家庭でも警視総監ってわけではありませんからね。第一、それだけ家庭のことを監督なさるお時間がないじゃあありませんか」

母親はとうとう父親の唯一の弱点をついた。

「うん。だから、俺はお前の意見を一番尊重してるんだよ。お前が、何もないと言えばないんだろうし――第一初めは婚約をして少しの間交際をすれば納得がゆくと言っていたじゃあないか。だから婚約して交際するということは本人不足ではないだろうはずだ。これを本人が進まない進まないと言ってるのはお前じゃあないか」

父親は理窟攻めにして来た。

「婚約って、本人が言うはお父さんの考えていらっしゃるのと同じ意味じゃあないのですよ。お父さんは御結納を交わしておいて、あと交際すればいいと言うおつもりなんでしょう。ところが、勝子の言う婚約というのは、ただ、よければあとで御結納にいたしましょう、という口約束のことを言っているんですわ」

「そうか。それじゃあ婚約でも何でもないじゃあないか」

「そうなんです。だから——」

「そういうのは、所謂自由主義というやつだよ。困ったもんだが、今はそんなことを言う世の中だな。仕方がないから、俺には工夫があるよ」

「工夫が？　お父さんに？」

「うん。これは、本人の言う婚約というのをだな、本人のような解釈をこっちで知らない、とするのだ。それで婚約ならよろしい、と本人が言うのだったら、オーライ、こちらもそれでよろしい、ということにするのさ。そして、三益さんに頼んで、婚約の上交際することにして下さい。ついてはいつでも御結納にいたして下さい。その上結婚式はだな、これは、祖母の四十九日が過ぎてから、双方の都合のよい日をあとで選定してきめていただきます。ということにする。そして、御結納のあとは、自由に御交際を願うということにする、どうだ」

「そうですか。お父さんの仰言ることはわかりましたが、少し政治的すぎますね」

総監夫人も、良人《おっと》をからかうようなことを言った。

「政治的？　うん、そうも言われる。しかし陰謀じゃあないよ。何しろこの結婚は、本人だけ決心がつかない四方八方賛成なのだ。だから、つまり本人の決心のつきやすい方法を取る、と言ったまでだよ」

「でも、何か少し陰謀のところがありますね」

「馬鹿を言うてはいかん。陰謀というのは、その結果あるものを覆すとか、失敗させるとか、そういう目的のために画策することさ。四方八方いいことを成就させるためなら、それは陰謀でも何でもない、——どうだい。いい考だよ。そうきめるとしようじゃないか」

とうとう、令嬢の知らぬところで、この結婚のための大体の方針がきまった。

それで、直ぐ翌日、令嬢は母親から相談を受けた。

「どうですか。勝子さん。もうお祖母様のお葬式の跡かたづけがすんだら、三益伯爵からのお話をも、ちゃんとした御返事を差上げなければならぬことになっていますよ。だから、どうしましょうかね」

「どうって、お祖母様の喪が過ぎないと、先方様にも悪くはないのですか」

「お父さまの仰言るには、婚約ならいいだろう、と言うのですよ。結婚は勿論、お祖母様の四十九日忌か百日忌でもお済みにならないと出来ませんがね」

令嬢は返事に窮した。

「決心がきまらないんですもの、お祖母様のお許しでもあれば、それは、あの見合いの時にお約束したように、返事が出来るんですが……」

「だって、お祖母様はもうお死にになってしまったのだから、生きていなさる間に御返事がなかったものが、今更らお許しをいただくことが出来るわけがないじゃあありませんか。それは、どうしたって、もうお祖母様のお指図でこれをきめる、ということは永久に不可能になってしまったのですよ。と言って、それだから御返事が出来ませんと言ったって、これは世間様には通じないことですよ」

「だから……」

「だから、婚約でもいい、と先方様も仰言るし、お父様も仰言るのだから、これでいいでしょう。これは、あなたの希望通り、婚約のあとは、御交際は自由ですから、お互いに決心をするのがよろしいのではなくって」

「だって、お母様、お互いに、と言ったって先方様はもう決心は出来ていると仰言るのでしょう」

「そりゃあ、そうですよ。お前を欲しいと仰言るのだから……」

「だから、私にはそれがわからないと言うの。だって一度見たばかりで、お話をしたこともない、私の意見なんて、どんなか少しも知らないで、そして、決心が出来るってのは、どうも私には判らないわ。それでは結婚ということをどう考えていらっしゃるか、わからない。と言うよりも結婚っていうような一生涯の大切なことを、どんな考えを持っているかもわからない娘を貰いたいなどと仰言るのは、それはあまり軽率な考え方ですわ。それだけでも判るわ」

総監夫人も、令嬢の理窟には敵《かな》わなかった。

「そんな考え方は、つまり危険思想ですよ。第一ごらんなさい。お父様のところへ、私が嫁に来たのだってそうじゃありませんか。お父さまは、私がどんな考えを持っているか、そんなことは詮索はなさらず、私の方もまた、お父様がどんな考えを持っているか、などということは、その時は考えもしなかった。しかし、結婚して、正しい家庭をちゃんと作っているではないの——結婚てそういうもんですよ」

——だから、それは、お父様やお母様の軽率だわ、と言おうとして、令嬢は口を噤んだ。そういう軽率な結婚をしたくないと、正直に令嬢は考えていたのだから、それを言わなかったのは、単なる遠慮に過ぎなかった。しかし、夫人は、急に令嬢が黙ってしまったので議論は自分の勝ちだと思った。

婚約ならば、相手を観察するための機会をと言うならば、それはどちらでもいいことである。しかし、令嬢はここまで問いつめられて来て、自分が青年紳士と何の約束もないし、そして、また自分の心の底で、青年紳士と結婚するという決心のついていないのを、判然知った。

致し方がない。婚約をしよう。そして、交際をしよう。しかし、それも、婚約の相手と結婚を前提としての交際ではない。それは、考え方によれば、青年紳士の信頼すべきところ、いいところを逆に思い知るための一つの手段なのだ。言わば自分の心が、青年紳士と結婚するところまで到達するための、一つの手段になるであろう。そうに違いない——令嬢は、そう考えてやっと婚約のことを承諾したのであった。

父親も母親も、勝子の返事を喜んでくれた。そして三益伯爵も、出来るだけ交際をして、春にでもなったら結婚の段取りになるように、出来るだけ努力をするという返事をよこした。

三益伯爵の返事は、直ぐに形となって現われてきた。

二月の中旬の寒い日であったが、伯爵から突然、勝子へ直接に電話があった。

「勝子さんですな。どうですか、お父さんやお母さんは抜きにして、あなたと、満川君とだけで、私の家に夕飯を食いに来てくれますか。外に二三人、お客を呼ぶかも知れませんが、今日寒いから、皆来るかどうかわかりませんがね。何、かまわないから来て下さいよ、お母様には、あなたから言えばいい——どうですか」

三益伯爵は、電話口で独り喋って、勝子が、ただはいとだけ言うと、さっさと電話をきってしまった。

総監夫人は大喜びであった。

「さあ、今日は洋装にしますか、それとも日本のお召物にしますか、あちらは英国で学校を卒業して来た方だから、あなたの自己流の洋装では、恥かしくはないの」

「いいわ。私、やっぱりその方が勝手だから、いつもの通り洋装でゆくわ」

令嬢は、この指輪があなたを守りますから、いつも身につけていらっしゃい。私のいない時には、誰があなたを守りますか——と言い残した青年紳士の言葉を思い出して、例の指輪を身につけて出た。

駿河台の伯爵の邸宅は立派であった。外には、つい一昨日独逸《ドイツ》大使館から日本へ帰って来たという一人の青年外交官がお客に来ていただけで、あとは伯爵夫妻が食卓について、割合いに楽しい食事を終った。

食事のあと、満川の令息が、ふと令嬢の左手の中指にある指輪に眼をつけて、讃辞をのべた。

「あなたの趣味が、その指輪に現われていますね。それは、私がロンドンにいる間に、英国の貴族の夫人のうち、比較的、古典好みの人々がつけていた指輪を思い出させます。実に高尚な趣味といったものを感じさせます」

「あら、これは私の趣味ではございませんわ。私はむしろ指輪などは持たないのが趣味でございますのに」

「持たないのは、なおゆかしい趣味ですね。きれいな手は、どんな指輪でも飾るに惜しいですから……」

「あら、そういう意味で申したのではございませんわ」

令嬢は、何か浅薄なほめ方を満川の言葉のうちに感じて赤くなった。

「では、その指輪は何か記念ですか」

伯爵が、令嬢の指に眼をそそぎながらちょっと好奇心を起したというように聞いた。

「はい。死んだ祖母が、くれたものでございます。それも、死ぬ間際にくれましたものですから、この指輪の意味を聞くことが出来ないで、ほんとに残念でもあり、そして困っているのでございます」

一同が、一せいに令嬢の方へ向いた。

「すると、何か意味があるのですか、その指輪に?」

伯爵夫人がすぐ聞いた。

「はい。この指輪の裏に、私共にわからぬ数字が書いてあるのでございます」

「数字が?」

外交官が好奇の眼を輝やかせた。

「外交文書の秘密を数字で書くということがありますよ。私は暗号解読では、外務省では認められている位なのですが、悪くなかったら、私共に、その数字を見せていただけませんか」

「そんな、暗号などではございますまいと思います。ほんの祖母の生涯の記念か何かの、個人的なものとは思いますが」

令嬢は躊躇して、満川の方へ眼をあげた。

「いいでしょう。私にもこの席で拝見させて下さい」

満川がそう言ったので、令嬢はお許を得たというような表情をして、すぐに指輪を抜いた。そして、満川の手へ渡した。

「ほほう、これは細身の座金にあるのですから、細かい字ですね。あります。あります。1899. 4. 4. 19. 13と読めますね。ただ、それだけです」

満川は、そう言って、伯爵の手に指輪を渡した。伯爵は外交官の手に、外交官はそれを伯爵夫人の手に、それから伯爵夫人は、その指輪を自分の指にさしてみた。

「これは、年号だね。一八九九年というのは西暦で、日本では明治三十年頃だろう。きっとこれは、あなたの祖父さんが政治上の活躍をしていた頃だろう。何かの記念で、祖母様にこしらえておあげになった、というのかも知れませんね——あなたの祖父さんという人は、うまくゆけば、大政治家になった人だ、不遇で終ったがね……」

「なるほど、これは年号らしいですね。それにしてもあとの一九・一三というのが判らぬところですね」

外交官がそう言って、じっと考えた。

「失礼ですが、お祖父様のお名前は?」

「そりゃ君、若い人は知らんじゃろうが、大木弘仲と言った人だ」

伯爵が令嬢の答える前に答えた。

「なるほど、判りませんな」

外交官は暫らく考えていたが、そう言った。

誰にも判らなかった。

「個人的の秘密文字とか記念とかなら、君、わからぬのが当り前だ。それは、勝子さんの祖母様と一緒に墓のうちに入ってしまったので」

三益伯爵が、そう言ってこの話を打ち切ろうとした時に、外交官が言った。

「いや、伯爵、個人的のものでも何でも、真実のものなら必ず解読すると言う男が、私の知り合いにありましたよ。それは、私が満洲の領事館にいた時に、新聞記者崩れで満洲をうろついていた若者ですがね。内地の新聞社の通信員だと自称していましたがね」

「そんな奴があったら、わしは雇いたいのだがね。今でもいるのかね」

「どうなりましたか。私が暗号解読の手ほどきを受けたのは、実はこの男でしてね。――そいつは天才でしたな」

「何という名ですか」

「名前も幾つも持っていましたね。どれがほんとか判りませんでした。今、外務省では、その男を探しているのですがね」

その夜の話は、他愛もなくこれで終った。しかし、令嬢は、個人的の秘密文字でも解読する天才の話が出たのに心を引かれた。これは、あるいは今また満洲へ行った青年紳士のことではなかったであろうか。青年紳士の前身が、斯くして影の如く令嬢に伝えられたのではあるまいか。しかし、令嬢は、それを確かめることは遠慮した。不思議にも好奇心が起りかけて消えてしまっていたのであった。

五、母の影絵

三益伯爵へ呼ばれた翌々日、令嬢は匿名の手紙を受け取った。

封を切って読んでみると、名前は書いてなかったが、婚約の間柄である満川の令息であることは間違いなかった。

　過日三益邸でおめにかかった折は、ゆっくり話が出来なかったが、是非二三日うちに別の方法で逢うような機会を作るから承知してくれ、という意味の手紙であった。

　令嬢は、正式に訪問して来てもいいし、どんな正式な方法でも機会は作れるのに、どうして手紙などをよこすのであろう、と不審にも思い、不安にも思った。

　すると、二三日してから、また満川の令息から手紙が来た。封筒には名を書いてなかったが、今度は明らかに手紙には署名してあった。そして、いろいろの事情があるであろうが、この婚約は守ってくれ、結婚の決心は、捨てずにおいてくれ、と書いてあった。

　何かおかしいと、令嬢は思った。それは満川の令息という人の人柄がおかしいのか、あるいは、自分の知らぬ事件が起っているのか、さっぱりわからなかった。しかし、こうして、二度目、三度目と、婚約者から手紙が来て、しかも、それが一種のラブレタアのようになって来たのを知ると、遂に一人で持ち切れなくなって、母親に告げた。

「おかしいわ、お母さん。少し異常に思われてきたわ。だって、こんな手紙くれるなんて」

「考えてみましょう。お父さんにも話してみましょう」

　母親は、すっかり読んでしまって、そう言った。

「なあに、それは英国式なんだよ。つまり、向うではすっかり勝子にまいっているのだ。いいじゃあないかその方が、それに不服でもあると言うのか」

「いやな方ね。勝子を欲しいと言うのはいいけれど、少し常識を外れていはしませんか」

「だから、英国流と言うのだ。日本人からみると少し常識的でないが、何、本人は頗る好青年らしいじゃあないか」

「でも、直接勝子に逢いたいと言って来ているのは、逢わせてもいいんですか。婚約の間柄ですから秘密で逢う必要はないはずですよ、一人でよこせと言えば承知の上独りでやりますがね」

「つまり恥かしいのだろう」

父親は、満川家との結婚については、全く安心していると見えて、取り合わなかった。ところが、三月の中旬になって、三益伯爵が、大木総監を自邸に招いたので、「おい伯爵から来てくれと言うのだ。恐らく、結婚式の日取りでもきめてくれと言うのだろう」と言って出かけたが、話は全く思いがけない、不思議なことであった。

「大木君、まことに面目のないことになった。満川から、この婚約を取り消してくれ、と言って来た」

「それはまた、どうしてですか」

「いや、怒っちゃあ困るよ。令嬢に不足があるとか、それが判ったとか言うのでは決してない。ひたすら、自分の方の事情だ、と言うのだ」

「だから、どういう事情なのです」

「それがね、言わないのだ」

「言わなければ判らんじゃあ、ありませんか」

「尤もだ。困った点はそこだ。ただ、俺《わし》の察しだがね。満川の令息が、お嬢さんを貰いたくなった、つまり令息がお嬢さんと婚約して、逢っているうちに何となく嫌ってきたのではないか。怒っちゃいけないよ。それを満川の方では言いたくないから――と言うにあろう。そこで、僕は懇談を遂げた。すると、満川はこのことをお許し願えば、何でもその代償をする。将来の政治的の援助を、僕にも君にも惜しまぬ、と明らかに誓うのだ。だから、これは君と相談の上、その代償の約束をしっかり取って、あきらめてもらうことにしたら、と思ったのでね……」

伯爵は一旦言葉をきって、また言い足した。

「お嬢さんに対して、これがよほどの痛手を与えることにもなると思って、俺は恐縮しているのだ」

「不思議ですね。実は、満川の令息の方はそのつもりはないらしい証拠があるのですよ」

総監はそう言って、令息から不思議なラブレターの来たことを話した。

「ふん、不思議だね。そんなら怪《け》しからんね。するとおやじの方に何か策があるのだね」

そう話しているところへ、電話がかかって来た。

「おい、満川のおやじの方が、今来て、君にも逢うと言うのだ。それで、令嬢をも呼んでおいてくれ、と言って来た。とにかく、電話口で、俺はどやしつけたのでね——お嬢さんの前で、痛手を与えるようなことは俺が言わさんから、呼んでくれ」

大木総監は、電話で令嬢を呼んだ。

令嬢が三益邸についた時には、満川の当主、満川貞良もやって来ていた。

「三益伯、それから大木さん、実は、三益伯から電話でお叱りを受けたので、これは、このままうやむやに葬ってはいかん。と思いました。一切の責めを満川が負って、この問題は収めてしまおうと思いましたが、それが出来ないとなると、こっちでも追求するところまで追求しなければならぬことになりました」

「仰言ることが、さっぱり判らぬのですが、追求と仰言ると、何か追求なさるのですか」

「では、ざっくばらんにいたします。実は、お嬢さんの持っていなさる指輪です。その話を、実は倅《せがれ》が三益伯爵のところへ呼ばれて、お嬢さんとおめにかかった時に見たと言って、帰って来て話しますので……」

大木総監は指輪を令嬢から取った。それを満川に差出しながら、「この指輪のどこが、問題になるのですか」と言った。

「その指輪の御手に入った径路を伺いたいのです。それを伺って納得がゆきましたら、問題はないのです」

三益伯爵が令嬢の方へ向いた。「お嬢さんは、それを死なれた祖母様から、死ぬ前に貰ったと仰言っている。そうですね、勝子さん」

「はい、そうです」

「死ぬ前に？　では最近に？」

「はい」

「祖母様は、どこからそれを手に入れられたか、それは判らぬのですか」

「それを聞くひまがなく、祖母は死にました」

満川は長大息をした。

「その指輪は、満川家にとって至って不吉な指輪です、その指輪を持っていたはずの女は、満川家にとって仇敵なのです」

「満川さん、文明の世の中に、何か怨念めいたことを言われるが、それは、祖母様が、骨董屋から手に入れたものに過ぎない、ということだってあるでしょう」

「そうなら、その証明が欲しいのです」

伯爵は苦笑した。

「だって、その御本人は、もう死んで居られる――」

一同が、この意味のわからぬ争いをしている時に、女中が入って来た。

「大木様に、お宅の御隠居様からお届け物を持って、お女中様が参りました」

「女中？」

「はい、御隠居様から直接に、旦那様に手渡してくれるようにと、お使いに来たと申して居ります」

大木総監は、三益伯爵の方を見た。

「御隠居様と言うのは、祖母のことですか、それは今話題になっている死んだはずの……」

一同が何か急に寒気を覚えた。

「名を言いませんでしたか」

「女中のたみやと申せば判る、と仰言っています」

「何？　たみやなら、うちの女中です。若くない女でしょう」

「はい、さようでございます」

「来いと申して下さい。ここへ」

暫らくして、女中に導かれて、たみやと名乗った女が入って来た。

入って来た女を見て、大木総監は怪訝な顔をした。

ただ、令嬢だけが、あっと言って立ち上った。それは上品な着物を着た五十歳位の女で、病院で逢った時とまるで印象が変っているが、たしかに青年紳士と一緒に逢った、麻薬中毒の女であった。

「お嬢様は、記憶《おぼ》えて居られますが、大木様も、満川様も、私を御記憶にないのでございましょうね。——はい。指輪の来歴をお話しいたしますために、参じたのでございます」

満川は、女がこう言うと、やや蒼白になって来た。

「はい。その指輪は、ここに居られる満川貞良様からお若い時にある女にお与えになった、純情の指輪なのでございます」

「えっ？」

満川が、自分の耳を疑うといった気魄から、驚きの声を放った。

「満川様は、その女をあざむかれて、一度やった指輪を取りあげ、それを婚約の指輪として、私に下さいました」

「おお、では、お前は？」

「はい、あなたの妻として、斎田家よりまいりました。すみ子のなれの果てでございます」

その声は、歯切れのよい、低いが明瞭の声であった。

「そして、子供を姙《はら》んで、満川家を逃亡いたしました」

「何？　子供を？」

「それをかくして逃亡いたしました。その子は、満川家の長男であったはずでありながら、私の身をよせました貧乏易者の子となって育てられました。だからこのお嬢さんが、今婚約をして居られる満川家の次男は、実はその子の弟で、異母弟ではありますが三男のわけです」

女は、自分の話の効果を増させるためであろう。一旦口を閉じた。

「大木家もよくよく満川家と縁があります。私は一度女中となって、大木さんの先代に仕えました。そこも逃げ出したのです」

「よし、話は判った。しかし、今、何でこの席に出て来たのだ」

「指輪の来歴をお知りになりたいのでしょう。それを申上げるためです。指輪は、満川さんから婚約のしるしとして私が貰ったので、逃亡の時は捨てようとしましたが、初めこれが、私より前にある女に与えられたと聞いて、急に持っていることになり、つい最近まで、私が所持していました。ところが、最近、私の生んだ男の子、つまり今お話しした満川家の長男であるべき男の子にめぐり逢う機会があった時に、その子が欲しいと言った。何で欲しいかがわかったのであとは、満川のやり方をつけ廻していたのだ。お嬢さんもよくよく満川と御縁がありますね。その男の子が、その指輪をお嬢さんにお貸ししたのです。そしてかたく、それは祖母様から貰ったと言いなさい、と頼みました」

女はだんだんにぞんざいな言葉になった。

「お嬢さんは、つまり先口があるのだ。それは今言った男の子で、満川の長男なのだ。その先口を次男や三男にゆずることは出来ない。言わばこの結婚をこわすために、その指輪をお貸ししたのだ――この結婚はおやめにしなさい。これだけで足らなければ、もっとやめねばならぬ理由を話す」

「もっと話せ、どうせやめるのだから、それを聞きたい」

満川が怒って言った。

「よし、お前さんのために話そう。お前さんの次男が英国にいた間に関係して生ました子供が私の手にあるよ」

「えっ?」

「満川のこれは癖だ。純情の指輪を、二度目につかったり、子供をかくして、こんないいお嬢さんを口説いたりする。このお嬢さんは、私が大木家の女中をしていたころ、育てた人だ——」

女は、押し黙った一同を後目《しりめ》に見て、帰ろうとする態度を示した。

「そう言えば、満川の長男だって怪しいかも知らん。ただ、その男の子だけは、わたしが生んであるから違うかも知れん。今お国のために働くとて満洲へ行っているから、あとで呼びよせて聞いてみる。もし外に女でもあっていながら、このお嬢さんを口説いたのなら、それは、私が反対するつもりだ」

この時、令嬢が立ち上った。

「指輪の数字を、わかるように話して下さい。今のお話の一切を私に信じさせて下さい」

女は、じっと令嬢を見た。

この令嬢だけが、純粋なもので、あとの人間は政略や金権の塊で取るに足らぬのだ、といった気魄をこめて、令嬢に顔を向けた。

「あい、あい。一八九九というのは年号で、四・四というのは四月四日で、私の生れてはじめての婚約の日附なのよ。あとの数字が、誰にもわからなかったろう。私と満川さんの外にはね。それは一九と一三——で、ａｂｃ十九番目がＳで十三番目がＭでしょう。満川貞良——そこに坐っている男の頭文字なのさ」

女は、そう言って、さっさと出て行った。

無罪の判決

一

事件記録の第一頁《ページ》には、警察署の受話電票の記載が綴じ込んである。

昨日（九月三十日）午後六時二十五分頃、市外（旧市外）×××一一二五番地、山田光甫《みつすけ》方ニオイテ同氏妻みどり殺害セラレテ発見セラレタル旨、所轄交番巡査ヨリ電話ニテ報告アリタルヲ以ッテ、直チニ××地方裁判所ニ報告シタリ。

上山《かみやま》検事、原田書記出張。

第二頁からは検事の検証調書になるが、それには次のように記されている。

検証調書

一、検証ノ場所ハ、市外×××一一二五番地山田光甫氏邸ナリ。

二、同家は山田光甫氏所有ノ、半洋半和ノ家屋ニシテ、二階建一棟ノ建物ナリ。ソノ構造、間取リ等ハ、別紙図面ニヨリテコレヲ補充ス。（図面省略）家屋ノ東南二方ハ庭ヲ距テテ高サ約七尺ノ板塀ヲ以ッテ囲《めぐ》ラサレ、西方ハ隣家トノ境界ニ、コンクリート造リノ厚サ四寸高サ七尺ノ塀アリ、北方ハ町ニ面シ、高サ約七尺ノ板塀アリテソノ中央ニ石門ノ入口ヲ有ス。

三、屍体ハ同家二階ノ寝室十畳板敷ノ間ニ置カレタル洋式ベッドノ上ニ横《よこた》ワリタリ。寝室ノ窓ハ稍《やや》高キ位置ニアリ、アケ放サレタレドモ、約一分目ノ金網ニヨリテ堅牢ニ蔽ワレタリ。屍体ノ横ワリタルベッドニ隣リテ、約五寸ヲ距テテ同型同大ノベッドアリ。コノベッドハ壁際ニアリテ、人ノ寝タル形跡ナシ。屍体ノ横ワリ居ルベッドヨリ、室《へや》ノ中央部ニ近キ方ニハ、絨氈《じゅうたん》ヲ敷キ、ソノ上ニ小卓アリ、水瓶ニコップヲ二ツノセタリ。ソノ他周囲ニハ異状ヲ認メズ、一般的ナ洋式寝室ナリトノ印象ヲ受クルノミ。

四、死体ハ前記洋式ベッドニ、窓側ノ方ヲ頭トナシ、仰臥シ甲斐絹ノ縞模様ノ掛蒲団ニテ蓋ワレ、羽枕ニ正シクソノ頭ヲ乗セタリ。ソノ頭髪稍乱レタルノミニシテ、一見スルトコロ、顔ニ苦悶ノ表情ナシ。

蒲団ヲ除去シ見ルニ、屍体ハ黒ズミタル銘仙ニ桜花弁ノ飛ビ散リタル模様アル、普通ノ着衣ヲ穿チ、帯ヲ軽クシメタリ。タダ僅カニ胸ヲハダケ居ルノミニシテ、生前、寝衣ヲ着シテ正式ニ寝タルモノニ、アラザルコトヲ思ワシム。

胸部ヨリ腰部ニ及ブ、着衣、及、主トシテ左側ベッド敷布ニ至ルマデ、多量ノ血液滲ミ出デ、手ヲ触ルルニマダ手指ノ赤ク染マル程度ニシテ、出血後余リ時間ノ立タザリシコトヲ知ル。コノ血液ハ辛ウジテベッドノ下マデ滴リ落チザルモ、ソノ出血量極メテ多大ナリ。コレニ反シテ掛蒲団ニハ、ソノ内側ニ少量ノ血痕ヲトドムルノミニシテ、出血時ニコノ蒲団ノカケアリタルモノニアラザルコトヲ示ス。出血後、稍時間ヲ置キテ掛ケタルモノナラントノ想像ヲ抱カシム。

五、死体ヲ中心トシテ、ソノ周囲ヲ見ルニ、屍体ノ横ワレルベッドニ近キ絨氈ノ上ニ、大形ノ山岳用ピッケル一本、投ゲ捨テラレタル如ク横ワリオルヲ見ル。ピッケルニハ登攀用鉤槌ノ部分ハ勿論、ソノ柄ノ部分ニモ、数箇所ニ亘リテ新ラシキ血痕ヲ附着シ、中ニハ血痕ニヨリテ附ケラレタル指紋ト覚《お》ボシキモノアリ。鑑識ノタメニ保存シタリ。（下略）

それから、附属の多数の聴取書になるが、そのうち、最初に綴じ込んであって、しかもこの事件のために一番重要な聴取書は、この事件の最初の発見者であり、同時に、警察への報告者であった、同家の女中野口きみの聴取書であった。それは次のようなものである。

聴取書

山田方下女　野　口　き　み

当二十二歳

一、私ハ三年ホド前ヨリ、山田様ノオ宅ニ下女トシテ雇ワレテ来テ居リマス。オ世話ヲ下スッタ方ハ、山田様奥様ノ御実家ニ当ル関原様御主人デアリマシテ、決シテ桂庵《けいあん》カラ世話ヲ受ケタノデハアリマセン。

二、当日ハ午後四時頃カラ、夕飯ノタメノオ買物ニ出マシタ。コノ町デスミマスモノハ、御用聞キモ来マスシ、マタ町ヘ行ッテ届ケサセルヨウニ言イツケマスト持ッテ参リマスノデアリマスガ、一ケ月ニ一度カ二度ハ、珍ラシイモノ、少シ上等ナモノヲ求メマスタメニ、新宿ノ三越ダノ二幸ダノヘ参リマス。丁度当日ハ、奥様ノオ言イ付ケデ新宿マデ買出シニ出ル日ニ当タッタノデゴザイマス。

三、買イ出シニ出ル日ハ、何曜日トカ月ノ何日トカ定《き》メハアリマセン。十日カ二週間位タチマスト、奥様カラモウソロソロ買イ出シ日ニシテモヨイネト言ワレマスノデ、洗濯ノ都合トカ、来客ノオ約束ノ都合ナドヲ考エテ、定メマスノデ、当日ハ丁度洗濯ノ都合カラモヨロシク、オ客様ノオ約束モナイト申サレマスノデ、私ノ方カラ、デハ今日新宿ヘユク日ニイタシマショウカト申シタノデアリマス。

四、新宿デ買物ヲスマシテ、帰ッテ参リマスト、家ノ門ノトコロデ、近江屋サンノ小僧サンニ逢イマシタ。近江屋ト云ウノハ、近所ノ酒ヤサンデ、家デハオ酒ヲトルコトハ稀デアリマスガ、醤油カラオ味噌カラ、皆ナコノ酒屋サンカラ取リマス。ソノ小僧サンガ、私ヲ見マスルト、ナンダ、女中サンハ留守ダッタノカ、ドウリデ、イクラ御用ヲ伺ッテモ、誰モ出テ来ナイハズダ、ト申シマシタ。奥様モ旦那様モ、オ宅ニ居ラレルハズデアリマスガ、ドチラモ、場合ニヨッテハ、口数ノ少ナイコトガアリマスカラソンナコトモアルカト思イ、別ニ気ニモトメズニ家ノ中ニ入リマシタ。

五、私ハイツモオ台所カラ出入リヲシマスカラ、ソノ通リオ台所ノ方ヘ廻ッテ、イツモノ通リ、小声デ、タダイマト申シマシタ。奥様ハ、パーラ（客間ノコトヲナゼカ奥様モ旦那様モコウ申シマス）ニ居ラッシャル時ナドハ、台所カラ出入リスルノヲ、オ気ガツカレナイコトガアリマスカラ、私ハ買物ヲ台所ニ置イテ、奥様ニオ話シヲ申シ上ゲルタメニ、奥ノ間ノ方ヘ参リマシタ。オ居間ニモ、オ庭ニモ影ガ見エマセンノデ、パーラノ扉《ドア》ヲノックイタシマシタ。シカシ御返事ガアリマセンノデ、トニカク、パーラノ扉ヲアケテ、中ヲノゾキマシタ。ノゾク前ニ、奥様、奥様ト、ヤヤ大キナ声デ叫ビマシタト思イマス。ノゾキマシタガ、パーラニハ誰方《どなた》モ居リマセンノデ、少シ不安ニナッテ参リマシタ。ソレデ、トニカク、少シ大キナ声デ奥様ト呼ビナガラ、階下ノオ部屋ヲ皆廻ッテミマシタ。階下ノ一番大キナ日本座敷ノ壁ニ電気時計ガアリマス。ソレデソノ時刻ヲヨク覚エテ居リマスガ、午後六時十分位ノトコロデアッタト思イマス。ソノ日ハソウ暑クハアリマセンデシタ。ムシロ少シ涼シ気味デアリマシタガ、部屋ハ全部アケ放シテアッテ、マダ日ハ暮レテイマセン。ソレデヨモヤ、旦那様モ奥様モ、スリーピン・ルー(旦那様モ奥様モ、ナゼカ二階ノベッドノ置イテアルオ部屋ヲスリーピン・ルート申サレマス)ニ引キコモラレタノデハアルマイ、ト思イマシタガ、ヒョットスルト、旦那様ダケハオ出カケニナッテ、奥様ガオ一人デヒル寝ヲナサッタノカト思イ、ソレニシテハ要慎深イイツモノ奥様ナラバ、台所モスッカリシメテカラ昼寝ヲナサルハズダト思イマシタガ、ダンダン不安ニナッテ参リマスノデ、階段ノトコロデ、二タ言バカリ大声デ奥様、奥様トドナリマシタ。ソレデモ返事ガアリマセンカラ、少シイケナイコトカト存ジマシタガ、二階ニノボリ、寝室ノ方ヘユキマシタ。

寝室ノ扉ハアケ放サレテオリマシタ。ソレデ中ヲノゾクトイウワケデナクテモ、中ハヨク見エマス。ミマスト驚キマシタ。奥様ガベッドニ仰向キニ寝テ居ラレテ、掛蒲団ガカケテアリマセンデ、胸ノ所カラ血ガ一パイニ出テオリマス。ソノ傍ニ、旦那様ガ、山登リニ用イル杖ト槌ガ一緒ニナッテ出来タヨウナモノヲ持ッテ、立ッテイラッシャルデハアリマセンカ。私ガ顔ヲノゾカセルト、旦那様ガコチラヲ向キマシタガ、ソノ顔ノスゴイコト、私ヲジットニランダヨウデス。シカシ、私モ気丈ニナリマシテ、旦那様、ドウナサレマシタカ、ト申シマシタ。旦那様ノ手ガ血デ一杯ニナッテイマシタノデ、私ハ、奥様ハ死ナレタノデスカト申シタト思イマス。私ガコレホドイロイロノコトヲ、カナリ大声デ申シタノデスガ、旦那様ハ一言モ仰言イマセンデ、タダ、私ノ顔ヲジット見ルバカリデシタ。私ハ居テモ立ッテモ居ラレナイヨウニ、不安ニナリマシタ。ヤヤアッテ旦那様ガ、杖ヲ持ッタママコチラノ方ヘ出テ来ソウデアリマシタガ、ソノ時、私ノ心ノウチニ旦那様ハ私ヲモ殺ソウトナサルノデハナイカトイウ、考エガ出テ来マシテ、私ハ恐ロシクナリマシタノデ、ソノママ一散ニ階下ニ下リ、台所カラ下駄ヲハイテ、一目散ニ町ニ出マシタ。ソシテ交番ノ中ヘカケ込ミ、トニカク来テ見テ下サイト申シ、ソコニ居ラレタ警察官ノ方ヲ無理ニ家マデ引ッパッテ参リマシタ。

六、私ノ致シマシタコトハ、旦那様ニ対シテ悪ルイコトデアリマシタデショウカ。巡査ノ方ヲツレテ中ニ入リマシタ時ニハ、旦那様ハ杖ヲ寝室ニ放ッテオイテ、階下ノパーラニ下リテ居ラレマシタ。コノ時ノ旦那様ハ、タダ蒼白イ顔ヲシテ居ラレタダケデ、イツモノ旦那様ト大シテ変リガアリマセンデシタガ、二階デ見タ旦那様ハ、テッキリ気ガ狂ワレタノデハナイカト思ワレルヨウナ顔デシタ。私ハ、間違ッテイルノデアリマショウガ、ソノ時ハ、テッキリ旦那様ガ気ガ狂ッテ奥様ヲ殺シ、ソシテ私ヲモ殺スノデハナイカト思イ込ンデシマッタノデス。

旦那様ト奥様ノ間ニハ、子供サンガアリマセンガ、ドチラモヨイ方デ、仲ノ悪ルイヨウニ見エマセンデシタ。タダ私ハ雇ワレテカラ三年近クニナリマスガ、一年ホド前マデハ奥様モ快活デアリマシタガ、ソノ後少シ無口ニナリスギタヨウニ思イマス。イイエ、夫婦喧嘩ヲ見タコトハ一度モアリマセンデシタ。オ両人《ふたり》トモニ、私ニ対シテハ親切デ、マコトニ申分ノナイ方々デシタ。ソレデ、私ハツカッテ頂クコトガ出来レバ、イクラデモ長ク居タイモノト思ッテ居リマシタ位デス。（以下省略）

この、女中の聴取書の外に、最も重要なのは主人の山田氏の聴取書であるが、それはあとで主として述べるところであるから、原文をあげるのは省略する。

事件はこうして、当事者がただ二人だけであった。その他参考人としては、当事者たる山田夫妻の交際範囲の数名の人物が、何回も聴取書を取られているが、やがて、上山検事は予審を請求している。その予審請求の頭書は、殺人であって、つまり山田氏がその妻を殺し、そして現場において捕えられたことになるのである。

検証調書にあった、ピッケルに附いている、血痕による指紋も、調査の上、山田氏本人のものであることが明らかとされているし、予審調書には、妻殺しの理由も推定せられてあり、何よりも確かなのは、山田氏自身が、妻殺しの自白をしていることである。

二

××地方裁判所判事、松本辰一郎氏は、この殺人事件審理の主任になった。それから約一年二ケ月もかかっているが、まだ安心と云うまでの確信が出来なかった。

事件の初めがらのいろいろの調書は、何回となく繰りかえしている。自分でも、捕えられている本人を、何回も取り調べている。しかし、事件は何度調べても明白で、しかもその関係者は極めて少ないのだ。

容疑者たる良人《おっと》が、そこに立っていたのだ。手には血のついた兇器を持っている。解剖及びその他の鑑識の結果は、その兇器が致命傷を与えたものであることも明白である。

ところが、その良人の自白なるものが、頗る不明瞭なのだ。その自白を読んでみ、そして、自分でも本人から直接に聴取してみるのだが、どうもその男は、自分が殺したのではない。しかし、状況証拠は全部自分が殺したことを示している。だから殺したのかも知れぬ、と言うのである。とにかく現実では殺さなかった。しかし、理性からの判断では殺したのだと、自分で自分に言い聞かせているような気味があった。
勿論、処刑される覚悟があるらしかった。その良人というのは、理学士で、金も相当あった。山登りにかけては殆ど専門家と云ってもいい位であったが、あまり世間的になるのは嫌っていたらしく、知られてはいない。学問もよく出来た。が、大学に残って勉強をつづけて、教授になるとかは、しなかった。それがどうも、やはり、一種の潔癖から来ているらしく思われる。学者とか、教授とかにも、情実やなんか醜いことがある、と言うて止めてしまった。尤も、光るような秀才と言うんではない。しかし、とにかく、知識階級で、知識階級のうちでも、最上位の層にいる者と言うことが出来る。

生活などは、金があるに比しては、じみな方であったらしい。大変な読書家で、書斎は大きくて広い。書斎には万巻の書物がある。外国へは行ったことがないが、外国の事情にもよく通じているところを見ると、新らしい外国雑誌などはよく読んでいるらしい。専攻は地球物理学か何かで、その方面の書籍が沢山あるのは勿論であるが、しかし、文学や美術の書物も沢山ある。皆よめるかどうかは確かではないが、英仏独伊の書物がある。

このような知識階級にあり勝ちな、殊にこういう犯罪事件に際して出て来る特徴は、どうも現実を理性で納得させるという趣なのである。殺人は、ほんとのところを言えと言うと、否定しているのだ。しかし、自分が殺した証拠が斯くも多数にあると言うと、理性からの判断では、本人といえども殺人を認めなくてはならぬことになる。こういう時に、理性の方を信頼して、現実の方を信頼しないというような趣がある。

松本判事は、この点を重大視した。

私が殺したんじゃあありません。しかし殺したと言われても仕方がありません、と言う。もっと追求してゆくと、私が殺しました、と自白するのだ。

では、殺したのではないと言う方の信念から出発して、何で死んだのだ。眼の前で見ていたのだから、判りそうなものじゃあないか。殊に、他人ではない、長い年月つれ添った自分の女房じゃあないか、それを眼の前に見ていて、わからぬというわけは無かろうではないか、と追求してゆくと、妻は自分で自分を傷つけた。しかし、それは死ぬつもりではなくって、つい深く傷つけすぎて死んでしまった。云わば、誤って自殺したのだろうと思いますと言うのだ。

見方によっては、ひどくずるい答弁のようにも見える。殺したのではないとの確信の下に、何故自ら反証を提挙しないのか。これを、自白でもどっちつかずの答弁をして、一切を裁判の決定に俟《ま》とうと考えるのは、現実と理性との薄明にさ迷っている知識階級としても、甚だ不思議である。

殺人事件でも、このような事件が一番むずかしい。そこには何等の作為がないように見える。致命傷を受けた女の傍に、男が兇器を持って立っている。そして女は、自殺したのだ、と言う。しかも、思わず兇器を奪い取って、つい持っていたのだと言う。

もしも、真に殺人を犯していて、しかも、何等技巧を弄さず、自殺と見せかけることが出来たら、これは、殺人のうちの最も巧妙な方法と言わねばならぬ。

×　×

松本判事は、こういう事件は、いそいで断罪してはならぬと信じている。それでとうとう一年以上も持ち越してしまったわけであった。

その間に、この事件に関聯するいろいろの事件が起きた。そして、今やっと、松本判事には確信が出来るようになってきたのである。

今まで、真相が全く促まえられなかったのが、やっと見つかった。

そう思ったのは、突然に、ある日のことである。あたかも、仏教で云う悟入《ごにゅう》というようなものが、事実の審理のみを心がける、裁判官にあっていいものであるか、どうか、それは、今ここでは論じない。そういうことを言ってくると、自分で隅々までわかり、すっかり確信がつかぬのに、断罪の判決を下すような場合には、いかに証拠と自白とが完全であり、いかに法文の適用に疑義がないとしても、裁判官として欠くるところがあるのではないかということにもなる。

実際に松本判事は、いろいろな事件のうちには、全く完全に断罪の材料が整っていると思われる場合に、どうもそのままでは腑に落ちない。どうも、安心して断罪の出来ぬというような場合があるのを、実際の経験上知っている。

これに反して、証拠も自白もあって、その上に、判決の確信のある事件は、安心して、大地を打つ槌のように、判決を下すことが出来る、という、これもしばしば経験している。

凡そ、事件にはこの二つの、一見似ているが、断然異ったものがある。外の裁判官にあるかどうかはしらぬ。しかし、松本判事は、このような二様な経験を持っているので、どうしても事件は完全に腑に落ちてしまわないと、正直な判決は与えられぬと、固く自分で信じているのであった。

では何故、証拠も完全であり、そして自白も明白であるがそういう一抹の不安心があるのだろうか。

松本判事は、それは長く考えねばならぬものを、短かくきめようとするからだと信じている。長く、同じ調書を読み、同じ犯人と面と向き合わせ、そして長く考えていると、多くは突然に、自分で腑に落ちてくるのだ。

こうして、この事件もやっと腑に落ちてきた。腑に落ちる時に、やはり、殺人であると腑に落ちる場合もあり、これに反して、無罪と腑に落ちる場合もある。

では、この事件はどっちであったか。

三

それは、今日やっと見付かった。

確信が出来た。やっと安心した、という感じであった。

松本判事は、この感じを、あたかも反芻動物が食物を嚙《か》みかえすように、何度も思い浮べては、味わっていた。答案を書く構想がすっかりまとまった時の感じが、これに似ている。実験物理学者が、不思議な現象の整理が出来て、もう、あと固めの実験を二三すれば、それで纏《まと》まる、といったような感じであった。見通しのついたという感じであった。

×　×

男は三十八歳になる。

女は二十九歳であった。

結婚して九年目になる。子供はない。だからただ二人きりで九年間一緒に生活して来たのである。二人だけの生活は、単純であって、寂しかった。それは、殆ど親類のうちで親しく交っている者がない事である。このようなことは、男がよほどの変り者であることをも意味しているのであろう。男の変り者であるらしいことは、その、女との結婚の事情からも、そう思われるのだ。尤も、この変った結婚が、親類などの交際を失った理由らしくもある。

女は、出入りの庭師の長女であった。

この庭師は、男の家では前々から使っていた者で、先代から使っていたものだと言う。男が大学をやめて、家居するようになってからのことである。この庭師は、二十歳位になる自分の娘を、手伝いにつれて来るようになった。脚絆をはかせ、手拭をかむって、若々しい、生々とした、小さい女の子であった。男も始めは、これを見て「どうも、女の子を庭仕事に手伝わせるってのは、乱暴じゃあないか」と言うていた。

「へえ、旦那、お邸のような、静かなお宅だけに、つれて参るのですよ。これも他家《よそ》へ奉公にゃるのを、これのお祖母《ば》あが嫌やがりますんでね、それじゃあ、植木屋を手伝わせてもいいかってんで、本人も承知だと言うので、その代り、半人前だけいいただこうってんで、それでまあこうして御厄介になりますんですよ」

と言うていた。

ところが、この男が、やがて、この庭師の手伝いにつれて来ていたこの娘に恋をして、遂に添い遂げたのであった。

このあたりの心理的経過は、男も相当の知識階級であるから、自分で分析して知っていたのであるが、始めは仲々判事には言わなかった。それで、始めは、こんな結婚をするというのも、変りものの、一つの現われであると解釈されていたのである。

だが、取り調べを進めている間に、漸次に男は松本判事の調べ方を理解して来た。そして、それまで裁判官というものに対して持っていたであろうような、偏見を捨てるようになった。

あたかも、この松本判事は、裁判官のうちでも、特別の人であったのだ。地方の裁判所を転々としてつとめて、遂に××地方裁判所に来たのであるが、どこでも、殆ど迂愚に近いような丹念な調べ方をすることが、一般にも知られるようになった。

いかなる、強力《ごうりき》犯でも、結局、その犯人の犯罪心理が、自分に同感出来るまで調べなくては判決を下さなかった。知能犯では、特に苦労が要り用であった。と云うのは、その知能の程度に自分も辿り着かねば、時とすると同感出来ぬような、高い、専門的かつ心理的の経過があるような場合もあったからである。ある時、医師の犯罪があった。外科医であったが、その時、松本判事は、一般医学を一と通り眼を通した上、外科総論の勉強にまで、手をのばさねば承知が出来なかった。

このようなことで、出世は著しく遅れた。しかし、死刑を宣告された犯人でも、松本判事に調べられたら、もう不平はないと云うまでに、推服というか、服罪というか、信用を得る位になった。それで、今では主として、知能犯、思想犯のうち、重い犯罪が、撰んで松本判事にまかされるようになってしまったのである。

いよいよ判らなくなると、調書の外に、犯人の心理を綴った文章を書いてみる。そして、まるで文学者が小説を書くに当って、辻褄の合わぬ時はどうしても安心が出来ないようなつもりになって考える。今度の事件についても、近頃にない手古摺《すこず》り方をしていたのであった。

結婚当時の、男の心理については、いかにも仕事に熱心な娘の態度、一心をこめたような、熱誠の溢るる感じのする容貌、美人ではないが、その一種の雰囲気のある、この娘の風格に惚れたらしい。教養も低く、習俗も下級であるが、向上の精神に燃えているとも云うべき風貌を、愛したらしい。

結婚は、身分が違うということに依って、男の方の親類の反対などがあったが、結局無事に行われて、新婚の夫妻にとっては楽しい生活が始まった。

男は、まず妻を教育せねばならぬと考えた。妻もまた、その教育を受けようと望んだ。そして、高等小学校を終ったばかりの妻に対して、男は順次に、文学や、美術や、数学や、自然科学に到るまでも授けて行った。そして、並々ならぬその熱心と、傾倒とに満足したのである。

家事一切を取り行った上に、異常な勉強をする妻の姿は可憐であった。殊に、男に珍らしかったのは、女が自分で自分に刑罰を加えることであった。

数学のよく出来ないような時、女は鞭で自分を打った。男は始め物珍らしく見ていたが、女に代って鞭で打ってやろうと、二三度打ってみたことから、裸にむき出された、白い女の臀を鞭打って、赤くみみずばれのするのを見るのが愉快になった。

女は、小学校から、勿論、いつも首席であったが、これは並々ならぬ勉強と、同時に、父親や母親が厳格に、恐らくむしろ乱暴に、いつも打って育てたのによるのであろう。そうしたことに、義務と興味とを植えつけられていたのに違いない。

このあたりで、夫妻が少しく倒錯性慾的になったらしい。しかし、本来の倒錯性慾ではないと見えて、ただ、男は可憐さを増すために打ち、女は自分の義務遂行感のために受けたのではないかと考えられる。ただこの習慣が、後年の災禍の源となった。——少くとも、その災禍の素地となったことは確かである。

これは、責任が男にもあったし、女にもあった。

夏と冬とに山登りをする時の外は、男は家をあけなかった。そして、読書と思索と、それにこの男の教養を埋もれさせるのを惜しがった雑誌記者が、時々自然科学の批評論説を書かせようと訪れて来たので、その原稿を書くのに日を過していた。

斯くするうちに、四五年が経過した。

この間に、女の実家、前の庭師の家では、家運がよくなって来た。それは、少々の援助は、勿論男自身が与えてやっていたのであったが、その裏には、この女が、少なからぬ財産を、良人に秘密で融通してやっていたことが、その理由であったが、このことはあとで発覚したのであった。

それも、夏のことであった。書斎には、偶然にも冬の山登りに使う、巌丈《がんじょう》なピッケルがたてかけてあった。男は、女の不届きをなじった。

覚悟のあった女であるから、勿論秘密に融通はしても、家運に資するとの目的が遂げれば、また秘密に返却しておく意志であったに違いないことは、この女の性格からもよくわかるし、かつ実際そうであったことが、あとで事実によって判った。

しかし、とにかく、男は女を不届だと思った。

しかも、これを責めても、白状せぬのを憤《おこ》った。裏切られたとの感じもあった。約一万円に近い公債、株券、証券類が紛失しているのである。女は知らぬと言う。しかし、実家のよくなって来たことや、その他の事情から、男には直ぐ読めた。

激論が、当然そこにあった。

女は今まで、いかにも柔順で、忠実であったが、今は死に太く、不逞となったように見えた。いくら何と言われても、自分がしたとは言わなかった。

この時の情況をここに言い尽くすのは困難である。しかし、とにかく、男はカッとなった。そこに有り合わせた、山岳用のピッケルで、女を打った。そして、その鋭い切尖《きっさき》が、女の左の胸につき刺さって、肺を破った。

女は、それでも白状はしなかったが、却って男は女を殺したかと思って、蒼くなった。

一体、知識階級の間に、妻にせよ、猥《みだ》りに人を打つようなことがあるものではない。この場合にそれがあったのは、既に述べたように、女を鞭うつ習慣があったことから来ていると考えねばならぬ。女を既に何度も打った。女を打つということは、初めは意志の行為であったが、後には馴れの行為となってしまっていた。だから、妻を打つ人が、必ずしも他人を直ぐ打つとは限らぬ。

とにかく、妻であった。そして、鞭ではなく、ピッケルがそこにあった。勉強を怠ったものを責めるという気持に似た感情が、そこにあった。これがイニシアティヴとなって、馴れの行動が、つい現われてしまったと解釈出来るであろう。

詳しい叙述は略するが、父親や母親がかけつけて来た。男も、自分で驚いた。これを死なせてはならぬという感情に駆られた。怪我であると称して、信濃町の××病院に運んで、外科に入院して手当を受けた。

外科の肥った教授が診た。内科の痩せた教授が診た。心臓や大動脈の近くを危なく通っていると言う。危篤であるが、助かるかも知らぬと言う。

男は、どうか助けてくれ、お金はいくらでも出すから助けてくれ、とわめいた。

女は、死に瀕していたが、極めて冷静であった。苦痛を堪えよう、生きよう、と熱心になった。

蒼白の顔には、この熱心さが、さながら浮き出ていた。

自責の念に打たれて、萎れている男に向って、女は苦しい呼吸《いき》の下から、大丈夫です、私はあなたを愛しています。と言い言いした。

四五日は、生死不明のところを、さ迷っていた。

七日目頃に、外科の教授が、巨軀をゆるがせて入って来て皆のいる前でいかにも喜ばしそうに、

「大丈夫です、お引受けいたしましょう。お芽出とう」

と言ってくれた。誰も愁眉を開いたが、女も安心したと見えて、始めて、にっこと笑った。

そして男を呼んで、

「思い出しました。公債や証券は、風呂敷に包んで、あなたの書斎の右の一番上の書棚にあります」と言うた。

男は「あれはもうなくても、お前が助かりさえすればいいよ」と言うた。

女は「ありがとう」と言うた。そして刃傷《にんじょう》以来始めて涙を流して、さめざめと泣いた。まだ血の気のない唇が、かすかにふるえて、夕暗《ゆうやみ》の大理石の彫刻を見るようであった。

男があとで書斎を検してみると、果して女の指し示したところに、風呂敷包があった。

恐らく、苦しい息の下から、実家の父親に指図して、融通してあったそれらのものを、少しも欠くるところなく返えさせて、そっと書棚の上にのっけさせておいたものであろう、と想像する外はないが、男はこの事を深くも追求せず、まあ実家がよくなって来たのだし、頼まれれば、本来貸しもし、与えもしなくてはならぬものだから、と考えて慰めた。

父親も母親も、娘に怪我をさせられたことは一と言も言わずに、よく看護につとめた。これは、娘が、やはり苦しい呼吸の下から、よく言い聞かせていたためでもあろうが、公債の邪《よこ》しまで、気がとがめていたせいもあったであろう。

約四箇月してから、女は退院した。

やれめでたし、めでたし、と男は思った。

四

二年の歳月が流れた。

大怪我以来、女の健康が前のようによくなかった。それで勉強は一時やめて、湯治に出たり、家にかえったりしていた。

この夫妻には、子供がなかった。

女は兄弟も多いし、女の方は多産の家系であったが、男の方は兄弟も一人もない位で、どっちかと云えば、子供の少ない家系であったから、男は自分の罪かも知れぬと思っていたが、女は子供を欲しがっていた。

「何だか、子供がないと、不幸なことが起りそうで仕方がないわ。だから、私どうかして、子供が欲しいわ」

と常に訴えていた。

結婚の時から見ると、見違えるほど教養も積み、美しさも増した。女の実家もその後益々好調で、もう子供等の教育や何かに不足するようなことはなかった。そして、弟は高等学校に入学した。

こうして何も不足はなかったが、女の訴える、子供がないことだけが、二人のうちの不満と云えば不満であった。男は「ない方が気楽でいいじゃあないか。お前にも、私にも、読む本がこんなにあるじゃあないか」と言うて慰めていた。しかし、女の言うたことが箴《しん》をなして、云わば今度の殺人事件が起きた。

高等学校へゆくようになった弟が、よく遊びにやって来るようになった。そして「兄さんは沢山本を読んでいて、羨ましいなあ」と言い言いした。

「なあに、本なんか読んでいたって、兄さんみたいに書斎にばかり引っこんでいたんでは仕方がないよ。どうだい。高等学校は、どうもマルクス主義なぞ、大分勉強する人があるそうじゃあないか」

「うん。僕等の学校には少ないですよ」

「そうだな。マルクス主義もいいけれど、それは大学へ行ってからの話だな。高等学校では、独逸《ドイツ》語や英語をしっかり勉強しておかなくっちゃあいけないよ。第一、お前、英語が姉さん位も読めるかい。あれで姉さんはお嫁に来る時までエービーシーも知らなかったのだが、あれだけに勉強したんだよ」

「うん、お姉さん位は読めるさ。けれど、姉さんはえらいな。何だか鞭で打って勉強したことがあるって云うけれど」

「厭な子だね。そんな事、しゃべるものじゃないわよ」

姉が横から口を出した。

二年前の大怪我以来、鞭の話は二人の間には禁物としてあった。しかし、弟のおしゃべりをするところを見ると、鞭のことは知っていても、怪我のことについては、真相をこの弟は少しも知らぬと見える。知っていれば、容易に鞭のことも口に出すはずはないと、男は安心した。

この弟がすすめるので、とうとう男も、始めて××左方《さほう》劇場を見に行った。これが云わば、今度の不幸を起こす導火線ともなった。

見たものは、ストリンドベルヒの「令嬢ユリエ」であった。

この劇場は、小さかったが仲々進歩的の演出を試みていた。男は始めてであったが、これは仲々面白いと思った。特に、令嬢ユリエの出来が、最も立派であった。

それは、この劇団のピカ一だと云われた、澤比叡子《さわひえこ》という女優であったが、その熱心な演技、その努力は、彼を引きつけずにはおかなかった。帰って来て、妻にこの話をして、今まで見にゆかなかったのが損だった、案外面白いと語った。そして、二度目には一緒にゆこうと言うていた。

しかし、二度目に、チェーホフの「桜の園」を見にゆく時に何故か妻を誘わなかった。何か、ついつれてゆきたくないものがあったのに違いない。

この劇では、澤比叡子は、ワーリャの役をやった。これは「桜の園」の主役ではないが、澤比叡子がやると、それは場景を圧するほど、素晴しい出来であった。少なくとも、彼にはそう思われた。この二十歳を少し超えたばかりであろうような若い娘が、よくこの作を理解している。しかも演技が熱誠溢るるものであった。

この年の七月、男はいつもならば山登りに出かけるのであったが、仲々出かけなかった。

女は、実家の小さい妹や弟をつれて、例年の通り、海岸へ避暑に行った。刃傷事件以来、彼もむしろ山登りよりも、妻と一緒に海岸に出かけることが多いようになっていたのだが、この年は妻を先きに避暑にゆかせて、自分は山登りをするかも知れぬと言って、東京に残ったが、それも出渋っていたのだ。

それは、やはり病みついた、××左方劇場のためであった。××劇団では、夏はブルジョワのみが避暑し、労働者は都会に留まる故に、労働者の友である自分等の劇場は休まない、との主張の下に、炎暑興行をなした。この時の出し物が再び「桜の園」であった。そして、その女優がまたワーリャをやったこと勿論である。男は、この女優、まだ二十歳を少し超えたばかりの、若いこの女優を、崇拝の気持で眺めるようになった。炎暑興行を、男は二度も三度も見に行った。

松本判事は始めは、これもこの男の変った点に数えていたが、この男自身もやがて気付いたように、変った点などではない。既にはげしい恋愛であった。

ある夜のこと、男は、いつもと同じ席で、この同じ劇を熱心に見ていると、二幕目の幕間に、彼の肩をたたくものがあった。驚いて誰かと見ると、曾つて高等学校時代に同窓であった、文学部を中途でよした友人で、今は何か左翼の文学者として相当の地位を築いたと聞く、Kという男であった。

「やあ、確かに君だと思ったのだが、この前一度この同じ席で見かけた時は、君であるはずはなかろうと思っていたものだから、声をかけなかったが、やっぱり君だったのか」

と言うのであった。

彼も驚いた。

久闊《きゅうかつ》を叙して、あとでよく聞いてみると、Kはこの劇団と深い関係のある、ある文学団体の首領だと言う。男が、比叡子のことを賞めると、Kは極めて気軽に、逢ってみないか。今でもよい。僕が紹介しよう、と言う。彼の心は躍った。あたかも、彼の青年時代に、物理学のアインシュタインが日本に来た時、彼はまだ大学を出たての助手であったが、彼の師事していた主任教授が、同じように気軽に、君ちょっとアインシュタインに逢ってみるか、二言三言話しをしてみるか、と言われた時に、彼の心は躍った。それを思い出していた。

男にとっては、同じような場合であったが、二十年代の青年の時と、今既に四十歳に近い彼とは、その表てに現われてくる反応は、自ずと違っていた。

「あり難う。僕も逢ってみたい。しかし、この演劇が終ってしまってからにしなくては、気分を乱しては悪るかろうと思うのだ」

という答が、彼の口から出た。

この答が、Kによってその女優に伝えられた時に、その女優は、この答にひどく感激して、今日直ぐに閉幕後に、一緒に外に出て、お茶をのんでもよいと言った。これが、次の幕間に、Kを通して再び男に伝えられた。

この日Kは、旧友に逢っていかにも懐かしいという風に見えた。そして、閉幕後、男が楽屋の入口で暫らく待っていると、Kとその女優とがつれ立って出て来た。舞台でみるのと今みるのとでは、殆ど全く人の印象が変っている。ひどく子供々々してみえるし、かつ、ひどくおとなしそうにみえる。ただ痩せていること、その眼がいかにも輝やきを帯びているのとが、舞台のあの女優だなと、うなずかせるものであった。

閉幕後、軽い食事をとらなくては、お腹が空いて寝られぬ位で、いつも極く軽い食事をとるのだと言うので、三人は、銀座裏の、ある独逸人の経営している、カフェ・オリガと云うのへ行った。始めて逢う人に対しては、いつもひどく苦労があった。男はどうもこの頃、新らしい人に逢わないので、苦労が一層ひどくなったかと、始めは恐れていたが、話はKの斡旋と、今夜のチェーホフの事で救われた。

澤比叡子は、新らしいものに手をつける度に一番大切なのは理解であること、白《せりふ》を覚え込むことなどは、二の次であることを話していた。Kがそれについて、外の人たちはどうも理解のことは少しも気付かず、ただ、白を覚えるのに力をつくそうとしていることをあげて、澤さん、あなたはそう考えるところがえらいですよ、などと言うていた。

そのうち、彼は図らずも思い出して、言い出した。

「今日、桜の園の三幕目に、娘のアーニャが母を抱いて言うところがあるじゃあありませんか。——ママ、あなたは泣いていらっしゃるの、桜の園は売られました。それは本当です。だけど、泣くことは止しましょう。ママ、あなたの生活はまだ先の方に残っています。わたしと一緒にゆきましょう。ここから出てゆきましょう。——とあるところですが、これはチェーホフの原文でしょうが、私はロシヤ語は読めませんが、一九二三年版の仏訳には、モスクワ芸術座の台本としてあってこの所が——わたしと一緒にゆきましょう。そうして、労働をしましょう、労働が私共の人生を救う唯一の残された希望です——と言う風にあったように思います。これはチェーホフ夫人の承諾を得て改竄《かいざん》したと確かに書いてあったと思います」

と話し出した。

澤比叡子はこれを聞いて、瞳を輝やかせた。

Kは、「そうだ。今のソビエットじゃ、そうするのが理論上にも正しいのだ。改竄することも許されるのだ」と言う。

遂に、比叡子が熱心にその本を見たいと言うので、多分うちにあると思う、とりにいらっしゃいと言ったが、直ぐまた言いかえた。

「いや、すぐ明晩にでも、私が持って来てみせてあげましょう」

二人の運命は、急速に、これを機会として進みはじめた。そして、約一ケ月ばかりの間に、自然にお互いの間に、恋愛が承認せられるようになった。

男は、全く忘れ去っていた心情を新たにし、そして、その心情に生きた。やがて、この短かい間であったが、男の教養が女優に影響を及ぼし始めると同時に、女優の思想が、男に影響し始めた。

しかし、この恋愛が、お互いの真の本性より始まったものであったであろうか。

男には、事柄が余りに幸福に進むとの理由で、不安があった。それが信じられぬことがあった。しかし、澤比叡子は少しもそんなことは考えぬらしく、生一本《きいっぽん》とみえるばかりに、遂に男を真実の苦悩のうちに投げ込んだ。

五

この如き情勢が、明敏な妻に知られずにいるはずがない。

女は、その後親しく出入するようになったKからも、大略を聞いた。また、弟からも、大略を聞いた。しかし、女もまた、特徴のある性格であった。この事については、良人に対しては何も示さず、却って冷静に良人の態度を観察していた。

しかし、女は女で、良人には言わずに、徐々にはげしい嫉妬と絶望とに悩み始めた。

夫妻は、このことについては一言も触れずに、別々の悩みの生活を送った。女は才気煥発《さいきかんぱつ》で、皮肉を言うのも楽しみ得るような性格であったが、今、この事については、一切の皮肉な言葉も、態度をも避けた。

そして、どうにかして、良人の心を再び捉え戻そうと苦心したものとみえる。

夏が過ぎて、秋が来た。

そして、秋もまた、半ばを過ぎた。

ケープのついた洋装をした比叡子は、少し肥ってきて、ほんとに可愛らしくなった。少し肥ったことは、比叡子を更に一層若くみせた。

男はふと、自分の余りにも年齢の違うことを気付いては、自分を悲しんだ。しかし、比叡子はそんなことは少しも気にしなかった。恐らく年齢の違いとか、身分の違いとかは、この人にとっては問題ではないらしく、この人は帝王とでも、対等のつもりで恋愛をするだろうというような、印象を与えるのであった。

澤比叡子は、男の持っている教養から、いつも何かを受けることを望んで、少しも高ぶらなかった。

男は、人目を避けて逢うことを望んだ。同時に、比叡子もまたそうした。しかし、男には、比叡子の人眼を避ける態度は、どうも自分とは全く違うように思われてならなかった。自分の方では、ただ、噂さなどに出ないように避けるに過ぎなかった。噂さが出ると不便になると思ったから。しかし、比叡子の方は、何か監視でもされている人が、人眼を避けるような感じがあった。このことは、長く気になっていたが、突如として不思議なことが起こった。

ある日のこと、劇場が始まらぬ前に、二人は目黒のある所で逢っていたが、比叡子は突然、自分はもう一と息芸の修業をしなくてはならぬのだが、それについては洋行をしたいのだと言い出した。そして、そのために、三千円許りでよいのだが、と暗に男に出してもらいたいような口吻を洩らした。

この話をきっかけに、男の心のうちに、妻には、留学と言うことにして、いっそこの女優と一緒に、海外に出かけてみようか——また実際、留学は自分にとっても必要なのであるから、という計画を起こさしめた。これもまた男に新らしい生活の希望を与えることになった。

一緒にゆくことは、しかし、仲々行われ難いことであった。とにかく、比叡子に金を渡して先きに旅立たして、自分はおくれて何とか旅立とうとも考えた。

このことを話すと、比叡子は、それはむしろ望むところだ、と答えた。しかし、この時まで二人の間には恋愛はあったが具体的には何の考えもなかった。

果して、この恋愛が遂げられたとしたら、彼はどうなるのであろうか、彼の妻はどうなるのであろうか。

決し兼ねて、一週間許り過ぎていた間に、澤比叡子は男を裏切るようなことを敢てした——と男は松本判事に述べている。そして、それは澤比叡子に、外に恋愛があったわけでも何でもない、全く別のことであるが、この部分の説明はこれ以上立ち入って聞いてくれるなと言うて、ただ裏切りを感じたとのみ述べた。要するに、その夜、男は全く絶望して帰って来たと言うのである。

この恋愛は、思いもかけぬ時に、男の中年に与えられたために、男の心の高揚も大きかったが、同様に、その失望もまた大きかった。

男の心情は、妻の前にも蔽いかくすことが出来なかった。しかし、女は気付かぬ風をしていたのだ。

夫妻は、広い部屋に、両方共別々の憂鬱に深く閉されていた。そして、三日の後、突如として今度の事件が起きたのである。

夕刻、少し早目に、女は寝室に退いた。

男は長い間、客間に残っていたが、思わずその日も暮れたのに気付いた。妻がどうしたわけか、夕飯も済まさぬうちに寝室に退いたことも、気付いた。女中は、何か用事が手間取れると見えて、まだ帰ってこない。

男は寝室に行ってみた。

窓はあけてあったが、アミ目の二重窓になっていたので、外の光がうすく入っている。女はほんとうに寝台の上に横わって、寝ていた。彼は入って行って、暫らく女の寝台の傍に佇立していたが、女はやがて薄目をあけて彼を見た。

その眼には一杯に、涙がたまっていたので、男は心を打たれた。何ということなしに、近かづいて、妻の胸のあたりを抑えてみたら、ピッケルが手にさわった。

男はギョッとして、女の胸をあけてみると、女はピッケルを抱いている。

「これは、二年前に、怪我をさせてくれた、あなたのピッケルよ」

女は確かに、怪我をさせて呉れた、と言うた。あたかも、感激の心をでも現わすように。

「私、もう一度、怪我をしてみたい」

「何を言うのだ」

「あなたの悩みをみるのが辛いから、私、今日は死んでしまいたい」

男はもう一度ギョッとした。

あなたの悩みを、と確かに言うた。

男はジッと女を見た。やがて、女が眼をあけて、哀願するような瞳を向けた。

何分たったか、記憶がない。

突如として、低いけれども、ギャッと言うような呻き声を聞いた。驚いて頭をあげてみると、女はピッケルを自分の左の胸につき刺していた。二年前の傷によって、肋骨が二枚ばかり欠けているところであったから、自分でこれを刺すことが出来たのであろう、のみならず、それが致命であった。

男があわててピッケルを引き抜いた時に、血がしたたかに彼の手にかかった。女は何かに——そうだ。それは男にであろう——縋りつこうとするように、空中に手を動かしたが、直ぐがっくりとなった。

この時、外から帰って来た女中が、何か大声で叫びながら寝室に闖入して来た。男が血みどろの手で、ピッケルを持って、女の屍体の傍に、喪心したかの如く立っているのが、発見せられた。

六

彼は捕えられた。

そして、女中や、直ぐあとからかけつけた、女の父親や母親や、それから弟や、更に、女優の澤比叡子や、友人のKなど、これら比較的少数の、事件関係者が召喚せられて訊問を受けた。

証言は、彼にとっては、悉く不利であった。

比叡子を除いては、誰もが、彼の殺害を信じないと述べた。しかし、誰もが、彼の犯罪を裏づけるような、証言をする結果となった。殊に、二年前に一度、例の刃傷事件のあったことが、彼はこれをやり兼ねないとの心証を与えることになった。就中《なかんずく》、最も致命的になってしまったのは、澤比叡子が泣いて述べたことであった。

「あの方と私とは、底知れぬ恋愛の沼に陥っていました。あの方と最後に逢った時は、私が一緒に洋行して下さいと申しました。それは事実上、妻を殺すようなものだ、とあの方は言われました」

こう言って、比叡子は法廷をも構わずに泣き出した。そして、急にヒステリックに言い出した。

「私です。あの方に、奥様を殺させたのは、この私です、どうか、私も一緒に縛って下さいまし」

一層泣いた。そして、突然男の方へ向いて、

「私はあなたより年下ですから、私が誘惑したと思って下すっては残酷です。けれど、私があんなにお慕いしたのが悪るうございました」

と謝罪した。

これは、凡ての人の涙を絞らせたが、却って、男の殺人を肯定せしむるような印象を与えた。

この法廷は不思議であった。

彼が殺したのだとは、外の誰もが信じなかった。即ち、彼の血まみれの姿を目撃した女中も、彼が殺人を犯したとは信ぜぬと言った。父親と母親とは、前に刃傷事件のあった時は自分等の方にも邪なことがあったから黙っていたが、今日は、娘が死んでしまっているので、彼に対して一種の憤懣を持っていたであろうが、しかし、犯罪は信じないと言った。Kや弟もまた、彼の犯罪を信じなかった。しかしKや弟は、澤比叡子との恋愛については、証言をした。そして、Kは、昔から彼は一本気のところがあったから、あるいは一緒に海外にゆくかも知れぬと信じた、と証言した。

結局、彼の犯罪を信じたのは、澤比叡子だけであった。男は、比叡子の陳述を、始めから下を向いて聞いていた。恋愛のことを述べている間、それはあたかも当然受くべきしもとを、堪えているといった風な態度であったが、この態度は、女優の言うことを肯定せぬ態度でもあった。この態度が比叡子をして陳述の最後に、激しい言葉を出さしめた原因であったかも知れぬ。

男は女優のこの最後の言葉を聞いて、始めて顔をあげた。そして言った。

「有難う。君が僕を誘惑したのだとは言わない。しかし、聞かせてくれ、この事を始めて知った時にも、今と同じことを考えたのだろうか、それを言うてくれないか」

「その時は別でした。しかし、今は、私は自分もあなたと同じ罪を犯したと感じています」

「ああ、それでわかった。ありがとう」

澤比叡子との恋愛事件は、一見自分の妻を殺す動機とも見える。しかし、殺す動機として認める位ならば、何故殺さないで、むしろ比叡子との恋愛が遂げられる方法の方を取らなかったのであろうか。恋愛が動機で妻を殺すのならば、殺して直ちに牢獄の生活に入ってしまうのでは、恋愛を遂げる手段とならぬこと位は、誰にでもわかるはずである。

殺すよりも、逃げた方が早道である。

しかし、動機の問題は別として、致命傷を与えられた女の傍に、現に男は立って、凶器を握って、発見せられたではないか。証人の陳述も皆一致している。心証は極めて男のために不利であった。

松本判事は、丹念に男を調べ、実地検証を何度も行ったが依然として残っているのは、男が凶器を握って、死体の傍に立っていたという事実だけで、他殺と判定する資料として充分のようにみえていて、甚だ不充分であった。曾つて、この男が女に対して過失の危害を加えたということはあるが、近く夫妻間の争いの証拠もないし、比叡子の陳述も、主観的の心情のみであって、少しも有力な資料とすることは出来ない。

しかし、松本判事は、仲々男を釈放しなかった。

男が捕えられてから、約一年ほどたって、突如として、所謂×・一五事件が起きた。

日本における、第×次共産党の総検挙が行われて、全国に八十数名の所謂党員、党関係者が一せいにあげられた。この中に、××左方劇場の男女優数名があったことは勿論であるが、そのうちに澤比叡子もまた、加わっていたのである。

松本判事は、このことを早速男に告げた。そして、男がこれまで頑強に口を噤んでいた比叡子との間の、更に深い事情を述べてみたらいいではないか、とすすめた。

この頃に至って、男は、松本判事を完全に理解することが出来るようになっていたものとみえる。

「そうですか。澤が入っていましたか。あなたの仰言ることだから、確かですかなどと、念を押すには及ばぬことと思います。これで私の責任も逃れました」

と前置きして、事件の前に、最後に比叡子に逢った時の話を始めて述べた。

比叡子は、その日、言い憎そうであったが、

「実は、私、洋行はどうでもいいのですが、もし私にお金を出して下さるならば、ほんとうに有難いと思います。私は、ある表立たない団体の一員なのですが、その団体が至急に相当の資金が入

り用なのです。お恥しいのですが、私それに凝ってしまっているのです」

「凝って？　凝ってもいいじゃありませんか。君が凝るようなんだったら、僕も入れて下さい」

「いいえ、あなたはいけませんわ。奥様がある方はなるべく入れないことになっているのです。尤も奥様も一緒なら別ですけれど……」

比叡子は、こう言って彼をみた。

彼の瞳は好奇に輝やいていたが、その団体の何であるかがさっぱり見当がつかなかった。

すると比叡子は、突然強く、子供のようにかぶりを振った。

「厭《い》や、厭や、あなたと奥様と一緒に入ってくるなんて、私厭や」

男は、自分の聡明さを信ずる気持ちがあった。何だか判ってみせるという気持ちがあった。比叡子の凝っていることだもの、自分にわからぬと言う法はない、と思った。

凝然《じっ》と考えた。

何か、性に関する秘密な倶楽部かな、と考えた。しかし、それは直ぐ打ち消した。では、利益に関する秘密の団体かな、とも考えた。しかし、比叡子に対して、これほど縁遠いものはなかった。では……彼は渾身の力を振るった。

彼の考え沈んでいるのをみて、比叡子は、金ばなれがいいようにみえても、この人もいざとなると出し渋るためかと、誤解したのであろう。軽蔑ともつかず、憐憫とも付かない一種の表情が比叡子の顔に浮んだ。

この表情、それは一瞬にして消え去ったが、この表情が、すっかり男を打ちのめしたものであったが、これがこの団体の何であるかを、卒然として、彼に示した。

「では、君は、党に、属しているのだね」

男は、はげしくそう言って、急に声を落した。

男の顔が著しく蒼白になったのを、比叡子はみた。男は仏語を通じて、欧羅巴《ヨーロッパ》及び亜米利加《アメリカ》合衆国の秘密運動の文献に通じていた。それで、日本の党も、またこれを模しているものと察した。

「それで、君はその資金の調達を、何箇月前に命ぜられたのですか」

比叡子は、男の質問の肯綮《こうけい》に当っているのを著しく恐れたとみえ、後悔と哀願の表情がみえた。しかし、男の前には正直に答えざるを得なかった。

「もう、六箇月も前のことです」

比叡子は、そう言って、顔を伏せた。その時、男の、急に皺枯れた声が聞えた。

「比叡子さん、お金はちっとも惜しくないのです。もし、ここに三千円持っていたら、僕は君の前で、それを焼いてみせることも出来るのです……比叡子さん、僕は、こんなにも女の人を崇拝し、愛したことはないのです。そして、こんなにも人生の道化者になったこともまたないのです」

ストリンドベルヒの戯曲を、何度も舞台にかけた比叡子には、「人生の道化者」という言葉の、辛い、深い意義を知っていた。

そして、急にあわてて、

「待って下さい。あなたは誤解していなさるのです。私は……私は……」

そう言って比叡子は、急にハンケチを眼にあてた。

「私は……この頃自分が全くわからなくなってしまったのです」

比叡子の咽び泣く有様が、まるで子供が泣きじゃくるような恰好にみえた。

男は急に立ち上って、比叡子を促した。

「さあ、五時ですよ。早くしないと、舞台におくれますよ」

比叡子は、駄々子のように肩を振って「お約束して下さい。今夜舞台のあとで、もう一度逢って下さることを」と言うてやまなかった。

男は、全くうちのめされたような、気分に襲われていた。同時に、謙虚な気持ちに襲われた。だから、却ってこの約束をしてやり易かった。

その後、なおも毎日、極く短い時間ずつ、男は女に逢っていた。

しかし、男は、澤比叡子が自分に近づいたのは、少しも自分を気に入ったためではなくて、資金を引き出すための手段であったのではないかとの考えを、どうしても克服することが出来なかった。男は、せめて自分が、もう五六歳、年をとっていたら、金を出していいではないか。女さえ引きつけられたら、自分自身が引きつけるのだって、金が引きつけるのだって、同じ効果ではないか。と大悟《たいご》徹底することが出来るのであろうにと、自分で自分の自尊心を責めた。

三千円の小切手を書いて、それをポケットに持っていたこともあった。どうかして、そういう気分になろうと、却って悩んだ。

これが、妻には、女優との恋に悩んでいるものとみえたのであろう。そして三日目の夕刻、事件が起きたのである。

男は、松本判事に、一気にこれを語った。そして、なお付け加えた。

「私は今、あの時の比叡子の気持ちがわかります。私との間の、言わば恋愛が進行して、自分で自分がわからなくなったと言うのは、幾分かでも私を愛していてくれたことを信じます。しかし、私が捕えられて、比叡子は再び、私をすっかり離れて、左翼的な気持になってしまっています。法廷で、私の証人に立った時に、自分もまた、殺人の罪を共にするはずだと言ったり、なお私のことを、自分のために妻を殺したのだと解釈したりしたのは、その証拠です。普通の人だったら、私が殺したのか、自殺なのか判らぬことは判らぬと言うはずですが、そして正直な人はそう答えるでしょう。ところが比叡子が、殺人を犯させたのは自分であるなどと証言するのは、やはり左翼的な、合理的な、考え方に慣らされているのから出て来た解釈です。左翼の人は、日本とソビエットとを問わず、この合理的解釈を持っていますから、時とすると、真相を理解することが出来ないのだろうと思います」

松本判事は、この男の打ち解けた態度を満足に思った。そして、どこか、この間の事情を調べている間に、この男が無罪であると信ずる気分が濃くなってきた。
しかし、何かまだ不足なものがあるような気がしてならなかった。

七

松本判事は、男が無罪であるとの確信の下に、始めから調書を調べ直そうと考えた。そして、調書を読んでゆくうちに、この新しい光に照らし出されて、始めてこの事件の首尾が一貫してくるのが判った。そして、漸やく、従来多くの事件で判決を与えた時のような、自信と安心とが、この事件に対してもまた持つことが出来るようになったのを感じた。

松本判事は、それを判決文に書入れてもよい。単に、証拠不充分とせず、はっきり無罪と書いてもいいと思った。多くの非難があるかも知れぬ。しかし、後世、自分と同じような思想から辿って、同じような判決文を書く裁判官が出て来るかも知れぬと思った。

この事件を解く鍵は、やはり男の恋愛にある。

男は、今までに、二つの恋愛をしている。

一つは妻を貰う時の恋愛で、一つは女優澤比叡子との恋愛である。

妻として、庭師の娘を貰った。

これは、男が、熱心な、向上心に富んだ、労力を厭わないような人間の風格を、根本的に愛するという、この男にとっての法則を、まず教える事実である。澤比叡子もまた、熱心で、向上心に富み、かつ、労力を厭わぬ、あの一生懸命さがある。男は、そういった風格に、我知らず引きつけられるとみえる。

結婚後、その妻となった女は、聡明であった。もう死んでしまっているが、写真でみてもその風格が偲ばれる。熱心に男から教育を授かり、男の教養を崇拝し、愛した。その数年間は、恐らく、この夫妻は極めて幸福であったであろう。

しかるに、誰にもあることであるが、やがて夫婦の倦怠が始まった。女は逸早くこれを感じ、何とか挽回しようと努力していたにも係らず、二人の間は急には戻らず、遂に刃傷事件などが、偶然に起ってしまった。ところが、女は恐らくそこで意外なものをみた。それは、自分が傷つき、呻吟しながらベッドに横わるに至ってから、男が再び、倍加して自分を愛し始めたことである。

女は苦痛を堪えようとした。女は、是非もう一度生きてみたいと願った。

凡そ生に憧がれて、どうかして生きようとする努力ほど健気《けなげ》なものはない。恐らく、この健気さを愛するのは、既に、その結婚においてみた如く、全くこの男の趣味であり、法則であった。そんなのに逢うたら、愛さずにはいられなくなるのだろう。そのことを女は深く感じたに違いない。

やがて自分が癒えた後、澤比叡子との恋愛が始まった。女はこれを知って澤比叡子の如きタイプが、正に自分の良人の趣味に協《かな》うことを、一眼で看破したのに違いない。これは、自分にとって容易ならぬ敵だと思った。その美しさでも、その活動力でも、その若さでも、自分がどうしても敵し難い、強敵が現われたと感じたであろう。

女は、二年前に怪我をした時の経験を思い出した。そして、この場合、澤比叡子に打ち勝つ最上の方法は、再び怪我をする。そして、なるべく重症に陥ることである、と考えたのであろう。

怪我をしてベッドに横わる。それが重症であればあるほど、きっと男は自分を愛してくれると思ったに違いない。と同時に、もし、それが真に彼女の生命を奪ったとしても、最早や悔いない。人は、いずれ死んでゆくのであろうものを。憧れの心を持って死んでゆくことが出来れば、それがいちばん、いいではないか。

女は、久しくしまい込んであったピッケルを出してみた。そして、これが自分に良人を取り戻して呉れるであろうことを祈った。

男は憂鬱な顔をして、初秋の夕刻を広い客間の椅子に沈んでいた。女は、同じ部屋に、男と遠く離れて座っていた。

いつもしたように。そして、いつもした時は、いたわりの心を持ってしていたのであるが、今は、猜疑と嫉妬の心をもって。しかし、男の思慮を妨げぬように、しょんぼりと座っていた。

二人とも、全く別々の思いに耽りながら、蒼然たる暮色の迫りよるまで、みじろぎもしなかった。

やがて、女は席を立って、黙って寝室に退いた。男は女の立つのも気付かぬように、なおも、薄暗い部屋に、じっと座っていた。

あとは、既に述べた通りであった。

女は、誤って自殺したのに違いないのである。

× ×

松本判事は、莨《たばこ》に火をつけた。
そして、この解釈が、事実に間違いないと信じた。
無罪
自分はそう、判決を下すだろうと考えた時に、何か油然《ゆうぜん》たる暖かいものが、身内に湧き上るのを覚えた。

高原の残生

一

煖炉はパチパチと燃えていた。

老人は黙って燃える火を見ていた。

「迷惑かね」

そうは言ってみたが、それは属官にでも言うような威厳があって、「はい」と言う返事は許さぬといった気魄がこもっていた。

ホテルのロビイにいた副支配人も、これは平生小役人を使いつけている、おっかないエライ人なのだろうと察したので「いいえ」と言ってしまった。

髪は真白であった。鬚はよく剃ってはあったが、しかし長いこと髪をからないで、鬚だけ剃りつづけているのであろう、どこか無精らしさがあった。

眼は落ち窪んでいた。

歩くと、少し危気なような気がした。それで、副支配人は、この老人がそう言って煖炉にかえる時に、ちょっと手で支えるような風をした。ところが、老人はそれを直ぐ認めて、振り払うような風をした。それはまだまだ、俺にはそんな心づかいはいらぬぞ、と叱りつけるような手の振り方であった。

ホテルに来て、いろいろ横車を押す人もある。だから副支配人は、この老人のような不気嫌な人には度々逢っている。

むしろ、この老人のは横車と言うほどでもない。毎夜、煖炉のところで夜更かしをすることと、その間自分の係りのボーイにもメイドにも寝ることを許さないこと、だけであった。

ホテルでも、煖炉の火は午後十時にならなくてはいれない。午後十時が来ると、どんなに暑い日でも火を入れる。これは、ボストンに住んでいたことのある支配人の趣味でもあった。

幸いに、今日は朝から霧がかかって、浅間山は勿論のこと、離れ山も見えなかった。気温は十八度を超えなかったから、煖炉は朝からたかれていた。

老人は五日前と同じ椅子に、同じようなポーズで腰かけて、じっと火を見つめているようであった。

老人の見つめているのは、何だか火ではないようである。夜が更けてくると、老人の顔だけが、煖炉の火の反射で、赤ら顔になってくる。副支配人が時々煖炉のところに行って、白樺の薪をくべた。

老人の見つめているのは、老人の渉《わた》って来たる過去かも知れない。そんなことをふと副支配人に思い付かせるような表情が、たしかにあるのだ。何か無気味なものがこの老人にあった。いやいや、自分の過去ではない。それは自分以外の、世の中の戦いや世界の過去を見つめているのかも知れない。それがこの老人には楽しみなのであろうか。そうでなければ、何か老人を強いていることがあるのだろうか。

副支配人はもうボーイも全部寝させてしまおうかと思った。汽車でやってくる客はもうあるまい。遅いのが十二時〇三分着のお客で、それも稀にしかない。自分も部屋へ引き下ろう、と考えた。

老人は放っておこう。昨夜もそうしたのだ。煖炉へ自分で薪をつぎ足すことはしないらしいから、火が消えれば、自然に老人も引き取るだろう。そうするに限る——そう思って、もう一度老人の方を見た。眼を瞠《みは》って、黙って、石のように動かずにいる。

「あのまま、あの人は死んでしまいはせぬかしら」

ふとそういう変な考えが浮んだ。「馬鹿な。そんなことはない」そう呟やきながら、それでも支配人は宿泊人名簿を繰ってみるだけのことはしてみた。

篠銑一郎《とうせんいちろう》。東京市杉並区——と老人自身の手で書いてあり、六十五歳と入れてあった。「まだ六十五歳にしかなっていないのだ。見てくれれは八十歳位にも見えるが、案外若いのだ。大丈夫だ」

副支配人は、そう自問自答して、パタリと帳簿を閉じた。そしてスタンドの火を消して、インキ壺の蓋をした。これで、部屋の扉《と》をあけておけば玄関のベルが鳴っても判るから、——そう考えて、ロビイを引き下った。

この時に、伴田というメイドが、ロビイに出て来るのに逢った。

「篠様のお煙草を差あげに参りました」

「お煙草を?」

「はい、今朝からお誂えでございますが、夜になってやっとあることが判って取りよせたのでございます。お部屋へ置いといたのでございますが、いつまでもお帰りがないので、気になって参ったのでございます」

「ふん。あの老人はロビイの煖炉のところにいる。したが、煙草と言うなあ何だね。珍らしい煙草かね」

「はい、ツギタカをお探しになりまして」

「ああ、そうか。台湾の煙草だね」

「はい」

「行って渡したらいい」

副支配人は、そう言って伴田に対して顎をしゃくった。

伴田ヒロは、葉巻を一本手に捧げるような恰好をして持っていた。そして副支配人は、ヒロがロビイに下りて、静かに老人のところにゆく、後ろ姿を見た。

どういうわけか、もう一度老人の方を見た。じっと、かなり長く、——と副支配人はあとで述べている。ヒロがだんだんに近づいて行ったが、老人は身動きもしなかったのだった。

×　×　×

午前四時頃になって、副支配人はボーイに叩き起こされた。

自分の部屋の戸をあけておいて、雑誌を読んでいたのに、ついうとうとしてしまったものとみえる。

「何んだ?」

「あの、おかしいのです」

ボーイは蒼白の顔をしていた。

「老人の、篠と言うあの老人が、いなくなりました」

「馬鹿を言え。つい十分許前まで、ロビイの煖炉にあたっていたのだ。行ってみろ」

「ロビイは見ました」

「部屋は?」

「部屋へお帰りになりませんから、不審を起したのです。すると、どこにもいません。それから――」

「それから、どうした」

「伴田さんがいません」

「伴田ヒロが?」

「そうです。どうしたわけか、私は老人の方が部屋に帰らないのから、これはいなくなったと感じたのです。同時に、これは伴田さんもいないな、と感じたのです」

「どうして、そんなに感じたのだね」

「どうして、ということは言えませんが、ともかくも、そう感じたのです。それで調べてみました。――どこにもいません」

「女中部屋へ行って寝てるのだろう。女中部屋へ行ったのか」

「それはまだです。それは、支配人様に叱られると悪るいので、まだゆきません」

ボーイが女ボーイの合宿部屋にゆくことは禁じてあった。

「じゃあ、俺が行ってみよう」

副支配人はそのボーイをつれて、女ボーイの部屋に行った。

女中部屋はゴタゴタしていたが、伴田ヒロはいなかった。

「いないのか」

「皆睡っていたので、よくわかりませんがいません――きっとまだ部屋には帰って来ないのです」

メイドの監督もそう言った。

「おかしいね。まさか、あの老人と出来あったわけではあるまい。出来あったとしたところで、いなくなるという法はないいな」

「あら、いやな」

女中達は副支配人がずけずけと言ったので、一斉に笑い出した。

「笑いごとではないよ。この中には誰も心当りはないのだね」

「そう言えば、心当りがないことはありません」

先刻《さっき》副支配人のところに最初に告げに来たボーイが、何か思い付いたらしく、そう言った。

「老人とわけがあるって言うのかね」

「そうです。わけと言ったって、支配人のお仰言るわけとは違います。そういったわけでないわけらしいわけがあるのです」

「まあ、いいから言ってみ給え」

「それはね。最初の日でしたよ。老人がホテルに来た。それが偶然伴田ヒロさんの番に当ったでしょう」

「偶然だって、あれは順序だよ。君達の知ってる通り、こちらはこちらで正当な順序で当ったのさ。それを偶然と言うと、いかにも伴田が前からあのお客さんを知っていた、それが偶然に番に当った、と言うように聞えるぜ」

「いや、確かにそうです。どうも前から知っていたとも言えるのじゃあないかと思うのです。と言うのは、伴田さんは、老人のあのお客さん付きになってからも暫らく気が付かなかったのです。ところが、二日目かに『「トウ」とは変った名前ね。どう書くのでしょう』と言いますから、それはロビイへ行って帳簿を見せてもらったらいい——そう言って二人で——へい、私もどう書くだろうと思ったものですから——ロビイへ行って支配人に見せてもらいました。そしたら加藤の藤《とう》みたいな字で、草かんむりでなくて、竹かんむりでした。ところが、伴田さんは、その姓名と所番地を読むと真青になったのですよ。尤も何か急におしゃべりをしながら、それを隠くそうと努めてはいたようですが、何しろ私のことですから隠せるわけがありませんやね」

「すると、老人は知らないが、名前は何かでよく知っている、といったように聞えるね」

「そうですよ。確かに、それからあと伴田さんが、籐と言うあの老人に、何ですか、一所懸命になって仕えていたようです」

「そうか、君のわけと言ったのは、そのわけか——何だって一体、君は伴田のことになると、いやに熱心じゃあないか」

ボーイは副支配人にそう言われて、急に顔を赤くした。

二

副支配人が老人に近づいて行く後ろ姿を見て、そのまま部屋に引っ込んでしまってから、煖炉の前では、次のような事柄が進行したのであった。

「旦那様、ツギタカがございまして、一本だけ取りよせてございますが」

老人は、黙って伴田ヒロの顔を見た。しかし、手を出してそれを取ろうとはしなかった。

「そこにおかけ」

老人の次に言った言葉は、ホテルの部屋付きの女ボーイに言う言葉としては、何とも不思議な言葉であった。

「はい」

ヒロはそうは言ったが、客の言う通り指し示された椅子にかけることはしなかった。

「その椅子におかけ、そして――ああ、誰もいないな。迷惑をかける人がいないようだから、これを読んでお呉れ」

老人は、そう言って一枚の新聞紙をポケットから出した。それは丁度その日の発行になる東京の新聞の号外であった。

ヒロは小学校を終っているから、新聞紙なら読める。しかし、今までお客さんに、読んでくれと言われたこともないし、それから言われても、読まなかったであろう。しかしこの老人に対して、ヒロは普通のお客に対するのとは、全く違っていた。それは自分で意識していたが、抑制することの出来ないある力が働いていたのだ。

ツギタカをそのそばのテーブルの上に置いて、老人の差出した新聞紙を手に取って見たが、それは北支事変の号外で、何にも外の記事は書いてなかった。

ヒロは、その長くもない号外を、小さい声で老人に読み聞かせた。

老人は途中で、煖炉に薪を投げ入れよ、と身振りで命じたばかりで、熱心にヒロの読み声を聞いているらしかった。依然として、火をみ守りながら、殆ど身動きをしなかったが、却ってジッと火の中を見凝《みつ》めているのが、よく聴いている証拠であると見られた。

北支事変はぐんぐん進展して、今や上海《シャンハイ》事変に変って行ったところであった。そして、我が軍の損害は僅少と大きく書いてはあるが、我が軍の戦死者の姓名は、毎日の新聞紙に組み込まれていた。

「あの、戦死さんたちの名も読むのでございますか」

老人は黙って、火をみつめながら、ただ肯《うな》ずいた。ヒロが読んでしまうと、老人は初めて口を開いて「もう一度、その名を」と言った。

ヒロは、もう一度繰りかえして読んだ。老人は、ヒロが読んでしまってもなおそのまま押し黙って聞き耳を立てているものだから、とうとうヒロが「戦死者の名前はこれだけでございますが」と言った。

老人は、その言葉が聞えたか聞えないかわからぬように、黙ってじっと動かない。ヒロは、これはもう御用済みだから部屋にかえらねばならないと考えて、躊躇していると、老人が呟くように言った。

「二度とも、よく聞いていた。わしの予期している名前はまだ出て居らぬ。――ああ、わしは二十年振りで、ここへ来たが、戦争の知らせは、ここいらあたりで丁度ほどよく入ってくる。――東京では、毎日その知らせがわしを休ませてくれないのでね」

「では、旦那様は二十年も前に、ここを御存知だったのでございますか」

老人の言いだした言葉の、肝要な意味の方は不問に附して、ヒロが突然言い出した。その言葉には、何か決心の響があったと見えて、老人は、この老人にとって本能的と言ってもいいような風に特有の聴き耳を立てた。

「そうだ。二十年位前に来た。しかし、もっと前に、そうだ三十年も前に、ここに暫らく滞在していたことがある。勿論、二十年前だとて、こんな立派なホテルはなかった。だから三十年前には、よけい寂しい村ではあったが」

「三十年前と申しますと――」

「そうだ。三十何年か前に、やはり、わしは煖炉にあたって号外を読んだよ。やっぱり戦争の号外だった」

「戦争の?」

「そうさ、日露戦争の——その時はわしも若かったから、人に読んでもろうたりはしない。しかし……」

老人はそう言いなして、ヒロの顔をふりむいてみた。そして顔からずっと腰の方へ、そして裾の方へ、そして足袋をはいてフェルト草履をはいている足の方へと見下ろした。ヒロは、この老人の眼が、何でも見抜く力のあるような感じがして、思わず身ぶるいをした。

「その時、煖炉があったのが不思議じゃろう。ホテルもなにもなしにな。この村には宿屋が一軒あったばかりじゃ。しかし、その時わしの滞在したのは、村の宿屋じゃあない。それはある外国人の別荘じゃったのだ。ものの記憶が確かではないから、あるいは煖炉と言っても、このホテルのよりもずっと小さかったかも知れないが、感じじゃね。感じが、まるで同じじゃった。それに、わしの号外を読む傍に、丁度そなたの立っているように、似たような娘さんが一人立っていた。その感じでは、これを読んでくれと申したらば、きっとその娘は、それを読んで呉れたじゃろうというような感じじゃったな」

ヒロは息を引いた。そして、あわてたように「では、その頃にも御別荘はあったのでございますか」と聞いた。

「うん、あったよ。軽井沢は、もうそれより前から外人の間には少しずつ知られて来ていたのだ。だから、立派な——そうだな、当時のわしの立派だと感じたものは、今わしの立派だと感ずるものとは、実質では大分違うな。しかし、感じから言えば全く同じなのだ。それで立派な別荘も三つや四つはあった。わしはそのうちの、まあ一番立派だった別荘にとまったものだよ」

「やっぱり、今日のように寒うございましたか」

「いや、不思議にその寒さを忘れている。しかし、煖炉にあたっていたところをみると、夜も更けて、そして寒かったとみえるね」

この時、急にヒロの、子供のように真剣になった声が、今度は老人の下の方から聞えて来た。ヒロはそこに膝をついて、老人に何かを頼み始めたのであった。

「旦那様、その煖炉の、あなた様の傍に立って居りました娘と申しますのは、私の母なのでございます。どうか旦那様、あなた様に逢いたがっている、老人が一人いるのでございますが、逢ってやって下さいまし」

老人は、再びヒロの方を見た。

黙って、じっと――その横顔のあたりを見た。色の白い、顔の丸い、しかし並び揃った歯の美しい顔であった。そして、雀斑《そばかす》が一杯にあった。

「ああ、そうじゃった。思い出した。その娘の顔にはな、雀斑が一杯あった。そして、その雀斑がまたとない愛嬌を添えていたのじゃ。それで思い出した。――あれが、そなたの母親じゃと言うのかね」

「はい。もうその母親はいないのですが……」

「何？　いない？　とは死んだのかね」

「はい。もう死んでいないのですが、父親が生きて居りまして、そしてあなた様の来られるのを、待っていたのでございます」

「わしの来るのを？　このわしの？」

「はい」

「わしは、今度事変が始まったのでここに来たのじゃ。わしの息子の一人が応集されたのでね。東京にいると、戦争の知らせが気になって仕方がないので、この辺なら一日のうちに一度か二度聞けば済むと考えたので、ここに来たのじゃ。それがどうして、わしの来るのを――だからわしの来るのを予期したと言えば、戦争のあるのを予期したようなもので、誰にもそれは出来ぬことじゃあないか」

「はい。それはまことに不思議なことと御考えになるでしょうが、老いた父はこう申して居ります。一生のうちに、籐の旦那が必ず来るに違いない。来られたら、何とかしておめにかかりたい、と申して、それで、私がホテルにつとめて居りますのも、そのためでございます」

「何だって？　そなたがホテルづとめをして、もしかわしがお客になって来はせぬかと待って居るように、そなたの父親がさせたと言うんだな」

「はい」

「わしが来るか来んかちゅうことが、第一わからん。来てもこのホテルへ止宿するかどうかが、次にわからん。たとえこのホテルを監督するとしたところで、わしが偽名をじゃね。詐称をして止宿せんとも限らん。それをどうして、娘にホテルづとめをさして、わしを探そうと言うのかね。これは、誰が考えたとしても不合理なこっちゃね。何か表面には因果関係を演繹しているようじゃが、しかし、根はまぐれ当りじゃ。一体そなたの父親と申すのはどんなお人じゃね」

「どんなって、ここの村の百姓にしか過ぎないのでございますが、……」

「それで何かね。わしがそなたの父親に逢おうとするかどうか、それが父親には確信があるのかね」

「はい。それはございます」

「何と言うかね」

「旦那様に三十年前に、この地に滞在して居られた時のことを思い出されれば、直ぐ逢って下さるものと、父はきめて居るのでございます」

「はははは、その時、煖炉のわしの傍にかけていたのが、そなたに似た娘であったことを思い出せば、そなたの父に逢いたくなるとでも考えていたのかね」

「いいえ、私のこととは別でございます。丁度旦那様が三十年前にこの地に来られた前々日か前日かに、日露戦争の当時にこの村から出発して行った青年が一人ございました。それが私の父でございますということを旦那様に申上げれば、必ず旦那様は逢って下さるものときめて居るのでございます」

「何？　もう一度言うてごらん」

老人は、今度は少しも動かずに、凝《じ》っと煖炉の火をみつめながら、繰りかえして聞いた。老人の顔には、何か若々しい好奇心が燃え出て来たように見えた。それはしかし、煖炉の火が、消えるに先立って崩れてパッと輝やいたのであったかも知れぬ。老人はもう長い間、新らしい薪をくべることを命じなかったからであった。

三

ホテルの煖炉の火が、もう一度崩れて、やがて火が衰えて消えて行った頃に、離れ山の麓を傾斜の上の方へと歩いてゆく老人と娘とがあった。

「仲々遠い――」

老人はステッキを持っただけで、帽子もかむっていなかった。娘はホテルの廊下を歩くフェルト草履で、羽織も着てはいなかった。

「申し訳ありません。それに夜は暗く、道はよく知って居りますが、旦那様はお寒くはありませんでしょうか」

「いいや、寒くはない。何しろ、近頃にない運動をして居るのじゃからね」

「すみません。もう少しのところでございます。父が歩けますなら、ホテルでもどこへでも参るのでございますが」

老人は立ち止まった。靴が蔦にからまって倒れそうになったのだ。しかし夜目にもよく見えるか、少女がすぐに老人を支えた。

「じゃあ、どうして、わしのもっと若いうちに、東京へたずねて来なんだのじゃ」

老人は、そう言って、すぐにまたつけ加えた。

「わしの所番地がわからぬと言うのかね。わからぬことはない。わしの名は裁判所で聞けば、一番下級の書記でも知っていたはずじゃ。それに、学士会名簿を調べてみれば、わしがたとえ東京に居らんでも、すぐわかるはずじゃあないか」

老人は、そう言ったが、なおつけ足して言った。

「わしを恐れたかね。そんなら十年の年月が経ったら直ぐ来べきじゃった。今はもう三十年も経過しとる！」

老人というものは、喋り出すと仲々喋るものであることを、娘はよく知っていた。だから、別に抗《さから》いもせず、ただ老人を導いてゆくために、道の変化のある毎に劬《いたわ》りの手を差しのべるだけであった。

道は遂に嶮しいところに到った。しかし東の方の空は依然として暗かった。

「ここでございます」

娘は、老人の手を取って、急にその前に顕われたとでも言うように、不意に道を曲って出てきた家の前の入口をくぐろうとした。

「待ちなさい。靴を脱がなくちゃあなるまいか」

「いいえ、いいえ、土足でよろしいのでございます」

「いや、土足はいかん。わしは検事の時代には、調査に出張した時はいつも土足であった。しかし、もう停年が来てな、わしは検事をやめて、今は東京地方裁判所に付属する単なる公証人に過ぎん。――しかし、わしの名は東京の裁判所じゃあ、まだまだ皆が記憶して居るぞ」老人は、何か饒舌を弄しながら、土足ではいかんと言いながらも土足で上り込んだ。

娘の導いて行った部屋には、顔の丸い、白髪頭の老人が一人で寝ていた。見てくれは入って来た老人より年輩が下であると思われたが、明かに弱っていた。それは病気であった。それは、今や瀕死であった。

老人と娘が入り込むと、今まで看護していたらしい人が、あわてて別室に逃げて行った。東京の人たちの所有する別荘よりは粗末であったが、このあたりの百姓家としてはいい方であった。

「お父さん。お連れしました」

娘が、寝ている老人をのぞき込むようにして言うと、老人は眼を見開いた。その眼は充血して、カッと見開いてきた。

「おお、そうか、検事さんですか」

瀕死の老人は、急に力をかき立てたように手を出した。

「わしじゃ。あの時検事で来たのがわしじゃ」

「お聞き申してえことがあります。何故、あの時、わしが罰を受けなかったのですか」

父親の言う言葉に吃驚《びっくり》したのは、老検事ではなくて、娘の方であった。

「おのしに罰を？　これはいな事じゃ。おのしは、遠くへ行っていたではないか。それが、どうして内地で起きた一刑事事件に関係があるはずがあるかね」

「わしは、用心はしました。鍵を、だから彼女《あいつ》から奪い取って、かけて出ました。そして、その鍵は、窓から投げ込んでおきました。しかし、鬼のような検事さんだと言われていたあなた様には、それが判らぬはずはなかったのでございます」

「え？　窓から投げ込んだ。すると窓はあいていたと言わっしゃるか」

今度は、老検事の方が吃驚したらしかった。

四

三十年前、日露戦争の当時に起った刑事事件と言うのは、篠氏がこの県の検事をしていた時に起った別荘事件と呼ばれたものであった。

篠氏は、電話で訴えられたので、いそいでこの高原にやって来た。事件は山の中腹にあった、某国大使館員の別荘に起きた。

いつも唐もろこしを買ってくれるので、百姓の一人が、午前十時頃に、この別荘に上って行った。すると台所は閉め切ったままであったが、台所の扉の外には、前夜の食事の跡かたづけが残っていたりしているので、これは朝早く女中さんも出て行って、まだ帰って来ないのであろうと思って、そのまま帰り去ろうとした。

しかし、よくあるやつで、いたずら心を起して、そこにあったビール瓶の箱を窓下に置いて、窓にのび上ってのぞいてみて驚いた。女中さんが倒れて死んでいるのが、眼の下に見られた。この男は、それからすぐ訴え出るべきであったが、気も顚倒してしまったとみえて、それからものの二時間も経てから訴え出た。折から、駅では人を送る万歳の声で、湧き上るような賑やかさであった。その賑やかな汽車で、前夜まで留守であった、別荘の主人の某国人が帰って来た。だから、この主人が死体を発見して届け出でたのと、愚図愚図していた唐もろこし売りの届け出たのとが同時であった。

交番の巡査は、一方に唐もろこし売を引っとらえ、一方にその某国人に現場を乱さぬように警告し、直ちにこの村を管轄している地方裁判所の検事局へ、電話で報告をしたのであった。

少壮検事篠銑一郎氏が書記帯同現場に急行して来た。

別荘の主人も、交番の巡査も、表玄関から入り込んだので、台所の状態はそのままに保存せられていた。

第一に、台所の扉は鍵がかけてあった。しかもその鍵は、倒れている女中の手にかたく握りしめてあった。

第二に、窓は一つも開いてはなかった。これは、その日、軽井沢には霧が深く、相当の寒さであったためであろう。窓は悉く内部よりさし込みの錠になっているので犯人はここから逃れ出ることは絶対に出来ないと推定された。

第三に、当夜は別荘の主人は留守であったが、表玄関の鍵も女中の身についていたし、今朝主人は確かに表玄関は鍵がかかっていたと述べている。この点から、犯人は外部から闖入して、外部に逃げたとすれば、合鍵を所有しているか、そうでなければ特別の工夫がなければならなかったはずである。

第四に、死因は何か。それは、別荘の主人の所有のピストルであった。当時は今よりも外人達が護身を注意したもので、軽井沢の別荘地にいる外人は、悉くピストルを所持していたし、このことは警察には届出でがしてあった。調べてみると、届出のものに相違ない。主人を訊問してみると、確かに実弾を込めていたと述べている。実弾は一発で、腹部に命中している。この点は自殺にしては怪しいけれども、犯人が絶対に出もせず入りもしていないならば、おかしくも自殺の推定が可能であるとせねばならぬ。

第五に、指紋の検査をしてみた。出て来た指紋は、扉にも、拳銃《ピストル》にも女中の本人と、その他、男のらしい二三の指紋だけが発見せられた。この、男の指紋らしいものの発見が、事件をかなり紛糾させた。と言うのは、検事は翌日から数日の間、この別荘に滞在して捜査をしたが、そんな、この村及び近隣村で、ピストルの知識のある者という標準でなされ、その容疑者が出て来るに従って、指紋を調べたのである。

「ピストルってやつは、一度も見た事もない人間に打てるものではない。もし出来ればそれは、過失なのだ」

という理論的の根拠であったのだった。

しかし、打てるか打てないかは、ただ訊問しただけでは不満足であると考えて、検事はこれらの容疑者を調べるのに、的を作ってピストルを打たせてみた。

「犯人はピストルは打てるが、しかし極く下手の奴であると推定されている。だから、貴様等の年で、この的に上手に打てるようだったら、それは犯人ではない証拠だ」

そう言って皆に打たせてみたが、しかし、ただ一人を除いて、殆どピストルの知識なるものを持っていないことが判った。

そこで、不在証明の問題になった。ところが、不在証明の問題に触れてきた時に、死体の解剖の結果が判明し、女は姙娠していたことが判ったのだ。そこで検事は、凡そ女に対して親しい関係のありそうな村の青年等をすっかりあげて、その不在証明を調べた。同時に主人の某国人の不在証明をも調べた。

この結果、容疑者とした村の青年数名は、悉く不在証明があり、同時に別荘の主人の不在証明もあった。

こうして捜査は全く停頓してしまった。

若い検事は、某国人の許しを得て別荘に滞在して、これだけのことを調べている間に、検事の弁当の世話や、その某国人の世話を、亡くなった女中の妹というのが来てやってくれることになった。

丁度その頃、霧の深い夜々がつづいた。

検事は殆どこの犯行の調査に困惑してしまって、夜おそくまで煖炉の火を眺めて、その別荘の客間で煙草をふかしていた。折から、日露役の戦勝の号外は、この村にも毎日のように届いて来た。

そして、地方検事局にも、最も敏腕な検事の手を俟《ま》つような事件が山積してきて、検事がこんな不明な事件に長くこだわっているのを許さなくなって来た。

籐検事は、調査を打ち切ろうと考えて、ある夜、煖炉にあたって当惑したような瞳を火のうちに投げていた。

その傍に、お茶を入れて、静かに立っている娘を顧みて、奇妙な質問をした。

「君の姉さんは妊娠していたので、悲観して自殺したらしくもある。妊娠しても自殺する必要はないだろうにな」

「しかし、その良人が、困る人だったら自殺するかも知れません」

「ほう、そう思うかね。では同胞《きょうだい》の君も、姉さんは他殺ではなくて自殺だと思うのかね。――したが、困った良人と言うのはどういう良人かね。一旦良人としたからには困ることはないじゃないか」

「懲役人だとか、外国人だとか、戦死した××だとか、――そういう人たちの場合は考えるではないでしょうか」

娘は静かに言った。そして顔を赤くした。

この時、検事の頭の中をさっと過ぎた考えがあった。それは、犯人は、この女を殺して、そして直ちに遠くへ出発してしまった男ではないかということであった。

検事はポケットを探して、この村及び隣村から遠方へ行った五人の青年の名のつけてある紙をごそごそと出した。そのうちに、犯罪の行われた日の翌日に出発した男はただ一人あったばかりで、あとはそれぞれ数ケ月前に出発していた。

検事の鉛筆が、その男の名の上で暫らくたゆたっていた。その紙をのぞき込むようにして、娘は何か叫び立てた。

「あら、この方を疑っていらっしゃるのですか。その方は、私とも姉さんとも仲よかったのですが。……」

「じゃ、この男が殺して、すぐ出発してしまったのかも知れん」

「殺す理由がありませんわ。その人は、それに出かける前晩には、私のところに来ていたのですものを！」

「何？　お前のところに？」

「そうです。あの離れ山の麓に――だから方角もまるで違いますわ」

「そしていつ頃から？」

「身体が冷えるから、と言ってうちに入ったのが夜中でしたわ。これは私にも姉にも従兄で、うちにしょっちゅう泊りに来るのですから」

「夜中って言うと十二時頃だな」

「その頃でしょう。霧が晴れて月がようやく上った頃ですもの」

「そうか。それでこの男も疑いが晴れた。お前の姉さんが撃たれて死んだのは夜の三時か四時の、それよりおそい時だった。死体の解剖書には、発見せられた時は死後七八時間と書いてあるから、確かだろうな」

翌日検事は、地方検事局に帰ってしまった。そしてこの事件は、外より犯人が推し入り、あるいは殺人を犯したるもの脱出せる形跡なく、凡ての容疑者は不在証明を有す。遺書はなけれども、妊娠を耻じての自殺なるべしと推定せらる――という検事の覚え書きで鳧《けり》がついたのであった。

五

老人は、昔の事件を思い出した。そして、かいつまんで、頻死の老人に話した。

「おおそうです。そうです。その出発の前日に、その女を殺したのは、このわしです」

「なに？　では、やはりわしの最後に到達した、犯人は殺人を犯して直ぐ出発した。これは、最も身を防ぐに強固なもののうちに逃げ隠れたに等しい――という推定が直《ただ》しかったのかね」

「はい。悪事を悔いています。だから、何でも申し上げます。旦那様の名は、あれから、村へかえってよく調べて記憶していました。それからあと、どうか死ぬまでに一度おめにかかって、この事件の疑問を晴らしたいと考えて、もうすでに三十年あまりになりますが……」

「では、わしに、疑問を晴らしてくれると言うわけだな。わしの若い検事時代の失敗を指摘して」

「いいや、滅相もない。わしの、このわしの疑問を晴らしていただきたいと思って！」

「君に疑問はないじゃないか、女を手にかけた下手人に、誰が犯人だという疑問はないはずだ」

「いいえ、それがあるのです。何故、あなたは犯人を摘発しなかったのでしょう」

「馬鹿を言うのは困る。その時犯人が判っていたなら、このわしが摘発しないはずはないのじゃ。ところが、今話した通り、犯人は結局外より入り込んだ形跡もなし、内より外に逃げた形跡もなかったのだ。これほど合理的に、推論が出来て、断定の出来ぬ場合はない。そこでわしの発見した事実は、悉く指して自殺となっていたのじゃ。わしは、今でも、安心してその断定をするじゃろう。いったい検事は真実をあばき出すという役目じゃあないのじゃ。人事を尽して真実を推定するのだ、人事以上の真実があれば、それは最早や止むを得んのじゃ。法の精神は心理ではない。人間の約束――そうだ、約束の歩行――頭脳の働きから言えば論理の正しさにその根拠を置くのだ」

「判りました。大審院の検事様の仰言るところを聞いて、わしも安心しました。したが、ここに自白している犯人が居ります。その男が、ただ一つ疑問に思って居りますのは、犯人は、確かに逃げてゆく時に勝手口の扉の鍵をかけてゆきました。それは女を殺したな、と見るや、すぐ鍵を探しだして、出たのです。何、鍵はすぐ判りました、女の前かけにしばりつけてあったのですから――そして鍵をかけて。窓をあけて投げ入れたのです。その窓は閉めはしたものの、決して鍵がかかるわけがないのです。それがどうして鍵がかかっていたでしょう」

洋服の老人は黙って、瀕死の老人の口もとを見ていた。息が切れそうになる度毎に、水につけた綿を箸ではさんで、湿してやっていた娘から、それを取って、手ずから湿してやった。これは、これは、洋服の老人の方が敗北したような状景であった。

「いや、それでは、こちらで聞きたいことがある。君が女を殺したのは、夜の何時頃だったかね。——そして、何の遺恨で殺したのかね」

「はい。それもわしが黙っていれば永久に判らぬことです。わしがその姉の方を殺したのは、——そうです、わしはその妹の方を愛していました。この娘の母親で、もう死んでしまっているが、その女の若い時に、わしは愛していました。ところが、この辺の女の子は、どうもよくない親に食われてしまうのです。御承知でしょう。ここが別荘地にならぬ前には、女の子は遠くへ売られて糸をとりました。紡績へ売られて、やがては父《てて》なし子を孕んで帰ってくるのです。別荘地になってから、もう一つの悪るいことが出来た。それは別荘の主人の言うことを聞いて金を取ろうというのです。その姉の方が妊娠していたと聞いた時に、その子供の父親というのは、わしには判ると思ったのです。ともかくも、その姉は妹をもどうかして外人に近づかして金を取ろうと考えていたのです。これを、わしは感づいた。しかも出発の前にそれが判った。わしの留守、わしの恋人たる妹の方も、親や姉のすすめで、そういう生活に入ってしまうのじゃあないか、——そう思うと、出発するのも安心して出発することが出来ないのです」

老人は、ここで言葉を切って、暫らくの間息をせいせいしていた。

娘は聞きながら、何がなしに涙ぐんで、照れかくしに父親の身体をさすり始めた。

「それから?」

洋服の老人は、病人の苦痛にもかまわず、あとを促した。それはこの老人の身についた癖なのであろう。何か威厳を以って促すように見えた。

「それで、いよいよ出発の前日になって、談判にゆきました。丁度別荘の主人が留守なのを幸いに、勝手口から入ってみると、姉は自分が主人ででもあるように、食堂へつれて行って振る舞いをしました。――しかし、とにかく一所懸命で談判に行ったものです。少し位気嫌を取ろうとしたって、よけいいきり立《たっ》て静まりません。とうとうそこにあったピストルで、やってしまったのです。――何故そんなところにピストルがあったか。それは、私のゆくことを予期して乱暴をふせぐために、主人のピストルを出しておいたのかも知れません。さて、殺したと見ると、急にまごつきました。そして突嗟に逃げようとした時に思い付いて鍵を取ったのです。それから一散に走って、この離れ山の麓に来ました。それが大凡夜の十二時頃でしたか。翌日わしは出発しましたが、あとに心残りはなし、これで人殺しをした以上、あちらで死ぬつもりであったのです」

ここで病人は再び話を切った。

洋服の老人は、これだけ聞くと、安心したようにうなずいた。

「判ったよ。わしには解せたよ。君の姉さんを×したのは、食堂でだったのじゃろう。そして、わしが現場へ行って発見したのは台所と食堂との間位のところ――むしろ台所に近いところで死体を発見したのじゃ。それに、もう一つ証拠がある。それは、死体の検案解剖をした警察医の報告じゃ。それには、死んだのは午前四時頃と推定してあった。思うに、これだけ証拠がそろえば、安全に結婚が出来るじゃろう。即ち、殺された姉さんは二時頃から四時頃まで生きていたのじゃ。そしてそのうちの二三十分間は、立って歩けたかも知れん。そして、君の逃がれ去ったあと、君が投げ込んだ鍵を拾い、それから窓をしめて、戸じまりをし、そして食堂へかえろうというところで倒れた。すると、その附近に君の捨てて行ったピストルもあった。姉さんは何思ったかそのピストルをも手にとった。そうだ。そうであったに違いない。このピストルをあとで手に取ったことなどが、わしに自殺の推定をさせる強い根拠であったのじゃ」

「では、では、その姉が、窓をしめて、鍵をかけたのは、それは何の意味があったのでしょう。それに？」

「そんなことわしにゃ判らん。これが事実なら、意味は当事者より外にはわからんものじゃ。君には判るはずじゃあないか」

「そうです。それだけの事実ではどうしても犯人に対して好意があった、と言うことになりませんかと思うのです。——そうです検事さん。そうだと言って下さい」

「正にそうだね。犯人に対して、犯行を庇うためと解するのが一番判り易い。いくつも解釈があり、そして、どれもが合理的なる時は、一番判り易い解釈を取るのが、わしの断罪の心理的根拠でもあった。わしはその眼で生きて来た」

「すると、どうでしょう。私の長い間悩んだのはそのことです。始めは、己は人殺しだ。だからどこでも死なねばならん。そう決心して、あらゆる乱暴なことをやりつくしたのです。人を殺す弾丸《たま》などは歓迎したのですからあちらでは弾丸飛下のもとを、口をあけて突撃したこともあります。弾丸を口の中に受けようと思ったのです。ところが、運悪るくどうしても死ぬことは出来ませんでした。その反対に、お恥しいことながら、生きながらえて、帰って来ました。高原の村は、わしを迎えてくれ、そして何よりも妹の方が待っていてくれました」

ここいらから病人の呼吸は、だんだんに乱れてきた。しかし、それから二時間もの間、切れ切れに喋り喋った。

高原の村へ帰って来ても、彼の心には平安がなかった。

人殺しの記憶はどうしても消すことが出来なかった。

そしてむしろ妹と結婚することも避けようと考えた。

ところが、妹の方が、彼と結婚するつもりで心構えをしているのに対して、彼もすげなくすることは出来なかった。

彼は結婚した。そして、ただもし運命が自分に昔の人殺しを告白させるならば、それは身のあとの仕末のいかんにかかわらずいつでもやろうと決心して、ずっとその残生を送って来た。

××が来た。それからあと、しかし、いろいろの疑問のために、昔の検事篠氏を待っていたのであった。

篠氏に逢うのは恐ろしかった。

しかし、何とかして、篠氏に逢いたいと思った。それが、奇妙な自分の娘を、ホテルに置くようなことになったのであった。

「わしに逢うって、何故そんなに逢いたかったのかね」

「先生、死ぬまでには人間は、誰かしら決定的の安心を貫いたいものですよ。わし等のような人間は。――それはあなた様のような、思想もあり、決心もある方は違います。それは書物とか理論とかについて安心して死ねるでしょう。しかしわし等のようなもの、殊に、一度罪を犯して、それを断罪されずに放っておかれたものは、どうしてもその断罪の権威のある人から――そうです、人間から言葉で断定をしてもらわなくては死ねぬのです」

「判ったよ。引導を渡してもらいたいと言うのだね」

「そうです、検事様」

「わしは今、もう検事ではないよ。しかしわし自身は困らぬ程度の安心を持っている。ある時は、自然の事実よりも、わしの追った論理の方が安心して手頼《たよ》るべきものと信じて居る」

「しかし、今のお話で、人間の考えよりも、自然の事実の方がいかに滋味があるかということを思ってきたのです」

「そうさ、姉娘が君を庇ったようなものさ。それは検事たるわしには判らなかった。しかし、何故庇ったたか。どうせ自分は死ぬのだから、妹のために、あんたを庇ってやると考えたか。公事のために出発するのだ。どうも自分の仇は○○で取ってもらえる。むしろ戦場に安全にやってやろう――とそう考えたか、それは判るまい。それにはやはり断定がいり用だ。つまり独断がね」

「ではわしは、わしの妹にもわしにも姉は実は好意があったのだと信じます」

「それがよい。わしもそう信じよう。兄弟ってそんなもんじゃ。生きてる間は利用したり喧嘩したりするが、死んでみれば好意も湧くというものだ」

洋服の老人は立ち上った。

そして病人がもうすぐにも死にそうになったのを見向きもせずに、立ち去ろうとした。

その時、もう夜はすっかり明け放れて、今は珍らしく快晴であろう。

浅間の山は朝から黒濛々たる煙を吐いていた。

×　×　×

ホテルのロビイに立ち現われた、いなくなった老人をみた時に、副支配人は急いでかけて行って、煖炉の傍にいた警察官に告げた。

「やあ、先生でしたか」

警部は挙手の礼をして、老人を認めた。

「君は誰じゃね?」

「はあ、閣下はお忘れですか。ついこの春警部に合格した……」

「ああそうか。ここにも警部がいるかね」

「はい、近頃は夏場だけ居ります」

「わしに何か用かね」

「いや、先生のお名前を宿帳でみたものですから、早朝やって来て、先生がいらっしゃらぬと申すので支配人を訊問していました」

「そうか。わしはな。今、公証人になっとるのじゃ。それで、娘がな。瀕死の病人が公証をしてもらいたいからと言って来たのでな。行ってみたのだ。しかし公証の必要はないもんじゃったよ。公証人よりは医者が入用だったんじゃ——時に事変はどうかね」

「○○を爆撃したと出ています」

「ほう。わしのよく知っていた戦争と今の戦争とは全く別だね。人間の犯罪なども今は科学的になっとるね」

「はあ。閣下、軽井沢というところは近ごろ犯罪は殆どないのです」

「昔、わしの検事時代に一例あったよ。それは外人関係の事件でな。外人に累を及ぼさん方がいいと思って苦心しよった。しかし、事件は娘が一人外人のピストルを盗み出して自殺しただけじゃった。日露の役の最中でな。——わしが自殺と断定したのに、検事局の奴等誰一人として反駁は出来なかったよ」

老人は腹がすいていたと見えて、土足のまま食堂にゆこうとした。

支配人はこのエライ老人をとめるわけにもゆかず、困惑した顔をして、その老人の土足をながめた。

夜中どこを歩いて来たのだろう。その靴はいろいろな色の泥がついていた。

白痴美

一

朝日があたっていた。

なるほど、立派なアトリエである。その持ち主の変り者であるというのは、この建築を見ただけでもよく判る。

川に面した方が大きな仕事場なのであろう。朝日はこの方から、いっぱいに当っているが、一行が辿り付いた、玄関の方は、湿っぽい、十一月の朝露が、枯れはじめた雑草から滾《こほ》れていた。

「変り者でしたね、確かに。何しろ、外国へ出かけるのに、隣近所はおろか、友人達にも一言の挨拶なしだったとみえましてね」

地主の老人が、そう言った。

「土地は君の所有で、この建築物は、その本人の持ちものなんだね」

「へえ、そうです。ともかくもわしの土地を借りているからには、何ぼ建物は自分のものでも、留守にするときには挨拶位ありそうなもんですがね。地主が馬鹿遠くに住んでいるというわけじゃなしね」

「地代はどうしているのかね」

「地代は——それは貰っています。そう言えばそれが、挨拶だったかも知れませんが、突然に地代を一年分取ってくれと言って来ましてね。無理矢理置いて行ったんですよ。まあ、その時は、変り者のことだから、何の気まぐれだろうってんで、家内とも話していたんですがね。——それから、釘づけにしてしまって、居なくなった。それでも、まあ湯治にでも出かけたものと思っていましたところが、仲々帰って来ない。一と月ばかりして、新聞で、この人は外国へ行ったということを知ったわけでしてね」

「なるほど、こんな頑丈に釘づけてあるね。それにしても、ちょっと人家を離れているのだから、誰にも頼まないで出かけるというなあ、乱暴だな」

警部も、そう言いながら、ともかくも建物のまわりを一とまわり廻ってみた。

「ところが、この頑丈な釘づけってのがくせものでさあね」

「何故?」

「夜中にやって来て、釘を外して入り込んで、もう一度頑丈に打ちつけといたとしたら、わかりませんからね。人の意表に出るってわけで、頑丈な位だから、大丈夫だろうってことになりまさあね」

この建物の主人、少しは名の知られた画家の、朝日奈という人が、こうして突然に外国へ行ってしまってから、七八ケ月にもなってしまった。その間はまず何事もなかったものと思われる。ところが、十一月の初め頃になって、不思議なことが起った。

「それがどうもおかしいのですよ。何しろ、本人が出かけてしまってから、まあ私も好奇心と言いますか、昼も夜もやって来ては建物を眺めていました。勿論、室内は真暗であったことは、確かなんで、決して記憶の誤りではないのですが、ここ四五日、突然に電気がついては——」

「はあ、つまりあれだね。玄関の右手の部屋だね——」

「へえ、今も、ちゃんと点いていましょう。あれですよ。あれが、四五日前からのことでして、それからずっと、夜も昼も消えないというわけです——まさか、電灯が独りでについてしまったということはないでしょうな。そこで、不審を起して、電灯会社にも尋ねてみましたが、——前からついていたんだろうってんですがね。——そんな馬鹿な話はないと、私は思いましてな」

それで地主から訴え出て来た。

巡査が二三度来てみているが、結局上司に相談して、今日は警部が出張して来たのであった。

犯罪の予感というものは、確かにあると、警部はあとで述懐している。なるべく手をつけまい、と思って来てみたが、建物を見ると、賊の侵入した跡もない。もし入るとしても、行きずりの賊などには手が出ないように釘付けてあることが、却って警部の予感を刺戟した。これは、賊などの容易に入られないために、――盗賊などが入り込んで、物を盗るという恐れより、もっと秘密なもの、知られるのを恐れるものがこの中にあるのではないか、という考えが浮んできた。

警部は、やや暫らく愚図々々していたが、やがて用意させて来た道具で、板をはがした。玄関の扉《と》は洋式であって、鍵がかけてあったが、警部は用意して来た合鍵をためしてみた。日本にあり触れた鍵であったと見えて、二十本位ためしている間に開けることが出来た。

一同は中に入った。

一同の息を急に襲ったものは、絨氈《じゅうたん》の埃の匂いと、絵の具と油の匂いであろう。欝《うつ》した一種の匂いであった。そのうちに、何かかすかに、饐《す》えたような、むせるような匂いがまじっていた。

その饐えたような、むせっぽい匂いは、アトリエになっている仕事場の方へ近づくに従って強くなってきて、それにおびただしい香水の匂いがして来た。

「何だか、女の腐ったような匂いがするじゃあないか」

警部が冗談めいて、そう言いながら、狭い階段を画室の方へ下りてゆくと、チラッと見えた。女の裸の身体だ――そう思うや否や警部はいそいで飛び下りた。

朝日に照らされた、あかるい画室の中には、多彩なカンヴァスが雑然と置いてあったが、その花模様のうちに、女の半裸体が横《よこた》わっていたのだ。

警部は、職業意識とでも言うか、占めた！　と心のうちで思ったそうである。ついて来た刑事や巡査もハーッと息を引いた。地主の老人は、何か感激の声をあげて、立ち竦んだ。

刑事の一人が飛んで、警視庁へ通報し、検事局から検事が来るまでに、警部は現場を破壊しない程度に、死体を検してみた。

死体は、頭を窓の方へ向けて、身を少しくねらせて横わっていたが、その両腕が斬り離されている。あとで精査したところによると、左腕は肩のつけ根のところから、右腕は上膊の中央から、見事に切断されていたのだった。

「まさか、朝日奈という画家の細君ではあるまいな。一体その画家というのは細君を持っていたのかね」

「さあ、女の人はしょっちゅういましたがね。時々いなくなったりして、しょっちゅう変っていたのか、あるいは、同じ人が一緒になったり離れたりしたのか、どうも私等にはわかりませんでしたねえ」

地主の親爺は唾をゴクリと飲んだ。

「朝日奈の細君だとしても、六七箇月も前に殺して外国へ逃げたと言うわけはないね」

警部は今度はほんとうの冗談を言った。あとの検査によると、死後約三日半ばかり経過しているものと推定せられた。饐えたような匂いは、勿論この死体から出ているのであるが、その屍臭をかくすためか、強い香水が全身に振りまいてあると見える。警部は肌のところどころに鼻を近よせて嗅いでみた。

顔の片側に、死斑のようなものがあったが、鼻筋はとおって高く容貌はまれに見る端正な、美しさをそなえ、殆ど苦痛の表情がない。眼は瞑《つむ》っている。背も高く、裸になっている上半身は丸い二つの乳房が、年齢《とし》の若いことを思わせているが、全体の印象は二十七八歳になるらしい。

警部が発見した著しい特徴は、腋毛がきれいに剃ってあることであった。腰に巻いているのは、腰巻ではなく、大巾のしっとりした絹布で、二三斑点はあるが、生前真新らしいものを用いていたことがわかる。一種の襞をなした捲き方をしていたので、警部はそれをまくりあげるのに骨折った。そして、ちょっと絹布をあげてみて、すぐ伏せたが、「やはり香水がまいてあるね」と独り言のように言って、顔をあげて一同を見まわした。その顔には何か渋いような表情があった。

あとで、検事が来てから、警部は次のように報告したので、一同は初めて、その時に警部の見たものを知ったのであった。

「死体の一番著しい特徴は、腋毛も、それから身体の下部の毛も、きれいに剃ってあることです」

「ほう、それは特によく記録しておく必要があるね。その他に、今警察医の検査によると、腕を切断した時には、かなり丹念に血管を結紮《けっし》してある。骨の出血は骨蠟《こつろう》を用いてとめてあるという話だ。これも著しい特徴で、犯罪を医師——医師のうちでも、外科医か、解剖学者か、あるいはその類似の職業のものではないかとの推定が直ぐ出て来るね」

「兇器は何でしょう」

「兇器は外科刀ではないかと思うが、確かではない、発見もされておらぬ」

「死因は？」

「出血死じゃあないと警察医は言っている。解剖してみる」

検事は、必要な写真を撮影させ、死体は直ちに解剖に附した。

解剖の結果、死因は麻酔薬であることが発見せられた。特徴としては、死前に二三日の間固形の栄養を取っていないこと、これが腐敗現象を著しく遅れさせたのであることなどがあった。

「四五日前から電灯がついたと言うのは、確かに意味があるね。犯人はこの家に女を連れ込んで、犯罪を行ったあと、電灯を消すのを忘れて立ち去ったと見える。——おい、君。ひょっとすると、主人の朝日奈というのが、外国から帰って来ているのではないかね」

検事は思いついて、警部にこんな示唆を与えた。

外には、現場には殺人に関係のあると思われるものは何もなかった。ただ、カンヴァス架台や、その他モデルを立たせるためのものであろう、写真屋によくあるような、頸や頭部を支えるものが幾つもあった。外に、木とギブスとで作った、大きなモデル台が一つあった。このモデル台が、あとで問題になったのであるが、捜査の初めには、前からこのアトリエで用いられていたものと考えられて、大して気にとめられずにあったのである。

二

推理は、まず死体の発見された場所から、画家の朝日奈氏の調査、その友人関係者の調査の方へと一つの手をのばした。しかし、この女を見知るものなく、朝日奈氏は確かにまだ帰国していないこと、それから朝日奈氏の前に関係のあった女性は、その後この建物について交渉を持ったもののないこと、等が判明してしまって、この方面からの解決は困難になった。

現場附近の聞き込みにも役立つものはなく、女のまとっていた絹布も、近く売られたものであるとの証拠は遂にあげられなかった。

「さて、考えてみると女の着物が現場になかったね。すると、女は裸のままあの家につれ込まれたのだろうか」

「まさか、そんなことは出来ないでしょうね。やはり犯人が、持ち去ったと見るより外はありますまい」

「第一、女の身許がわからなくっちゃあ、問題にならんね」

「ところが、写真や年齢だけでは、どうしても判りません」

「あんな美人が判らぬという法はなかろう」

検事の主張は無理押しであったが、第二の推理の方向は、女の調査の方へと辿られた。まず、腋毛やその他の髪毛の剃ってあったことから、踊り子、俳優、歌手、その他に探査の手をのばしてみた。しかし、そのうちに最近不明になったものは一人も発見せられなかった。

「だって君、腋の下の毛を剃るというのは判るが、外のところの毛まで剃るというのはおかしいよ」

「近頃のレビュー・ガールはそれ位のことはしているのではないですかね。検事さんはもう、そういうことの判らない年齢ではないですか」

「じゃあ、警部は幾つだい。それに、死体は推定年齢少なくとも二十五歳ってんだから、ガールじゃああるまい」

そこで、カフェーからその他の接客業者に至るまで調査したが、何の手懸りもみつからなかった。

推理の第三は、犯人と考えられる医師、獣医、歯科医師、等の方向であった。それから、もう一つ、犯罪の方法から、彫刻家か工芸家ではないか、とも考えて、この方面の調査も出来るだけ追究することになった。いずれも職業が限られているだけで、追究の方法が見当がつかないので甚だしい困難が伴なった。そして、少しも効果があがらなかった。ただ、現場の模様と犯罪の手口とを考察すると、どうしてもこれはインテリ犯罪であるということだけは確かである。

検事も警部も、殆ど匙を投げてしまった。僅かに残っているのは、犯罪の起きた家を監視して、何か手懸りになるようなものが、出て来はしまいか、というかすかな希望だけであった。

上原検事は、現場の写真、殊に死体の写真は全身に亙るもの、あるいは半身、または身体の一部分に焦点を置いたのも、無駄なほど数多く撮らしてあったから、机の上にそれを並べて思案に耽った。死体そのものとして見たよりも、写真というものは美化されるのであろうか、上原検事は「仲々の美人だ」と心の中で考える。生きていると、誰でも美人と見られる瞬間があるものである。ところが、一旦死体となると、よほど造作のしっかりしているものでないと、美人とは仲々言えないものなのである。してみると、この死体の女は、生きていた時には、非常な美人であったと言えるかも知れない。

「どうだい。この写真は頗る美人だろう」

上原検事は、ある日訪問して来た友人の、文学をやっている井川君に、写真を見せた。余り犯罪的なものは見せないで、上の方から撮った全身の写真と、横顔だけを大写ししたものと二つを見せた。

「なるほどね。これは立派な顔をしているね」

「犯罪に附随する女は、新聞にはすぐ美人だと書かれるが、こんなに美しいのは稀だね。少くとも、僕の今まで取り扱ったのでは匹敵するものはなかったよ」

「つまり、写真顔が美しいというわけだな」

「いいや、本物も相当なのだ。殊に、面白い特徴があってね」

上原検事はそう言って、腋の下の毛が剃ってあったことを話した。

「待てよ。――僕は先刻《さつき》から気がついているんだが、この全身像を見て、君は思い出すものはないかね」

「思い出すもの？」

「そうさ、これは、左腕がつけ根から初断されているし、右腕が二の腕の中央で切断されているだろう。それから背の高いところ、顔の端正なところ……」

そう言いさして、井川君は口を噤んだ。

「これは、希臘《ギリシャ》の彫刻の、ミロのヴィーナスというのに、甚だよく似ているのだよ。あの有名な彫刻に――巴里《パリー》のルーヴルにある」

「え？」

「僕は先年巴里へ行った時に、原作を何度も見に行ったが、それは素晴らしいものだ。大理石だがね。紀元前二百年もの古いものだが、今でも水も滴る感じを受ける。明るい、大きな、正に名匠の作だ」

「え？」

「ミロというのは発見された地名なんだよ。像は、希臘神話にあるヴィーナスの形だ。僕は、毛が剃ってあると言うところから、何か、すぐ思い付くのだがね」

上原検事は文学や美術には暗かった。学生時代から軽蔑もしていたし、それに暇もなかった。しかし、犯罪捜査と犯人の訊問とで鍛えてある一種の直観の力があった。

「ヴィーナスの像というのは、見たこともないな。写真があるかい。君のところに」

「あるさ。見たければ、今度来た時に見せてもいい」

「そうか。それに、何かその彫刻に対する記録みたいなものはないかね」

「馬鹿だな。あるにきまってるよ。西洋美術史では、第一等の評論、論戦、研究をまき起こしたものだ。汗牛充棟《かんぎゅうじゅうとう》も啻《ただ》ならずだよ」

「日本語で書いたのもあるか」

「二三ある。それより英、独、仏にある。有名なのは、ガードナア、フュルトヴェングレル……」

上原検事は、思索を妨げられるのを防ぐように、手をあげて友人の衒学《げんがく》を制した。心の中には、あらゆる焦燥が湧き起って来ていたのだった。

三

希臘多島海《たとうかい》のミロ（希臘名メロス）という小島で、一八二〇年の春に、農夫イオルゴスとその子とによって、この彫刻は初めてその鍬に触れた。地下に壁面があって、奥深い壁龕《へきがん》があった。春光が当って温かい半透明の大理石の女像を照らし出した時には、農夫とその子は歓喜の叫びをあげた。像は高さ約七尺あって、石質はその像の中途でつぎ合わせたもので、上半部は白い半透明の大理石であるが、下半は少し混濁を示し、それが却って上半の裸身と軽羅に包まれた下半身との区別をしているかの如くであった。第一図は前から見たところ、第二図は、後ろから見たところを模写したもの、第二図の点線が石質の交替を示したものである。

当時の仏蘭西《フランス》の領事ルイ・ブレストは、仏国政府の内命を受けて、これを買い取ろうとしていた時に、バイエルンの皇太子が、買い手の競争者となった。同時に、群島中にも脅迫と懐柔とを以って買い入れようとする金満家が現われて、三つ巴《どもえ》となって競争が始まってしまった。歴史はこの間に介在した仏蘭西政府の横暴については永久の沈黙を守っているが、要するに、武力を用いて遂に仏蘭西はこの彫刻を巴里のルーヴル美術館にまで運び来ったのであると言うのが正しいようである。

一八二一年にルーヴル美術館の一室に移されて、ミロのヴィーナスと呼ばれるに至ったこの像は、あらゆる美術史家、美術鑑賞家によって最大の讃辞を受け、その権衡の整った軀幹と、清秀なる眉目とは希臘人の明徹なる智力と、精緻なる感覚とを示すものとして、遂にシャトウブリアンをして「希臘の偉大を示すもの、これを措いていずこにありや」と叫ばしむるに至った。

ところが、それほどの傑作にも係らず、このように謎を含んだものも稀であった。第一に、その作者は誰であるか、第二に、作者が不明だとすれば（即ち、希臘美術によくある、原作は失われて模像のみ残ったものとすれば）その時代は希臘美術史の何頃に属するか、第三に、失われている腕の位置は、原型では果してどんな形をしているのか、という三つの大きな謎であった。

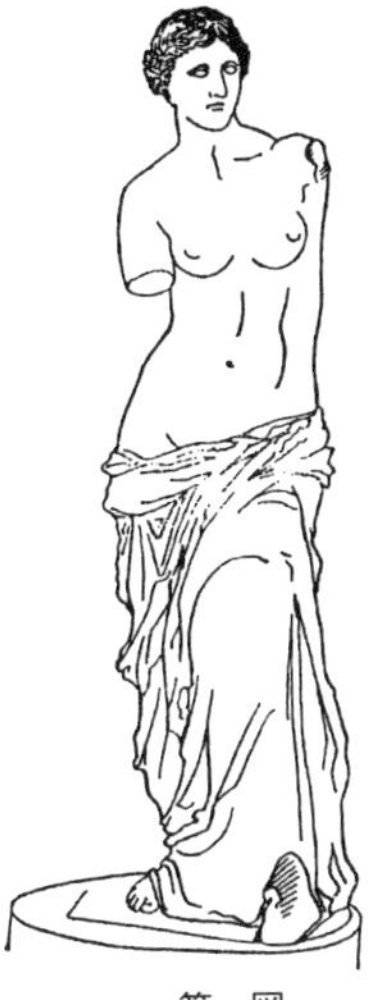

第一図

第二図

それにもまして、もう一つの大きな疑問がある。それは、ルーヴル美術館の有に帰してから、誰言うとなくこれはヴィーナスの像であると信じもし、呼びなしもされたのであるが、果して、それは希臘神話に有名な、あのヴィーナス（希臘名アフロディテ）の像であろうかという疑問であった。

これらの疑問を愚かにも一層深くしたのは、当時のルーヴル美術館の俗吏共であって、この美術品を希臘美術の最も傑出した作者、プラキシテレスの作であると言わんがために、ミロで発掘された時に、同時に発掘された二三のものを湮滅せしめたのである。このことが、このヴィーナス像研究のためには非常な障害となっていたが、天なる哉《かな》、まだ湮滅が完了せられない前に、画家ドベエなるものが、その品々を模写していて、それが後年に発表せられたのであった。第三図がそれで、アフロディテの左足が欠けていたこと、欠けた石の隣りに、石質の異る、文字の書いてある、高さの異る、その上、四角の凹所のある石の板があったのを。その文字を読むと、

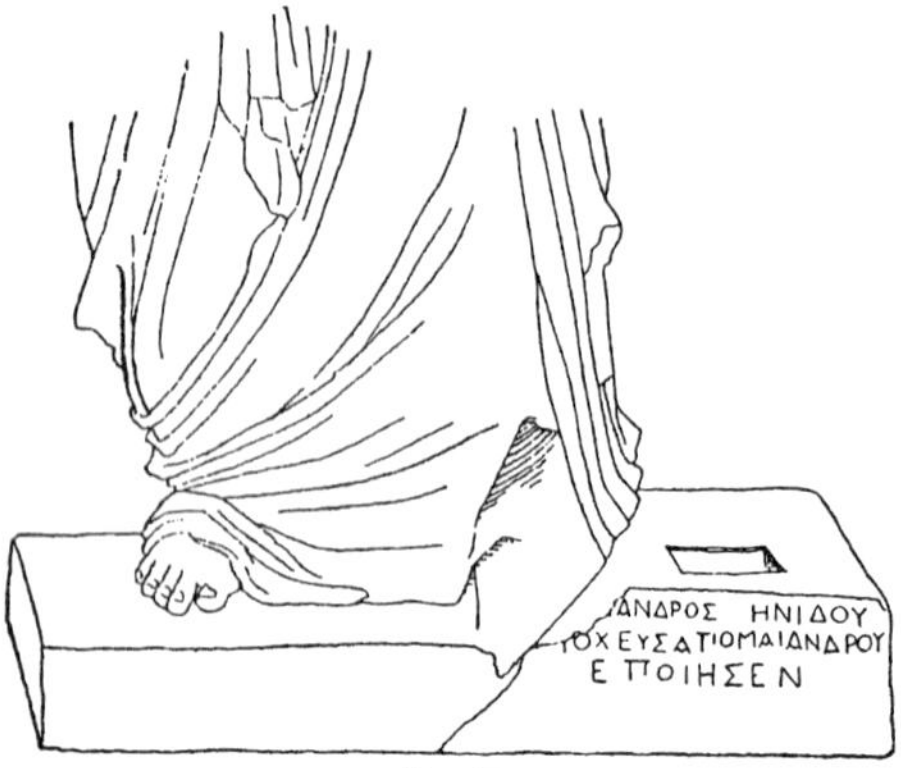

第三図

□□□ンドロス・メニデスの子、

アンチオキア人・マイアンドロスこれを作る。

と書いてあるのである。

この台石は、その後ルーヴル館内を探索したが、得られなかったところを見ると、アフロディテを名もなきマイアンドロスなどの作とすることを好まなかった、当時の仏蘭西当局が、根本的に湮滅してしまったと推定されても致し方があるまい。ところが文字の書いてある方は湮滅してしまったが、同時に発掘された他の二三のもの、即ち、二個のヘルメ（小胸像）と、外に石質のまた違う林檎《りんご》を握った手の欠片《かけら》とは湮滅しておらず、あとで美術館の物置きから発見せられた。更に、そのあとで、湮滅せられた台石と似ている他の台石も発見せられた。

しかし、これらの小さい附属物が、真にこの立派なアフロディテの像に直接結合していたものな

のか、あるいは、同じ日、同じ処で発見されはしたものの、別々のものなのであるか。この問題は、既にのべた四つの大きな疑問をめぐって惹起した、美術史的の論争のうちに、緯《い》の経《けい》に交ったようにあやなしているのである。

まず、いかなる理由から、この像がアフロディテであると呼ばるるに至ったか。

仏蘭西が武力を用いて、この像をミロより奪ったことは既にのべた。この時の海軍士官、デュルヴィルという者は、この美しい像を一見するや、これこそは今まで発見せられたうちの最も美しい希臘像である。これは希臘の美の女神アフロディテでなくてはなるまい。しかも、その容貌姿態を見るに、一点として媚奸の態様はなく、全く端正高雅な表情をなしている。これは「勝利のヴィーナス」であると叫んだと言うのであるが、これは、美術鑑賞の素人の直観に過ぎない。これが、真にアフロディテであると考証断定したのは当時の仏蘭西学士院のカトルメール・ド・キンシイで、羅馬《ローマ》ヴァチカン宮にある、「クニドスのヴィーナス」との比較からであった。「クニドスのヴィーナス」というのは、第四図に模写で示したようなもので、小アジア西南の一角に、細長く突出し、希臘多島海に首をあげているクニドスと名付けられる希臘古代の植民市から発掘されたもので、プラキシテレスの原作を模した羅馬時代の模品であることが記録されているが、原作の面影をそのまま伝えているものとされている。女性美を感覚的に表現することを得意とした巨匠プラキシテレスは、このアフロディテによって、今や全裸となって浴槽に入ろうとする女神を顕わしたものと言われている。この女像の頭部と、ミロのアフロディテの頭部とを比較してみると、その髪の結い方から、首全体の印象が甚だ似通っていると言うのがその根拠であった。第五図は「クニドスのヴィーナス」の頭首だけを模写したものである。

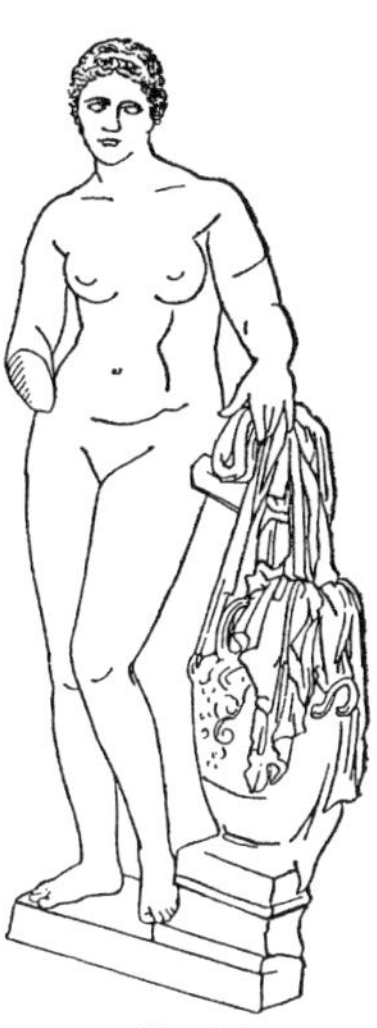
第四図

この考証は、一歩を進めると、ミロのアフロディテそのものも、プラキシテレスの作ではないか、

第五図

ということに考え付くに違いない。殊に、ヴァチカン宮にあるクニドスと、このミロとを比較してみると、ミロの女像の数等すぐれたものであることは誰にでも判る。すると、ミロこそ、プラキシテレスの原作ではないかという考えは、自ずと湧いてくる。こうしてすぐにも作者の問題になってくる。

　ところが、この女像をアフロディテでないとする学者も、僅かであるがないではない。それは、サロモン・ライナックで、こは希臘の海神アムフィトリーテの像であって、アフロディテではない。アフロディテは美と愛の女神であって、プラキシテレスの幾つかの作品に見るように、媚態と温柔の息吹きがある。けれども、このミロの女像は情感に富むと言うよりは、気高い単純さと、静謐なる威厳とである。この如きは正にアムフィトリーテを顕示するための特徴でなければならぬ。そうであるとすれば、失われた手の位置も自ずと定《き》まってくる。左手には海神の象徴なるトリデント（三叉戟《さんさげき》）を持ちたるに相異ない。斯くの如くして、この問題は直ちに失われたる両腕の修復の問題に触れてくるのである。

　このようにして、第一の問題、即ちこの女像が何であるか、という問題については、アフロディテであるという説と、アムフィトリーテであるという説と二つに分けられるが、しかし、従来の考証学者の多数が、アフロディテであるという説に加担しているので、これは定まったものと考えて、第二の作者は誰であるかという問題に移ってみよう。作者の問題は、同時に発見せられた、少し高い別の台石が、この像に直接結合しているものとすれば、その台石に刻してあった、□□□ンドロス・メニデスの子、マイアンドロスなるものが作ったものということになるが、それはもっと詳しい考証を経なければ承認が出来ないし、現に、この台石は、ドベエの写図があるだけで、実際のものは湮滅されている。そこで作者の問題は、どうしても像そのものの特徴から、まず希臘美術のどの時代に属するものであるかを定めて、その上、その時代の作者のうち、この像を作るに足る技倆を持っているものへと推完してゆくより外に方法はないことになる。こうして、この問題がまた第三の、いかなる時代なりやという問題と密接な関係を持つことになる。

されば、希臘彫刻史の、各時代の特徴はいかなるものか。史家は、エヂプトや先史より継承した時代を別として、紀元前六世紀の半ば頃、希臘的特質の芽生え始めた頃から後を、四つの時期に分けている。第一の時期は紀元前四八〇年までの古拙の時代で、多少の表情はあるが、写実の力に欠けて、類型的の作品の多かった、所謂アルカイック時代である。第二の時期は、それより紀元前四〇〇年までの時代で、波斯《ペルシャ》戦争が終って、アテネを中心とした希臘文明が百花撩乱たる光を放ち始めた、史家の「第五世紀時代」と呼びなす時代である。ミロン、ポリクレイトス、フィジアス、等の巨匠が一せいに輩出した時がこの時代で、有名なパルテノンやアクロポリスの神殿が、これらの巨匠によって飾られたのであった。中でも、フィジアスの手になるものは、静謐荘重であり、古雅清麗であって、正に古典と呼ばれるに応《ふさ》わしいものであった。

第三期が、これより三二〇年頃に至る、所謂「第四世紀時代」であって、アテネとスパルタの二大都市が確執ゆずらず遂にスパルタがアテネを屈した時代であるが、政治の中心はスパルタの掌握するところとはなっても、学芸の中心は依然としてアテネに存していたが、思潮は懐疑的となり、哲学的となり、荘重なる静謐さは失われて、精緻となり、情熱となり、ソクラテス、プラトンの如き哲学もまたこの時代に生れて来た。彫刻の作者としては、プラキシテレス、スコパス、リシッポス等の巨匠が生れ、プラキシテレスは明暗に富んだ、女性の温柔甘美なる作風で鳴り、スコパスは内から湧き上る情熱を抑えたような遒勁《しゅうけい》さと運動とを持つ作風で鳴った。

第四期はそれより紀元前一〇〇年頃までの、アレキサンデル大王が遠征の勇図《ゆうと》を遂げると同時に、希臘文明がその本土より多島海、小亜細亜《アジア》、波斯の方へと伝播して行った時代で、史家の所謂「ヘレニスチック時代」と呼びなしている時代である。アテネの文明にあった典雅静謐な趣は漸次に失われて、写実は実感へ、運動は誇張へと移りゆき、徐々に末梢的になり、同時にデカダンの滋味を湛え来ったので、史家はこれを「頽廃期」とも呼んでいる。希臘美術の変遷はここに終結し、これから羅馬時代までのために、約百年ばかりの所謂「グレコ・ロマン時代」があるが、これは希臘五世紀四世紀等の時代の、巨匠の模写を盛んに行った時代であった。美術の時代としては、単なる形骸の時代であるけれども、この模写が残っているために、原作が失われてしまっているが、上代の巨匠の面影を知ることが出来るのであって、例えば、第四図の「クニドスのヴィーナス」の如きは、プラキシテレスの原作を忠実に模写したものであるという記録があるため、プラキシテレスの作風の一つの標本となすに足るのである。

さて、これらの希臘美術時代の知識を基礎として、ミロのアフロディテを眺めると、まず何よりも除外して差支えないと考えられるのは、アルカイック時代と、ヘレニスチック時代であると考えられる。そうとすれば、女性を写すに当代第一であったプラキシテレスであろうとは、この女像の発見当時に宣伝せられたところであった。しかし、後に、フュルトヴェングレルなどの指摘しているように、ここにはなだらかな女性美と、つつましやかな媚態はむしろ存在せず、生命の充実した遒勁さと、古雅荘重な威厳のある表情がある。これはむしろプラキシテレスのものではなくて、スコパスの作風に漲っているものであり、同時に、前世紀のフィジアスに通ずるものがある。斯く考えてくると、像の主態はプラキシテレスの得意としたアフロディテであり、彫鑿《ちょうさく》の特徴はスコパスであり、思想的内容はフィジアスのものであることになり、このように、世紀の異るものが同時に兼ね備わっているとするならば、この像の作者が却って後代の人であって、これら巨匠の作風のいずれにも傾倒した人であることになり、遂にこの作が、最後のヘレニスチックの時代の作者の手になる、原作ではないがしかし完全なる模写でもない、一種特別の一基であったろうか、ということになって来る。すると、湮滅せしめられた台石に刻された無名の作者が再び大写しとなって浮び上ってくることにもなる。

この如き論争は、第四の問題、即ちこの像の修復の問題について更に甚だしい懸隔が出て来る。

四

ミロのアフロディテの左腕はつけ根のところから、右腕は二の腕の中央から、失われていることは、今では、ミロのアフロディテを意味する最も明らかな特徴として記憶さるることになった。

この、双《ふた》つの腕が、いかなる位置に、いかなる表情でついていたのであろうか。この修復の問題に、始めて説を出したのは、カトルメール・ド・キンシイであって、この像は群像の一つであったものが、恐らくその相手が失われたのである。その相手というのは、軍神マルス（希臘名アレス）であったと言うのであって、第六図のような修復図を提出している。

一体希臘の伝説にある神々のうちで、アフロディテほどいろいろに解釈せられた神はない。ある時は高く、ある時は卑しく、様々な伝説を与えられた。しかし、いずれにしても女性たるものを代表する神とせられていたことは変りがなく、従って、これに配するに男性の理想を以ってすれば、正当に両柱《ふたはしら》の夫婦神としての信仰の対象にもなり得るわけである。ホーマー（希臘名ホメロス）の有名な物語「オデッセイ」の語るところによれば、軍神アレスはアフロディテに懸想《けそう》して、遂に妻のヴァルカノス（希臘名へファイストス）に捕えられ、オリムポスの諸神の前に裁判されるという物語があるが、これは希臘民間伝説でアレスとアフロディテを並び礼拝する点からされた仮托の物語であるとすれば、この群像説もまた成立し得る。

第六図

第八図

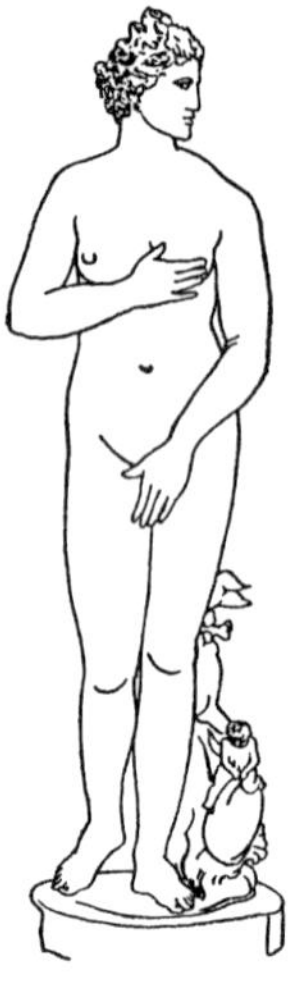

第七図

この説はまず多くの支持者を得た。例えばラヴェイゾン、オーヴァーベック等で、「メヂチのヴィーナス」と呼ばれる、グレコ・ロマン時代の作（作者はクレオメネスと署名してある。第七図）と比較してみると「メヂチのヴィーナス」がいかに媚態に終始していて、アフロディテとしての卑しき半面を主眼とした作品であるかが判る。ミロは決して斯かる思想から出たものでなく、女性の師表たる威厳を主眼として作られたものであると言うのであった。

しかし、この説の首肯し難い点は、その後続々とあげられた。第一に、さような威厳のある思想を主眼としたのならば、軍神のうちでもミネルヴァ（希臘名アテナ）のような神威をあげないで、当時比較的狂暴殺戮の神としてあったアレスの如きものが代表者になったのであるか。第二に、群像としては、上体の捻り加減に無理があるし、その顔を正面真直に向けていることも理解が出来ない。遂に、オーヴァベックは自ら前説を翻えして、あとで訂正しているのである。

さて、第二に発表せられた修復説は、ミリッゲン、クララック、ミュルレル、ヴェルケル等の学者の説で、ミロのアフロディテは、アレスの楯を両手で支えていると言うのである。第八図は、伊太利《イタリー》カプアで発掘せられて、今ナポリの美術館に所有されている「カプアのヴィーナス」であるが、ミロもまた同じ構図であったろう、と言うのである。「カプアのヴィーナス」は羅馬時代の模写であるが、原作はスコパスかまたはその弟子であったと言われているのをみれば、ミロは楯を握った原作そのものではないかと考える根拠が出て来る。

ところが、この説にもまた重大な難点となったのは、ミロのアフロディテの顔の方向とその表情であった。楯を持っているとすれば、顔を少なくともその方へ向けていなくてはならぬ。その半裸体であること、姿勢の略同《ほぼ》じであること等は甚だ近似を示すが、首と顔との位置は絶対に相容れないものであると言うのであった。

第三の修復説は、独逸《ドイツ》の学者フュルトヴェングレルの説で、恐らくミロのアフロディテ修復説のうちで最も論理的の一糸乱れざる説であったと言うことが出来よう。それは既にのべたように、石質は異るがミロで同時に発掘せられたもののうちに林檎を握った手の欠片があった。フュルトヴェングレルは、この欠片が、拙劣な出来であって、ミロのアフロディテに附属するものでないと考えられていたのは誤りであって、古代の彫刻には末梢部は粗略にしたこともあるとの例証をあげて、ミロのアフロディテは林檎を握っていたのだと主張した。林檎については、希臘の伝説にテッサリア国の王子の結婚式に、オリムポスの諸神が悉く招かれたが、ただ一人嫉妬の女神エリスだけが招かれなかった。そこでエリスは怒って黄金の林檎の上に「最も美しきものへ贈る」と書いて、賀筵《がえん》のうちに投げ込んだ。ヘラ、アテナ、アフロディテの三女神は、各自が自分がその林檎を亨《う》けるべき者と考えて相争い、オリムポスの首神ジュピタア（希臘名ゼウス）に持ち込んだ。ジュピタアは困って、イダ山中の牧羊青年パリスに指名をしてもらえと言う。三女神争ってパリスのところにゆき、ヘラは我を指せば汝を亜細亜の王となさん、と言い、アテナは不朽の英雄たらしめんと言い、アフロディテは、世界一の美女を与えん、と言った。遂にパリスは黄金の林檎をアフロディテに与えた、と言うのである。この伝説を示す彫刻も多数にある。一つはルーヴル美術館にある「ヴィーナス・ジェネトリクス」でこれはグレコ・ロマン時代の名匠アルツェシラウスの作と言われているもの（第九図）と、やはりまたルーヴルにある「アルルのヴィーナス」である。これも後代の模写であるけれども原作はプラキシテレスであるとせられている。（第十図）

このような立派な伝説があって典拠となり、一方にはともかくも林檎を持った手の欠片があるに

第九図

第十図

至っては、フュルトヴェングレルの説は最も首肯される値を持つと言わねばならぬ。しかし、この時に妨げとなったのは、その手の欠片のいかにも拙劣であるという外に、同時に同所で発見せられたものが、ミロのアフロディテに附属するという思想の論理性が、どうしても、既に湮滅せられた台石も、やはり附属するという思想を承認せしめることである。もとより、大きな白い大理石ではあるが、同じ一つの像でも、数個の石質を用いる場合があり、既にミロのアフロディテそのものも下半身が稍《やや》異る石質なのであるから、石質の相異は問題とせずともよろしかろう。台石の高さもまた左側を少しくまげるためには左足は少しく高い所にのせられねばならぬ。依ってフュルトヴェングレルは、第十一図のような修復説を出した。従って時代もまた、こうなると、作者の問題も少しも面倒はない。□□□ンドロスを承認すればいい。従って時代もまた、紀元前一〇〇年位になる。

フュルトヴェングレル出でて、ミロのアフロディテが後世に投げた大きな謎は、雲の晴れる如く解決したと思われた。しかし、やがて二つの不満足が言い出されて来た。

第一の不満足は、もし第十一図のようなのが原型であったとすれば、もたれかかる台柱があるから、ミロの上半身はこれに重心をかけて安定しているはずである。しかるに腰を捻った一種激動の姿態があるのは何のためであるか、という点であった。第二の疑問はもっと致命的であった。既にのべたように、発掘の時に、林檎を持った手の欠片と同時に、台石と、それから二個の小胸像が発見せられていることを注意しておいた。しかも、その台石が湮滅せしめられて、僅かにドベエの写図しか残っていない、ということは述べた。ところが、台石がもう一つ発見せられていたのであったことは、武力で奪った時の一人の士官ブチエという人が、軍艦にのせて運んで来る途中、発掘物を写生しておいた図が、一八七一年に至って出版されたので判った。この士官は画《え》の心得の全くなかったものであるから、図は頗る拙いけれども、その時に、ミロのアフロディテ像の外に、小胸像二つと、林檎を握った手の欠片と、外に、台石が二つあったことは、その拙い図でもよくわかる。しかも、一つの小胸像は髭のある老人で、その台石には、奉納者テオドリダスと書いてある。もう一つの小胸像は若くて髭がなく、この台石としてブチエの描いたものが、正に問題となった湮滅せしめられた台石で、正にその通りの刻文がある。

絵心のない者の絵が信憑出来ぬとしても、一九〇〇年に至って、考古学者ヴィルフッス及びミションの両氏によって、ルーヴル美術館内にテオドリダス奉納と刻した台石が発見せられ、しかも、この台石の凹所はミロのアフロディテと同時に発見せられた小胸像の一つがぴったりはまり込んだ。このような実証が上ったので、ブチエの写生図の正しいことが証明せられて、疑問の台石は、ミロに属さないで、残った一つの小胸像に属すべきものであることが解けた。すると、□□□ンドロスなる作者は、この一つの小胸像を作った作者に過ぎないのだ！

こうしてくると、林檎を持った手の欠片もミロのアフロディテのものかどうかが、怪しくなってくる。すると、理路整然たるフュルトヴェングレルの修復説もすっかり破壊せられることになる。否、既に、台石の問題から、第十一図の修復説は破壊せられてしまった。

ミロのアフロディテは、全く奇蹟的の作品である。その荘重、その純粋、腰の捻りに潮する溢る

第十一図

る温柔と、その表情にこもる深い静謐、そして全体にあらわれている雄大さ、希臘美術のあらゆる粋を蒐《あつ》め来って、打って一丸となしたような作品。

謎は解かれて更に結ばれた。しかもなお、その永遠に解き難い秘密が、ただ一つの結び目から解け来るのではないかと誘い来る恐ろしい魅力！

五

上原検事は、アトリエ殺人事件の女の死体から、ミロのヴィーナスの歴史を調べることに急に興味を持って、友人の井川文学士の示唆を手頼《たよ》りとしていろいろの本を読んだ。エルンスト・ガードナアの「希臘彫刻史」から溯って、フュルトヴェングレルやライナックにも手を伸した。日本人にも、澤木四方吉《よもきち》という希臘美術史の立派な研究家が居ったことを始めて知った。

いろいろのヴィーナスの像を集めて、ルーヴルの彫刻写真の如きは、丸善に借金をしてわざわざ取り寄せた。そして、プラキシテレスのアフロディテから近代へとアフロディテは夥だしい数に及んでいる。史家は希臘末期において既に頽廃の風潮が生れたと言うているが、既に「メヂチのヴィーナス」に見るように、羅馬時代に至っては、媚態と妖姿が唯一の特徴となり、更らに近代美術に至ると、卑猥とデカダンに陥り、アフロディテというと淫売婦の神様のようになって来たのを知った。ハンス・リヒトの「アンティケ・エロティカ」にはナポリの美術館にある「アフロディテ・カリピゴス」の見事な写真が出ている。恐らく羅馬時代の模写であろうが、原型は希臘の第四世紀時代にあったであろうと推定されるような髪の結い型で、アポロ・ヴェルベデールの髪を持っている。裳裾をあげて豊満な後ろの下部をあらわしたものであるが、少しも廃頽の感じを持たない。

美術史家が指して、希臘末期の廃頽と称したのは、近代の美術、文学、芸術に存する廃頽とはいたく異る学者があるのではないか、と上原検事は素人ながら異常な興味を覚えて、これらの古代の美術を追究した。

当面のアトリエ殺人事件の方は、すっかり放ってしまったが、心の底の方には、何かこのミロのアフロディテの研究が、殺人事件に関係しているような気がしていて、自らひそかに弁解しているような気味があった。

上原検事は、現場の写真をしょっちゅう出して眺めた。そして、ミロのアフロディテの写真と比較した。確かにどこかに共通点がある。例えば、次のような想像をしてみる。美術家で、ミロのアフロディテに私淑する人があったとする。仮りにこのような人が、モデルを用いて彫刻とか画とかを作ろうとする時に、芸術上の促迫から、その腕を切り離してしまいたいと考えたとする。その時にどうするであろうか。自分ならこうするだろう。友人の洋行している美術家の、留守のうちをこじあけて、モデルをつれ込む。そして結局殺人にまでゆかなくては終らないような犯罪を犯す。この場合に、このような犯罪を犯させた主動機は芸術衝動であるけれども、それは犯罪を是認することにはならぬ。恐らく、故意に友人のアトリエでこのような行為を為《な》すというような人物ならば、芸術家であるにしても、犯罪を形成するに至れば法律の手が彼を追うのであろうことはよく知っている、つまりその位の常識はある事を意味する。すると、――これは彫刻家か画家かを探査すればいいことになる。

しかし、このような想像から、検事はすぐにも、もう一度探査を発動しようとは思わなかった。まだまだ、それで満足されないところがあった。検事の空想はいろいろの形を辿り、やがて、次のような形に至って来た時は、あとで井川文学士の批評によれば検事も、ミロのアフロディテから、遂に芸術を理解するに至った――と言うのである。

恐らく、芸術的衝動の促迫の恐ろしいことを、全くその理性が承認するに至って、その芸術家は犯罪を犯す自分をすら許容するに至ったのであろう。してみると、その芸術品を創作することによって、その衝動が満足されると、遂にその芸術品が世の中に出るか、そうでなければ、本人が自首してくるであろう。そう考えてくると、その芸術家には二つの末路がある。一つは、芸術品を世の中に出して捕えられるか、もう一つは芸術品の完成に失敗して、なお新らしい犯罪を犯すことになるか。

上原検事はこう考えて、急に裁判所の記録を調査し始めた。芸術家で法に問われた事件のうちに、似たような手口とか、似たような動機とかはないものであろうか、と言うのであった。同時に、モデル業の女を全部調査し、彫刻家も全部調査した。曾つて医師、獣医、歯科医師等を調査しようとした時は、数も多いし、探査の主動点がきまらないので困却したが今度はともかくも数も少ないし、探査の主動点はきまっているから、そう困難ではなかった。しかし、これらの捜査も徒労であった。

それからあとは、上原検事は心のうちに含みながら、美術家仲間に近づいた。展覧会は必ず見に行った。そのうちに、犯罪捜査の心組みはただ弁解だけになって、美術そのものが楽しみを与えることをだんだん体験してきた。

翌年の三月頃になって、アトリエの持ち主である朝日奈という画家が、帰って来た。上原検事は自分のアトリエに入る前に連行してしまってともかくも朝日奈氏を留置して訊問した。

「心当りなんかありませぬ。第一僕のアトリエに入り込んでモデルを使って画をかくというような奴なら、僕の親しくしている人間に違いないのです。ところが、僕の親友という親友は、皆あなたが調べてしまっているではありませんか」

「犯人は別として、被害者である女の方はどうですか」

「女だって私の関係したようなのは、全部お調べずみだと言うのじゃありませんか」

「そうですよ。今、名前を言った女は全部調べてあります」

「では、それで全部ですよ」

上原検事は苦笑して、うなずくより外はなかった。

「では、ともかくも、あなたの仕事場は、犯行当時のままになっていますから、見て下さい。残しておかれたものが皆あるか、紛失しているものがあるか。指摘して下さい」

朝日奈は不気嫌に自分のアトリエに入った。そして、埃の匂いを浴びながら、何度か咳をしたが、すぐに見付け出した。

「これです。このモデル台でしょう。ギブスで頭の位置などを指定してあり、これは僕のものじゃあないね。――オヤ、この形は少し特異だね……」

朝日奈の眼は急に輝やきを帯びて来た。そして、暫らく何かを見付けようとしてあたりを見まわしていたが、「殺された女の写真はありませんか」と言った。

検事は、今まで朝日奈には見せまいと考えていたが、この時の朝日奈の動きから思い付いて、すぐ内ポケットから出して見せた。

「呀《あ》ッ」

朝日奈は叫んだが、すぐ何喰わぬ顔をして、それを返えした。検事は経験で、こんな反応を知っていたから、すぐつけ込んだ。

「隠してはいけませんね。この女を知っているのでしょう」

「いいや、女は知らない」

「では、この写真のうちに撮《うつ》っている何が君を驚かせたのですか」

「その女のポーズですよ。いやポーズと言うわけにゆかない。両腕の切り離されていることですよ」

「ミロのヴィーナスだと仰言るのでしょう」

朝日奈は、びっくりした。

「そうですよ。知ってるんですか。――それでこのヴィーナスの修復説というのに、近頃匿名で大研究が現れたということをつい、僕の帰る前にあちらで聞いたのですよ」

「と言うと、その所説が雑誌にでも発表されたのですか」

「そうです。仲間の話で、その男も読んでいないのですが、それがね、エロテスという限定雑誌に出たのだそうです」

「限定雑誌と言うと」

「猥褻なことでも何でものるから、会員にしか配布しないのです」

「日本に来ていましょうか」

「おや、検事さんも仲々猥褻なことには興味があると見えますね」

上原検事は朝日奈の辛辣な皮肉に、ちょっと黙ってしまったが、これは負けたのではなかった。何か画竜《がりょう》に点睛《てんせい》するものがあったのだ。

そうだ。この犯罪は芸術的衝動から起きたのではない。それは芸術のために起きたのかも知らぬが、真の衝動は、論理的のものだ。恐らく、ミロの彫刻の大きな謎に特別の興味を寄せるものが、女を使って、ある論証をしようとしたのだ。

上原検事は、自分の今までに詮索してきたミロのヴィーナスの問題についての興味と、同時に、まさかとは思いつつも、その匿名研究者が日本人でないかを疑って、エロテスという雑誌を追窮してみようとした。日本中の洋書輸入者に紹介を発して、エロテス購読者を調べた。すると、既に購読している人が二名、曾つて講読していたが、一年前に停止しているのが一名、五年前に停止しているのが一名、都合四名の日本人しかこの雑誌を読んでいなかった。

四人の名を書いて暫らく眺めているうちに、検事は一年前に購読を停止した人の頭に印をつけた。そして、つい、それを調べる手続をしようとして、急に思いかえし、今でも取っている、他の一名である、ある図書館の館長を訪問したのであった。

エロテスを借りて、パラパラとめくった時に、もう上原検事には真相がわかった。そこには背景が黒く塗りつぶされた、幾枚かの写真がのっていた。その写真の女は確かにアトリエ殺人事件の女であることは間違いなかった。雑誌の写真だけでは西洋人とも思われるような、端正な容貌が、生きたまま、ミロのヴィーナスの姿勢を取って立っていた。

上原検事は何よりも先きに、修復された手の位置を見た。それは従来と全く異り、右腕をまげて、黄金の林檎を握り、左腕は斜めに高く前方を指さしている姿であった。

六

雑誌エロテスに「ミロのアフロディテ修復についての一実験」という匿名評論を発表したのは、無名の美術研究家、瀬沼昌章という人であった。

捕えられた瀬沼は、多くを答えず、ただ、女の身許について上原検事の疑問を晴らしたのみであった。

「女は、ある部落のものです。海に近いから、外人の落し胤《だね》であるかもわかりません。その部落では、失踪して身分をかくして、我々の社会に生きることを一種の幸福と見ていますから、失踪の方から探査が出来なかったのでしょう。白痴でした。おしゃべりをしたり、馬鹿なことをしたりする白痴ではなく、心の眼の閉じてしまっているために、沈黙と端正とに終始する白痴でした。それが隔絶の美と結合していたのです。私の外に、何人も男の手にかかったのでしょうが、記憶も定かではなく、何かひどいことをされても復讐的にはならず、結局生れたままの女として、私の手に入ったのです」

あとは、厳重な訊問にも係らず、瀬沼昌章は語らなかった。巨富を擁していたが、それも殆ど僅少になり、家族の残るものもなく、この男はミロのアフロディテと、実験に用いた女とに固着して、他に顧みるものがない、と述べた。

匿名の論文は自信のある書き方で、抄語をしてみると、大凡そ次のようなものであった。

×　×　×

ミロのアフロディテは、先年余が渡欧の際、十数日を通いてルーヴルに共に暮した鑑賞によれば、希臘美術史における一頭地を抜きたるものにして、フィジアス、プラキシテレス、スコパス等の大巨匠も遠く及ぶものに非ずと信ずるは、余のみにあらざるべし。しかも、紀元前一〇〇年を出でざる、希臘末期に生きたる無名の一芸術家の作なりとする定説に、余は賛意を表す。無名なれども、決して先蹤《せんしょう》巨匠の原作の模写にあらず、こは無名なる一芸術家の創作にして、正にヘレニスチック時代の原作なりとなすに何の妨げするところなし。そは、ここに無名の一評論家現われて、積年の謎、ミロのアフロディテ修復に一説を掲げ、彼はこれのみにして消失し去るといえども、その一説の創造的にして、今来に闊歩すると一般なり。自ら何故に斯くの如き誇称をなすや。そはこの一文は、実験的報告にして、曾つてミロの疑問の解法として使用せられたることもなく、またこれからもあらざるべきを信ずるが故也。

実験はミロのアフロディテと同じ背の高さ（同じプロポーション）同じ肥満さ、同じ端正さを有する一女性をして、同じ姿勢を取らせたる時に、重力に抗する筋《きん》の働きと、双腕をしていかなる位置を取らしむるかにあり、この如きは近代生理学にても、マグヌス、クラインの如き巨人が、動物実験によって試みたるところにして、人間を用いて試みらるるを得との学術的根拠は充分にあるものなり。

これが解答は極めて複雑なれども、写真を以って修復の図を示せば一目にして瞭然たり。今は更らに、ある方法によりて、ミロに発掘されたると全く同じ位置にて、この実験女性の双腕を除く方法を案出せり。しかして、双腕を除きたるも、この位置において全く安定にして、ミロの破壊されおるは、正に重力の法則が、最も安定なるべく発動したる結果なりと言うを得べし。余が実験の写真は生きたるままに腕なき人間が安定なる姿勢を取りたるものにして、ミロのアフロディテと全く同じ姿勢なりしことを知る。

余は希臘のこの無名なる巨匠の偉大に心酔するものにして、その信頼が余をしてこの困難なる実験を行わしめたり。ここに希臘美術全体の問題が横わることは、余の発言なくしては、後代に至るまで実験せられざるべし。そは、希臘へレニスチック時代の美術を頽廃となす場合に、その頽廃なる概念は、近代美術または文学における頽廃なる概念と全く区別せざるべからず。余が名付けて大胆に、白痴美と称する概念なくして、決して希臘美術末期の特徴を顕現する能わず。ミロのアフロディテが、端正にして威厳ありと思わせしものも、この一種の美なり。この美は彫刻において最も現わるることを得るものにして、決して冷厳ならざる端正さ、決して冷徹ならざる威厳は、一にこの美にあり。文学においては、奇人ドストイエフスキイが「白痴」を描きて、冷炎の如き美を提出したり。猛獣の美もこれに相似《あいに》たり、幼児の美もまたこれに相似たり。達せられざることの余りに確かなる理想に固着する人間の美もまたこれなり。

美なる女性がここにあり、彼女が微笑し、妖笑し、あるいは悲哀に沈み、悔恨に打たるるは、美なることは確かなるも、絶対に沈黙し、あらゆる目的を没却して端然と立ちたるの美に及ぶことなし。余はこの如き美は、従来の美術史家、美の評論家、ただ一人として指摘したることなきをあげて、僅かに芸術家の数人の者が、指摘せずして感得せるものならんと、主張すれば足る。ミロのアフロディテの作者の如きは正にその一人にして、希臘末期の美は斯くの如き頽廃なりしなり。

桜桃八号

1　失踪

五月終りの日曜日に、応接間のテーブルの上に、二枚の葉を並べてみながら、裕子は日記をつけていた。

「裕子ちゃん、お客様ですよ」

ママの声がすると同時に、応接間の扉を排して、二人の青年が入って来た。

「アラいやだ」

裕子は、あわてて日記帳をかくして、婉然とふりむいた。

「中村さんと内藤さんですよ」

「なあんだ」

「なあんだたあひどいですね。何かかくしましたね」

「さては、ラヴレタアだな」

二人の青年は親し気に声をかけると、母親は笑いながら、奥にひっ込んでしまった。

「しどいわ、ラヴレタアだなんて、失礼よ、そんなことを仰言ると、お二人を試験してよ」

「試験？」

「ええ」

「せっかく試験てものがなくなったと思ってほっとしているところですよ、僕達は――」

中村も内藤も、やっとこの四月に大学を出て、この家の主人石川さんの世話で、××工業株式会社に入社したばかりである。いずれも大学生時代から石川家に出入していたので、裕子とも友達であった。

「試験てどんな試験です――とにかく、そのかくしたものを仕末なすったらいいですね」

裕子は、昨日つけるべき日記を、今朝に持ち越していたので、邪魔が入ったと思ったが、「うふふ」と笑っていた。

「敵が攻勢に出ると見るや、こちらも攻勢に出るわ」

「敵たあひどい。では、もう戦争はおしまいですよ、こりごりです」

「よろしい。では、この二枚の植物の葉をみて下さい。これが、何の葉であるか、また、いかなる特徴をみて、それを決定したか。――これが今日の試験問題なのです」

二人の青年は、テーブルの上に並べて置いてある二枚の葉をみた。

すると、中村の方が、ひくく驚きの声をあげた。

「これはおかしい」

「おかしいもんですか。わからないでしょう。だから、ごまかすのでしょう。中村さん」

「さあ、僕は植物学はやってませんのでね。僕は電気ですからね」

内藤は、中村と違って、何の特別の印象もないと見えて、冗談を言いながら、その一枚を手にとった。

「なあんだ。しなびていますよ。どこの何と言うゆかしき方より送って来たのですか」

「送って来たって、どうして判る。もしわかれば、内藤さんには五十点あげてよ」

「そりゃ、そうですよ。押し花みたいに押しつけた風ですよ」

中村は、もう一枚の葉を手にとって、黙っていた。

「中村さんはいやに感に堪えてるわ」

「いや、心当りがあるのです。僕はこれと殆ど同じ葉を一枚、昨日見たのです。でも、それは押してはなく、もっとしぼんでいました」

「とにかく、何の葉ですか」

そう言われると二人共判らなかった。

「日本の大学なんて、駄目ね。ちっとも実用的の知識を授けませんね」

裕子は面白そうに二人を眺めている。

「では、女子大学はどうですかな」

内藤は、皮肉そうな微笑を漂わせながら、裕子の生々とした顔をみていた。裕子も、この四月で、女子大学を終ったのであった。

「何しろ二十一歳で女子大学を出る日本のコースってんですからね」

「よろしいわ。そう仰言るなら、答をみせてあげます」

裕子は、日記帳のうちにはさんでおいた封筒をとり出して、中味を抜いて二人に見せた。

「無事こちらについた。お約束に従って桜桃の二枚の葉を封入する。山形県の桜桃は、明治九年に北海道から移植されて、いまは県下一帯に分布している。主なる種類は三種あり、第一号品種はアリバーブルギーン、第八号品種はガヴァナアウッド、第十号品種はナポレオンと言う。この葉は八号品種なのです。実は七月でないと駄目です。ママによろしく。二三日うちに帰るつもり——五月十一日父より」

「どうです。お二人共に、試験は落第です」

裕子は、日記帳だけを手にもって、二人を等分にながめている。

「お父さんからですね。実は、それで今日は伺ったのです。僕達二人は——」

中村は、もう冗談はおやめです、と言うように、そう言った。

「でも、この通り、便りは来たのよ。それが十一日づけのものが、昨日、十九日に来たってのは、ずいぶんかかっていることはいるんですが、——でも生きてることは生きていますよ」

「五月十一日には——ということでしょう」

「いやな方ね。では死んだとでも仰言るのですか」

中村は、そう言われて、昨日会社の社長より言われたことを述べた。重役石川氏が山形へ出張して、帰って来ない。一週間の予定なのが二週間になっている。それに十九日朝になって電報が来た。「五マンエンキヨクドメシキユウデンニテオクレイシカワ」と言う。送ってもいいが、銀行関係で、月曜日になるが、とにかく御家庭の方には何か便りがあったかという言い付けであった。

「ママを呼びましょう」

裕子も、電報をみてちょっと眉をしかめた。

石川夫人は応接間に出て来て、委細を聞いた。

旅行の目的は、夫人も知っていた。それは××工業株式会社では、労務者にも社員にも、ここで生産をはげましめるには、食糧補給をせねばならぬ。それで石川氏がその調査と契約のために、十万円の現金をもって出かけたのである。幸い、山形県の新庄には、会社関係の人でもあり、石川氏とは面識もある日野氏というのが居り、その方面の有力者である。現に、石川氏の東京を出発する時は、日野氏が新庄駅頭に出迎える打ち合せもしてあった。

ところが、今に至るまで、会社には報告もないし、本人が帰っても来ない。しかも、理由も添えずに、電報が来たというわけであった。会社では念のため日野氏あてに電報をうった。日野氏からは、直ちに返電が来て、それが今朝会社についたので、中村はその電報をうけとり、社長の自宅に立ち寄って許可をうけ、それも持って来たのである。電文には「アルゲンドノケイヤクデキタ」イシカワシハ一二ヒタツタ」モウ一カシヨヨルトイツテイタ」コチラハサシズヲマツテイタ」ヒノ」とある。つまり石川氏が契約をして帰れば、会社では直ちに社員を派遣して運搬をするはずであったから日野氏が待っていたのも無理はない。特に食糧の運搬は、法によってある制限を受けているので、日野氏は心配していたに違いない。

もう一箇所よるとすれば、石川氏はそちらへも契約をしたのであろう。そしてそれは日野氏の紹介によるところであろうと推定される。新庄でないことはたしかであるが、それが遠いところであるとは思えない。あとの電報で金を請求して来たのは、その契約のためであろう。しかし、それにしても日がたっている。石川氏は酒癖はない。女色関係も嗜好はないはず。のみならず、計算の正しい、むしろ正しすぎる人である。

しかし、日がのびているとは言っても、何とかもっと連絡するに違いない人である。さして疑問とか不安とか持つ必要はないであろうが、現在交通関係も、通信関係も仲々面倒な時代であるから、何しろ法の制限もある問題であるから、会社側にも心配がある。

「判りました。うちへは、裕子から申上げた通り、おくれて一通手紙が来ただけです。それも、あなた、のんきな手紙で、桜んぼの葉を二枚封入してきている仕末ですからね」

母親は、そう言って笑った。

裕子も、それから内藤も、母親の心配のなさそうな笑いに誘われて、笑った。

ところが、中村だけは、笑わない。何か胸にいちもつといった形で、少しずつ不安になっているらしい。

「失礼ですが、旅行にはどんな服装でおでかけでしたか」

「アラ、ホームスパンの洋服に、東北はまだ寒かろうと言うので、冬の外套、それはパパの外套のうちではうす手なものですが、それからボストンバッグを一つ、それは手に提げられるものです。それからステッキ——それだけですわ」

中村はますます眉をひそめて「ホームスパンはチョッキもありましたか」ときいた。

「勿論——」

「色は?」

「やや明色の赤茶色の入った——」

中村は、沈黙して考えている。

「アラ、何よ、中村さん。急に憂鬱になったわ」

「実は、失礼な想像を許して下さい。僕は、不安なのです。これも石川さんを思うのですから、お許し下さい」

「何よ」

「実は——僕は昨日の土曜日の午後、洋服を一着欲しいと思って心がけていましたが、ある人の紹介で、神田のある古着店に行ったのです。ずいぶん高いのですが、気に入ったのがあって、それがホームスパンでした。僕の手にあわない値段なので、結局買いませんでしたが、それが、今仰言る石川さんのホームスパンだと言うわけではないですよ。しかし、僕は気に入ったので、それを手にとって調べている間に、チョッキの左の下ポケットに指を入れてみると、何か入っている。ゴミだと思い、出してみると、植物の葉のしなびたものです。その時は何とも思いませんでしたが、今朝お嬢さんから、桜んぼの葉をみせていただいて、何故か、それと同じものじゃないか——と感ずるのです。僕の思いすごしですよ。しかし、——」

一同は少しずつ不安になって来た。

母親は、あらためて二通の電報をよみかえした。そしてやや蒼白となった。

「まさか——パパの洋服が東京で現われるなんて」

「そうです。それはないでしょう。しかし、これは手をうつなら、はやい方が安心出来る——」

中村は内藤をかえりみて、口をきいた。

「僕も失礼な申し分をいたします。これも心から考えてるのですから許して下さい」

「何よ。おっしゃいよ」

「はい最悪の事情は、ひょっとすると石川さんは、警察に抑留されて。——つまり取り引きのことで——ではないかという考え方もあります」

「内藤君、そうだったら、僕は万歳だよ。警察ほど安全なところはないからね」

「しかし、不名誉じゃないか」

「いいや、そんなことはどうだっていい。僕には、生命の問題が不安なのだ。かんべんして下さい」

中村の思い切った言葉で、四人は真剣になった。

「どうしましょう。何かあるなら手をうちたいものです。まさかとは思いますが」

石川夫人が言った。

「思案にあまる時は易をみてもらう——、僕の友人に易にこってるのがいて、支那哲学をやってる男ですがね」

内藤は、ややあって、そう言った。

「僕は、とにかく潮田さん、あの探偵事務所の潮田さんに相談してみたらと思います」

中村はもうすでに考えていたことと見えて躊躇なく言った。

「易と探偵？　お二人は全く違った考え方ね。電気の工学士が易で、冶金の工学士は探偵——」

「裕子ちゃん、冗談言ってないで、両方ともやってみたいわ」

石川夫人は、二人の青年の方へ向いて、

「お二人でその二つのことをやっていただけません。必要があれば裕子に手伝わせて——」と言った。

「そうしましょう」

二人は殆ど同時に、そう言った。

内藤と中村とは、それを別々にやらないで互いに協力することになった。そして、いずれも裕子が加わることになった。

易の結果が、その日のうちに出た。その次第は次に述べるが、易解は「失踪だ。死体となって埋められている」と出たのである。

2　易と探偵

裕子と二人の青年は、内藤の知っていると言う支那哲学の文学士のところに行った。

「ハハア、自然科学者が易にやってくるとは、さては思案に余ったな」

兼田文学士は、そう言ってすぐに言い足した。

「詳しい事情をのべてはいけませんよ。易というのはプロバビリティなのでね。卦が出たら、それを私心を離れて解釈するのです。事情をのべると私心を入れるのでね」

「問題はね、このお嬢さんの父、当五十五歳、二週間ほど前に旅行にゆき、消息不明で、その運命を聞きたいのだ」

「よろしい。たててみよう。しかしね。易というのは、飽くまで当てにはならぬよ。もしそれで、何か思い付くことがあったら、それが手をつける因縁になるだけだよ。願ってはいけないよ」

大学出の易経研究家は甚だ合理的な逃げ道を張っている。

「易は科学ではないよ。しかし、解釈学だよ」

哲学上の術語であろう。兼田文学士はいろいろ注意したあと風変りな易を立てた。

「ほう。既済《きせつ》の卦だ。彖《たん》に曰く、終止則乱、其道窮也——ほう上六。その首《かしら》を濡らす。厲《あや》うし。この詩はだね。例えばその尾を濡らすような深いところを恐れて渡らぬと言う狐が、その頸までぬらすほど深入りするに似ているという詩だ。いいかね。わしはこれを次のように解く。この紳士は、死体となっている。地のうちに埋められている。場所はどこか、旅行の先端だと思う。山か川か。山だと思う」

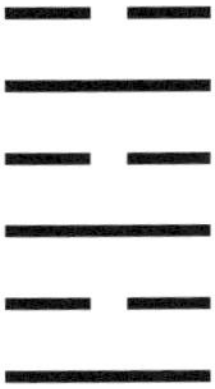

離下
坎上

兼田文学士は、これだけのべて、黙った。

「もうとっくに出来てしまった。——あとは判らん」

三人は、易なんて当るものか、と思っていたのであったが、ズバリとやってのけられたので、急にしょげた。しかし、兼田文学士の言うように、この言葉でこの問題を追求するという勇気が出た。

「僕は易というものの意味が判ったよ。これをすてておくか、追求するかを決心させるに役立つものなんだね。ああ言われると嘘でも追求する方へ心が向うものね」

中村は、そう言った。二人はともかくも石川夫人にこのことを告げて、その夜は潮田探偵事務所にゆくことにした。

中村は潮田氏とは親しくないまでも単なる面識以上のものがあったので、疲れている潮田氏も心よく逢ってくれた。

「易をみたのですって。よろしい。しかし探偵は易とちがって、あらゆる具体的の事実、心理的の動きを述べてもらわなければなりませんよ。時とすると家庭上のトラブルにも入り込まないでは、解決出来ないものですよ」

もとより三人はかくすところはなかった。

「さあ、それだけの事実では、私は、これを追求する価値があるともないとも決定出来ませんね。しかし、何事もなかったとしても、これを追求するだけはしたいと仰言るなら、やってみましょう。——石川氏の性格もやや判りました。しかし、それからも根拠は得られないですよ。相手によりますね」

「相手?」

「そうです。日野氏の外に、もう一人の相手があったことは確からしいですね。その相手によります」

「相手による——と言われるのは何のことですか」

「つまり、私としては、ですね。お金もかかることですし、ある一つのことを確かめないでは、すぐに手をつける価値を認めがたいです」

三人は潮田氏が、中村の見たホームスパンの洋服を調べてという意味かと思ったので聞いてみた。

「いいや、そんな思い付きのことではありません。日野氏に電報をうって、第二の相手が日野氏の紹介であったかないかを聞くことです。もし日野氏の紹介した人物であったら、放っておきなさい。きっと何でもなく帰ってこられますよ」

「では、そうではない場合には？」

「そうでないとすると、凡ての疑いが生きてきます。桜桃の葉もそうです。ホームスパンもそうです。五万円送れもそうです。すべてが最悪の事情を指さすことになります」

「えッ！」

潮田探偵の言葉には迫力があった。

「では、それを確かめて、その上、やっていただけますか」

「そういたしましょう」

三人は、明日を約して潮田事務所を辞し、直ちに日野氏に電報を打った。「イシカワノアトノ一カシヨハアナタノシヨウカイニヨルカ」簡単な電文であったが、翌日社長あてに返電が来た。「イシカワシノアトノケイヤクハワタシノシヨウカイデハナイ」これは明瞭であった。

中村と内藤は社長の許可を得て二人で出かけることにした。それに裕子もつれて、潮田探偵は、その夜に出発する手筈をととのえさせた。

上野駅で四人が一緒になると、潮田探偵は「事件は簡単ですよ。しかし、簡単であるだけ結果はいやですね。古着屋の方は調べましたが、洋服は一昨日の夕刻に売れていました。ところが、洋服のうちに入っていた桜桃の葉はありました」と言った。

「え？　桜んぼの葉？」

「そうです。店の女の子が、売り渡す時にポケットを全部しらべて、出して捨てました。捨てたのが屑かごのうちにありましたから、今日の午後にも見つけられたのです。検査をしました。桜桃八号の葉であることは、大学の植物学教室で直ちに決定してくれました」

そう言って、ポケットから書類入れを出して三人に見せた。裕子宛の父よりの手紙、二枚の葉と、洋服からの一枚の葉とが入っていた。

「これが証拠品です。この三枚の葉をみてごらんなさい。切り口があるでしょう。大学で検査したあとです」

裕子は急にしくしく泣き出した。

「お泣きになってはいけません。しかし、私の予想では、幸福でない結果ではないかと思います。その点は気を強くもっていて下さい」

「したが、そのホームスパンは誰の手に渡りましたか」

「それは判りませんでした。また判らぬでしょう。ただあすこの女の子には感謝せねばなりません」

中村はこころのうちで、石川氏の着衣がはがされて、もう東京の市場に出たことを考えると、石川氏の運命は決定的だと思わねばならぬ——と考えていた。

ではしかし犯人は？　それが自分達の前途に横わっているのだ、と思うと、裕子をつれて来たのを後悔されてくるのであった。

第一の目的は、新庄について日野氏に逢うことであった。東京から電報がうってある。裕子にとっては、奥羽本線の旅ははじめてであった。福島から東北本線をのりかえて、汽車は左に分れて西に折れる朝の窓から吾妻山の火山群を眺め、おびただしい梨畑を右に庭坂につき、ここより東北地方の背柱をなす奥羽山脈を横断してゆくので、線路はようやく勾配が加わり、補助機関車がついた。

松川の峡谷では峡流深く脚下にそそぎ幾つかのトンネルとスウィッチバックを過ぎて、汽車は山形県に入る。峠駅は海抜六二六米、この地方の最高点である。これから最上川の支流、羽黒川に沿って西北に下り、左窓に防雪林の落葉松をみながら米沢を過ぎ、やがて蔵王山を望みながら上の山について、すぐにも山形盆地に入るのであった。

黒く松で蔽われた千歳山、虚空蔵で名高い白鷹山、はるかに白山の鈍頂をのぞんで、いよいよ一行は山形駅についた。

「山形からは左沢《あてらざわ》への支線が出ていますよ。その線をゆくと出羽三山の景勝が見えるのです」

中村はこのあたりをよく知っているとみえて裕子に説明していた。

山形から千歳、天竜を経て汽車は益々北走し、冬は雪深いこのあたり、右に最上川の急流をみながら大石田に出る。大石田から丘陵地を経て、今や新庄盆地の開けてくるところに入った。左の窓からは、水田のうちに散在する孤丘が見え、一行は目的地である新庄駅についた。

「日野さんは御存知ですね」

「はい、知っています」

裕子は、混み合った駅に下りると出迎えに出ているはずの日野氏を求めた。

「ああ、日野さん」

「石川さんのお嬢さんですか。大きくなりましたね」

「御一緒の方、潮田先生と、それから中村さんと内藤さん、お二人は会社の方です」

日野氏は素朴な村夫子《そんぷうし》然たる人であった。

「とにかく、駅前の旅館をとっておきましたが――これからどういう御予定ですか。そしてお父さんはまだお帰りになりませんか」

「さあ、予定は一切あなたにおめにかかってからのつもりです。とにかく、その旅館にゆき、都合によってはあなたの町へも参ります」

潮田探偵は、歩きながら要領よく東京でのいきさつを述べた。

「ほう。それはとんだことです、とにかく、休みながら、御話を承ります」

日野氏は四人を案内して、旅館の一室に入ると、潮田氏はくつろぐひまもなく、早速本題に入って、五月十二日、石川氏と日野氏とが別れるまでの話をしてくれるようにと頼んだ。

「そうですか。承知しました。こうと、石川氏が新庄につかれたのが、九日の夜だったのです。私は駅まで出ていましたが、その日は汽車が非常におくれたのです。そして、私はバスでN町まで帰らなければならぬので、気が気ではなく、とうとう、最終のバスまで待っても石川氏は来られないのです。仕方がないので何か連絡して下さるものと考えて、私はその最終のバスでN町の自宅に戻ったのでした」

まず、最初に意外な話である。三人は日野氏の正直そうな話方に聞き入った。

「ほう、では、九日の夜には逢われなかったのですな」

「そうです。自宅までおつれするつもりで用意していたのですが、不可抗力と言いますか、汽車の都合でとうとう、その日はおめにかかれず、翌日の夕刻に至ってはじめて石川さんはN町まで来て、私の家をたずねて下すったのでした」

「では、その九日の夜は石川氏はどうしたのでしょう」

「それがです。十日の日に私の家に来られての話によりますと、汽車が新庄についたのが、予定より二時間もおくれて午後七時近くでした。バスの終車が六時四十五分ですから、ちょっとした違いでしたが、それからあとN町まで来る方法はありません。ところが、新庄から南のN町とは反対の方のM温泉へのバスは七時三十八分が終車なのです」

そこで日野氏に逢うことの出来なかった石川氏は、駅前の旅館で一夜をあかして、日野氏と連絡するがよいかと考えたが、それも面白くないと思ったので、M温泉行のバスにのって、温泉に一夜をすごしたいと考えたと言うのである。

M温泉についてみると、もう八時半にもなっていた。米と、現金とをボストンバッグに入れて持っていた石川氏は、めぼしい温泉旅館をたずね歩いたが、どこでもフリの客を泊めてくれようとしなかった。途方に暮れてふと見ると、バスの終点の休み場には、一人の立派なインバネスを着た、中年の男がいて、自分と同じように途方にくれているらしかった。――暫らく互いに言葉をかけなかったが、やがてその男は「失礼ですが、あなたも宿にお困りではありませんか」と石川氏に声をかけた。

石川氏は、その丁寧な礼儀の厚い感じのする男に対して、自分はこのあたりは全くはじめてで困っている。あなたはこの近所を知っているか、と聞いてみた。

「少しは知っています。あなたは東京からですか」

「そうです。××工業株式会社のものです」

「ああ、その会社なら私の知人がいるので知っています。私も東京から、つい今日来たのですが、生れは秋田の者ですから、隣県の山形は少しは知ってるのです」

なるほど、そう聞いてみるとこの男はかなりひどい東北訛りがあった。インバネスの下は立派な和服を着ていた。しかし持ちものは小さい風呂敷包が一つだけで、東京から来たにしては、いかにもむぞうさな感じがあった。

すると、その男は、どうですか、二人ならば談じ込んで、どこかの宿に無理をしてでもとめてもらおうではありませんかとすすめるので、石川氏も外に思案もないので、その男と一緒に、もう一度M温泉の町を歩きながら、二軒ほど宿屋を聞いたのである。すると三軒目の、ともかくも温泉宿で、相部屋でよいと言うなら、そしてまた米を持っていられるなら泊めてもいいと言うのがあった。二人はやれやれと思って、早速上り込んで、六畳間の、そんなに汚くもない一室にやっと有りついたのである。

このようにして、石川氏の翌日日野氏に語ったところによると、九日の夜を過したのである。

3　一瞥の印象

「なるほど、どうも失礼しました。それにしては、今日は御ゆっくりでしたね」

日野氏は、石川氏の奇遇の話を聞いてこう言った。

「それで、その男と相宿をしてみると、ともかく、湯にも入れたし、お酒も若干あったし、それに、その男は膝もくずさずに酒の相手をしたり、いやに礼儀正しい人だったので、まあ奇遇と言えば奇遇——二人はついに東北に来た目的の話をも打ちあけました。聞くとその男は東京の寺院団体の人で、やっぱり食糧事情でこちらへ来たのだと言うのです」

「ほう。では坊さん出ですね」

「そうらしい。教育はさしてあるとも見えなかったですが、私が約五十円で庄内にあるというので来たと言うと、その男は、いや私は三十円位という話で来てみた。すると五十五円だと言うのでここはもうあきらめるつもりだと言うのです」

日野氏は、勘定高い石川氏の口ぶりに、ちょっと不快な思いをしたが、それが自分達の会談の目的なので「そうです。お手紙では五十円と申上げましたが、おいでになるまでにどうしても五十六円ということになっているのです」と遠慮なく言い出した。

「いや、それでいいのですよ。あとでひとつ細かいお話を伺って、現物を拝見して契約をします」

石川氏はそう言ったが、日野氏は、なお、昨夜の男の言うところを聞いてみたいと思った。

「なに、はっきりは言いませんでしたが、秋田の方ではその半分位だから、自分は秋田の方へこれからまわると、その男は言っていました」

石川氏は、その値段については、ここでははっきり話していない。そしてすぐにも二人は取り引きの話をはじめた。

結局、石川氏は日野氏に願って世話してもらった分を三万三千六百円で買うことにきめた。そして、翌日、日野氏の案内で庄内の現物をみて、それだけの金を直ちに払って契約をしたのであった。翌十一日の夜も日野氏の家にとまって、その夜裕子あての書面を認めて出したものと思われる。十二日の朝、石川氏は辞去しようとして、言おうか言うまいかと考えていたらしいが、結局日野氏に言った。

「ついでだから、秋田の方へも行って、安いかどうかを調べた上で、安ければ若干契約してかえるつもりです」

「それは賛成です。しかし、その男の住所がおわかりですか」

「いや、そのことですが、この町にも温泉があるでしょう」

「N温泉、ええ、それはつい二丁ほどのところです」

「そこに泊って、その男が待ってるはずです」

「はあ、そうですか。では、これからN温泉にゆきますか」

「ええ、そうしてみたいと思います」

日野氏は、それでは、御案内方々お伴をしましょうと、石川氏は帰り仕度をととのえて、バッグを持ってつれ立って出た。——その男、その男って、名前は言いませんでしたか——潮田探偵は、日野氏の話を途中で折った。

——そうです。名前はたしか申して居りませんでしたね——

——じゃあ、あなたは石川氏のその男というのを、全然知りませんか——

——いや、ところが、二人はつれ立って外に出て、ほんの二丁ほどですから、私が案内して、N温泉に行ったのです。何という宿ですか、と聞くと石川氏は手帳を出して、常盤館ですと言うじゃありませんか——

——常盤館？——

——そうです。たしかにそう言いました。ところがN温泉には常盤館というのはないのです——

——ない？——

——ないです。尤も、私の知らぬうちに出来た新旅館かも知れないと思ったのですが、そうでもありません。時や旅館のまちがいでした——

——時や旅館ですって？——

——そうだってことは、忽ちわかりました。というのは、御存知のように地方の町並は一本街道ですから、石川氏と二人で歩いていると、時や旅館の二階の手すりに、手拭をかけている男がいて、石川氏は忽ちその男を街路から見上げて声をかけたのです。私は、これで案内もすんだので、では御免下さい。いずれまたと申しまして、すぐに引きかえす、石川氏は時や旅館に入る、といったわけで、十二日に別れたわけです——

潮田氏の眼は、この話をきくと、ちょっと異様な光を見せた。

「ほう、それであなたは、その男をみましたか」

「見ました」

「見覚えていらっしゃるでしょうか」

「さあ、——ほんのちょっと見ただけですから、どうと申上げ兼ねますが、しかし、もう一度逢えば判らぬことはないと思いますよ」

「どうです、どんな印象を受けましたでしょうか」

「さあ、別に深い印象ってほどのこともありません。ただ、背の高いことと、石川氏の話では相当の年輩のように想像していましたが、案外若いのではないか、という印象です」

「悪るい奴といった感じは？」

「さあ、それほどとも思いませんでした」

「ありがとう存じます。今までのお話ですっかり判りました。ついては、その男が犯人かどうかともかくもそれからあとの石川氏の足どりというのを追跡しなければならぬのですが、ついでですから、これからバスでそのN温泉へ行って時や旅館を調べたいのですが、あなたもお帰りになるなら、御案内願えると有難いのですが……」

潮田氏は、はやくも活動を開始するつもりらしかった。

一行五人は、N町ゆきのバスにのった。そしてその夕刻には日野氏と別れて四人はN温泉の時や旅館に入った。

「石川さんのお嬢さん。あなたは、これから内藤さんか中村さんと一緒に東京へおかえりを願わなければなりませんね。でも、今晩はゆっくりお湯に入っていらっしゃい」

「どうしてですか。私がいてはお邪魔ですの？」

「いや、そういうわけではありませんが、なお四五日はかかると思いますのです」

潮田氏はそう言って、「単純な事件とは思いますが、案外な智能的なところがありますよ」と考え深かそうに言った。

裕子は、父の敵うちといった感じで、ここまで一緒に来たが、そう言えば母も心配しているであろうし、あとはきびきびした潮田氏にまかせる気持ちもあった。

その夜のうちに、十日十一日の二日間の、その男の滞在の模様は、潮田探偵の手によって明かにせられた。意外にも、その男は、時や旅館には石川寛五十四歳と名のって泊っている。

「つまり、石川さんは日野さんの自宅にとまっているのをつけ目に、そうしているのです。だから、私共は、まだ、その男の名前さえ——多くは偽名をつかうでしょうが、それさえ知ることは出来ないのです。だから、九日の夜泊ったというM温泉をも調べてみなければならぬのです」

潮田氏はその夜、おそくまでノートを書いて捜査の構想を練った。そして、翌日、裕子と内藤とがつれ立って東京へかえる時に、実はついでに重要な用件を果してくれと言って次のことを頼んだ。

（一）石川家では、すぐに石川寛氏の失踪届と、捜索願とを警視庁に出すこと、ついでに山形と

秋田管下へ捜索を依頼すること
（二）会社の社長さんには、五千円だけ山形局留で電報為替を出しておいてくれること、それは犯人が電報で五万円送れと言ってあるが、その通りに石川氏名宛の留置で送ってくれること
（三）潮田探偵事務所へ話して、助手を二人至急山形へ来るように言ってもらうこと
（四）あとは中村君と二人でそれぞれ連絡をすることを承知しておいてもらうこと
の四項目であった。

裕子と内藤とは東京へ帰って、この四項目を直ちに手配した。潮田氏と中村とは、その日にM温泉を調べてみると、M温泉のその男と石川氏の足どりは判った。宿帳には、九日の夜、相宿をした二名のものは、石川寛五十四歳、同じく誠四十二歳となっていた。

「どうも、その男の名は判りませんね」

「ではこれからどうします」

「明日は、山形へ出て、警察と相談しましょう。恐らく東京からの捜索の命令が来ているでしょう」

中村は、潮田氏がどんな構想をもっているか判らぬので、心配していた。

翌日、二人はM温泉から新庄へ出て、山形市についた。そして直ちに警察署へ出向いて、潮田氏は面識があると見えてすぐに署長に逢った。

「手配は来ています――どういう方針でやるか、明日協議しましょう」

潮田氏は、明日と言わずに今日からでもやりたいと申出た。

「だがその方針は？」

「犯人は、本県出身と思います。もしその男が石川氏に打ちあけたように、秋田出身だったら、ことは面倒ですが、私は秋田とは思わないですよ。もっと安値だと言うのも秋田ではなく、やはり山形の他のところへ案内したものと見ますよ。いや、案内したのは最も殺人に都合のよい、勿論、

本県でしょう」

「それで」

「そう考えると、第一着手として、前科者名簿です。あれを、日野氏に見せて心当りを調べてもらいましょう。写真と指紋は整備してあるでしょう」

これで、最初の方針はきまった。署長はすぐに電報で日野氏を呼ぶことになった。

翌日、日野氏は山形署に現れた。捜査課長と潮田氏とは「ここに前科者の写真がありますが、どうかよく見て下さい。そして、あなたが時や旅館の二階の廊下にいた、その男に似たのがあったら、指摘して下さい」と頼んだ。

日野氏は一室に入って、写真帳をくっては考えている。潮田氏は、じっとそれをみている。二百枚に及ぶ犯罪常習者の写真を、日野氏は丁寧にみた。そして約一時間半ほどすると、日野氏は「あっ、これです。これです、これによく似てるのです」と叫んだ。

4 起伏

「どれどれ――」

捜査課長と潮田氏は、とびつくようにして、その写真をみ、そこに書いてある記載を読んだ。

松本岱岳――当三十八歳。身長はかなり高い。痩せている。面長で、眉は濃い。ひげはない。挙措は礼儀正しい。曾つて刑を受くること三回、つい二年前に刑期を終っている。住所不定。犯罪の行われたのは三回共山形県下である。最初は傷害、二度目が詐欺。三度目が脅迫。柔道が出来る。学歴は中学校四年まで。

その外に、仲間の関係として数名の名があげてあり、女の関係で二名の女の名がある。

「ああ、これだ。松本――名前からみるとお寺に関係もあるらしい」

「これなら、今、署のうちにもこれを調べた刑事がいるはずですから、詳しいことは聞けると思います」

「そうですか。ではいかがでしょう、これを手配していただけるでしょうか」

「そうしましょう。全国ですか？」

「さあ――とり敢ず、県下だけにしてはいかがでしょう。宿屋だけにしてはいかがでしょう」

「それでいいですか。やりましょう。その外に、仲間や女の関係を調べてみましょうか」

「そうですね。県下だけは、そうしていただきましょうか」

念のため、山形署にあった外の常習犯者のうち疑いを有すべきものを拾ってみたが、捜査課では、松本に全力をそそいでよいという意見に一致した。

「さあ、犯人の目ぼしはついたと思う。どうします、中村君。東京から私の助手が来るから、それらに任せて、一旦東京に帰りましょう」

中村は警察署の内部も始めてであるし、常習犯罪者のリストや写真の完備していること、その捜査方針のたて方などに感服した。

これが、犯人ときまれば、なるほど単純な事件であった。しかし石川氏は、あのあとどうしたのであろう。いずれも、犯人を捕えて聞くより探す方法はない。

刑事は、その写真を持って行って、N温泉とM温泉での松本の宿泊をたしかめた。それに違いないことが判った。それから、女の関係を調査した。この方は、ここ数箇月、松本の消息がないことがほぼ確かめられた。

男の仲間についてはどうか。数名のリストを一々当ってみたが、うち二人の人物を除いては、同じく数箇月関係がない。

「二名とは、どんな人物ですか」

「一名は賀川台助三十四歳、もう一名は横井晴吉三十一歳——ですね。この二名は、共に住所不定で、現在不明です。県下にいるかどうか判りませんね」

「その二人の特徴が判るでしょうか」

「そうですね。賀川の方は背は高くなくて肥っているはず。横井晴吉の方は背が高く、前にこれを松本が自分のかえ玉に用いたことがあります。しかし、今度のN温泉もM温泉も、これではありません。それは調べに行った刑事が確認していますよ」

中村は、潮田氏が松本をつきとめた以上、なおそれらの人物に気を配るのを、不思議に思ってみていた。

潮田氏の助手二名も到着し、事件の全貌についてはよく教え込み、松本の捕縛を待つだけにして、潮田氏と中村とは帰京することにした。

その日の夕刻、署から潮田氏に電話がかかって来た。

「どうやら網にかかりましたよ」

「え？　ほんとうですか」

「あなたの宿の近くの駅前旅館ですよ。すぐ刑事が連絡にゆきますから御待ち下さい」

潮田氏はこの快報でも笑顔を見せなかった。中村は傍でそれ聞いて思わず緊張した。

二人の刑事はすぐにやって来た。「あの旅館です。女中が気がついて、すぐ内通して来ました。とにかく、強い奴ですから、警官を三十名、それに町会の連中で旅館を遠まきにしています。行ってみませんか」

潮田氏と一緒に、中村はわくわくしながら見に行った。

その日、川平旅館の女中は、正午頃宿泊した和服の客の横顔をみて「アッあれだ」と思った。それはあとでその女中の殊勲とされたことであった。その和服の客は、僧の着るような被布を着ていた。

「泊るかどうか判らないけれど、静かな部屋でちょっと休みたい」

「部屋をおとりになるなら宿帳をつけていただきます。近頃警察がやかましくなりましたから」

「うん。そうしよう」

客はむぞうさに承知して石田誠当三十九歳と書き西村山郡醍醐村一二九四番戸と住所を入れた。

捕り物というのは、実にさわがしいものだ、と見ている中村が思う位であるから、客が表の様子を気付かぬ訳はない。しかしこの客は悠々と酒を命じ、二合の白米をあずけて、日永の午後にもかかわらず、寝てしまった。

「おい、松本、起きろ！」

刑事が二名入り込んだ。むっくり起きた松本は「何ですか。偽名がわるいんですか」と言った。

「とにかく、署に来い」

「あれから、何にも悪いことはしていません」

松本は、そう言って音なしく起きて、充血した眼をしながら、悠然と刑事について出た。

署に入った松本は、四方から責めかけられても空とぼけていた。

「ああ、石川さんのことですか。石川さんは帰りましたよ」

「どこにかえった」

「東京へ」

「いつだ。九日と十二日に貴様と一緒だったことは判ってる。十二日に新庄を出て、どうした、貴様は秋田へつれてゆくと言ったのだろう」

「石川さんがそう言いましたか。私はそんなことは言わないと思ってるんです」

「なに？　では何と言ったのだ」

「この山形のうちにもっと安いところがある。それは左沢だと言ったのです」

「それでどうした。正直に言え」

「十二日にN温泉を出て、新庄へゆき、山形まで来たのです。それからのりかえて左沢へゆきました。ところが、私の知ってる百姓が留守で埒があきません。そこのおかみさんが、主人がいれば、大体三十五円位でわけてあげられると言っていました。すると石川さんは、私をわきへよんで、自分は会社の用件で東京へ帰る。ついてはここに五千円しかないが君にあずけるから、明日手金をうってくれ、印形をあずけるから、会社へ自分の名で電報をうって、五万円ほどとりよせて契約してくれ――と言って、石川さんの自宅を教えてあとは自宅へ手紙で連絡してくれと言いました」

刑事は、松本の持物のうちに名刺と印形のあるのを責めようとしていたら、松本は先を越して、そう言った。

「旦那は、私がN温泉でもM温泉でも、今日も、偽名して宿帳にかいたのを怒ってるんですか。その他のことで、私は石川さんに関する限り悪いことをしませんよ。五千円の外に、三千円、私にお礼にくれると言って石川さんはむりに渡してゆきましたが、それは随意贈与ではないですか。――それから、米の闇買いなら、それはあっしではない、石川さんのことでしょう」

「ようし、誤魔化してやがるな。覚えとれ」

刑事はいきりたって、不在証明《アリバイ》を精査することになった。「十三日よりあと、今日まで貴様はどこにいる。証人と証拠とを調べるから述べろ――もし証人がなければ明りはたたないぞ」すると松本は平気な顔をして「慈恩寺にいるのです」と言い放った。

慈恩寺は左沢線で終点の左沢の一つ手前の駅高松から北に約四粁半、西村山郡にある天台真言の古寺で、天平年間の創建と伝えられる。本堂は元和四年最上義俊の再建したもの、雄大というか、むしろ粗大なる国宝建造物である。

それから三日、松本は警察の全力をあげての調査にもかかわらず、悠然と自説を固執している。潮田氏も中村もこれでは帰京することが出来ないのみか、潮田氏は焦燥の色を深くした。

石川氏が東京へ帰ったと言うのは明らかに嘘であるが、本人のアリバイは慈恩寺で証明せられ、十二日の夜よりずっとそこにいるのである。時々外出したが、それは山形へ電報為替が来たかどうかを調べに来たと言うのである。

左沢の百姓家というのを調べてみると、石川という人が来たが一人だと言う。あとでこれは松本であることが判った。問いつめると石川氏は外でまっていたのだと言う。米を一俵と言ったという点も、五千円とか五万円とか言うのと話が違うけれども、本人は、それは一俵として交渉したが、金が来たらあとの大量を交渉するつもりだと逃げる。

では、洋服のことは？　それは潮田氏はたしかにそれとにらんではいるものの、確証としては現物か確認してない。しかし、こうなってみると、洋服のポケットに入っていた桜桃八号の一枚の葉だけが心細い手懸りであった。

「潮田君、どうしよう」

署長も課長も、犯人はこの外にはないと思っていながら、もう一歩追求する方法に悩んだ。左沢附近をすっかり調べたが何しろ確たるものは何もあがって来ない。

「冒険をやらして下さいますか」

「冒険？」

「そうです。微罪釈放です。あとは御協力を願って、私がつけます。すると必ずあがると思います」

「さあ――どうしてやりますか」

「洋服が何しろ東京に入ってるのです。本人が行ったのでなければ、誰かが持って行ったはずです。共犯者でないまでも、そいつがあがれば、その洋服がどこから出たかで追求出来るでしょうし、恐らくその誰かが、もっと深いと思います」

署長も課長も、これには俄かに賛成しなかった。

「それでは仕方がありませんから、第二の手段をとりましょう。私は慈恩寺をたずねてくる者があると予想しますので、慈恩寺を張ってみたいのです」

この方法はやっと賛成を得て、潮田氏と刑事二名が、慈恩寺に滞在することになった。九日の間であったが退屈であった。同時に日がたつに従って、潮田氏の信用が落ちる感じで、潮田氏の焦燥は、はたの見る眼にも気の毒であった。中村もまた、会社を休んでいつまでもいるのは困った。

5 解決

慈恩寺に張り込んでから九日目であった。復員者のような服装をした背の余り高くない青年が、松本をたずねて来た。刑事は写真を用意して来ていたので、賀川台助であることが判った。

賀川は忽ち捕えられた。

「貴様を待っていたのだ。石川氏を殺して洋服をはぎとって、東京へ持って行った貴様は、松本の共犯としてあげられるのだ」

「え?」

「松本が自白している。貴様が共犯だと言っている。釈明があるか」

「共犯。うぬ。そんなことはない。己は洋服の外に五百円貰っただけだ」

「では何しに松本のところに来た」

「洋服は千二百円で売れたが、東京ではそれっぽっち十日ともたねえ。あとの割前を貰いに来た」

「いくら割前がある」

「松本はとにかく、八万円とった。その外に五万円電報で来たはずだ。己だけ二千円じゃつまらねえ」

「よし。では死体はどこにある。松本が殺して貴様に埋めさした死体はどこにある」

それは左沢の山地に埋めてあった。

松本の自白によれば、十二日に左沢に石川氏をつれてゆき、二三軒の百姓家を見せて、更に山地にのぼった。一人ではと思ったので山地の方に賀川に穴を掘らせて待たせてあった。

殺したのは、後ろから石塊でなぐったので、松本一人で足りた。賀川に五百円と洋服を与えて東京に走らせ、あとでもっとやる約束で、自分は歩いて慈恩寺に入ったのが十二日の行程であった。

あとで調べたところによると、もし松本一人の行為であり、洋服も共に埋めてしまったとしたら、この事件は仲々発覚しなかったと推定される。そうだ。何と言っても、この事件の手がかりは、石川氏が娘に送って来た桜桃の葉と洋服のうちの桜桃の葉とであった。

潮田氏は、あとでひそかに中村君に話したが、中村君はこれを裕子さんにもママにも話さなかった。

「犯罪は実に被害者の性格にもその根がありますね。例えば石川氏は重役であり、会社のために出張するのに何故誰かをつれてゆかなかったのでしょう。私は死者に失礼だが、それは会社のためにつくすと同時に、自分の分も心配するつもりと、それが考えにあるとすると値段のところを単価五円でも安い方がいいと考えた点にあると思います。

犯人に誘われたのも値段の点にあり、会社へは五十円ほどとなっているのに、それが三十円とか三十五円となると、自他の区別なく誘われるでしょう。もう一つ失礼なことを言えば、その相手が日野氏のように、東京からもう企劃に入っている人でない、旅に出てからの知合いなら、少しは後暗い人物でも、いや、そうならばなおのことその交渉の内容はあとで明るみに出す必要がないと考える心が、石川氏のうちになかったとは言えますまい。

調べているうちに判ったのですが、石川氏は紳士です。申し分のない正しい人です。性格としてはきちょうめんな人です。それが一面には勘定高い点でもあります。

しかし、この性格が、今度の事件では決して小さくない役割をもっていると見なければなりませんね。その性格が犯人に見すかされたとも考えられます。勿論、犯人とてもそう意識して手をかけたかどうかは判りませんが、私は、正しい紳士が、不運な道づれにやられた、とだけ考えていないのです。人間の性格というものは、そんな風な働きをもっているのでしょうね」

「スキがある——とよく言いますが、それがあなたの意味ですか」

「そう言ってもいいでしょう。そのスキと言うのは、私心とも言えます。私心ある性格とも言えます——また、こういう見方もありましょう。資本家としての生活から、そのような性格が形成されるのであるかも知れないと言う——それです」

「あなたが五千円会社から送れと言ったのは、あとどう用いるつもりだったのですか」

「ああ、あれですか。私は洋服のことから共犯か手先きがあると思っていたのです。アリバイをつくる手先もあるかと思っていましたので、犯人の電報を生かせば、郵便局で片われを捕えられると考えて、手をうっておいたのです」

潮田氏は、疲れて沈黙した。

猫柳

前篇　早春

1

律子は柳の木をみるたびに、いつも独逸の詩人シュレーゲルの歌ったという、憂愁の詩を思い出す。

　憂愁とは何なりや
　そは流謫《るたく》の魂柳の下に憩いつつ
　遠い故郷を思う
　あくがんの吐息ならずや

でも、猫柳は別だわ。そんな憂愁の身を毛皮の外套につつむ貴婦人のように、淋しいけれども露わではないわ――と律子は思いながら、早春の夕暮わが家にかけ込むように入った。

「パパはまだ」

「ええ、まだです」

律子は、ママの返事をきくと、まるで怒ったように二階の自分の部屋にかけ上った。

東京の本邸も売ってしまった。別荘の二つをも売ってしまった。今やっと一つだけ残っている別荘で、それを本邸に東京から一家が移り住むことになって、律子は転校した女学校へ通うのに、二つの電車をのりかえなくてはならぬ、凡そ一時間半にもわたる通学をしなければならなくなった。

男が、事業に失敗すると、こうなるものであろうか。父は、聞くところによると、この残った別荘をも手離さなくてはならぬことになったらしい。

「今まで何度もこういうことがありました。律子さんは子供だったから御存知ないでしょう。――でもママはいつも一緒に苦労して来たのよ」

「じゃあ、パパは、再起また再起というわけでしたのね」

「うん。そうなの。今度、だから心配しているのです。さすがのパパも、今度は再起の勇気が大分くじけているらしいわ」

「じゃあ、どうすんの」

「パパさえ御元気なら、何も言うことはないんですがね」

「でも。ピアノ手離すのはいやだなあ」

「いやでも仕方がないことよ。でも、パパもう一度立ち上れば、ピアノ位何でもないわ。すぐ戻るわ」

そのパパが、二、三週間、ほんとに参っているらしかった。温泉のついたこの別荘を手離すのは苦痛であるに違いない。疲れた年齢、蹉跌の暫らくを、パパはここだけはのこして静養したいのであろう。しかし、何としても出来ない十万か二十万の問題が、パパを苦しめているらしかった。

「でも、パパも芯が強いから大丈夫ですわ。律子さんにも暫らく辛抱していただくかも知れませんが」

「辛抱もあまり好きません。けれど、それよりパパが可哀そうでならんわ」

律子は電灯もつけないで、母とこんな会話をしていた。

この時に、パパは死んでいたのである。

その夜はパパは出かけたまま帰らず、翌日の朝になって、知らせがあった。律子は、学校へ使いをもらって、ママの指図の場所へいそいだ。

それは、パパの自殺した場所で、家から登山電車で下りて、省線の本線に入ったN駅よりL駅への丁度中途どころであった。

2

日中はさすがに春を思わせる暖かさであったが、暮れかかると急に寒くなる薄暗を、列車はN駅よりL駅へと走っていた。

機関手は駅を出てやっと定常速度になったのでちょっとこころのゆるみが出たので、助手の方へ向いて、何か言いかけようとした時である。助手は、なお前方をみていたが、アッと驚きの声をあげた。

薄暗ではあるが、二本の鉄路はずっとまっすぐに見えていて、その上には何の障碍物《しょうがい》も見えない。左側は平坦の土地で、はるかに遠く海岸につづいている。右側は雑木林がつづき、特にその辺には草叢だったところがあった。その背高い草叢のうちにかくれて、列車の通るのを待っていた人物があったと見えて、突如として列車をめがけて躍り込んだ。

「それは、まるで誰かに投げられたといった感じがする位に、変な姿勢で躍り込みました」

見ていた助手は、あとで係官の質問に対して、その時の感じをのべている。

急停車はしたものの、こんなわけであったから、列車十三輛はその人物の上を完全に轢過してしまって、なお二、三丁へだててやっと停車することが出来た。それから後部の車掌と一緒に、機関手と助手とが、列車を下りて歩いて、現場へゆき、躍り込んだ人物は、既に頭蓋をひきぬかれ、胴体を切断されて、腰と二本の足とが数間のかなたに投げ出されていた。

「困ったな。駅はどっちも遠い」

「とにかく、列車はL駅に入らなくてはならないよ。それから現場はボーイを一人置いて、番をさせ、ついでに遺留品を集めておいてもらわなくてはならない」

すると、ボーイが厭がった。無理もない。駅も人家も遠い、この暮れてゆく場所に死人と一緒に少くとも三十分は待たなくてはならないのは、十九歳や二十歳の少年にとってはこわいことに違いなかった。

止むを得ず、列車ボーイと、機関車の助手一名とが残ることにし、間もなく列車は出た。L駅について手配をし、機関手と車掌とは急に交代して、それぞれの近駅に電報をうち、警察への連絡もしてから、L駅からも、N駅からも人が出ることになった。

N駅の方が大きな駅であったから、死体はN駅の方へ担架で運搬することになり、遺留品は、拾えるだけ拾った。翌日の朝早く、なお警察の方から現場調査をすることになり、ともかくもN駅で死体の身もとを確かめなくてはならない。

ひきちぎれた洋服のポケットに名刺が数枚あったので、人物の身元は、東京市K区H町一二〇番地、杉田純次郎ということはすぐ判った。電話番号もあったので、すぐN駅より長距離電話を自宅にかけたのであるが、それが、杉田氏のもとの本邸で、今はもう他人の所有になっていた。家の売買の時にブローカアが入っていたものだから、杉田氏の現住所を知るのに、その夜いっぱいかかってしまった。

それで、やっと翌日の午前中に、N駅より登山電車で少しのぼった現在の杉田家に知らせることが出来たのであった。

律子は女学校へ出たあと、婆やとママとが片附けをしているところに、交番の巡査が知らせを持って来た。

「電話ですからはっきり判りませんが、昨夜、N駅とL駅との間で轢死人があり、その衣類のうちに同じ名刺が数枚入っていたのです。それがお宅の御主人の名刺だったので、すぐに、家人の方にN駅へおいでを願いたいと言うことです」

「まあ——主人が?」

「さあ、それが御主人かどうか、確認していただくわけですが、ともかくも御主人はお宅ではないでしょうね」

「はい、昨日東京へゆくと申しまして出たきり帰って参りません」

「昨日のうちに帰られる予定でしたか」

「はい。帰ってくるからと申して出ましたのですが」

ママは気丈ではあったが、この知らせで恐らくは主人であろうと直感した。いそいで、女学校へ使いを出し、N駅に律子も来るように手配をして、ママの出たのが午後になってしまった。

3

律子がN駅についた時は、もうママは死体をみたあとだと見えて、泣きはらした眼をしていた。それを見て、律子はハッとした。

「パパがどうかしたの、ママ?」

「パパがおなくなりになったのです」

「汽車で?」

「ええ、轢死です。どうやら覚悟の自殺をなすったらしいのです」

律子は、そう聞いた時にも、泣く気になれなかった。

「ほんとに、パパなの? お顔をみた」

「いいえ。お顔は全く車輪の下になって、つぶれているのです」

ママは、そう言って律子にすがって声を立てて泣いた。

「あたしも見るわ」

律子は案外元気よく、恐れもせず、再びママと一緒に駅の一室に入った。担架の上に死体らしいものがのって居り、防水布がかけてある。テーブルの上には、遺留品が一々並べてあった。上衣のポケットに入っていたらしいものは出して、分類してならべてあった。

「遺留品では、今朝になって拾って来たものも、みんなここにあります。もう現場附近には、まあないと思いますが」

律子は、何よりも死体をみて、お別れがしたかった。しかし、防水布をとり去ると、さすがの律子も眼を蔽った。それはもう、パパであるか、誰であるか少しも判らないと言ってよい。

ところが、律子は、この時不思議なことを言い出した。

「ママ、死体よく見たの。ほんとのパパかしら」

「あたし、手をつけはしなかったけれど、もう色もかわってしまって判らないほど背の高さや、色の白さなど、パパぐらいだし、何しろ一方の足には靴をはいていますが、靴もパパの靴なのよ。――どうも、パパには違いないでしょうねえ」

「あたし手をつけていいかしら」

「そりゃあ、いいでしょう。でも、律子さん――」

ママはむしろ手をつけることを嫌っているようであったが、律子はツカツカと傍によって、靴のぬげている方の足の、靴下をとり去った。そして足ゆびの形などを一々調べてみた。納得が行ったのか、やがて靴下をもう一度はかせて、ママのところへもどって来た。

「死んでしまうと、変るからわからないものね。――でも、これはうちへ引きとれるでしょうか」

「それは引きとってお葬式を出すことになりましょう」

「新聞へ出るでしょうか」

「仕方がありますまい」

「厭ね」

律子は遺留品をも一々手にとってみた。

「足りないものもないように揃ってるわ。時計はこわれていますが、鎖までちゃんとあるわ」

「どういう意味なの」

「盗まれなかったのね」

二人は死体をみたあと、警察官のところによばれて、いろいろ質問を受けた。

「御主人に違いないでしょうね」

「はい。そうでございましょうと思います」

「何か自殺なさる原因でもお心あたりがありますか」

「はい。実は事業に失敗いたしまして、その上近頃神経衰弱ではないかと思われる節がいくつもございました」

「遺書がどこかにあるでしょうかね。少くとも死体の附近にはありませんが」

「宅を調べてみます」

この時律子は、思いがけない質問をした。

「あの、他殺ではございませんでしょうね」

「これは、かなり現場調査をいたしましたが、二つのことはまあ否定的です。一つはですね。殺されてから投げ込まれたか。しかし、これは出血の量、その他で判ります。生きているまま轢かれたことが証明されました。もう一つは盗難品もないようですね。それから、意志に反して投げ込まれるようなことは、現場に格闘のあとがあるわけではなし、他人の遺留品があるわけではなし、それに、まあ不可能の情況であると思います」

律子はうなずいて、もう何も言わなかった。

係官が、このようにはじめから自殺説をもっていてくれたのは、好意であったであろう。自宅を調べてみても遺書らしいものはなく、死の当日の朝、家を出てから死に到るまでの約十時間の杉田氏の行動は全く不明であったが、それは深くも追究はされなかった。

4

父の急死は杉田家の一切の運命を一変させた。それは、よくも悪くもとれる変化であった。というのは、自殺が確認されるや、ある年数に前からの保険契約はすべて支払われることになり、個人としてはかなり莫大な総額になっていた約二十八万円の生命保険金が、五つの生命保険会社より支払われたことである。

杉田氏はこの外に、最近に加入したために、無効となった約六万円許りの保険金があった。その総額の多大なことに疑問を抱かれたためか、一番大きな金額を負担しなくてはならなかったA生命保険会社は、念のためと称して死因の調査をしたことがあとで判った。その調査は杉田氏の死の数日前からの行動から検査してかかったらしく、言わば遠まきにはじめた。それが、やはりその調査の主役を演じた潮田探偵事務所の方針であったか、最後に家庭の調査と家族の調査とをしたのであった。

律子は、父の葬儀がすんでからも、数日の間学校を休んで、折から温かくなってゆく春の日を、ぼんやりして暮すことが多かった。

この間、ママの許しを得て、何度か外出したが、父が身を投げたというN駅とL駅との間の鉄道に沿うた叢林の附近に、何時間もたたずんで、列車の通り過ぎるのを見るようになったのである。

父の身をひそめていたと思われるあたりにしゃがんでみたり、その附近を歩いてみたりした。何か落ちてはいまいか、と思って探してみたりした。何も落ちているものはなかった。ただ二度目の時に、雨のあとにさらし出されたかと思われる、粗製のナイフを一つ見つけた。

それは、新しく、二、三日で錆びついたらしく、刃を出すのに困難をしたが、小学校や中学校の子供の持つような、「肥後守」というナイフである。父の遺留品ではない。またいつ誰が落したとも判らない。かなり使い古したもので、何度か研いだものであろう。ただ一つ、特徴があると言えば、その持主の名が彫りつけられている。肥後守と彫ってある真鍮の鞘の上に、まるで、それに合せるかのように、つづけて、達之と彫ってある。その文字はたしかに大人の文字ではない。肥後守達之などとつづけて彫り込むところも子供のわざと思われるし、その三字とあとの二字との字の恰好が、あとの二字がまるで子供らしい手蹟であることが判る。

律子は、このナイフを見て、小学生か中学生かが、一心に自分の名を彫り込んでいる姿を想像し、ひとりで微笑した。そして、それが誰のものであるか、父の最後にいた場所に偶然それより前に捨てられてあったにしても、記念になると思って自分のものにする気になった。

この時、背後にガサガサ音がして三、四人の人が近づいて来た。

「この附近ですよ」

「ほう。これは、かなり計画的に選んだものと見えますね」

「何故」

「両駅から遠いところであるという意味で――」

「叢もある高さある」

「おや、誰かいるよ」

律子は、父の死の調査に関係があると直観した。そして、不意に立ち上って、その二、三人の人をみた。その一人はN駅の助役であった。

「ああ、杉田さんのお嬢さんでしょう」

「はい」

「どうして、ここに」

「父の死んだところ見に来たの。これで二度目ですわ」

「あぶないですね。あなたも死に神に誘われるといけませんよ」

「あら、いやだわ。さよなら」

それが律子の癖で、さよならする時に怒ったような真面目な顔をして、さっと身をひるがえした。

5

それから二、三日してから、保険会社の人が二人、杉田家をたずねて来た。

「おや、こないだのお嬢さんですね」

若々しい顔はしているが、年輩の人である、潮田と名乗った人が、律子をみて、微笑しながら、そう言った。

「あすこへゆくの、ママにかくしているんですから、よろしく」

律子は、自分でも思いがけず、すぐにそう言った。

「そうしましょう。――お嬢さんもほんとにお父さんは自殺なすったと思いますか」

「ええ」

「神経衰弱で?」

「いいえ。はい。それは父は神経衰弱ではあったと思います。でも自殺はほんとにまじめだったと思います」

「では、何の目的で――前途に希望がなくなって?」

「いいえ。保険金を私共にくれたかったのではないかと、私は思います」

潮田氏はうなずいた。

「お父さんは、不眠症でしたか」

「さあ、それはママに聞かなくては判りません」

「あなたはおいくつ？」

「十七ですわ」

「ありがとう。ママさんにおめにかかって私共はすぐ帰ります」

ママが出てからも、律子は潮田氏の質問に興味をもったので、客間にいた。

「はあ、大量つかっていたと思います。何でも抱水クロラールとか言う薬を。やすくてあとの害がないと、友人のお医者さんから聞いたと申して居りました」

潮田氏は「そうですか」と言って暫らく黙っていた。

「あき瓶でもあったら見せて下さいませんか」

ママは、父の書斎に行って、広口瓶のかなり大きいのを持ち出して来た。薬はまだ半分位あった。

「ほう、これは五〇〇瓦瓶ですね」

「わかりました、それでよろしいのです。実は、死体の分析で、抱水クロラールが出て来ているのです。しょっちゅう用いていらっしゃるとすれば——それにしては、かなり出ていたのですがね」

二人の客は、それで帰って行った。

父は、汽車にとび込む前に、眠り薬をのんでいたのであろうか。あるいは、前夜つかったというのであろうか。律子は、少しでも死の苦痛を去ろうとして、父が薬を用いていたのかと考えて、二人の客の去ったあと、泣いた。

「ママ。パパが可哀そうだわ。パパはもう一度やろうと思うまえに、私達を苦しめたくないと思ったのね」

ママも一緒になって泣いた。

「律子ちゃんがもう娘時代になっているので、パパはそんなに考えたのでしょうね。七つか八つの子供なら、急に貧乏になってもいいが、もう娘になっているのでね」

「そうも思えますわ。でも、パパが死なない方が、なおいいと、どうして考えなかったのでしょう」

保険会社の調査も無事にすんだとみえて、保険金は無事に支払われたことは、前にのべた通りである。

6

律子は、二週間休んでから、また元気で学校へゆくようになった。

ある日、学校を早びけして、また父の死の場所に行ってみた。律子の外には、誰もこんな場所に来る人はないと見えて、少しも変化はなく、ただ季節の移りかわりが、叢林の若芽に現われているばかりであった。

律子は、そこに猫柳の芽が銀色にめぐんでいるのをみて、折りとった。

「パパの好きな猫柳だった――」

そう思うと、自然に涙が出て来た。誰もみていないので、律子は涙も拭わず、頬に伝わるのにまかせた。

そのうちに、心のどこかに、パパは生きている――決して死んではいない、という不思議な考えが湧いて来た。

あのパパが、自殺などをするはずはない。家族の者には人がよすぎるほど親切なパパ。外では、どんな人を相手にしても負けなかった、計画のあるパパ。何度か失敗をする位に、身にあまる企画をすすめるパパ。――そのパパが自殺などをするわけがない。

パパが死んでも、まだ自分は生きている。その勇気があるのは、こころのどこかで、パパが死んでいるはずはないと考えていたからだ――そうに違いない。律子は、だんだんにそう考えていった。

でも、あのN駅で見たパパの死体は？　そうだ。自分は知っている。パパは死ぬ前に一方の足の親指に怪我をして、膿んでしまって困っていた。それはまだ完全には癒っていなかったはずだ。それなのに、パパの死体を自分は自分の手で調べてみたが、その親指は少しもあとがなかった。

あれはパパではない。あれは他人なのだ。

律子の十七歳の頭脳のうちに、恐ろしい考えが浮んできた。

パパは他人に睡り薬をのませて、自分の洋服を着せた。そして、自分は、その他人の洋服を着たのだ。そしてこの叢林のうちで列車を待っていたのだ。

その他人は、パパに投げ出されて、パパの計画にとっては幸運にも、顔から胴から轢断されてしまった。

パパはどうしたか。パパは、その他人の着衣をとって着て、その他人の靴をもって（何故か、その他人は靴をもっていたと思える）その他人のステッキをもって（何故か、その他人はステッキを持っていたと思える）悠然とN駅に現われた。そして、自殺さわぎのある頃には、もうとっくに汽車にのって遠くへのがれて行ったのだ。

律子は、自分の考えに自分で驚いた。パパの計画は、誰にも見破られずにすんだ。

では、パパは今どこにいるか。そしてパパは、いつ帰ってくるであろう？

律子は子供の時にママから聞いた黄菊白菊の話を思い出した。阿蘇の麓の父の失踪の話と、落合直文の歌を思い出した。

春の日は暮れて来た。

律子は、ゆっくり腰をあげ、猫柳の枝をいくつか手折って、N駅の方へと歩いた。

「ママどうなの、あたしね。パパは生きていらっしゃる、どこかに――そんな考えになってきてよ」

「え？」

ママは驚いて律子の方をみた。

「そんなこと言い出すのはいやよ。パパは、もうあきらめてあげなくてはいけません。そうしないと、パパの霊がうかばれないと言いますよ」

律子は、ママが可哀そうになったから、パパの生きているという証拠をしゃべるのはやめた。

そしてひとりで、その考えにふけることにした。すると、証拠をのべても、誰も抗議をしないので、その証拠がますます確かになるようであった。

こうして、五年が過ぎた。

後篇　父の幻影

1

伊賀安之は英国留学を終って日本に帰って来たが、その間に恩師の高木教授は停年で大学を退いていた。

それで、大学に帰ることをやめて、とり敢えず高木教授の助手となって、高木教授が停年後につとめはじめた女子大学の英文科に、助教授となって通うことにした。

「当分助教授で我慢してくれれば、そのうちに教授になってもらうことにしよう。差当り、英作文をみてくれるようにしてくれ給え」

「何年生ですか」

「一年から三年までだよ」

安之は、一年の英作文には困ってしまった。何を書こうとしたのかてんでわからないのが多かった。だから直しようがないので、無修正で点をつけるだけにしたし、点も頗る甘くつけた。

二年生のになると、書こうとすることが、こちらにも判るので、厳格に修正して、従って少し辛い点がついた。

三年生になると、生徒二十八名のうち半数はどうやらいいが、あとの半数はもう三年勉強しても、ものにならないと思われる位であった。それで点はもう一度甘くなるより仕方がなかった。

英文科三年生のうちに、英作文でいいのが二人あったが、その一人は、使う文字と言い内容と言い頗る変っている。メレヂスをよく読んでいるらしいことが判った。どんな子だか知りたいものだ、と思っていたが、英作文というのは、前に出ていたのを点をつけて講評して、あとの作文を提出させ、それをもって帰って、また講評するだけだからどうも、一々の生徒を知るのは、日数がかかる。

安之はまだうぶで、まともに生徒の一人一人と面と向って講評するには馴れていなかった。

しかし、やっているうちに、予ねて注目していたその二人のうちの一人、杉田律子という生徒の作文が、ひどく興味を引いた。

それは「父の幻影」という題で、自分の父が死んだあと、どうしても死んだと思えないという女の子の心の歴史を書いたものであった。

恐らくそれは、日本語の作文でなかったから、却って大胆にそして率直に書けたものであろう。その心情が五年も六年もつづいて、その女は言わば父の幻影と一緒に生活することが、丹念にのべてあるのである。

「心理的に見ても面白いものだ。これは少し修正して、英国の雑誌へ送ってみたなら、採用されるのではないかと思う」

安之は、心のうちではそんな批評をすると同時に、どうしてもその生活を知りたくなった。事務所でその生徒の住所を調べていると、箱根の麓である。――それで、その夏休みを安之は箱根へ避暑した。

箱根から一日おきに東京へ出るために、N駅へ出ては本線にのりかえるのである。いろいろの時間に、N駅で電車をのりかえている間に、安之はとうとうその生徒と逢うことが出来た。

2

「杉田さん」

「あら、伊賀先生――箱根におすまいですか」

「ええ。あなたも?」

二人は、N駅からL駅への道を少し歩くことにし、安之は、勿論すぐに話題を撰んだ。

「あなたのお父さんはいつなくなりました」

「五年ほど前です」

「では、あの作文は実際のあなたの体験ですね」

「あら、いやだ。でも、私の父はちゃんと死んだんですもの」

「あの文章では、自分のいない間に死に、いない間に葬式がすんだとなっていましたね」

「作文ですから、そういたしましたの」

「そうですか。実は僕の父は行方知れずです」

「え?」

「僕がまだ大学へ通っている頃でした。旅行が好きで、旅行しはじめると家の者などにどこへ廻るのかちっとも教えない父でした。そしてある冬、旅行したまま、帰らなくなりました」

「今もまだ？」

「そうです。もう五年になります、私の方も。その時に、私は英国へ留学したわけです」

律子は不思議な話だと思うと同時に、父の帰らぬ間に留学するなんておかしいと思った。それは、その一家があり余る余裕のあることを意味するのであろうか。そうであるとしても、父が旅行したまま帰らぬのに、その長男が洋行するというのは解しかねることでなくてはならぬ。

「では、偶然、あたしの作文のような事情は、先生の方におありになるではありませんの」

「そう言えばそうです。だからよけいあの文章に魅力を感じたのかも知れませんよ。しかしその以外に、あの文章の――つまりあなたの文章の癖が、ああいう物語にふさわしいのですね」

「あんまり甘やかしていただくと、甘えてしまっていけませんわ」

二人は、もう一度N駅に引きかえして、暑い夕暮を登山電車にのった。

「先生はおひとりですか」

「ええ。母は東京の家にいます。それに姉が一人と妹が一人、これは、それぞれ勝手なことをしています。僕はひとりで山の上に当分います」

「あたしのところはママと婆やきりでございます。およろしければ、ちょっとお寄りになりませんか？」

伊賀が躊躇しているので、律子はいきなり言った。

「なんぼ私んちだって、温泉はついていますのよ」

伊賀は、微笑した。何というまい誘いの言葉をのべるだろう。そう言われると寄らないのが悪い意味――軽蔑してよらないようになる。何というまい強制なのであろう。

この日に、杉田家に立ち寄ってから、伊賀は意識的に律子と親しくするようになった。

「卒業したらどうなさる？」

「卒業してしまった時のことですわ」

「一人娘では、お婿さんをとらなくてはならぬでしょうね」

「あら、来て下さる方なんてありませんわ。やっと父の残してくれたもので、その日を暮しているんですもの」

「そんなことはありません。あなたのように美しい方は」

律子は、そう聞いて急に悲しそうな表情をした。安之には、その意味は判らなかったけれども、律子にしては、父の自殺のことが、結婚には妨げになるであろうとの考えもあった。

律子は急に考えに沈んでしまった。そしてそのあと、安之の話にもうわの空で答えた。

安之は、不思議にその律子を理解した。

「僕が悪かったですよ。あなたは死んだお父さんのことを思い出したのですね」

「いいえ」

律子が、そうだと答えないのが、なおのこと安之には判った。

こうして、二人はいつの間にか互に恋し合うようになって行った。

3

律子はママより敏感であったから、ママと結婚のことでよく議論をし合った。

「お互に好きなら、家のことはどういう風にしてもいいと思いますよ。何とでもなるわ」

「そんなことではないのよ。ママ」

「じゃあ、どういうことさ」

「好きであっても、ほんとに結婚を申込まれてみないと確信がもてないわ」

「さうかね」

「そうかねって、結婚ってことには、お父さん自殺のことだって正式にお話ししなくってはいけませんわ」

「お前はまだ、お父さんがどこかに生きていなさるなんてことを思ってるの?」

「いいえ。そんなんじゃあないのよ。でも、自殺ってのは、見方によると精神病でもあったかと言うことになりますもの」

「そんなこと言えば、伊賀先生だって、お父さんが失踪なすったままだとか仰言ってるではないの」

律子はハッとした。すると、伊賀の父は精神病ではなかったか。律子達は、心理学を習う参考として、病的心理学というのを習った。適当の先生がなかったと見えて、医学士の人が講義に来てくれたが、それは病的心理学と言うよりも精神病学であったから、やや詳しく精神病のことは知っていた。そのうちに「病的徘徊症」と言うのがあることを思い出したからであった。

律子は、これは安之に、自分の父の自殺したことをなるべく早く知らせておくべきだ。そうして、どうともなるにまかせるのが正しいと考えついた。

「そうでしたか。そのことを伺うと、なおよくあなたの文章が判る気がします。しかし、あなたのお父さんは、はっきり死体となって確認されたからいいですが、僕の父は、まだ帰らぬ父なのですよ」

安之は、そう言って暫らく黙っていたが、ややあって突然律子の手をとった。

「今まで遠慮していたのです。しかし今晩、お父さんのことを伺って、やや勇気が出て来ました。あなたは、家の御事情で、困難なことがあると思いますが、僕と結婚して下さることは出来ませんか。その困難を克服して」

「困難?」

「うん。あなたは一人しかない娘さんだし、僕は長男ですが──」

「私の父の自殺を気にかけて下さらないと仰言るなら、その困難はどうにかなると思いますわ——」

律子は外に躊躇もなく、そう言った。

「いや、いや、それはむしろ、僕の方にあります。勇気が出たと言うのは、僕の方の事情なのです。やはりお話ししておかなければすみませんから、ほんとのことを申します。僕の父は癲癇《てんかん》もちなのです。僕の父は癲癇もちによくあるのだそうですが、病的徘徊症と言う、いろいろなところをうろつきまわる病気があったのです。——そして、僕の弟が癲癇がありました。母方の方にはありません。僕にも、今までない位ですから、大丈夫と思います。そのような事情は、あなたのお父さんが自殺なすったことを差引いても、僕の方がずっと分が悪るいのです。少しはこのことがお話しよくなっただけで、その分の悪るさよさから言えば、いけませんとあなたが仰言られれば、その通りです」

「まあ、では弟さんはどうなすって?」

「これは、まさか徘徊症があったわけではありません。水に溺れて、——恐らくは水泳中の癲癇と思うのですが——死にました」

「お名前は何と仰言る方でしたの——」

律子は何気なく、そう聞いた。

「父の名が晴之、私が安之、弟は達之——みんなユキとつくのです」

律子は、そう聞くと、急に顔を蔽って倒れた。

「どうしたのです。気分がおわるいのですか」

安之はあわてて、律子の身体を抱いて、立ちどまった。夏の終りの夕暮、二人は散歩をして、今や律子の家の近くまできていたのであった。

安之は、律子の身体を抱いたまま立ちどまり、自然の姿勢として律子の頬へ自分の頬をつけた。

「僕の家に癲癇の遺伝があるのも、そんなに気になさるのですか。でも、そうなると、僕は、……

僕はどうしてもあなたをはなしたくないのです……」

律子は蒼白となって、ややあらい息をした、そして頻《しき》りに首を振った。

「とにかく、おうちへ行って休みましょう」

「はい」

「歩けませんか」

「歩けないわ。抱いて、抱いてつれて行って――」

それは、律子も安之が離したくないという意志の表明であった。

二人は、驚くママに、かるい脳貧血を起したのですと説明して、律子を二階の律子の部屋に運び入れた。

4

安之は、はじめて、律子の私室に入り、そこに整然と並べてある書物をみて、女子大学の生活としては、律子がよく読書していることを知った。

「先生。どうしても今日のお話、今晩のうちに考え、もし御返事もいたしたいと思います。先生さえ助けて下されば……」

「助ける?」

「ええ、私の考えを助けて下されば」

「そう、助けます。助けます」

律子は、ママが水をとりに階下に下りて行ったのをみて「ママにもこの話を一緒に考えてもらう方がいいでしょうか」といった。

「さあ、どういう意味?」

「ママきっと泣いたり喚いたりするわ。だから、ママのいないところの方がいいわね」

安之には、律子の言うことが判らなかった。

「そうします。先生とだけで、私は考えを辿ってみますわ。その上、どうしても結婚が出来ないなら出来ないときまった方がいいわ」

「馬鹿な考えですよ。あなたとお母さんさえ、僕の家の癲癇もちを気にかけないと言って下さるなら……」

「いえ、いえ、そんなこと、誰が気にかけるもんですか。あなたにないなら、何でもないわ――いや、もし先生にあっても、私なんでもないわ」

安之は、律子の顔に自分の顔を近づけた。

「ありがとう。それで満足です」

「ちょっと待って下さいませ。先生は、それだけ聞いて、そんなこと言ってはいけません。きっと後悔なさると思いますので……」

「いや、後悔はしません。どんなことが、あとで言い出されても――僕はあなたを幸福にしてあげる自信があるのです」

律子は、息を引いた。

「先生。私のお話しすることは、とても大へんなことなのです。そんなに軽々しく考えてはいやです」

「決して軽々しく考えてはいません。たとえ、二人の父同士が仇敵の間柄であろうと、僕とあなたの心できまります」

「仇敵?　でも、それ以上でしたら?」

「それ以上?」

「そうです。もしも、私の父が、あなたのお父さんを殺してでもいたら？」

「そんなことはあり得ません。だって少しも知らぬ間柄です」

「じゃあ、仇敵のことも、空想だけだから、あなたは堪えいいとお考えではありませんか」

「そうでした。僕が悪かったです。たとえあなたのお父さんの手にかかって僕の父が死んだとしても、それは二人にとって何でもないのです――そう言いかえます」

律子は、接吻しようとする安之の肩に手をかけて、遠くはなしてじっとその眼に見入った。

「では申上げます。ほんとに、私の父はあなたのお父さんを殺したのです――それは長いもの語りです。お話ししましょう」

律子は瞑目して、五年前の、父の自殺の話をした。それは足の親指をみただけでも父ではなかったと思われること、明らかに麻酔薬で相手をねむらせて、列車の来るのを待っていたものであること、――睡ってしまった人の着衣をはいで、そっくりそのまま、――父のことですから――下衣からもも引きまでとりかえたに違いない。そして、そっくりそのまま自分で着てしまったに違いない。どこで知り合ったのか。それは偶然N駅附近の人のいないところで、癲癇を起している安之の父を発見したのかも知れない。その偶然は充分と言えないまでも起り得ると思われる。

父は癲癇の病理を、医者ではないから知らなかったかも知れないが、創意に富む人間であったから、安之の父をみただけで、それが出来ると考えたであろう。

これは一切想像であるが、しかしこの想像をただ一つの事実が立派に証拠立てるものがある。それでなければ安之の父の未だにかえらぬ失踪がわからぬではないか。

5

「そのただ一つの事実と言うのは何ですか」

「それは、ここに、この部屋にあるのです。だから、すぐにもおめにかけられるのです。でも、その前に、あなたのお父さんの失踪については、どんな調べがしてありますか。お話し願えませんか」

「あらゆる方法で調べました。しかし、最後の足取りが、そうです——恐らく箱根にあると考えられるところまで辿れましたが、あとは杳として判りません」

「ほうら、箱根と言うのでしょう」

「想像によれば、大地獄あたりをさ迷っている間に、あの谷に陥ちたのではないかと——」

「でも、それでは死体か白骨かが上るはずではありませんか」

「それまでの調査はしてありません。何故なら、死んだという決定は、必要がなかったからです」

「必要が？」

「はい。父は、長い精神病——つまり病的状態でありましたから家事一切は母がきりもりし、父の在不在が伊賀家の運転に少しも必要がなくなっていたからです。もっと詳しく申せば、精神病院へも一二年入院していたこともあります。また、特別の抗議をする人がない間は、徘徊のままに任せておいたこともあります——」

「それごらんなさい。外に死体や骨が証明されず、そして、何の反証もないときに、私の方にはほんとの証拠があるのです」

安之は溜息をついて、「それではどうか、その証拠をみせて下さい」と言った。

律子は自分の机の引出しをあけ、奥から小さい紙包みをとり出した。そして、それを紐とくのももどかしく、そのうちから一本のナイフをとり出した。

「これです——この達之という文字は、誰方の彫ったものですか」

安之は、受け取った。一眼みただけで、それは自分が弟のために彫りつけてやったものであることを知った。

「こんなもの――これは弟のです。字は私の彫ったものです。こんなもの、いつのまにか失われたものが、どこにあったのですか」

「二人の男が列車を待っていた叢の間に――翌日に、私がひろったのです」

安之は、ナイフをもって、長い間みつめていた。

「先生――いや、安之様。このナイフが私共の間柄を、永久に切ってしまいました」

安之は、うつろな眼をあげて、部屋の一隅をみていた。

「このナイフを僕に下さい。僕はこれを誰にもとれない湖底にしずめて来ます。――そして、あらためて、あなたにプロポーズします」

ふらふらと立ち上ろうとする安之の手を律子はしっかりととった。

「安之様。ナイフではありません。ナイフの証明する事実です。それはナイフを――」

「判りました。律子さん。あなたは一つのことを誓ってくれますか。そうすれば、僕は――」

「何をですか」

「このナイフのことを、あなたのママにも、その外の誰にも言わないということをです。――僕はそれに堪えられるのですが、あなたは?」

「それは、お父さんの下手人の娘を許すというお言葉ですか」

「その通りです。下手人を認めることです。認めて、その上になお、僕達の愛は、それより深いことを認めることとです」

律子は、そう聞くと、突然わが身を、安之の腕のうちに投げた。

律子は、安之の接吻を受けて、ややしばらく眼をつむっていた。そしてもう一度起き上って、同じ机の引出しから、更に一つの紙包みをとり出した。

その包みからは枯れた猫柳の芽がいくつかこぼれ出た。

秘密思考

1

「おい、左の下の広告欄をみろよ。どうだ」

「うん？　この紙か」

編輯室で机をはさんで向い合っている二人の記者が、いま刷り上ったばかりの同じ新聞紙をみていた。

そう云われて、渋谷は、左の下の小さい広告をみると、延佐独演会とあり、そのわきに探偵講談「指紋」とあった。

「深川の花月亭か」

「うん」

「この延佐というのを聞いたことがあるか」

「いや、ないなあ」

「いつの間にか一枚看板になりやあがった。俺は、こいつがまだ探偵講談てのをやらない前に聞いたことがある」

「いつからやり出したのだ」

「さあ、ここ半年ほどじゃあないかな」

「評判か」

「うん。相当だ。岡鬼太郎先生が批評していた位だから、相当だろう」

「君の聞いていた時分はどうだ」

「俺か。俺の聞いていた時分は、さしてうまくないのだった」

「へえ、では、この男は探偵講談で売り出したのか」

「うん。まあそう言える」

「殺人事件か」

「そうだ。いつも」

「では、野村胡堂か江戸川乱歩のやき直しだろう」

「さあ、それは、そうかも知れない」

「翻訳も読むとすれば、ドイルかルパンのやき直しだろう」

「さあ、俺は探偵小説をそう読んでないから判らない。君は読んでいるから、聞けば判るだろう」

「うん」

渋谷は、ポケットから時計を出してみた。そして、机の上から鳥打帽をとりあげて、「俺は聞いてくる」と立ち上った。

「もうゆくのか。気の早い奴だ」

渋谷は探偵小説を愛読していたからどうせ、講談は誰かの焼き直しだろう。そういうのは著作権問題にかからないであろうか――いやいや、ひょっとすると実話かも知れない。そうでなくては講談にはなるまい――そう考えながら、電車にのった。

花月亭は相当の入りだった。入口でチラシをくれたので、ふと見ると、二人ばかり前座があって、凡そ一時間半を延佐という講談師が独演するらしい。

座ぶとんと煙草盆を貰い、外套を着たままあぐらをかいて、つまらない二人の前座を聞き終った。すると、舞台が月光のように蒼白となり、延佐というその講談師が高座に上った。

「照明などつかって、妙なことをやりやがる」

心のうちで、渋谷はちょっと軽蔑した気になった。講談師が高座にのぼると、薄い光にぼんやりした黒いかげとなり、それが羽織をぬぎ、湯呑みを直して、端然と座りがきまり、ついで寂然たる二三秒の後に、舞台は明るくなった。

「講談を技巧でやっては困る。講談は講談で、素のままの迫力がなくてはものではない——」

渋谷は、心のうちでそんな憤慨を感じて、こいつ一枚看板になる腕と言うよりは、工夫か——と考えた。心のうちでは、俺はどうも頂戴したくない、という考えが、何となく先入主となっていたのだったが、そして、それは渋谷のあらゆる場合の癖ではあったが、そしてまた、その渋谷の癖をとおり越して、感心させるものでなければ、渋谷は頂戴し兼ねるのであったが——講談師延佐はやがて渋い声で語り出した。

——日本では指紋とは申しませんでした。手形と申し、双の手の形を土に印し墨でとり、壁に印し、巻絵の漆器に印したもの、特に指手形と申して、もっぱら犯罪の捜査に用いた人があったのでございます。

——それは遠く江戸時代の中期で、この方法の最初の発見者は……

その表題は「指紋」と云うのであるがその物語の時代は、江戸時代にとってあった。そして話の進むに従い、手際よく現代の指紋法のやり方を説明し、昔のやり方が、その現代指紋法のどのやり方に相当するものであるかということを、実例で説明しながら、述べ進んで行った。

聴衆は、そして渋谷のような批判を胸に蔵した聞き手も、いつの間にか延佐のしぶい声に聞き入っていた。

「なるほど、これは相当のものだ——どうも、これは焼き直しではないぞ——」

いつの間にか、渋谷の心のうちには、そういう声が響きはじめていた。

この時の延佐の物語は、あとで詳しく書くが、こうして渋谷は、はじめて延佐のいわゆる探偵講談を一つ聞いたのである。

話が終ると、照明が消えてしまい、月光のように青白い光が流れて、影となった講談師が、じっと頭を下げている間に人立ちがしはじめる。そのまま延佐は退いてゆくのであった。

渋谷は、一度話を聞いてしまったあとは、この技巧が気にならなかった。そして、もう一度延佐を聞いてみようと考えた。

二度目に延佐を聞いたのは、それから二週間の後で、その時は、二つばかりの寄席に出ていたので、二日つづけて延佐のあとを追った。一つは明治時代のもの、もう一つは大正時代のもので、いずれも捕物帖なのであり、実話と称しているが、出て来る人物はなるほど実在の人であったが、渋谷の特に気付いたところでは、真の実話ではない。

こうして、渋谷は、延佐の探偵講談を聞いて廻った。二月目に、もう一度「指紋」というのが現われた。

この時の物語は、同じ内容であるが、その犯罪発見の筋はやや違っていた。それは渋谷だから気付いたのであろう。外には二度聞いた人も気付かなかったと思われる、些細な点であった。

こうして、それから六箇月ほどの間に、渋谷は、延佐の出る寄席は殆ど全部きいてみた。この間に「指紋」というのが四度出ている。そのあとの二度は、時代が明治時代となってい、真の指紋法が日本で採用された直後の話となって来ていた。そして筋も著しく違っていたが、その内容はどうも殆ど同じものである。

これだけの材料を得てから、渋谷はある日Aという探偵小説作家のところにたずねてみた。

「延佐——知ってますよ」

「指紋というやつをおききですか」

「ききました。一度。明治時代のものでした」

「私は、前後六回聞いてます。どうも私には、延佐のうちでは、あれが一番興味があるのです」

「ほう。そんなに聞きましたか。私もあれを聞いた時に、これは完全な創作だと思いましたよ。

勿論、こまかい点はいろいろ、探偵小説からヒントを得ているようです。しかし——」

A氏は、そう言って、何か思い付いたような眼をして、渋谷をみたが、そのまま、何も言わない。

「どうも、六度も聞いてみると、何か延佐というあの講談師の、特別の興味のあるテーマのようですよ」

「ほう。そうでしょう。私も、もう一度聞くと、きっとそう思うでしょう。――ひょっとすると」

A氏は、そう言って、もう一度じっと渋谷をみた。

「ひょっとすると何ですか」

「あれはね。これは、僕の作家としての思いすごしかも知れないけれど――あれはね。延佐自身が関係した事件ではないか、それをさまざまの形でやるから、ああいうようになるのではないか――とね」

渋谷は、そう聞いて、何か胸をつかれた感じを受けた。

「どうです、今夜、あれを出しているんですが、お聞きになりませんか。お伴をしてもいいんですが」

A氏は少し渋ったが、やがて二人は、少しはや目に家を出て、その日延佐の出るという、花月亭に向った。

話はたしかに指紋であった。ところが筋は、前に渋谷の聞いたものとも、またA氏の聞いたものとも異っている。――そればかりではなかった。この日の話は、延佐が高座で、肝腎なところでつまってしまって、遂に、不可思議な結果に終ったのである。どんな不可思議か。それは次のようなものであった。

2

高座にのぼった延佐をみて、A氏はまず、「相当の年輩だね」と言った。

「ええ、四十を出ているでしょうね」

「講談師として認められて、何年かね」

「さあ、ほんの一年か一年半で、急に一枚看板になったんでしょう」

「それまで、何をしていたろう」

「勿論、師匠について、うだつの上らぬ、前座でした――どうものにならぬと言われていたそうです」

――明治時代に、貿易商として響いた成井但馬が、品川の海を見下ろす御殿山近くの自邸で、客と会見中死んだ。

客は、アメリカから帰った但馬の弟で、六造というのと、その妻、つまり但馬の弟の嫁に当る霜子、それに六造のつれて来た外国人で、接待に出たのは、但馬の妻の柳子、その娘の京子、但馬の妹で、成井家にいる定子とである。

はじめ柳子と京子とがビールをはこんで、客達はしたたかビールをのんでいた。

外国人もよくのんだが、六造は勿論、霜子ももと芸者だったので、勿論相当いけた。柳子ももと芸者だったし、これは毎日良人の晩酌の相手をしているのでのむ。

京子は、柳子の娘で、今は成井家に入って、養女になっていたが、但馬氏の真の娘ではなかった。海をみながら、アメリカの話をしているうちに、ビールはそれからそれへと運ばれて来て、料理も二三出た。夕食にはややい午後三時頃のことで、秋の終りのさわやかな日であったと言う。

「兄さん、これをやってみないか」

六造は、土産に持って来たウイスキイの瓶をたたいた。それは二本かるく紐をかけて、無造作にサイド・テーブルにのっていた。

「これは一本は僕から、もう一本はこのワインドさんから、いずれも最新の売り出しのもので、僕もまだのんでいないんだ。でも品はよい、と言うのは、とても高い奴なんだ」

但馬は、愛想のよい顔をしてワインド氏の方をむいて「あなたは、これは試みていますか」と英語で聞いた。

「いや、まだです。何しろ五十年庫に置いたもので、つい最近私共のアメリカを出る頃売り出したばかりです」

「あなたが試みるなら、ぬいてみましょう」

但馬はそう言いながら、紐を解いて一本をとり、海の方の窓にかざしたあとで、瓶の口の亜鉛レッテルをはがした。

「なるほど、庫に五十年と言うのは、根拠がないではないですよ。これこの通り、長いコルク栓ですね。おい。これを抜いて来てくれ、そしてグラスもいっしょにな」

但馬はその一本を柳子に渡し、柳子は奥へ入った。

「お土産は僕には酒、それから京子は何を貰ったんだね」

「あたし、あたしはこれ」

京子は、懐中から香水の瓶を出して、六造と霜子をみ、ついで、ワインド氏の方をむいて、ちょっと頭を下げた。

「ママさんも、同じもの、もう持っていますわ」

すると、霜子が、同じものを懐中から出して「あたしも持ってるのよ」と見せた。

この時、但馬の妹の定子が、グラスを六個、銀盆にのせて持って来た。もう五十歳に近いが、一度結婚したが出戻って今は兄の家に居り、殆ど一家の運転を自分でやっている。柳子にとってはかなりやり憎い相手であろう。

「唯今すぐウイスキイを抜いてまいります」

「お前は何を貰ったな」

「叔母さまも、同じこれよ」

京子が引きとって、もう一度自分の香水の瓶を出して見せた。

やがて柳子が栓をぬいた瓶を、漆のお盆に入れて持って来た。そして定子が卓の上に置いたグラスについで、最初の一つをワインド氏に、第二を六造に、第三を但馬の前に置き、「霜子さんいかが」と言いながら、第四のグラスにウイスキイをついだ。霜子は黙っていやいやをして見せたので、柳子は、そのグラスはそのままサイド・テーブルに置いて、「どうぞ、六造さんの下すったウイスキイをめし上ってみて下さい」と言って頭を下げた。

三人は、同時にグラスをあげ、一口のんでみて、「これはいい。第一匂いが妙だ」とまず但馬が言った。

「おや、これは強い匂いですね。これは酒の匂いではない。何か香料を入れてありますよ――」

ワインド氏が言うと、六造は「なるほど、しかし、もしそうだとすると、これはあまりいいことではないですね」

「そうだね。まるで香水だよ、ほら」

但馬がそう言って柳子の方を向いたので、柳子は、霜子のためについだグラスをとって、ちょっと鼻で嗅ぎついで、一口のんでみた。

「ほんとにそうです。――」

すると、定子も、京子も、それから霜子も、どれどれ、あたしにも見せて、と同じグラスをまわして嗅ぎ、そのうち一人二人は一口ふくんだかもしれない。

この時、御殿山から見下ろせる品川の海添いの低い家から昼火事の火があがったという事故が起った。

一同は、あわてて立ち上り、この室より一つ置いて隣りの部屋に出かけて行った。と言うのは、その部屋のすぐ窓下に火が見えたからである。

この間約五分位たったであろう。「なあんんだ小火《ぼや》だ、もう大丈夫だ」と口々に言いながら、再び席にもどって来たが、その時は、席には誰もいず、但馬が最初にかえったのである。

席に帰って来てから、三人の男は、ついであるウイスキイをのみほし、更に一二杯をついで飲んでいたが、突然に但馬が倒れ、大騒ぎとなっているうちに、絶命した。

ワインド氏もこの事件を見ていたので、驚くと同時に、立ち騒ぐ一同に、そこにある一切のものに手をふれぬように命じ、直ちに医師をよび、それから警察へも電話をかけたのである。――

この日の延佐の講談は、少しもこけおどかしのない平面描写であったが、聴くものには真の現実をまのあたりに見るように迫真力があった。ここまでが話の前段で、このあと出て来る警察官が僅かな手懸りで推理してゆくのを語るのが講談の眼目で、結局善人は栄え、悪人は亡びるという、講談道徳を説こうとするのであったが、話の進行は、その日は到底そうはゆかなかった。

聞いている渋谷にも、それからあとで意見を聞くところによると、A氏にも、これは、延佐が話していているうちに自分の新らしい思い付きが現われて来て、全く、はじめの計画とは別の方へそれて行ってしまったのではないかと思われるものがあったのである。

3

――警察官がやって来た。そして、第一に死因の問題を毒殺ではないかという見当で、しらべた。翌日、解剖の結果でそれは確定し、毒死、その毒死はニコチンということにきまった。

第二は現場写真がとられると同時に、鑑識は指紋にそそがれた。その結果は次の如くになる。

その卓上にあったビール瓶には柳子と京子の指紋。ビールのコップにはこの二人のうちの一人の指紋があり、その上に、各人、但馬、六造、霜子、ワインド氏の指紋があり、これは各々そのコップを用いていたことが証明出来た。

ウイスキイの瓶には、但馬の指紋があって、他の指紋はない。グラスには、ワインド氏のグラスにはワインド氏の指紋が、六造のグラスには六造の指紋が、但馬のグラスには、不思議に指紋がない。

毒物検査はどうか。ビール瓶、ビールを飲んだコップには毒物は証明出来ない。言いかえれば、ビールからの毒死ではない。

第二に、そこに出ていた料理の皿には凡て毒物はない。これも除外出来る。

第三に、ウイスキイの瓶のうちには毒物はない。第四にグラスのうちには、ワインド氏のもの、六造のものには毒物はない。ところが、但馬氏のものには、毒物が証明された。もう一つの、霜子、柳子、京子の一口ずつのんだグラスには、勿論毒物はない。

これだけの結果からは、当然の結論として誰かが但馬を殺すつもりで、但馬のグラスのうちのウイスキイに毒物をまぜて、飲ませたということになる。これは動かないと見てよい。

では、誰か。但馬のグラスに毒物を入れることが出来るのは、その部屋にいた、男二人と、女四人のうちにある。言いかえれば犯人は、そのうちになくてはならぬ。これもまた動かし難い。

そこで有松捜査課長は、その六人を丹念に調べた。一つは毒物をどうして手に入れ、どこに所持していて、いかなる機会で入れたか、という点であり、第二は、但馬を殺す理由と目されるものを持っている人は誰か、という点である。

第一の点は、毒物がニコチンであり、それは恐らくは、果樹の殺虫をするニコチン誘導体を用いたものであろうとの推定となり、それはこの成井家で、菜園と花園を持っているので、それであろうと考えて調べると果して、沢山あった。しかし、それは六造も霜子も所有していないとは限らない。ワインド氏だけは、これだけのことから除外されることになる。中でも最も疑われるのは、柳子、京子、定子であろうということになった。

第二の点はどうか。調べてゆくと、六造は兄の死によって莫大な利益を受けることが判った。ワインド氏は、商業上の相手としては、それが但馬であろうと六造であろうと異るはずはない。

柳子はどうか。但馬が死んで利益を受けることは勿論ある。しかし、何しろ良人の死ぬことは、そのこととしては利益であるわけがない。ところが、利益問題以外に、但馬を殺す意志を起す理由があった。それは調査と共に判明してきたことであるが、娘の京子は、但馬の子ではなく、柳子の芸者をしていた頃に生れた他の男の子である。その京子に対して但馬が最近に至って意に従わせようというあらゆる手段をもって迫っていた、という事情があった。

京子はどうか。但馬の意志に従おうとする考えは毛頭なかった。それは仮りにも自分の母親の良人に対し、また仮りにも父と名のる但馬に対して、道徳上の反撥があった。しかし、甘言や、利害や、その他の手段で自分に迫る但馬に対しては、殺意を起す理由もあると言ってよい。

定子はどうか。これは複雑である。但馬を殺すことによって利益は少ない。ただし、何かの手段で、利益分配を劃策すれば、ないことはないし、そうなれば莫大な利益を受けとることも不可能ではない。もう一つは、柳子との反目である。

霜子はどうか。これは六造が利益を受けることは、同時に自分の利益でもある。その他にもう一つあった。それは、柳子との間に男出入りがあったこと、一緒に芸者をしていた時代の、不明な問題があったらしいこと、それが偶然に柳子が但馬に嫁してから、数年の後にその弟の六造に嫁すことになって、お互いに不思議な邂逅をした事情があることである。

情況はかくの如く限定されているに係らず、犯人を指摘する直接の情況は直ちに決定し難い。

そして有松課長の問題にしたもう一つの点は、六造とワインドとから贈ったウイスキイに強い香料が入っていたことであった。

同じものが二本あるので、もう一本を調べてみると、それには香料は入っていないという事実があがった。

「これで判ったな」

有松課長は、鑑識課長に、そう言った。

「どう判ったんだ――」

「いや、問題のウイスキイにどんな香料が入っていたか――だ」

「それは、問題の女達の持っている香料を検査すれば大たいきまるよ」

「ああ、そうだった。君、すぐきめてくれ」

それはまず、その日に六造からおみやげに与えたロザリントという香水である。見当をつけて、その香水をまぜてみると、全く同じものになった。ロザリントは霜子も定子も、京子も柳子ももっていたし、その外に霜子のところにはもう一瓶あった。

この五つの瓶をとりよせて、毒物検査を行ったが、毒物は入っていなかった。一瓶だけ内容がなく、しかも洗ってある。誰の瓶か。それは京子の瓶である。

京子を調べてみると、あれは翌日母が床に落して流してしまい、瓶がいいので外の香水を入れようとして洗ったのだと言う申し立てである。

これだけの材料が集まったあと、有松課長は、あとは推理で解けると考えて、じっと考えてみた。その結論は――犯人は柳子であると出て来た。

第一に、柳子はウイスキイの栓を自分で抜いた。そしてその瓶のうちに香水を入れた。

第二に自分の香水の瓶のうちにニコチンをまぜておき、良人のグラスにそれをまぜた。つまり、まずウイスキイに香水の香をつけておき、あとで、自分の毒香水をあけてもわからぬように工夫したのである。

この結論は、推理だけで、そのままではいけない。何か物的証拠を欲しい。それは一同をもう一度訊問すれば得られるだろう。とにかく、香水の件を、事件の日に気付いて調べていなかったのがいけなかった。

考えているうちに、この推定は益々事実であると信ずるようになったので、翌日いっせいに再度の訊問をやってみたのである。

再度の訊問は見事に効を奏した。それは、柳子自身が、自白したことである。もう一つ、更に有力な傍証があがってしまった。それは、定子が、それまでかくしていたことを供述した。

「柳子さんにわるいので、黙っていましたが、柳子さんが自分だと言ってしまった以上は申上げます。それは、火事さわぎのあった時に、いちばんあとまで席にいたのが京子です。そして、一番先きに席にかえり、それから勝手に入ったのが柳子さんです。火事をみてすぐ席にかえり、柳子さんが毒を入れたと思われますし、その時間がありました。そうでなければ京子さんです。火事をみんなで見に行ったあと残ったのですから――」

「それだけかね」

「いや、まだあります。それは、但馬兄さんが倒れてから、一同が別室に行って、ただ一人柳子さんが残っていた時間があります」

「それで――」

「その時、京子さんも一緒で、京子さんが勝手の方へ出たので、私が代って入ろうとしました。すると柳子さん一人がいて、何かしています」

「え?」

「私は、わるいから、部屋に入らずにみていますと驚くではありませんか、柳子さんがウイスキイの瓶の指紋をハンケチで拭いて消し、そして死んだ兄の手の指紋をつけているではありませんか――」

「それだけか」

「それだけです」

これが最後の根拠となった。柳子の殺意がこれで完全に判った。他の人物を調べて時間的関係は、定子の証言を正確だと認めるより外はないことが判った。

柳子は、その夜同じ毒物をのんで自殺して、刑にはならなかった。――

渋谷とA氏とは、この話を終ってから非常に不思議な表情をした延佐をみた。それは、いかにもこの日の自分の講談の出来を悲観する表情とも見られ、話しているうちに、実際に自分の与えた結論のまちがいを気付いたようにも見える。

「あれは、おかしな顔だったぜ――少し考えてみないと判らないがね」

A氏は、そう言いながら花月亭の表へ出た。

二人は近いところにある喫茶店で、コーヒーをすすりながら話していたが、そのうちにA氏が沈黙してじっと考えている。

「どうしたんですか。腹でも痛いのですか」

「ううん、そうじゃあない。とんだことを気付いた――」

「え?」

「さっきの延佐も気付いたのだ。この話をかつて今まで、いろいろ話している。ある時の犯人は京子で、ある時の犯人は定子で、今日の犯人は柳子だったんではないか――と思うよ」

「そうですよ。この前に聞いた時は、ずっと筋が違って京子が犯人でした」

「そうだろう――それで今日の話で、あいつは重大なことに気付いたのだろう」

「それは?」

「僕も今まで判らなかった。しかし君――指紋でも、単なる指紋ではない。指紋を一旦消して、そして、つけるとなると、いろいろ探偵小説のタネがあるね」

「え?」

「君は気付かないのか」

「何をです?」

「つまり、今日の話でね。柳子が犯人だとするとね。何故ウイスキイの瓶の指紋を消したのだね」

「え?」

「ウイスキイには毒物は入っていなかった。毒物はグラスに入っていた。それなのに犯人の柳子は何故ウイスキイの瓶に毒物が入っていたと考えたのだろう?」

「え?」

「そうじゃあないか。犯人なら、グラスにしか毒を入れないのだ。ウイスキイの瓶の指紋を消して、死人の指紋をつける必要は一つもないぜ」

渋谷は、A氏の言うところが判った瞬間、ギョッとして顔をあげ、まじまじとA氏をみた。

「さうですね、柳子が犯人なら——ところが柳子が自殺しています」

「そこでだ。今日延佐が自分で話し終って、自分で驚いたのだ——」

「すると?」

「つまり延佐にとって、あの事件は何か知ってる事件で、結局警察では合理的の解決の出来ていなかった事件だぜ。それで、あんなに迫真力があった。ところが話にまとめるには解決が入用だ。その解決は延佐がつけたもので、それで、話しながら、自分でも意識しない思考が流れていて、それが自分の話の結論に驚いたのだ」

「意識しない思考?」

「そうさ。人間は人に話してみて、自分の矛盾に気付くことがある。あれだ。あれは、話しながら、もう一つの自分が、ずっと思考をつづける。言わば、秘密な思考がつづく。正しい話では、その両者、つまり、自分の話していることと、秘密な思考とが一致する。無理があると一致しない——」

「では?——先生の言うことが正しいとして、何故柳子は指紋なぞ消したのです?」

「それは一つのことがきまるとすぐ正しくきまってくる。つまり柳子は、犯人が京子、つまり自分の娘だと思った」

「え？」

「それで、娘のために指紋を消してやり、自殺と見せるために、但馬の指紋をつけてやった」

「え？　え？」

渋谷は驚きの声をあげた。

「すると犯人は？」

「もしあの話が、延佐の関係している、経験してる事件なら、可哀そうに、犯人は逸してしまってる」

「先生にはあれだけの話で、犯人が判りますか――」

「一つきまると、あときまるよ。つまり柳子が犯人でないのに、どうしてウイスキイの栓を抜いた時に、香水を入れたのだい。柳子ではないよ――」

「すると」

「柳子以外に栓を抜く時に瓶をいじった奴はない。とするとウイスキイには前からあの香水が入っていたのだ」

「え？　すると」

「ウイスキイをくれたのも、香水をくれたのも六造だろう？　あれが入れようと思えば栓を抜かないでも、亜鉛レッテルもコルクも太い注射針なら通る。ウイスキイの栓をぬかないで、一部をとり出し、香水を入れるのも出来ないことではない」

「では、二本のうち、そのようにして香水を入れておいた方を但馬がぬかせたのは？」

「それは六造が紐をとく時にちょっと手伝いさえすれば、その方をやるにきまってる」

渋谷は蒼白となった。

「先生。すると犯人は六造ですか」

「当り前だよ。アメリカからもって来た香水が五つだったね。もう一つもって来ただろう。それに毒物を用意して来て、兄貴のグラスにたらしてやる。それは帰りに品川の海にでも投げ込んだのだ。何しろ捜査課長が、香水に気がついたのは二三日してからだったものね」

「どうして、それが判ります?」

「話でも判るし、いきなりグラスから毒物が検出されたので、ウイスキイの匂いの話などずっとあとで誰かが言うまで問題にされなかったろう。いや匂いのいいウイスキイと言って話しただけでは、香水入りウイスキイとは、お釈迦様でも気がつくめえ――」

「へえ――どうしましょう」

「どうしましょうって、君は新聞記者だから、これから延佐に逢いにゆくなら、僕もちょっとついて行ってもいい」

二人あわててタキシイをとり、まず花月亭に行ってみて、延佐が帰ったときいて延佐の家まで行ってみた。

名刺を出すと、妻女が上れと云う。上ってみると延佐が泣いたばかりの顔をして出て来た。

「泣いていました。口惜しくて――今日気がついたのです。僕の母は無罪です」

「え? すると君は京子さんの――」

「弟です。今日の話は名前は違っていますが実話からヒントを得たもの――しかもその実話は二十年前の、僕の母のことです」

「すると、真の犯人は?」

「今日判りました。でも、もうどうすることはありません。ただ母が無罪であったという確信が出ました――講談師となったことを感謝します。あの話を高座で二十回以上いろいろかえてやりましたあげく、判りました」

延佐はそう言って、渋谷とA氏との手をとっておいおい泣き出した。

「母が――はい。母というものがどんなになつかしいものか――私は人間の子です」

「そうだ。君の講談に血が通っているのは、そのなつかしい気持がそのまま入っているのだ。君はもう、一世の講談師となる骨を自分のものにしてしまっている」

「先生、ありがとう存じます。ありがとう存じます。犯人をやっつけてやれなくても、先生から、そう仰言られれば、私はそれで満足です」

延佐の泣き声のうちに、隣室で妻女のすすりあげる声が交って、長く終らなかった。

心眼

1

雨が久しぶりにはれて、微風は暖い。土は、ややしめり気を帯びて、旅する足には心よい。

「今日は何日であったぞな」

盲目の源次郎は、ゆっくり、むしろ傍目にはいやいやながら歩いているような歩き方をしながら、ちょっとうしろをふりかえってあとからついてくる妻のかをるの方にあごをしゃくった。

「明治四十一年十月二十八日」

ふん、と言ったような首のふり方をして、源次郎は心もち白い歯をあらわした。歯はきっちりそろって白く、昔の美少年時代の面影をまだ失わない。その冷笑するような首のふり方は、我儘な天才的な、源次郎の若さをしめしているだけではなかった。

いつも日を聞かれる毎に、外のことを考えているかをるは、うっかり日附だけを答える。すると追いかけて「何月ぞな」とくる。月を答える。すると、更に追い込んで、「何年ぞな」というのが常であったのに、今日は珍らしく、かをるがつっぱなすように、はじめからすっかり答えたからであった。

源次郎は立ちどまって、かをるをいなすと、右手をのべてかをるの身体に触った。その手ののばし方から、かをるは盲目の良人の意を読むことが出来る。それが、もしも、いやらしく触ろうとするようなら、「人が見ているか」と聞いているのである。見ている人があると、かをるは、やや荒々しくその手をはらってやる。もしも、その手が、何かを探るようにのばしてくる時には、かをるは、眼の前の道の不安で、さきに立って手を引いてくれというのであることが判るのであった。

今日は、かをるは、「誰もいませんよ」と口に出して答えた。すると、源次郎は立ちどまったまま、なおも手を出した。

「何ですか」

「それを！」

かをるは右手にヴァイオリンのケースを、そして左手には二人の身のまわりのものの入った、当時の風俗でよく女が持って歩いた「しんげん袋」を下げていた。それを！　と聞いた時には、源次郎は楽器を持ってやろう、人がいなくても、妻だけに二つとも持たせてはわるい、と考えているのであろうと察して、ヴァイオリンのケースの方を差出した。

源次郎は、荒々しくそのケースを受けとって、なおも立ちどまったまま、いきなりケースを開いた。そして中の楽器をとり出して、弓をはった。かをるも立ちどまって、からのケースを受けとって、抱くように胸につけた。

源次郎は、糸をため、二三度爪ではじいて、すぐに楽器を横えたが、やおら弓を立てて、弾き出した。――シューベルトだった。

その音は二千の聴衆をいれる館のうちでも、隅々までひびくであろう堂々たる響き――一流のヴァイオリニストでなくては、とても持っては居るまいという響をもっていた。

曲は、野をわたり、村をすぎて、はるかかなたに黒く横わっている山の森まで、かくれた妖精のねむりをも醒すであろうように、さわやかな朝の空気のうちに、振動していった。それは、しかし、源次郎の芸術の、我を忘れた心のすさびではないことは、かをるにはよく判っていた。それは、人の見ていないところでも、昔から芝居じみた、唐突な感激を心ゆかせるさまを、この盲目の良人はするのだったが、一緒に町々村々を流し歩くこともう数年になる二人の生活のうちに、いつの間にかかをるは良人の魂胆の浅くないのに気付いているのである。――それは、やがて正午までにはつくであろう、かなたの宿場に対する先き触れであった。

当時ヴァイオリンは、まだ田舎の町や村には珍らしい楽器で、子供や子守りがいちはやく聞きつけて、あれ、珍らしいうたが響いて来るぞもと、忽ち町や村のうちにふれ歩いてくれる、その先触れを源次郎はいつもまず宿場に入る前にやるのである。

2

運命――それは大きな巌の下に激しくながれる渦巻のように、のがれられぬ紐で二人を結ぶものであろう。ある人には、心よいものであろう。またある人には心痛むものであっても、運命の方では少しもそれをえらぶものではない。

源次郎とかをるとが、こうして結ばれた運命は、極めて簡単なことであった。

二人は、当時としては他人にすぐれた道を歩いて、一緒に上野の音楽学校に入った。源次郎はヴァイオリンで、かをるはピアノであったが、源次郎のヴァイオリンは、一級を圧する上達を示した。教師も舌をまいて、この青年こそは西洋一流の弾奏家の域に迫るであろう。日本の名を、やがては世界の楽壇に謳わしめるであろうとはやくも折紙をつけた。

学内の演奏会で、源次郎のヴァイオリンを耳にしたもののうちには、ピアノを捨ててヴァイオリンを志ざすものが続出したのもむりからぬことであったが、かをるもその一人であった。凡そ楽器のうちで、人間の心、と云うよりも肉にまで迫るのは絃楽器であるという、自分から信仰をもつに至った一群の若い楽生達が、日本人にもヴァイオリンがあのように力づよい、たくましい響を出すことを眼の前に証明された思いで、源次郎を仰いだのも、小さい学内とはいえ、将来の登竜を夢みるえらばれた人達の、その時流の一つの渦と云ってよかった。

それは、恋であったか――かをるは、その時から自問自答するのであるが、まだはっきり答えるすべを見出し得なかった。源次郎とかをるとは、いつの間にか親しくなり、やがては源次郎の方から、他の学生にかくして逢いたいと言い出すようになっていた。

源次郎は美男であった。それはあまりに典型的な美男で、日本の稗史小説によく言う、苦みばしったいい男であったのが、かをるには心からは愛しきれない何かを感じさせることが、いくどとなくあったが、しかし彼と歩み、彼と語り、彼の野望にみちた言説を耳にする時には、かをるはそんなことはすっかり忘れて、彼を愛したのであろう――自分の心は今なおときかねると、かをる自身が感ずるのみならず、誰しも人間は、自分の心が自分で解きかねるのである。

源次郎の誘いに応じて、かをるは武蔵野の雑木林、――当時国木田独歩の小品を愛していた青年男女のゆくところに、ある晴れた日曜日に、朝から楽譜を手にしてさまよい歩いた二人、西洋の音楽家の伝記を、源次郎は読んでいたとみえて、縷々つきない物語りを聞いているうちに、かをるは、この人の並々ならぬ心境――それは日本の楽壇や楽人はものの数でもなく、二人はともに歴史にかがやく楽人をめざして、余念のない態度に、強くひかれていたことは当然であった。

「おや、下界の邪魔が入ったようですよ」

「邪魔が？」

「うん。学校の奴等、やっぱり今日、ここに来てやがる――ねえ、今僕達が、ついそんな仲間には眼もくれるものかと、しゃべっていた人達」

前望、かなた叢林のうちに、四五人の学生らしい姿が見えた。

「うちの学校の人ではありませんわ。あれ、写生帳をかかえているではありませんの」

それは、やはり上野の連中ではあったが、画学生達であることは、すぐに判ったが、その外にも何かの心づもりがあったのであろう、源次郎はかをるを誘って低い、身をふせれば誰にも見えないような茂みのうちに、もぐり込んだ。

この簡単な行動が、驚くべき不幸をもたらすとは、誰も予想しなかった。「あ、痛！」と叫ぶとともに、源次郎は楽譜をおとして自分の手で眼をおさえた。

「どうなすって――え」

「いや、何でもない。その枯枝で、ちょっと右の眼をついたのですよ」

「まあ、どうしましょう。痛みはしなくって？」

「うん。もういいですよ。衣の袖がその枝をからんでね。ピンとはねる瞬間――だったのですよ。はやくも眩テツを喰ったのですよ」

「まあ、いやだわ。眩テツなんて、でもすみません」

「眩テツがですか」

「いいえ」

「眩テツではないのですか」

源次郎が、すぐにもきっかけを利用して、かをるの心を聞いているのはよく判った。かをるは、その意味をさとり二つの意味で胸の動悸をおさえながら「あら、あたし、何でもいたしますわ」と言って、急に顔をあからめた。

源次郎は、一方の眼をあけて、かをるの表情をみていたが、「そうだったら――僕達、うれしいな」と呟いて、そこに横になり眼をつむって、じっとしていた。「眼の痛いのなんて、何でもないです。いや、事実、眼なんて、少しも痛まないですよ」と言いながら、しかし、それでも、眼をあけずに、手さぐりでかをるの手をじっと握りしめた。

眼は痛まなかった。しかし、どうしたわけか、涙だけはしきりに流れた。源次郎自身も、「痛くないのに、涙が出るのは、感激の涙です。あなたの顔をみるのが、急にまぶしくなったのです」と言って、微笑していたし、二人はなおもずっと夕刻まで一緒にいたのであった。

眼医者に見せたが、「なに何でもないです。少し右の眼が傷ついただけで、一週間もしないうちになおります」とはじめは言っていたが、一週間の後に、結果は重大になった。医者の外にはよく判らなかったが、その病名は交感性眼炎と言うのだそうで、源次郎はそれから二箇月めには、両眼ともに全くの盲目になってしまったのである。

源次郎は、じれて、懊んだ。そして、やさしい言葉ではあったが、あらゆる責任をかをるに転嫁し、その意志によって二人は生涯を共にすることになってしまったのである。

運命――それは宿命などとも言うのかも知れない。かをるは罪ほろぼしの決心をし、源次郎をはげましたが、この大きな衝撃は、遂に源次郎を自暴自棄にしてしまった。

「もう、楽壇も何もないです。君を得たことで、すべてが解消です」

二人は結婚し、共に学校をやめて、当時田舎の素封家であった源次郎の家に引っこんで暮した数年月、その間に二人への不幸はつぎつぎとやって来た。まず源次郎の母が死に、もう父はなかった。かをるは、その間に一度流産をし、またたくまに源次郎の家は傾いてしまったのである。

もう一度、勉強して、楽壇に立ったら？　いや、もうだめです。西洋音楽のほんとの勝利はおめくらさんなどには駄目です。でも、あなたのあの音は、何でも圧倒すると思いますのよ。いやいや。圧倒することが出来ても、それは――田舎まわりにでもなってしまおう。――じょう談のように、自嘲のように、はじめは言っていた源次郎も、やがて追われるその日のために、二人は豪華な乞食の生活に入った。

豪華な乞食生活――それも源次郎の自嘲の言葉であったが、冬は都会で、春と夏と秋とは田舎で、はじめは温泉まわりのありのすさびで、入る金は向う様からと考えていたが、やがては真剣にその後方法をたて直し、工夫し、二人は楽器を抱いて流浪する気安い、しかし、その日暮しの生活に入って行ったのである。

定住して、世を張る力もなし、それも好ましくない――これが安易だ――いや何よりも、君さえいてくれたなら――しかし、その生活は、やがてかをるには、容易ならぬ苦痛の生活となってきたのである。

この苦痛は、決して暮しの方からは来なかった。珍らしい楽器は、到るところで少なからぬ好評を博し、その日の糧にはこと欠くことは少なかったが、心の生活には、曾つて予想だもしなかったものが、一つ一つ現われて来る始末であった。それこそが運命であり宿命であったのか。

言葉では雲のように、自由に、——高貴に——そして任運にまた法爾ですらあったが……でも。

3

当時としては、ダンディな姿をした背の高い源次郎の、高慢な、楽を誇りかな立ち姿のうしろに、可憐そのもののかをるの姿は、恨むが如く訴うるが如き絃楽器の響きとともに、町でも村でも、それからよび込まれる料亭の饗筵でも、人の心を強くひきつけた。

演奏が終って、何も言わずにケースを開いて抱き歩くかをるのケースのうちには、銀貨や銅貨がおびただしく投げ入れられた。じっと立って、音もなく歩くかをるの後を心で追ってゆく源次郎の、眼をつむった立ち姿は、やがて、その盲目の眼をかっと見開くようになり、それがかをるには、投げ入れられる貨幣を数えていると感じた時は、足の立ちすくむ思いであった。

宿はなるべく清潔な、むしろ高級なところをえらぶことにしていたが、室に入るや否や源次郎が、むさぼるようにかをるの手から袋を奪いとって、立ったまま数えるのをみるのは、かをるにとっては、一層の苦痛であった。

「疑わないでもいいわ。あたし一銭だってごまかしはしませんわ」

ある日最後に、つつましいかをるですらも、そう言うより外はなかった。しかし、このささいな一言が、源次郎に及ぼした結果は、むしろかをるをひどく驚かせた。

むっとした盲人の顔は、やがてありありと忿りにもえて「僕が君の前で数えるのがいけないのか。——ではあとで数えるから、今度から袋ごと渡してくれ」と宣告した。——それが実行せられるようになると、なおのこと驚くべきことがおこった。その日の収入がどの位あるか判らなくなったかをるには、宿の番頭が勘定書をもって来て、その袋のうちからかをるがその額だけ払ったあと、源次郎は、残った金があわないと怒り出す始末である。

ある日は、料亭は喧噪を極めて、さすがの絃楽器の音もさんざんに妨げられたあと、酔ったお客から「美人の嫂さんの方が、ごちそうだよ」と云う声がかかった。すると源次郎は、さっさと弓をしまって、黙ってふいと立って、手さぐりで出入口の方へと歩いた。かをるは、その日の収入をあきらめて、あわててついてでるべきであったろうか。――かをるは、そうはせず、やはり袋をもって客達の間をまわったのであったが、酔った客は容赦はしなかった。「おい嫂さん。おめくらさんには惜しいぞ。ちょっと手をさわらせてくれ、いのししを出すから」「嫂さんだけ残って、お酌をしてくれるわけにはゆかないか、その十倍を出すがなあ」「……」と、各人各説のわめきは、源次郎の後ろ姿を追って、その耳をうたずにはいなかった。

宿にかえって、かをるの差し出す袋は、それでもたんまり重かった。盲目の良人は、その手を横にはらったので、小金はパラパラと畳におちた。かをるはそれを拾っておさめたが、問題はそれで終らなかった。

「おい、いのしし（十円紙幣）がない。お前は、お金も貰えずに、手を握らせたのだな――」

源次郎の心眼には、かをるの美しい昔の顔とその姿とがありありと残っていた。そして、そのかをるを独占する力が、盲いると共に自分になくなったと信じられてならないのであった。

「人が見ていますわ」

二人となると、その嫉妬の心が、源次郎を執拗な人物にしてしまうのであろう、かをるがそう囁やくと、却ってそれに反撥するのである。

「嘘つけ。僕に見えないのをいいことにして、亭主を馬鹿にするのか」

その時盲目の人は、その白く盲いた両眼を、ぐっと見開いて、かをるの正面に迫ってくる。その焦点のあわない眼球は、眼をつむったかをるの心眼にも、消えないいやらしさを、嘔気の迫るように、やきつける。

ある日はお客の一人が、「君達の宿はどこ」と聞くので、何気なく、自分たちのきめた宿屋の名前を告げると、同じ宿に投宿したのをみて、ただささえ心のおびえているかをるに、源次郎ははやくもさとって「誰だ。いま、お前のあいさつしたのは――」と聞いた。「知らない人ですわ。さっきのお客の中にいた方ですわ」すると盲目の人は「ふん。苦みばしったいい男――という奴だな」――というその言葉が、曾ての源次郎が人からそう批評されていたのを思い起こさせて、またしてもかをるは嘔気を催してくるのであった。

「あかり、ついてるのか」

「いいえ、消しましたが」

「つけなさい」

寝てしまってから、どういふわけかそう命ぜられて、「でも、もうやすむのですもの」と答えるかをるに、「ふん。盲目の頭には風呂敷をかぶせておきたいのだろう」と、それは何か猥セツな言いまわしと共に、冷笑の聞えるせつない閨房は、かをるにとってはこの世の地獄のように感ぜられることに、いつの間にか、なっていたのであろう。

自分は、この人と結婚する時に、果してこの人を恋していたのだろうか。かをるの反省の心の耳朶に、忽ちにして、「俺の眼は、お前のせいだ――欧羅巴へ行って、あちらの楽壇にも負けないつもりの俺の音楽を一ぺんに奪ってしまった、この俺の眼!」それは、源次郎にも苦痛と悔恨の涙をながさせ、その涙を自分の頬に感ずるかをるは、それで洗われて心の和むかと思いの外、それは心のしめ木をかたくする粗面剤ともなるものであった。

でも、かをるの心のうちにいつの間に醸成されたか、良人の盲目は自分の責任だという感情は、強く根づよく抜きがたい。このままでは、死んでしまうより外はないが、でも自分の死んだあとは、良人はどうするつもりであろう。

ところが、突然に、このような生活に救いの光明のような事件が起きた。

源次郎は、かをると一緒にねたが、言い争ってふいと立ち、折から半洋式の宿屋の、バアのような広間に出た。どうなることかと、かをるは立ち上って身仕度をし、ついて出ようと思っていると、番頭が部屋に来て「奥さん。旦那さんがちょっと来てくれと申されます」と言うので、すぐに出てみると、どうしたわけか良人は深夜のバアでビールをのみながら、上機嫌である。

「おい。珍らしいことがあるよ。この方は刑事さんだそうだ」

見ると、二人の刑事と言われるお客が、同じように酒をのんでいた。

「それでね。俺に探偵をしてくれ——常人より盲目の方が、心が集中してきっとよく判るだろうと云いなさるのだ」

刑事は「やあ、奥さんですか。実はあなたの旦那さんは天才です。いま、とてもいい話を聞かせてもらったのです」と二人が交々語るのである。

かをるは、じっと話を聞いた。それは迷宮入りとなりそうな、この地方の犯罪を、二人の刑事が時とも談合という気持ちから、源次郎に話しかけたのであったが、源次郎はそれを聞くや否や、忽ち疑問を解いたという話である。

「明日は、僕もお手伝いしてもいい」昂然と源次郎は言っているのであった。

4

事件は極めて難解なものであった。

この地方の市の一角に、しもた屋風の屋敷町があった。その露路の奥のつき当りに、老婆二人が住んでいた。その一人はこの地方でも有名な老婆で、あとの二人は、その妹の盲目の女、もう一人は長年めし使っている中風の女で家中を這いまわるようにして働く老婆、その二人の不自由な女をつかって住んでいたのが、小金を持って、確実な筋にだけ金を貸している、その有名な小磯しんと言う老婆であった。

露路の両側の数軒の家も、その小磯しんの持ち家であったから、住いは、言わば要害堅固なところと言ってよい。

毎夜のことであるが、日がおちると、表玄関はしめ切って、もう訪問客を受けつけない。中風の女中ははやくから寝かしてしまい、その代りまた朝が馬鹿に早い習慣であった。日没後の電話は、盲目の妹が受けつけるので、外から女主人にかけると、「どうぞお待ち」と言う声がかかってから、盲目の妹が手さぐりで奥の間にゆき、女主人に話してから出るのだから、ものの二三分は待たせることは、よく知られていた。

「ほう、小金を持った老婆――そして盲の妹――なるほどね」

源次郎は眼をつむって、刑事の話に聞き入った。

「その老婆が、殺されたのです。何しろ奥の間に一人いる時にやられて、うんうんうなっていたのですが、夜の十一時過ぎでしょうか。二人の女もその声を聞きつけることが出来ないで、ものの三十分も苦しんでいましたが、電話がかかって来て、妹が眼をさまして出ました。その声は、その妹の知らない青年の声で、森君がお邪魔していないか――と言う。森というのは老婆の可愛がっていた甥の一人で、時たまに来て、泊ってゆくこともあったが、当夜は勿論来ていないのです。それで発見された時は、まだ生きていました。あとで調べてみると現金は殆ど全部盗まれていました。一家は全く内部から鍵がかかっていましたので、密室殺人かと思われましたが、そうではなかったのです」

それは、二階の窓が一つだけ、鍵がおりてなかった。ところが、その窓は、外に格子がある二重の構えになっていたので、やっと犯行後五日目に、犯人がその窓から出たことが証明せられた。

犯人は、窓をあけて、格子を外ずし、外の屋根に出て、格子をまたはめ込み、丁寧にねぢ釘で格子をもとのように固定したらしいことが、釘の検査で、そこだけ最近一度ねじを外ずしてまたねじ入れたことが判った。この証明は甚だ科学的になされたので、捜査当局は大いに誇らしかったのだが、もしそうだとすると、老婆を殺してから長い時間をかけて内部より一旦ねじをはずし、外に出てまた長い時間をかけて、ねじ釘をねじ込んでいることになる。

その時間は、その並びの他の格子で、実験的にやってみると、いくら上手にやっても、外ずすのに十八分、ねじ込むのに十分はかかる。してみると、犯人は、そこで、約三十分に近い工作をしていることになる。

電話は、その三十分のうちにかかって来たことも、偶然と言えば偶然であるし、誰がかけて来たかも判らないが、森という甥の名を言っているところをみると、その友人か、少くともこの一家のことに明るい人には違いない。

「それで甥を調べたのですね」

「勿論です。――と言うのは、老婆は発見された時には虫の息があった。それで、すぐにかかりつけの医師が電話でよばれ、病院にはこびました。この院長が気のきいた人で、念のために警察に知らせてくれたので、係官がその家にもとび、二人は病院にもとびました」

病院に行った係官はまことに俊敏であった。とっさに老婆の臨床訊問をやって、証言を得たのである。兇器は簡単なもので、老婆の部屋に置いてあった、「キリダシ」と称するあれである。はじめにのど笛をきり、ついで肝臓をさした。だから助けをよぶ声が出ないで、肝臓出血で死んだのだが、このことをみても、犯人は人間の身体の生理などは一つも心得ていないものであると推定される。恐らく肝臓を刺した瞬間に、一時失神したのを、死んだと思ってそれ以上の傷害を与えなかったのであろう。

「臨床の証言というのはどうでした」

「それが、極めて明瞭なのです。犯人は甥の、森勇造だ、と証言しているのです。ほかの情況は、詳しくのべるひまはなかったのですが、とにかく、それだけきき出したところで死にました」

「ほう。いくつです、その老婆というのは――」

「六十七歳でした」

「耳も眼も、丈夫でしたか」

「まあ、たしかな方です」

「その証言は信じられますね」

「無論、あいまいでなく、はっきりしているのです」

「可愛がられている甥がどうして殺したと考えられますか」

「そこですよ。金のことになると、至って勘定高い老婆のことで、いくら可愛がっていても、大金をねだったと言うのです」

「結果は？　その証言が信じられれば、もう問題はないでしょう。自白だけでしょう」

「ところが、自白しないのです。はじめはアリバイがないので、てっきりそれだと思いましたが、やがてアリバイが出ました」

「ほう。たしかなアリバイですか」

「確かですな。その時間に、ある女と密会をしていたのですから――そして、事実、金にも窮していました。ただその女に不思議なことを言っています。これから金を受取ってくる。明日は渡すと言うのです。しかし渡しませんでした。出たらめを言ったと言うのです」

源次郎は、じっと眼をつむって聞いていたが、呟くように二つの質問を出した。

「その甥の友人関係はどうです」

「すっかり判明しています。いろいろのことはありましたが、みんな白です」

「その老婆には、情事関係はありませんか」

「ないですね。なにしろ六十七歳ですから」

すると源次郎はちょっと微笑して「六十七ならないと言えますか」と聞いた。

もしもかをるが、その微笑をみたなら、おそらく厭な思いをしたであろう。いつも、かをるを悩ます微笑であったに違いない。刑事も、何かぞっとした盲人の表情だったと言っていたのだった。

「待って下さい」

源次郎は、それからものの十分も、沈黙していたであろう。突然に両眼をカッと見開いた。

「私の眼はつぶれていますよ。しかし、私の眼にありありと、その犯人の姿がうつるのですよ。一つ、だまされたと思って、やってごらんなる気はないですか」

「え？」

「いいですか。犯人は、無言でしたね」

「え？」

「無言の合図で、その老婆だけがあけてやる人間ですね」

「と云うと、先刻の？」

「そうですよ。――男が、恐らく青年がいたのですね。合図も判ってますね」

「え？」

「森君いますか――という電話が今夜ゆく――という合図です」

「でも、それは人殺しのあとですよ、その電話は」

「そうです。一度はね。――しかし、その夜に、二度同じ電話が、かかって来ているでしょう。それは、盲目の妹に聞いてごらんなさい。そして、その二つの、つまりあとの同じ電話と、声はちがっていたか調べてごらんなさい」

「え？」

「その合図で入り込んだ男、それをみると、予期していたのとは違うのです」

「え？」

「違うけれども、甥ですから入れないわけにもゆかず――でした」

「え？」

「その甥の風態をして来たのが、犯人です」

「風態を？」

「そうです。変装だと思いませんか」

二人の刑事は何かホーッとした。老婆の証言は正しかった。しかし、老婆が甥とみたものは、変装だった――そのことは、捜査のはじめから今まで、誰も考えついていなかった。

「変装だとすると、変装になれている人間、甥をよく知ってる人間、そう考えられますね。老婆の情事関係は、恐らく、その情人から聞いてますね。すると、その青年の友人でもあるですね」

刑事はとにかく、源次郎の想像が、自分達の全く思い及ばぬことだったので、驚くと同時に、感心した。

源次郎は上機嫌だった。かをるをよんで、俺は推理に成功した。俺の心眼は曇っていないと語ったのは、この時であった。

5

二日間の滞在中に、その事件はともかくも、老婆に情事関係の青年のあったこと、しかし、その青年も当夜はアリバイを確実に持っていたことを明かにさせた。しかもその青年は老婆から合図は「森君いますか」と訪問の前に電話をかけるようにと教えられていたことも判った。その癖、森勇造とは面識もない青年だった。

「それで、その青年の友達は？」

「すっかり調べましたが、心当りになるようなのはいないのですよ」

「いや、今、そこにいないでもいいですよ。東京にいる友人は？——特に、俳優くずれか何か？」

「え？」

「やってみることですね。東京から突然にやって来て、犯行をおかしてすぐに東京にかえる——そいつですね」

源次郎は昂然として、もう自信のほどを示していた。

「もう少し滞在して下さい」と云う、その地方の刑事部の懇請で、源次郎とかをるとはこの町に滞在していたが、この事件で源次郎はすっかりかわった人のようになった。——それはかをるにとっても幸福であった。五日目、はやくも刑事部長が源次郎の宿に訪れた。

「やりましたよ。あなたの指摘した条件で、すっかり奴自白しました。これは、老婆の証言——つまり、若いものに劣らない老婆でしたが、さすがは年齢ですね。変装をほんものと信じたのですね。そのことさえ気附けば、あとは推理でしたがね。いやはや、あなたの勘には負けました」

地方の新聞ではあったが、この事件に対する源次郎の推理は、二三日二つの新聞を賑わせた。それればかりではない。刑事部長は、多年迷宮に入っていた事件を全部もち出して、相談にのってくれと言う始末であったが、源次郎は「いや、僕達は引きあげます。冬は、大都会でないと、僕達は生活出来ないのです。——それに、やっぱり、僕はヴァイオリンが楽しいので……」と言いのこして、その町をあとにしたのだった。

それから、源次郎は酒をたしなむようになった。それが天才らしいところでもあろうが、また同じ生活を、地方地方に流してあるく間、源次郎は、このかくれていた自分の一つの能力については、機会がなければ積極的にもとめようとはしていなかった。

二人の生活は、しかし、それからあとやや緩和せられた。それはかをるにとっていいことでもあり、そしてまた二人の、紐帯をいよいよかたくしたことでもあり、のがれられぬ運命としても感ぜられるところであった。

二三年の間、偶然に地方に転任して来ている、最初の事件の警察官に逢って、源次郎が犯罪推理の手伝いをしたことは、五回にも及んでいる。それがないと、やがてうち沈み、かをるだけを相手のわびしい生活にのめり込むのであったが、それがあると、源次郎も急に浮き浮きして――そして春と秋とがすぎて行った。

「どうも、少し、神経痛らしい――」

源次郎がそう言い出したのは、そのあと間もなく、ある秋のはじめの暗い日のひるごろであった。夏は海岸にという原則は、この時にはじめて破られて、二人は田舎の温泉宿に――それも、時には演奏の収入のありそうな、やや洋式の宿をえらんだ。

食堂の片すみに、やや長い滞在客の二人は、その夕刻も寂しく対座していた。

「おい。彼奴の眼つきが気に食わんのだ」

突然、源次郎はそう言って、かをるの方を向いた。

「でも、いまは、いませんわ。ここには――」

「いや、いるよ。お前のうしろだ」

「あたし、ふりむいてみるのいやですわ」

「ちぇっ――この宿も、これでおしまいか――立とう」

滞在している二人に愛想よく話しかける、これも滞在客の青年を話題にして、はやくも盲目の人はかをるを責め出したのであった。

「そんなにお考えだと、どこと言っているところはありませんわ」

「そうだ、ないよ――俺達は、生れついて旅から旅へと流れてゆく運命だよ」

「あなたは、犯罪事件のお話があると元気になんなさるんですから、今度は、あの方の県へ行って少しながくいることにしては——」

「あいつか、あの刑事部長の真田の？」

「そうですわ。御親切にして下すったわ」

「お前は真田に好意を感じてるのかね」

「いやですわ。みんなあなたのためですわ」

こじれてくると、とめどもなくなる源次郎を知っているかをるには、ただこれだけを云うのがやっとであった。

明治四十一年十月二十八日、——二人はその宿を立って、今また流浪の旅に出てゆく往還の上に立ちどまった。

源次郎はシューベルトを奏し終って、疲れたように額を指さした。かをるは、ハンケチを出して、静かに拭いながら、突然に、秋の日の心よい微風を、六年前の、まだ若々しい心で感じとった。

「何を考えてるんだ。あの男のことかね」

「いいえ」

「俺には見えるのだよ。俺の心眼では——」

盲目の人もそれでも、秋の微風を同じように感じていたであろうのに、自分の心のうちに湧いて出た考えで機嫌を一変したらしく、あらあらしく手をのばして、ヴァイオリンのケースを奪いとった。

「あたくしいたします」

「いい。自分でする」

「人がまいりますから」

「何？——判ってる」

ケースに弓が入らないでいるのを力一杯閉じようとしたので、源次郎は、ケースをとりおとした。あわてて拾おうとするかをるの気配を感じて、つと源次郎は足をあげて、ケースをおさえようとして、こぼれ出た弓の上によろめいた。足の下に、弓の折れるのを感じて、ちょっとひるんだが、子供が大切な玩具をちょっとこわしたのを知って、荒々しくすっかりこわしてしまうように、源次郎は、折れた弓の上に力を入れて踏みつけていた。

空に照る澄んだ秋の太陽——ほの匂い来る鍬をいれた畑土の匂い、何一とつわるからぬ日和の下で、盲目の人とその妻とは、自分達の大切な楽器をふみつけて争っているのである。

6

秋の日は、山の森の見えるこの地方では、案外にはやく沈みはじめた。楽器をこわした二人は、一旦隣りの村に行ったが、そこに適当の宿はなく、やむなく引きかえして、今朝立ったばかりの同じ温泉旅館に帰って来た。

弓は、再び都会にかえって、新らしいのを用意しなければなるまい。ここではどうにもならない。——二人は同じ思いで絶望的の気持ちになり、同じ食堂の同じ食卓に、落第した生徒がもとのクラスの机に座らされたように、じっと対座していた。

その夜、この旅館に不思議な殺人事件が起きた。

「ちょっと、お起き願えないでしょうか。——警官が来ているんでございますが」

「臨検かね。こちらは夫婦だ——しかも暫らく滞在してるのは、知ってるだろうね」

盲目の人は、番頭に対して何かの鬱ぷんを洩らすかのように、半身をおこして、暗い部屋でどなった。

「はい。臨検と言うわけではございません。人殺しでございます」

「あなた、何か事件のようよ」

かをるがそう言いながらしどけない姿で立ち上り、電灯をつけると、盲目の人は意外に顔を輝やかせて、急に上機嫌になった表情で、かをるの方を仰いでいた。

身仕度をして、広間に出た盲目の人とその妻とは、急にしつらえたらしい調べ机の前に、並んで腰かけた。

「名前は――」

「山田源次郎」

「職業は？」

「はい、旅芸人です」

盲目の人は、自分の言う言葉を思い浮べただけで、急に自嘲するような口吻となって、そう答えた。

「ああ、思い出した。あなたですね――山田さん。あの、老婆殺しを解決して下すった――あの時、わしはあの県の巡査部長でしたよ。越水ですよ」

係官は、そう言って懐かし気に「今は警部です、ここの――」とつけ加えた。盲目の人の顔面には、誇らかな表情が、急にうかび、両眼はかっと見開かれた。

「あなたが滞在していらっしゃるなら、これは鬼に金棒です。どうですやって下さる気がありますか――ああ、奥さん。相変らず美しくいらっしゃる――」

警部は、お世辞を言いながら、盲目の人の返事を待った。

「事件を伺った上で――でも、僕の勘は、どうなってるか判りませんよ」

「いやいや、そんなことはありません。――わしは、よく知ってるですよ。――事件をお話ししましょう。おい訊問は一時中止して、いや、訊問は君達でやってくれ。――」

あっ気にとられている警官達をしり眼に、越水警部は、盲目の人とその妻とを別室につれて行った。

「殺されたのは――ここの滞在客の、川辺一郎という青年」

「え？」

「御存知ですか、二箇月以来滞在です」

盲目の人は、うなずきながら、かをるのいる方をじっとみた。かをるは、おし黙って、警部の方をみていた。

「状況――夕食は食堂でとっています。女中達の言うところでは、午後八時頃、珍らしくビールを命じている。ビールはコップ一杯やっとのんだだけらしく、コップには本人の指紋もその他の指紋もありません。死因は、催眠薬を多量にのんだのです」

「では、まちがいはないですか。睡眠薬の量を、まちがえたのではないですか」

「そうではありませんね。第一に、川辺氏の部屋には、催眠薬はのこってありません。女中達の言うところでも、この人は催眠薬の常習者ではありません。――それに、眼をかっと見開いているのです」

「ええ眼を？」

盲目の人は、自分も眼をかっと見開いて、警部の方を見た。

「つまり、催眠薬をのんで静かにねむったのではないです。多量にのみすぎて、苦悶があったのです。――だから、故意にのまされたのです」

「では、自殺ではないですか。どうしてのまされたと仰言るのですか」

「コップに、本人の指紋も誰の指紋もないこと――それに、明らかに繊維製のもので、指紋をふきとってあるのが証明されるのですよ」

警部は誇らしげであった。

「どうですか——自殺の目的で薬をのみ、自分で指紋をふきとるというのはおかしいでしょう」

「発見は？」

「電報が夜半に、川辺あてのものが、ついたのです。女中さんが、電報だからと言うので、川辺氏の部屋に持ってゆきました。それで発見しました。その電報はフミノケンスベテヨロシ、アトフミとある発信は、川辺氏の東京の父らしいのです。何かを申送り、それをよろしと言ってくる位ですから、死の原因が少くとも家庭上のことにはなかったと思います」

警部がそう説明すると、かをるが盲目の人の方をちょっと見て、何か言い出そうとした。さとくも、それを感知したのであろう、源次郎はかをるの方をちょっとむいたが、それを蔽うように「よく判りましたよ。——とにかく、異常な死ですね。問題にしてよい死ですね」と言い、あとは誰の発言をも封ずるという気魄を示したので、一座はちょっと沈黙した。

盲目の人は眼をとじたが、手を話しかけるような恰好で警部の方にむき、しばらく考えている。そして、突然にまた眼をかっと見開いた。その盲いた眼は醜くく、警部すらも正視しなかった。そして心のうちで、もしこの人がいつもこんな眼をするなら、常住一緒にいる妻は堪らぬであろうと、ふと胸をかすめるように思った。

「コップは一つだけですか、あったのは——そして、ビールを持って行ってやった女中さんは、ただ一つだけ持って行ったのですか」

警部は何の意味か、初めは判らなかった。指紋のないことの想像を、その盲目の人が、いろいろに考えているかと思ったが、隣りにいる警察官に「ああそれだけは訊問してないね。君、行って、先刻の女中さんに聞いて来てくれ給え」とささやいて、盲目の人の方へは「ちょっと待って下さい」と言った。

盲目の人は、その待っている短い時間を、いかにもいらいらするらしく、眼を見開いたりとじたりしていた。

「警部、驚くべきことです。女中さんはビール一本とコップ二つと命ぜられて、たしかにその通りにして、引き下った、と言っています。しかし、あの時は、コップはたしかに一つしかありませんでした」

帰って来た警察官がそう報告すると、源次郎は立ち上った。

「いやなことになりました。警部さん。僕は、これ以上——ほんとにすみませんが、この問題に関係したくないのです」

「え？」

しかし、盲目の人は、立ち上ったが、立ち去らなかった。

「しかし、——それであなたにはお判りになったのですか」

「判ったのです。——」

そう言ったまま、盲目の人は、また眼を見開いて、カッと自分の妻の方へむいた。何か云いたげに、しかし、何よりも自分の決心をつけたいという風に、そのまま立っていた。

警部は、その有様にひかれて、自然にかをるの方をみた。かをるは、おし黙って、しかし、良人について立ち上らず、そのまま盲目の人の眼をみていた。盲目の眼が、かたくとじられ、その顔に血の気がのぼると見るや、恐ろしい声がその人の口から洩れた。

「情死の片われです——あいつです」

その指ははっきりかをるの方を指さしたまま氷った像の如く身動きもしない。警部にもその他の警察官にも意味が判らず、とまどいしている間に、盲目の人は、その指を力なく下ろし「まちがった——まちがった。しかし——そうだ」と呟やき、うしろをむいて、ゆっくりその部屋を出てゆきかけた。

いつもは、自分が立ちそして歩めば、自然の機械のように、妻が立ち、そして自分の手をとるはずなのに、今は、それがないことを覚悟しているかの如く、一歩一歩、さぐりながら歩いた。——

そうだ。ついては来ない。それで正しい――かをるは、情死の約束で、あの男を殺したのだ。そして、判るはずがないと考えたのだ、――では、かをるはあの男を愛していなかったのであろうか。そうだ。愛していなかった。情死のトリックで相手を殺し、そして完全犯罪が成り立つと考えていたのだ――では、かをるは、何のために、それをやったのであるか。――そうだ。かをるは、やっぱり自分を愛していたのだ。いや愛よりも憎みよりもなお強い、自分との生活を断ちがたかったのだ。――そうだ。かをるは、いつも事件が起きると、そして自分がそれに関与すると、自分の心に張りが出て来て、二人の生活もよくなることを――それを望んだのだ。そうだった。だが――もう駄目だ。駄目だ。盲目の人の一歩一歩は、このような考えをはこびながら、そして遂にはかをると自分との人間の生活の、わびしくあわれなのに、憐愍の情のもりあがるのを感じていたのだ。

まるで、下界の他人――人間そのものを憐れむかのような心持で――そして、それは盲目だからそういう心持ちになれたのだった。

詩人の死

まだ飛行機は旅客輸送などには用いられていなかった。むろん戦前のことである。欧羅巴《ヨーロッパ》へゆくのには、船でセイロン、コロンボ、インド、スエズを通ってゆくか、そうでなければシベリヤ鉄道でゆくより外はなかった。

僕はそんな時代に留学を命ぜられた。船に弱いので、シベリヤの旅をえらび、東京から三日路ハルビンにつき、それから十一日シベリヤの雪野を通って、モスコウについた。モスコウから二日路、リガ、ワルシャワを経て、当時の伯林《ベルリン》へついた時は、実に何とも言えないホッとした感じだった。

伯林の街は規則正しく、そして清潔だった。約一週間滞在して見物に費し、目的地である巴里《パリ》へついたのは五月の初めだったが、仏蘭西《フランス》国境を越えると急に町が汚れて、乱雑な感じ、巴里は北停車場へつき、あっちこっち迷ったあげく、タキシイを雇った。

シテ・ユニヴェルシテ（大学街）――は汚い狭い町を通って、遠かった。そこにサツマ会館というのがあり、僕は紹介状を日本から貰って行ったので、その日からその会館の一室に落付いた。日本人の学生が二三いるようだったが、食堂でお互いに黙礼するだけで、すぐには交際しなかった。

翌日、ソルボンヌの薬理学教室というのへボージラール先生をたずね、これも日本から貰って行った紹介状のおかけで、弟子入りすることが出来た。

「おオ、君は学論は法医学だとあるね。薬理を研究しようというのは、つまりは法医学に役立てるためかね」

「そうです。ですから、殺人に用いられるような毒物だけを研究して来いという命令をうけて来ました。そして薬理というよりも、その応用を、それから何よりもサムプルを手に入れて持ってかえれというのです」

先生は毒物学では欧洲の権威だった。そしてすぐに僕の希望するところを、凡て承知してくれたのだった。というのは、サムプルを手に入れるということは、ほんとうは歓迎されないことに違いないが、それは日本みたいな遠い国へもってゆくとあれば、というわけであったことは勿論である。こうして、僕は二三日後からは毎日、主としてバスを利用してソルボンヌの研究室へ通い出したわけである。

巴里には日本人も少なからず居るが、貧乏画家などが多いからあまり交際するな、といわれて来たので、僕は正直にはじめは同じ会館に宿泊している日本人とも交際する気はなかったが、どうにも仏蘭西語が不自由なので、つい誰か助けてもらうつもりで、食堂でいつもかなり近くに座を占める堺野《さかいの》一郎と言葉を交えることになったのだった。

「仏蘭西語？　そんなのあまり出来なくったって、日常生活にはこと欠きませんな」

「いや、その日常生活が困るのです。研究室はどうやらやってますが」

「僕と似てますね」

「え？」

「僕は詩を勉強にきているのです」

「詩を？」

「そうです。例えば――」

と言って堺野一郎は、僕にちっとも判らぬ仏蘭西語を流暢に暗誦した。あとで聞くと、それはランボオの「酔いどれ船」というむずかしい詩の一節だったそうである。

これは出来る男だ、と僕が誤解したのもむりではない。ところが二三日して誘われてカルチェ・ラタンのあるカフェへつれてゆかれ、さてそこで女給さんらしい人と話すに及んで、何と堺野一郎のフランス語の拙さ、でたらめさにあきれたのである。兼ねて巴里へ留学するつもりで、速成ではあるが文法を一とわたり学んでいた僕の方が、ずっと正しいフランス語を話すことが出来たのだった。

聞いてみると、フランス語を日本で学んだことはない。日本では加来斉川の門に入って詩を学んだばかりだという。そしてつい一年ほど前に、とにかく、詩を勉強するにも仏蘭西象徴詩の勉強が先決だというので、巴里に来たという話。では巴里で誰か師について学んでいるかというと、ちっともそういうことをしない。独学で、夕刻になるとこのカフェへ来るのだという。聞けば聞くほど僕のようなものには驚くべきことで、ついに、年齢を聞いて僕の驚きは極度に達した。

オールバックの髪はふさふさしているが既に銀髪を交えている。背は高く細身で貴公子然としているが、どこか猫背のところがあり、一見して四十歳——即ち僕より十歳は老けているとふんだのは大間違いであった。

「二十五ですよ、——いやそれは数え年で、満でいえば二十三歳と七八箇月です」

そんなわけで、私はこの堺野一郎と仲よくなることになった。同じサツマ会館なのだが、僕の部屋とはかなり離れていた。最初にやって来たのは彼の方で、

「やあ——本や薬が沢山ありますな。あの薬は何ですか」

と眼をみはっていた。それも無理からぬことで、今度は、僕の方から訪問してみると、ベッドの外に何一つもない。洗面所の上につくりつけになっている鏡もない。

「この部屋には鏡はないのですか」

「いやあるのですよ」

「でも、ないではないですか」

「ははは。よそへ行ってるのです」

「へえ、よそへ？　どこへ？」

「マリアンヌのところへ」

マリアンヌ——そうか、あのカフェ・ノクタンヴィールのマリアンヌのところへ——そうだったのか。それにしても運ぶのは大へんだったであろう。どんな風にして見とがめられずに運んだのであろうと、僕は好奇心を刺戟された。

刺戟されたのは、鏡のことではない。マリアンヌと彼との間がいったいどんな仲なのであろうか、ということだったのだ。それから私は、彼のお伴をして、ノクタンヴィールにしげくゆくようになった。

二人はおし黙って暗いカフェの片隅に坐っていた。一杯のコーヒーをするのに二時間を費したのであったが、それも最早や一滴もない。すると、彼は、カップをとりのけて白いソーサァを指でふいていたが、「君、万年ペン」といった。僕が万年ペンを出して渡すと、ソーサァの上にスラスラと書くのだった。

消ゆべきものは惜めど甲斐なし。
そは酒場の皿にかきたる、
わが一篇の詩の如く、
消ゆべきものは、わが生命なり。

惜く春はただ、われ人生を愛したる、
われマリアンヌの上わ向ける鼻を愛したる。

私は、その詩をよんで、何とも言えない感銘にうたれた。これが即興詩というものであろうか。これが、この人の修業しているところであろうか。これは私の知っている詩——藤村のような詩ではなかった。あとで聞くと七五七五とか五七五七七とかあるいは五五だとかいうのはすべて日本語では定形詩といい、堺野のかいたようなのを自由詩というんだそうである。
「自由詩というのは、僕は口語なのかと思っていたんだが……」
僕がそういうと、彼は黙ってソーサァの上の詩を、甜めた指頭で消してしまった。そして、僕の傍においてあった万年ペンをもう一度とりあげてまた書いた。

人は自分と違っているものを
あくがれるものだ——などという。
人はまた、同類を求める
などとも言う。

いや、そんなことはどうでもよい。
おれはあの女を
あくがれる。

実に何という——それは、僕が詩などというものに初心だから感心したのではあるまい。彼がやっぱり詩人だったのだ。この詩は、ただの文章を、句切って何行かに書いたものではないか、という疑問をぶちまけたのは、その日ではなかった。しかし、そう僕がぶちまけた時に、彼はいかにも小学生を軽蔑したかのように口角をゆがめたが、やがて案外親切に説明してくれた。
「詩人だと称しているやつのうちにも、どこで切ったらいいか、それが判らずにやってるのもいるよ。仏蘭西語ならアレキサンドランという詩形で切る。その切り方も七五調とはちがうのですよ。しかし日本語の自由詩は、発想と呼吸で切る。この二つがピッタリあって切る。例えばだな。僕の、『いや、そんなことはどうでもよい』『おれはあの女を』『あくがれる』という切り方が、いい見本だよ。それは呼吸をつめていっきに言ってみ給え、それが出来ないように出来てるのだ。平明な心と卒直な心で、この日本語をよむと、詩として読まんでも、必ず三行に区切るのだ。実に一点一劃も動かせないものなんだ。それがかけないのでは、詩人ではない」

僕は自由詩というものが少しずつ判ってきた。すると、日本にいる間にどうしてそういうものを知らずにいたのであろう。巴里に来てはじめて自由詩というものの、一字一劃もということを知ったのは、何という機縁であっただろう。

「君の書きためてある詩を、僕に読ましてくれないか。僕にはね。巴里へ来て、はじめて詩というものが判った気がするのだ」

僕がそういうと彼は「いや、書きためたものなんかない」という。

「そう？　書きためておかないと忘れてしまうんじゃあないかしら、——僕等はノートを大切にするもの」

「ハハハ、自然科学と違うところがそこにあるね。というのは、君と話していて最近に判ったのだが、自然科学というのはノートをつくりノートをつくり、それから計算やら何やらで筋道を見出してゆくのでしょう。そういうものでしょう」

「そうも言えるでしょう。いや、そうでしょう」

「ところが、詩というものはそうではないのです。一つのものが握られると、それから発するのです——何と言っていいか、例をあげましょう。いいですか例を」

彼が何か大切なものでも僕に見せようといった気魄を示したのに驚いて、あっけにとられていると、

「いいですか。これは長い間僕が考えて、まだ詩になっていないんですよ。いいですか。その話をしましょう。つまり、それは僕のみた光景ですよ。母親がはち切れるような乳房を、今や子供の口にふくませようとしてるのです。子供はいまや吸おうとしてる。するとですな、子供の唇が近づいたと思うと、その乳首の五つも六つもある孔から、五条も六条もさっと乳が流れ出して、その子

供の口に水道の水のように当ったのです。——それですよ。詩というものは乳を集めて乾酪をつくるようなものではないです。青臭い生の乳が五条にも六条にもなって、さっと出てくるものなのです。判りますか。僕がそういってわからないとすると、どうも何と言っても判らぬものでしょうね」

僕にも完全には判らぬとしても、そういわれれば少しは判る。何よりもこんな会話で僕の感得したことは、詩というものがその生ずるときの事は別として、出来てしまったものは、自然科学のようにガッチリ組合わせられたもので、決してあいまいなものではないという確心を、堺野一郎が持っているということであった。実にそれはそれまでの僕の考え方を根本から崩してしまうようなので、文学というものがそんなものであるとは、ついぞそれまで想像もしていなかったことであるではないか。

堺野一郎が、あの事件——それはあとで述べる——を起して死んでしまったあと、彼の極く僅かな持ちものを、こんな機縁でやっぱり僕とマリアンヌとで始末をしなければならなくなったことは事情その通りであった。マリアンヌの欲しいものはマリアンヌに皆やってしまってよいと思ったのでやったが、彼の書き残した日本語の原稿だけは、マリアンヌには何の価値もないし、僕には大した価値のものと思われた。それは何であったか。それは詩稿である。しかしその詩稿が悉く断片的のものである。いや、それは果して詩稿だったろうか。僕はそれを調べはじめた。それは僕にはうってつけだったかも知れない。それしか僕には出来ないからである。つまり、彼の如く、生み出すのではなく、生みちらしたものを、まとめあげて、彼のかくれたこころを伺い知ろうとする——それはやっぱり自然科学をやった僕の得手とするところだったのに違いない。

そのような断片の外に、完全に詩らしいものがいくつかあった。その一つをそっと出してみよう。

詩は滝のようなものさ
山川はながく流れて

更に流れて——突如として滝になる。
それは突如として岩があるからさ。

ただし批評家達は
水量が少ないなどといってぼやく
それもまたやむを得まいさ
何しろ、それが己というものなんだから。

そう書いてあるこの詩の第一節と第二節との間に、書いては消し消しては書いた三四行の行数のものがある。それはインクの色がいくつか違うところをみると何箇月か、あるいはひょっとすると何年かにわたって推敲されたものであろうか。消してある文字を強いてよんでみると、「その岩はある時は女の臀でもある」「その岩に開いた孔なんぞあればなおも珍重されもしよう」などと読まれる。しかしそれはあとでは消しているのだった。

さて、僕はこの堺野一郎が死んだ話をせねばならぬ。それがはじめからの目的だったのだが、そういうと読者は、この詩人、食につまってサツマ会館の一室に、餓死しでもしたであろう。そうでなければカフェ・ノクタンヴィールの暗い片隅に、酒に溺れて死んだでもあろうかと思い画きはすまいか。

しかし事実はそうではなかった。事実は大事件だったのだ。

彼が詩に悩んでいることは、もう僕にはよく判っていたが、それがはじめは詩をつくるのに悩んでいたと思ったのは大へんなまちがいであった。彼は天成の詩人で詩をつくるのにはさして悩みはなかったと、あとでは僕はかたく信ずるようになった。その癖、詩をのこしていないではないかと、誰かがいうかも知れない。事実そうである。彼はフランスに詩をのこさなかったばかりではなく、彼がフランスに留学する前、加来斉川に師事していた時分にも、さしていくつも詩をかいているわけではない。それにもかかわらず、僕は約一年二三箇月、巴里で彼と知り合い、彼が事件をおこして死ぬまで、彼と語り彼に学ぶ機会をもった以上、彼を理解しているところに従えば、彼はいつでも筆をとりさえすれば、詩をかくことが出来ると確信していたのだ。だからあまり詩をかいてはいないのだ――それが決して逆説ではない。それは真実なのである。

では、彼はおびただしい断片をのこしたのはそれは何のためだったのであろう。それは、僕が一切を貰いうけ、いくども調べてみ、組合せてみ、そして分析した結果によると、実に彼は理論に悩んでいたのである。

理論に！　何の理論に？

それはすぐに判る。一旦そういう考えで彼の残した断片をみると、僕にはどうしても彼の悩んでいたものの本態が判ってくる。それは自由詩の理論を、彼は得たかったのである。――自由詩、それは理論のないのが自由ではないかと彼自身はっきり言いながら、しかも、それを彼は求めていたのである。

それは実にふしぎな求道であった。何故なら、自然科学者として考えれば、ないところに求めるのは不合理であり愚でもあるとすぐに割切るのに、彼は、ないと言いながら、求めていたからである。何の理論を――恐らく、僕の想像では、その想像というのは巴里でひまにまかせて彼より聞き知った言説――言説に外の僕の理解、それからまた、彼の臓腑をみるような感じのする彼の残した断片を精読することによって得た僕の理解、そういうものの上に立って僕は言っているのだ。

特に次のような詩はそれを意味しないのであろうか。この詩には正に表題がついていた。

たった一つ気になるの、
この邸のうちに開かずの間があるのが。
ほかのことはなんでもないの
年のいっていることも、気むずかしいことも
六人もの奥様を持ったことがあるというのも

気味がわるいのは、あの人は鍵を渡して
時々留守に私一人をのこすの、
あたしはその鍵を手にとってじっとみつめ
もうもう何も出来はしない
私はその鍵に魅いられてしまうのです。

あたしはその鍵をもってその一間にゆき
あけようかあけまいかと
もうじっと動けなくなってしまって
二時間でも三時間でも立っているのです。

思い切ってあけてしまおうか。
もしも何もなかったらどうしよう
いやいやそれはまだいいのだ。
あけてみて何かあったら……どうしよう。

たった一つ気になるの
この邸にあかずの間があるということが、
そしてその鍵をあたしが持ってるということが。

これは七人の妻の話、青ひげの物語の話、しかし、彼には自由詩の理論がその一間にあるという夢があったのだ。

しかも、その彼の探求が彼の生活と共に切迫して来ていたのだった。

そのことは、彼がしばしば、いよいよせっぱつまって来た。「君! 思いがけない結末が――つまり自由詩の理論は定型詩のうちにあったのだよ」と言い出して来たのである。

そのことは、その時は知らぬので、僕は研究室の生活がいそがしくなるにつれて、彼のお伴をしてノクタンヴィールにゆくことが少なくなり、とうとう一週間以上も彼と逢わない日がつづくようになっていた時であった。

彼のことは実際ちっとも考えていなかった。

研究室の小使が、警視庁から電話だと告げて来た。出てみると、電話のフランス語というのは甚だよく判らぬが、とにかく、ある殺人事件で、僕に出頭を求めるということであった。

殺人事件――僕には見当がつかないが、とにかくたしかに殺人といった。あわてて僕は教授のところにいってその話をし、とにかく、メトロポリスへ行ってみるつもりで家を出た。

フランス警察のやる常套手段で、研究室を出るとそこに二人の刑事が待っていて左右から僕を抱えた。

「君、これを知ってますか」

行ってみると、刑事長が僕に渡した紙にはヒヨスチンとかいてあった。

「知ってます」

「君の下宿の部屋にあるね」

「あります」

「それで殺人事件がおきたのだよ」

「え、誰がやられたのです」

「君は知ってるはずだ。マリアンヌ、女の名を知ってるだろうね」

「ええ知ってます。カフェ・ノクタンヴィールの女です」

「君の情婦かね」

「いや違います」

「君と共謀してそのマリアンヌがある男を殺したのだ」

「え？――判りません、誰を？」

「同じ日本人、サカイノ・イチロというのを君がマリアンヌに殺させたのではないかと、こちらでは推定してる」

僕は大きく眼を見開いて、刑事長のいうことを理解しようとしたのだったが、どうしても、理解出来なかった。

「堺野が死んだのですか。あの詩人が？　しかしどこで？」

「いま、ノクタンヴィール酒場の一つの片隅のボックスで――マリアンヌと向い合ったまま、死んだのだ。しかもコーヒーの中には、君の渡した毒物が入っていたのだ。二人で女をはり合ったのかね。女は、まあフランスにざらにある、人のいいばかりで能のない女だったな」

はじめは何を云われているのか判らなかったのが、僕にもやっとのみ込めた。恐らくその毒の出所は僕の下宿の棚からであろう。決して僕がマリアンヌに渡したものでもなければ、堺野一郎に渡したものでもない、ということを、僕はまずいフランス語でやっと述べたのだった。

「マリアンヌに逢わせて下さい。彼女だって僕から受けとったとは云わぬでしょう。僕はその時の情景を聞きたいのです――そうすれば、僕には判断がつくのですが……」

「そうか。どうやら君はわし等のかけたわなには引っかからなかったな。いったい、君はまじめで、まともだよ。あの連中ときたら、フランス人の癖にまともでない奴ばっかりだよ、あのノクタンヴィールという奴は――君を正直でまじめだと認めて、君に鑑定してもらいたいものがある」

「鑑定？」

「そうだ。字であると思う、日本語の、しかしそれが何だか判らぬ。字ならよめよう。とにかく、殺された堺野が書いたものだ。これで意味があるかね」

出されたものは一枚の皿であった。そして万年ペンで達筆に彼の詩がかいてあるのだった。それは、自分にははじめてではない、彼の字であるという点も疑いを許さぬものである。それにはこう書いてあった。めずらしく、皿書きとしては、表題がつけてあった。

静　物

銀のコップに
切りさした
一輪の蘭の花。
アネモネは
層と襞。
私の思いにゆらぐ。
さながら、私の思いに
圧力があり

そして、額からいでて
花をゆすっているように。

「立派な詩です。これは堺野の即興です。恐らく、その夜——昨夜ですか、いや、夜ではなく今日の午後ですか、ノクタンヴィールには蘭の花、アネモネが生けてあったに違いありません。そして彼の頭は疲れ、病気し、あるいはアルコールかニコチンのために、ゆれるようにフラフラしていたのでしょう」

「何だって、詩？」

「そうです」

「日本語でも詩というものがかけるのかね。どんな詩だ——」

「ボードレエル以後です、ヴェルレェヌ以後です。そしてラムボオ以後です。自由詩なのです」

「ヴェール・リーヴル（自由詩）そんなものが日本人にかけるのか」

「そうです。日本語でかける詩は自由詩だけです。それが日本語の宿命です。彼はその宿命のうちに、自由詩の規則を求めて、そして悩んだのです」

「では、自殺か？」

「どうか、その現場の話をして下さい。僕は僕は、彼が何故死んだか、知りたいのです」

僕がそう叫ぶと、扉を排してマリアンヌが一人の巡査につれて来られた。

「マリアンヌ——どうしたというのだ。その時のことを話しておくれ。君の感じなどは抜きにして、どうか、マリアンヌ」

マリアンヌは話した。恐ろしく早口で、話した。それによると、彼はその日ほど上気嫌だったことはなかったという。いきなり五十フランの紙幣を出して、ウイスキーをのんだという。午後で、人はあまりいなかったので、マリアンヌと向きあって、彼はしゃべってしゃべったという。

「どんなこと?」

「そう。何か規則を発見したといってました」

「何? 規則――それをもっと説明したろう」

「しました。ところがあの人まるでフランス語でないでしょう、フランス語知ってる癖に――何でも形が定まっているものが次に来て呼吸を長く引くのだ。それが規則だった。ウーリーカ! いまさとった、これで己は王様だといっていたようです」

「形の定まったものが次に来て、呼吸を長く引く! 判らぬ。しかしそれからどうした」

「熱いモッカ熱いモッカと呼びだしたので、あの人とび切り熱いの好きでしょう、私が熱くして出したの、二人のコップを」

「二人の?」

「ええ一つは私のよ」

「それで?」

「俺のコップへ、お前の香水を入れておくれ、祝ってくれというの。あたし香水の瓶を出したの、いつか彼に買ってもらったのよ。そして一杯あけちゃったの、――彼はそれをすっかり飲んだのよ。すると前にあった皿をふいて、帳場の万年ペンを貸せというの、そして詩をかいたわ。かいてるうちに頭がフラフラしたと思ったら、私の顔へ手をかけて引きよせて接吻したの、変なところに――」

「変な?」

「そうよ、右の口角のところに――あたしの。いくらまともに向いていても、またちがったの――そしてフッと呼吸をのんだと思ったら、ドカリと倒れたの。そのまま死んだと思えるわ」

「たしかに香水をくれといったか」

「そうです」

「その香水は彼の手から貰ったのか」

「刑事さんもそう聞くの、でもそうではないのよ。店にいっしょに行って買ってもらったのよ。それがどうして毒だったのでしょう」

「それが毒なもんかい。毒はとっくに彼のコップに入っていたのさ」

「では誰が？」

「彼自身が——、それはもし僕の下宿の部屋から彼が盗み出したのであったら、僕の毒薬は、錠剤に僕がつくっておいたのだからさ。警察はそれを知らぬから水剤だとばかり思ってるのだ。他のヒヨスチンは水剤だが、僕のだけは特に錠剤にしてあるのだから……」

刑事も二人の問答を聞いていた。それで、マリアンヌと刑事とは同時に叫んだのだった。

「では、自殺？」

「そう思います。僕は、彼は喜びの頂上にいた、しかし、その喜びの頂上——即ち規則の発見が、その規則が彼には気に入らなかったのです。自分だけの革命的発見ではなかったのだ——そういう彼は革命的人物なのでしたから……彼には自由詩の先きが見えてしまったのです。そしてそれは、彼を今までの労苦を、それからこれからの労苦を、彼のためにあざ笑うように考えたのでしょうか。僕は、彼の書き残したものを見たら、その証明が出来ると思うのですが……」

マリアンヌも僕も許された。そしてマリアンヌとしばらくの間僕もつきあったが、つきあっているると、堺野一郎がマリアンヌに失望して死んだ如くにも見えるので、やがてマリアンヌと逢わぬようにした。

日本へもって帰って、しょっちゅう堺野一郎のことを思い出し、彼の断片を組合わせてみるのだが——、僕は彼が失望した理由は見出せず、むしろ、彼の死こそは、彼の最後の詩だった——それが自由詩というものの姿だったのではないかと思うに至ったこともある。

誰か、僕からその断片をとり去りゆき、何の伝説も聞くことなく、ひたすら直観し得る人があれば、この秘密もとけようか。それは僕には判らない。

騎士出発す

一　旅は一つの区切り

欧羅巴《ヨーロッパ》の旅は、彼には三度目である。一度は大戦の前、二度目は五年前、そして今度である。今度は旅の仕度も割合いにはやく出来て、一週間というのに、もうパスポートも下りたし、外貨も買った。ただ、二三日前からコレラが入りそうである、ということが一つだけ気がかりとしてのこった。

コレラが日本に入らなければ、それでよい。しかしもし入ると、そのコレラ国から出るのであるから、どうしても欧羅巴への入国の時に問題があるであろう。いっそ予防注射をしておけば、いざという時にも心配ない。

そうは考えたものの、亮一は、もうとってしまった健康証明書をみながら躊躇していた。

実は、一つだけ心のこりがあるのである。いや、それは一つだけれども、それが凡てかも知れない。彼の心のうちには、何よりもそれが気にかかっているのである。

「もう、出て来ても、来なくてもいいのだが、まあ、毎日ちょっとだけは出てくるよ」

下僚にはそういって、彼は正午に近くなって課長室に入っては、二三時間費していたのも、彼の心のどこかに待っているものがあったからであろう。

しかし、その待っているものは、今度はもう彼のところには何の消息も与えてくれないかも知れない。心の一方では、彼はそう考えていた。しかし、旅の仕度を大かた終ってしまってみると、それだけがまだのこっていた。

あと三日という日になって、電話があった。いつものように、遠いところから蚊のなくような細い小さい声である。

「お出かけなさるそうですね」

「はい。もう三日しかありません」

「その節は、いろいろ御手数でした。一度おめにかかることが出来ましょうか」

「勿論です。いつですか」

「今日、これからというわけにはゆきますまいね」

「いや、ゆきます――すると何時頃までですか」

「三時から四時までの間に――少しお遠くてお気の毒ですが……」

いつものように遠慮深いが、それを聞く亮一の、急にはずんだような、我ながら気づいてはいるものの、自分を自分で不思議に思うのである。

「怒っているか。いや、それは、そうだろう」

亮一は心の中であることを考えて、自問自答した。

それは、自分の結婚である。もう一年前になるが、彼は長い独身のあとで結婚した。

「だって、彼女が煮え切らぬからだ――それで、自分の結婚が彼女との縁切りになってしまった。いや、自分も、半ばは、そのつもりであった。彼女が煮え切らぬなら、もう長く、そんな特別な、むしろ異様な関係はつづけて居られない。――と彼は考えたのであるが、果して、結婚する前は一週間か十日に一度は何かの便りがあったものが、それから一年になる、一度も彼女からものを言って来たことはない」

それで判る、ではないか、と彼の一方の心がいうが、またもう一つの心は、いや、いや、いつか言ってくる――と言っているのであった。

彼は、ともかくも彼女に逢おうと思って、自動車にのった。そして何度も通い馴れている道を、四〇キロで走り出した。

落付いた校門を入り、道をいくつかまがって本館についた。武蔵野の竹やぶを切り開いてつくった、この大学のキャムプスは、落付いて、よく手入れがしてあった。

二三人の取りつぎを経て、彼は学園長室をノックした。すると、まだ若い女が、学園長の命令で手紙の口述筆記を終ったのであろう、「どうぞお入り下さいませ」といって、彼を招じ入れて、自分はその部屋を出て行ってしまった。

彼は、もう、一年も二年も前にそうしたように、遠慮なく、入り込んだ。

「暫くね。おかけになりません。冷房がきいていませんか」

「そうですね。もう少し冷房を強くしていただくといいのですが」

女は、その若々しい顔をじっと彼にむけている。怒っている風は見えない。

「怒っているかと思って、御無沙汰してしまいました」

「怒りましたわ、一度は。ですが思いかえして、今は怒っていませんわ」

彼はそう言われて、拍子抜けがしたように、「僕は、今も怒っていても仕方がないと思っていました。そんなことは信じてくれないでしょう。しかし、実は僕の心は、変らないのです」と言った。

「そう思っています」

「え?」

彼はびっくりして、彼女の顔をみた。その顔は、この人のいつもの平静な、人を信じている顔である。この人はほんとうに、僕の心の変らぬのを信じているのであろうか。むしろ彼には不審だった。

「どういう意味です?」

「どうって、私の心も変っていない、という意味なのよ」

「でも、僕はもう結婚しています」

「知っていますわ。あなたは結婚しないでも、女は持っていたと思いますわ。結婚すればなおのことそうだというだけのことだわ。誰もちっとも気にしてはいませんわ」

彼は黙って、情熱的な眼を女に向けていた。

「あなたが自分で否定したりしない限り、私共は一種の、この世に一つしかない、いや一つ二つしかない、男と女との間の関係と考えていいわ。はじめから、そうであったのが、はじめは二人とも判らず、やがて判り、そして、今、あなたが結婚したので、もっとよく判ったのですわ」

「そうですか」

「まだ、あなたには判ってないの？」

「判ります。しかし、僕は、すぐに熱心になり、女として、つまり、男と女の関係として持たなくてはいられなくなる癖ですから」

「その癖は、奥様をお貰いになっていれば、もう私に持ち込まなくていいのではありませんか」

「強情ですね。あなたは」

「あなたの方こそ強情ですわ」

「いや、僕はちっとも強情なんかではありません」

「口では、そんなことを言っていて、久しぶりに逢ったというのに、接吻一つして下さらないではないの」

彼は、そう言われて、急に椅子から立ち上り、顔を真向いの女の方へさし出して、彼女の口へ近づけた。すると彼女は、自分の方からも立ち上って彼の方へ傾いた。二人は、そんな不自然の位置で、暫らく接吻した。

彼には、前からそうであった彼と彼女との関係が、はっきり判った。

二　騎士道まだ存す

彼女は、初めからそう考えていたのか。それで、接吻ばかりの三年という時間を過したのであったか。

彼の方では、じれて、いらだち、そして彼女を疑い、怒り、とうとうそんな生活をつづけてゆけなくなり、突如として彼女からはなれ、手あたり次第というわけではなかったが、ある少女と二度目の結婚をしたのだった。

それにしても、三年も同じ関係がつづくと、彼は時々まるで彼女の肉体を知悉しているかのような錯覚に捉えられる。恐らく彼女もそうであろうか、それだけで彼女は満足なのであろうか。

彼の最初の結婚は、まるで陳旧の見本のようなものであった。割合いに年の若いうちに、若い妻をめとったが、それは父と母と仲人との意見できまった妻で、それでも誰でもよくゆくものと聞かされていたし、彼自身もそう考えていたが、事実はそうはゆかなかった。

結果は、父母の要望で結婚し、やがて父母の反撃に逢った哀れな妻は、二人の子供をのこして三十歳の若さで死んで行った。のこされた二人の女の子を育てるのに、彼は後妻を求めることはしなかった。そして長女は二十三で、次女は二十で嫁にやるまで、男手一つで育て上げたといってもよい。

二人の娘が、片づいた頃には、彼は五十五を過ぎていた、そして勿論、その間に浮いた女関係もなかったので判る通り、地味に、少しずつ昇進していた。独身生活ももう十五年になるのに、再婚をすすめる人は年とともにふえたというほどであったが、彼はもう結婚というものにこりごりしていたので、耳を傾けようとはしなかった。

こうしてルーチンのあけくれが過ぎゆく五年ばかり前のことであった。

ある日突然に見知らぬ女から電話があった。そして蚊細い声が、遠くの方から聞えるような感じの、これが最初であった。

「お嬢さんの折子さまのお父様ですね」

「はあ、そうです」

「実は、折子様の母校の学園をあずかっている者ですが、卒業生の方々のお宅のどなた様かにお願いをしたいと思い、あなたをあげる理事が多うございますので、一度おめにかかって御相談申し上げたいことがございますが……」

彼は心のうちで、折子の学校も女親がいないので御無沙汰をしてしまい、一度も交際めいたことはしなかったので、寄附のことかあるいはそれに似たことであるとしても、これを機会に耳を傾けようと考えたので、翌日の午後を指定して、学園長の水原明子女史に来てもらうことになった。

彼の会社の課長室に、明子女史は若い女性秘書をつれてやって来たが、多くは語らず、学校が苦境に陥っているので、実際上の御相談にのってくれ、ということをしずかに語った。そして十五六分逢っているうちに、彼は「では明日、学校へお訪ねして、その規模や大きさを拝見して、ゆっくりお話を伺いましょう」とつい答える仕儀になっていたのである。

行ってみると、武蔵野の中に、切り開いてつくったキャムプスは、実に立派なものであり、落付いた学園長室の雰囲気も、彼の神経をしずめるに役立った。

自分の娘の折子の厄介となっているうちに一度も来たこともない、また、折子が学んだという縁の上のものは何もないのに係らず、彼は、それから三度ほど学園をたずねて詳しく聞きとったところによると、この学園は半分はアメリカのある大学が財政上の援助をしている財団のもので、教授の半数は日本人、半数はアメリカ人であること、現学園長は若いが学校の出身の水原明子で、副長はヴィンセント・ラプラースという人で、外国援助の会計は主としてこのラプラース師がとり行っていたのであるが、数千万円に及ぶ不明瞭な会計が気付かれた。

彼は、そのラプラースにも逢い、老いていることとアメリカ語が彼の習った英語とひどくちがっていることで、困難を重ねて調査したところ、まず間違いないラプラースの責任の事実があることになる。何しろ数年に亘ることで、調べるのにも困難を極めたが、結局彼が自分の会社の経理で苦心習練していた能力によって解決することが出来た。

「ラプラースを罪にしたくないのですがね」

「それはしかし、むずかしいことですな」

「では、私が責任を負って退いたらどうでしょう」

「それはいけませんね。第一が金銭の問題はここで明かにしておかないと、将来へと引っかかって、益々誤魔化され易くなりますよ。もう一つはあなたの責任でないことが明かなのに、人の罪をきるというのも不正の一つですからね」

「しかし監督の責任ということはあるでしょう。私の不明によって――」

「いや、ことはあなたの前任者の時代に発生しているのです。それにあなたはとにかく気付かれて、私にお話があったではありませんか。決して不明などというものではありませんな」

「ではどうしたらいいでしょうか」

「理事会でぶちまけなさい。そして共同の責任として解決します。それにはアメリカ人理事にも納得してもらって、将来アメリカより来るはずのファンドで、操作するのです」

「操作というと」

「もう一つ校舎を建てるのです。土地を拡張するのでもよろしい。それで数千万円のものならわくでしょう」

「校舎をたてるというのは――」

「一つの部をつくりなさい。例えば心理学部とか、美容科学部とかですな。そのためには、あなたがアメリカに一度ゆき、その新しい学部の必要性を説くのです。――」

「つまり新事業を種子にゴマカスのですか」

「ゴマカスのではないですよ。当然数億円の事業をやると数千万円の余剰が生み出されるのです。それはゴマカシタのではなくて、つまりあなたの御苦労を、そのまま旧財政のうちにまわして、あなたは遠慮するのです。これが商売というもので、それをやらないと私共の会社は、不正をやってるみたいに悩む――のですよ」

水原明子は四年間でその事業をやりとげた。それはいちいち横田亮一が黒幕となったのであるが、その事業の間に、二人は互いに恋するようになった。

勿論、男性の方からしばしば結婚をもちかけた。しかし、どういうわけか水原明子は承知しなかった。

三年も不承知のままで過すと、男の方としては結婚の意志がないと受けとれることは当然であるが、それも水原明子と逢っていると、真意を酌むのに困難があった。

「結婚て、却って結婚しない人より、堕落するものですわ」

「そんなこと言って、あなたは結婚したことがあるのですか」

「いいえ、ありませんが、御らんの通り、箱入り年増ですわ」

「それで、どうして結婚というのは悪徳だと仰言るのですか」

「では、結婚なすったことのあるあなたに伺いますわ。あなたは結婚って何度でもする方がよいと考えていらっしゃるのですか」

「いいや僕は、特殊です」

「特殊？　誰でも特殊なのに違いないのですが、そう仰言れば、私も特殊ですわ」

「え？」

「あなたも私も特殊だと考えてはいけませんか」

しかし、彼には、それでも判らなかった。

彼は水原明子の上品な、確信のある人生の前に、一度はあらゆる悪名をきせかけてみた。名聞を重んずる卑怯な心、自分の真の希望を表明出来ない偽善、といった工合である。

しかし明子は少しも気にかけなかった。その気にかけなかったところをみると、明子は、そんな卑怯な心を持っていなかった。

「あなたが、それでも不満だと仰言るなら、公衆の面前で、二人で接吻でもしたらどうですか」

彼は驚いて明子の顔をみた。そして心のうちに「判らない。判らない。この女の心は判らない」と叫んでいた。

彼が、それまで騎士の如く明子の心の傍らに控えていたのを、転身の如く結婚してしまったのは、それから二年の後であった。

三　出航延期

旅に出る――それも外国の旅に出る、という、一種の人間の生活の区切りで、はじめて昔の恋人に逢った彼は、明子の考え方が昔と少しも変らず、そして自分と明子との間が不思議にも全く同じであることを知り、そしてはじめて、明子の異常といってよい考え方――それは男女関係というものの考え方を知り、かつ理解した。

「しかし、僕には出来ぬ――」

「何がお出来にならないのですか」

「判ったにしても、実行が――」

「いやな方ね。それは私にも実行が出来ないと仰言るみたいですわ」

「では、別に言いましょう。判った、出来たらいいと思うのです」

「そうですか。では、きっとよくお判りになったのですわ」

「それは、そうですが、危険ですね」

「何が危険?」

「出来ないとなったら、あなたを愛しなくなるならよろしいが、それでもあなたを好きでいるとなったら、僕はひょっとしたら、あなたを殺すかも知れない。それは保証の限りではないということなのです」

すると彼女はちょっと黙った。しかしその表情は、あらゆるものを否定しない表情だった。

「判らないと放っておけばよい、と言いますが、判ってしまって、その上、駄々をこねるの、ちょっとやっかいですわ」

「そこですよ。僕はね。判らないなら放っておく、というのならよいが、判らないともっと放っておけないのではないかと思うので、お身の上を心配するのです」

「身の上?」

「ええ」

「まるで、身の上の方から考え方をきめるといった感じね」

彼は、廊下に響いて来ては消えてゆく足音を気にしないで、明子の傍の椅子を占め、左手で彼女の身体を抱きながら、接吻をした。熱心に接吻をすればすることによって、情欲がとげられるかとでもいうように。

その日は帰ったが、彼の心は新しい恋で燃えていた。自分でも、どうしてこんなに希望にみちて来たのか判らない位であった。

折から長崎と神戸に上陸したコレラは関西においおい患者を出しはじめた。それで、彼は航空会社の注意によって一週間延期してその間にコレラの注射をうけることにした。

コレラは公の口実であった。

彼としては遠いところへ旅立つ、言わば人生の区切りに、この新しい恋を抱いてゆきたかった。注射した左腕をかかえて、彼はまた学園へ行った。そして学園長室に、いつものように黙って入ろうとして、守衛の二人に拒否された。

「何かあったのですか」

「学園長が死なれたのです」

「え？　死なれた？　誰か中にいますか」

「ラプラース先生と、三カ月前に着任されたウィルモアさんと二人です」

「ラプラースさんに、横田がきたと伝えて下さい」

ラプラースは放心したような顔を出した。

「とんだことです。ヨコタさん、お入り下さい」

彼は入って、床にくず折れたように横になっている彼女をみた。その顔は紅潮して、決して死んだとは見えず、苦痛のあとは一つもなかった。彼は自分のものをみるような表情で、その死体をみたあと、すぐ傍の机の上に一通の白い封筒があるのをみた。

それには、彼の宛名が書いてあり、あたかも自分が死体となった瞬間には、第一に彼が来、そして、第一にこの手紙を手にするのが彼であると信じでもしたように見えた。

「あなたの宛名です。みて下さい。自殺ではないでしょうか」

「読んでみましょう――したが一一〇番に電話をしましたか？」

「しました。あなたのところに第一に、――ところがあなたは不在でした」

「では、もうここへ来るために、出かけたあとであったのでしょう。とにかく、この手紙をみてみましょう。死体には手をつけてありませんね」

「ありません」

彼は、何故かその瞬間、恐怖の感情に襲われて、緊張した顔をしたが、その手紙をとりあげて、すぐに封を切った。

それには、次のように書いてあった。

四　凡ての鍵をふくむ手紙

親愛なるＲＹＯ
あなたの結婚をなさる通知があってから立ち直るまでには長い時間がたちました。その間に私の学園では、私を必要とする事件がそれからそれへとおこりましたが、そのうちには、いつもなら直ぐにあなたの手を期待するはずのものもいくつかあり、私の決心をそれからそれへと妨げて、今日に至ったのです。

あなたは大へんな誤解をされたのです。というのは、私がいつもあなたの情欲を拒否したと受けとり、そして私の愛情を疑ったのに対し、私はいつの日にか完全に私を理解して下さるのを待って、それが今にも充たされようとなった時に、あなたは、私を誤解したのです。

あなたは、待ち切れなかったのだと申されるでしょう。しかし、目的がはっきり見通せたら、待つことはあなたに出来るはず、それは社会的の事業についても、個人的の感情についても、あなたはそういうことの出来る人であると、私は知っていたからなのです。

ところが一旦、その目的を失ったとなると、あなたには、それが再び現われるかどうかが全く判らなくなる人です。いつも考えたあげく、ではあるにしても、一旦決定的に考えてしまうと、すぐ次の新らしいステップをお踏みになる性格なのです。

さて、私ははじめ、私をそんなに誤解するような人に対しては、何の未練もないと考えようとしました。しかし、凡ては私の敗北だったのです。私はあなたなしに生きることは出来ないということが判りました。といって、あなたを失わないために、世にいうあなたの情婦になるつもりはありません。

いや、一と時は、そうしてみて、なお自分の生きる道があるかも知れない。それは一つの愛に違いないと考えたこともあります。しかし、私にはそれは出来ないということが、まず決定的です。

いや、それには時を距ててみないと判らぬかも知れません。しかし、時を待つことは、私には出来なくなりました。あなたとの甘美なる接吻ももたずに、長い時を待つことは出来なくなりました。
一方に、それを克服して時を待つことが出来れば私もきっと、更に一層よく生きられるだろうという予感の如きものもあります。しかし、今や、それも楽しい予感というよりも苦痛の予感となってしまったのです。
そこで、私は、今ならまだあなたを自分のものと考えて死ぬることが出来そうな、そういう心理的な時をえらび、自分で死ぬ覚悟です。
私の死は、社会にも勿論ですが、大きなショックを私共の財団に与えるでしょう。私共の職員に、そして私共の教え子に与えるでしょう。しかし、私は、信じます、いつもいつも私及び私の学園の危機という危機は、あなたが救ってくれました。今日もまた、あなたにそれがやっていただけると信じます。たった一つの危機、それは、私の生命だけはあなたにもお救い下さることは出来ぬのです。それはあなたのものではなく、それは天主のものだからです。残った肉体は凡てあなたのものなのですから、その仕末は完全にしていただけると信じます。
親愛なるRYO
では、これでお別れになります。さよなら
八月二十四日　午前一時三十分。明子。

五　心のこりなく旅に――

彼は、自分でも驚くほどにゆっくりと、その手紙をよんだ。そして、直に彼女の手蹟であり、いつも彼女の用いる書翰と封筒であり、そして、それは今日の夜明けであること、今は午前十時を過ぎたばかりであるから、正に九時間足らず前のことであると信じた。

自殺——それは彼が結婚したために、絶望しての自殺——そんなら何故、彼のために、もっと前の考え方に生きることは出来なかったのであろう。

今度の旅に出ると話した瞬間に、昔のままの彼女の接吻をうけ、二人はこの世の特殊のうちの特殊なもの、それで二人ともいいかと念をおされて、少し危険の感はあったがいいと答えた。そのままの心で彼女がいたのであったなら、何故生きていてくれなかったのであろう。

彼の結婚でそんなにも長く、一年間ももちこたえた彼女が、どうして、彼の今度の旅にゆく前の短い時間が堪えられなかったのであろう。

今に至って、彼ははじめて理解した。これは彼がしばしばやろうとして、いつも躊躇した、暴力をもって彼女を手に入れておけば、一切が一歩前進出来たのだと思える。さすれば彼は結婚する必要はなかったのだし、彼女も死ぬ必要はなかったのだ。

世に、特殊などというものが、全とう出来るものはない。彼も彼女も、この特殊というものの、いかにも弱いことを、知ったのだ。それが、彼のどこかにひそんでいた危機感だったのだ。学園とか、社会とか、そういうものを恐れない彼と彼女ではあった。しかし、自分の心のうちに巣食っていた、特殊というものにはめられてしまったといってよい。

この時、一一〇番の警察官達が来た。

そして、彼は一週間の間、参考人としてきびしく調べられた。

その結果、まず自殺であろう。情夫の結婚によってショックを受け、それに長らく堪えていた女が、四十一歳を一期に、最早やのぞみなきこの世を清算したのだ、ということになって、片付いたかに見えた。

学園葬による水原明子の葬儀は、新学部創設以来の心労によって、心身ともに消耗しつくした学園長の葬儀という表面の発表が世に心よく受け入れられて、一週間目にとり行われた。

彼ものばしていた外遊の旅に出ようとして、半日家にこもり、何となく身のまわりを始末しながら、死んだ明子のことを考え、明子の残したものを処分した。そして、最後にやがて、遺書として彼に与えた最後の手紙をよみかえしていた。

するとあの時によんだのとは、全く違った手紙をよんだような印象をうけた。

待てよ。何か、どこかが変ってしまっている。

というのは、彼が結婚以後、一年をへだててはじめて彼女に逢った時、即ち今度の外遊について、はじめて逢った時、その時の彼女は、この手紙を書いた彼女よりも、更にはるかに歩み来った彼女であった。

彼女の如き人間は、いつも上を向いて歩いていることとは、時を距てて逢えば、その進歩というか向上というか、彼には感ぜられぬということはない。その眼で五年、六年もの間彼女をみてきたのだから、彼がまちがうはずはない。その眼からみると、この手紙を書いた彼女と、一週間前に逢って、実に何という久しぶりの彼女との接吻の時の彼女と比較にならぬほど、彼女は歩み進んでいたのだった。

それは、誰にも判るまい。しかし、彼には判る。それは彼にも、判るように説明してやることは出来ない。しかし、彼には、そのことがよく判り、完全に信じられる。

では？　この手紙は？

この時、彼の心のうちには、彼によくある大へんな勇気が湧いてきた。

そして、彼は電話器をとった。今度の事件で調べられたので親しくなった警視庁の井上警部を呼んだ。

「実は大へんなことに気がついたのです」

「というと?.」

「彼女、水原明子の死は、自殺ではありません。他殺です」

「え？　何か新らしい証拠でも降って湧いたのですか」

「いいえ。あの、私にあてた、最後の手紙のうちにあるのです。証拠は、御協力を得れば、必ず探し出すことが出来ると思います」

井上警部と約束して、約束の場所で彼は警部に逢った。

「どういうすじなのですか」

「私がわるかったのです。あの手紙は、八月二十四日という日附があったので、ついこの八月二十四日と思い込んでしまったのです。ところが、それは恐らく一年前の八月二十四日です」

「何ですって、午前一時半に青酸加里自殺をとげ、死亡時刻の推定もよくあっているのですな」

「それは、人工的にやろうと思えば、あの手紙だけあれば、いくらでも出来るではありませんか。あの手紙を書いたのは一年前です。それを死なずに捨てもせずどこかに放ってあったのを――恐らく彼女は克服してきた自分の心境を、あとで僕に話すつもりで、とっておいた手紙でしょう――その手紙を見つけ出して、暦年のかいてないのを利用してプランをたてたのです。それは誰か。勿論、学園内に居り、彼女の不在、または彼女の事務上の用件で自由に彼女の部屋にゆくことの出来る人物です」

「え？　すると、彼女の秘書とか、彼女の部屋を掃除する掃除夫とか？」

「そうです。それに副学園長、事務長の如き人々です」

「動機は？」

「もし他殺ならただ一つしかありません。それは金銭上の問題です」

「え？　金銭上の？」

「勿論です。大人の犯罪に他のものはありません」

「では、どうしますか」

「会計監査をしましょう。幸いに僕と、現在の労働大臣の庄司君と二人が、あの学園の会計監査です。やってくれますか」

「待って下さい。もし証拠が上らないと、とんだことになりますよ」

「確信をもって上げますよ」

庄司氏の了解を求めて、横田亮一は学園にのり込み、お手のものの綿密な会計検査を自らやった。

そして四日目に、不正使途八千二百万円を見出した。

それは、新任のウィルモアともう一度人のよいラプラースがのせられていたことを暴き出してしまった。

「僅かな金ですが、どうして学園長に訴えてもう一度何とかしてもらわなかったのですか」

「まずいです。さきに気付かれてしまったのです。そして、横田氏を何度か電話に呼んでいるのを知り、いそぎました」

「手紙は？」

「あれを手に入れたのはもう七八カ月も前で、学園長と横田氏とが過去に恋愛関係のあったことを知った時です。あとで用いるつもりで持っていました。手紙の内容から言えば横田氏の日本にいる間の方がよいし、実行には彼が外遊してしまった方がよいので、その中間の時期を選びました」

「青酸加里は？」

「アメリカから持って来た、防腐剤です」

自白はあったが、証拠がなかった。

ところが横田亮一は、手紙の紙は何年か市販されたものであったのに、封筒は日本の某会社から約六カ月このかた、新しく売り出したものであることを証明してしまった。

彼は、二三日一人で銀座のバアをのみ歩いて、延期に延期を重ねた外遊の途についた。

二人の娘と、自分の妻とが空港の柵にもたれて自分を見送ってくれるのをみて、この三人は自分がいなくても、いまのままの生活をつづけてゆくであろう。自分だけは一生涯の一と区切りに立って、今あてもない旅に出てゆくのだ——という感じが深かった。

身軽であった。何の心のこりもなかった、してみると今までは、あのまだ情婦でも何でもなかった明子のことが、いつも気がかりだったのに違いない。

それは、彼の希望であり、そして彼の詩でもあった。それは彼の騎士的心情を十分満足させてくれる、彼の女王であった。その女王は、今やこの世にはない。

この世の言わば現実的な、あまりに現実的な彼にも、生涯にただ一人、そんな特殊な女がいたのである。

そして、ただ接吻だけで自分も満足し、男もひきつけていた、永遠の処女が、彼にもいたのである。

今や、その女王は去った。

それで、彼もまた安心して欧羅巴にたつのである。何か、いそいそとして、出発するのである。

それはまるで、別世界にゆくようであった。

評論・随筆篇

以下に収録の「現実的作品と専門的作品」において、S・S・ヴァン・ダイン『グリーン家殺人事件』の犯人、及びエラリー・クイーン『ローマ帽子の謎』とヴァン・ダイン『カナリヤ殺人事件』の趣向の一部が明かされています。未読の方はご注意ください。

探偵小説一年生

私はずいぶん長く、探偵小説を読んでいた。「どんな探偵小説を読みたいか」という立場から、いつも探偵小説を見ていた。ところが今、運命が、私をして、探偵作家としての第一歩を踏み出さしめた。そして「どんな探偵小説が書きたいか」という立場から、探偵小説を見る事を考えつつある。

この二つの立場は決して同じものではない。例えば私は、ルブランの「怪紳士」「八一三」のようなものを読みたい。大層読みたい。しかし、こういうものは書きたいとは思わない。私は新人と呼ばれている。新人という言葉は好きである。いかにも若いようであるところが嬉しい。しかし、実は、私はもう、そう若くはない。もっと若い時から探偵小説を書いていたら、そういうものを書きたいと思ったであろうと、想像しているだけである。

さて、どういう探偵小説が読みたいかという立場からも、どういう探偵小説が書きたいかという立場からも、一体「探偵小説」とはどんなものか、ということを考えることが出来る。

本格と変格の区別は便利である。甲賀三郎氏の、変格は探偵小説と言うてはいけない、ショート・ストーリーと呼ぶべきだ、という議論も潔癖なところが好きだ。しかし、変格のうちにも、探偵小説と呼んでいいようなのがある。却って本格（真の犯罪があり、真の探偵の出てくるもの）のうちにも、探偵小説という名の与えられないようなのがある。そんなのは探偵実話（探偵ばなし）とでも呼べばいいではないかと言うかも知れぬ。実話（実際の記録）でありながら、立派な探偵小説と呼んでいいのもある。変格に探偵小説の名を冠してはいけないと言うのは、読む立場からも書く立場からも、そのまま承認出来ないのはこの点である。

海野十三氏が探偵趣味の入っているものは探偵小説と呼んでいい、と言わるるのは、大いに尤もである。しかし、探偵趣味とは何か。「それは君、わかるだろうじゃないか」と海野氏は言うだろう。しかし、もう少し区別することが出来るのではないであろうか。

探偵趣味というのは、推理のあること、と言いかえてよくはないだろうか。推理とは何か。それは論理的思索を読者に要求するか、または既に論理的思索の織り込まれてるもの、という意味である。実話の多くは、犯罪や謎があるが、推理がない。人は言うだろう。数学や物理学は推理の学問だから、数学や物理学の書きものの中には推理が沢山ある。それは探偵小説か、と。しかし、数学や物理学でも、真のオリヂナルな研究になると、その道の人にとっては、探偵小説と少しも異らぬ感興を与える。専門的な言葉で書き、専門的の領域のことばかりだから、誰れにでもわかるとは言えない。してみると、探偵小説は、誰れにでもわかるような言葉で書かれた推理、または推理を含むもの、と言うことになる。推理がオリヂナルでなくてはならぬのは勿論である。

少し乱暴かも知らぬが、私はそう言ってしまっていいと思っている。私は、数学や、物理学や、その他の自然科学のオリヂナルな業績と同じように、探偵小説というものは立派な業績だと思っている。

だから同時に、探偵小説の読者は、自然科学の研究者と同じように、理解のために論理的思索を働かすことを厭わず、高い知識を要求さるることを少しも厭わぬのみか、むしろ読者の方からそれを要求しているものと考える。

探偵小説の読者に対して、私が非常に敬意を払っているのは、そのためである。読者と同じように、私も探偵小説を愛する。故に探偵小説がナンセンスになることを極度に恐れる。ナンセンスというのは推理を馬鹿にした態度で書いたもので、ナンセンスもの、ユーモアものと呼ばれる作品のことではない。あれにも推理があれば立派な探偵小説である。案外、本格探偵小説のような顔をしているものに、ナンセンスがあるのではないかと恐れるのである。

以上の立場から言えば、探偵小説は長篇に限るということにはならぬ。長篇でもナンセンスに終っているものが沢山あるだろう。短篇でも、立派な探偵小説と言っていいものが、必ず出来るに違いない。

オリヂナルな推理があれば、それは立派な芸術である。探偵小説が芸術ではないと言うのは、ただ推理だけあって、それがオリヂナルなものでない場合しか考えぬ時に、言いたくなるのではないであろうか。

さて、私は、探偵小説一年生として、余り生意気であったであろうか。そうであったならば、とかく一年生というものは生意気なもの、叱れば泣くもの、と考えてお許しが願いたい。

では、私はどんなものを書きたいか。

私は二度も三度も、読みかえして飽きない作品を書きたい。意見は人によって異るだろうが、手近な例では、私は江戸川乱歩氏の「心理試験」「二廃人」「柘榴《ざくろ》」海野十三氏の「俘囚」の如きもの、コナン・ドイルやフリーマンの多くのもの、ヴァン・ダインの「グリーン殺人事件」等の如きものは、もう何度となく、十数回繰り返し読んだ。これからも、この同じものを飽きずに読むであろう。

探偵小説は、雑誌で一度読んだらもう読まない。そういったものであるならば、まことに悲しい。勿論、一度だけ興味あるもの、というようなものの存在も必要であり、価値はあるだろう。しかし出来るならば、私は二度も三度も、繰りかえして読まれるようなものを書きたい。誰れか一人でもいい。そういう読者があって呉れるならば、私はその一人の読者をめあてに、はげみ、学び、そして自分を力づけるであろう。

現実的作品と専門的作品

質問

一、これまで訳された長篇外国探偵小説中、特に面白かったものを挙げ、その面白さを解剖批判して頂きたい。

二、未翻訳のものの中《うち》で、お読みになった探偵物（長短篇を問わず）の面白さを紹介願いたい。

三、どういう外国物を読みたいと思われますか。

（一）探偵小説は長い前から愛読していたから、日本語に訳された長篇は殆ど全部一度は目を通していると自分では思っている。しかし、中には今表題だけはよく覚えているが、内容は殆ど記憶していないのも仲々多い。記憶していないということが、決してその作品の面白くなかったという証拠ではないので、読む時は実に面白く、夜を徹して読んだが、その面白さだけを記憶していて、内容や筋は一切忘れてしまうというものもまた探偵小説の一面ではないかと思う。

探偵小説は、探偵実話ではないから、どこかに必ず荒唐無稽なところ、有り得べからざるものがひそんでいる。有り得べからざるものと言うて悪るければ、不自然なところと言ってもいい。だから読む時にもそれは充分承知の上でかかるので、いくら荒唐無稽でも、人間の想像の達し得る限り、少しも苦にはならぬ。しかし、同じ荒唐無稽でも、それが現実的に描かれているか、あるいは非現実的かという点で著しい特徴を供えてくるのではないかと思う。

例えば、ルブランのもの、主として『ルパン』は、始めからああいう人物の有り得ることとは誰も思っていない。ウォレースのものによく出て来る秘密結社でもそうである。首領が覆面で、その活動網から想像すると無限の財力を供えていることになるような結社や団体がより有り得るとは思われぬけれども、しかし、読んでいて楽しいし、立派な探偵小説であると思う。これに反して、コナン・ドイルのものやフリーマンのものやヴァン・ダインのものやエラリー・クウィーンのものやは現実的な、悉く有り得る人間やシチュエーションの組合せで、しかもその組合せ（構成）に必然性があるもので私はそういう方がずっと好きでもあるし、悪く言えば、その方がずっと面白く読んだと言ってもいいであろう。

ヴァン・ダインでは、『グリーン家殺人事件』と『キャナリー殺人事件』とが好きである。エラリー・クウィーンには、多くの人が余りほめないようだが『ローマ劇場殺人事件』が好きであった。クロフツの『樽』もやはり現実的な作品で好きである。有り得べからざるような大懸りな秘密団体なども、国家の歴史的変換があるような時代を撰べば、これはまた現実的になって来る。この意味で、私はオルツイの『紅はこべ』も愛読した。だから、私の現実的と言うのは、決して現代の時代を意味するわけではなく、個々のシチュエーションとして有り得るもの。ざらにはなくてもいいが、有りそうなものと言う意味である。

『グリーン家殺人事件』のような若い女が計画的に沢山の人を殺すようなことは、まずざらにはない。しかし、ある遺伝を持って生れ、偏好の教養から殺人鬼的の興味を持って来て、遂に惨劇を一つ起すと、自然の勢いとしての連続となる。これも終りにゆくと益々テンポを早めシチュエーションになって、疾走する自働車の中で惨劇が起らねばならぬところまで来る心理的の必然性は、やはりひどく現実的であると思う。かような必然的な構成はクロフツの『樽』にもある。こんな心理的な必然性というよりも論理的な必然性である。一歩一歩駄目を押して、論理的に追いつめると共に、そのテンポも作の終りに至って益々激しくなり、最後の場面は真にすさまじい勢いとなる。

『ローマ劇場事件』を私が愛するのはこれにには、実験的の繰り返えしがある。殺人が、脅迫されて困ってしまったために行われた。それでクウィーンが、犯人であると推理して定めた人間に、脅迫をやる、するともう一度犯人は同じ心理的な必然力によって殺人を行おうとする。これを待っていて捕えることになっている。これは探偵と犯人との挑戦的な意味があるが、見えざる犯人にやたら挑戦したりする「ルパン物」とは異り、著しい現実性がそこに出て来る。

『キャナリー殺人事件』は、凡そトリックに依って構成せられた探偵小説の模範である。（少くとも私にはそうである）多くのトリック探偵小説が、犯人の舌一つの過失を見破るというような解決で終っているが、この作では、犯人が蓄音器でアリバイを作るが、この蓄音器の板を犯人はどうしても取りかえすヒマがない。これは犯人が過失をなしたのではなく、運命的に、犯行の部屋に残しておかねばならなかったのだ。だから発見は、描写では偶然的であるが、実は甚だ必然的になる。犯人の偶然の過失ではなく、犯人は、自分の足跡を犯行の部屋に必然的に置いているのだから、この作には始めから犯人と探偵との間に、にらみ合いの気魄がある。ヴァン・ダインはこれをポーカーの場面で最も著しく表わしてみようとしたのであると思うが、作者のこのような計画が、非常に成功しているか否かは別として、このような構成は私にとって限りない興味を与えてくれるし、私の作の場合の指導原理の一つともなってくれる。

(三) さて、私は過去の作二三について、私の感銘を述べた。では、これからどんな長篇小説を読みたいと望むかと言えばやはりこのような現実的な、必然的な構成のあるものを読みたい。同時に、今までの作にはないか、あるいは極く少なかったが、私の読みたいと望むものがある。それは専門的な、余りに専門的なもの、——例えば学術の専門的な構成があってもいいし、北氷洋を舞台として、北氷洋に関する専門的知識を正確に、遠慮なく駆使して書かれたようなものであってもいいし、あるいは軍艦の中か潜水艦の中の殺人で、その納得のために軍艦や潜水艦に関する専門的知識を傾けたものでもいい。そういう専門的の知識がトリックに用いられずとも、必然的にその構成のうちに入り来るような作品が読みたいし、また書きたくもある。

「鬼」の説法

幸運の手紙がサトウ・ハチロウ氏から来ました。附記によると、必ず二日以内に出さぬと逆転して悪運の手紙になってしまうのだとあります。なるほど、一管の筆であるいは幸運を招きあるいは悪運に堕するというのは、文学を持って立つ人の運命を、そのまま示しているようです。私は自分で遅筆の方に属するとは少しも思っていません。しかし、速筆の方でもないようです。

森下雨村様、あなたに宛てて書くとなると、どうして、忽ちにして書けるのであるか。それは、私は、この後一ケ月ばかりの間あなたのことを、ずっと、続けて考えていたからです。だから、この手紙をリレーするとなった時に、直ぐあなたへ宛てようと決心し、そして直ちに筆を執ることが出来るだけに、胎生《たいせい》の準備があったのです。

江戸川乱歩氏が、探偵小説の「鬼」という言葉を使い出し、これは忽ちにして探偵小説愛好者のうちに拡まってしまいました。一度《ひとたび》探偵小説に憑かれると、切っても切れない心理的の連鎖が出来てしまって、この奇妙な文学が忘れられなくなる。言わば「鬼」になってしまうという意味を現すのに何という面白い、巧みな、そして直接な、表現でしょう。尤もこんなことを言うのは、あなたに対しては、「鬼に説法」です。あなたこそ、そうした鬼共のうちの一番の親鬼、――そうです、これらの何百、何千という鬼の製造者であったではありませんか。

この鬼共に対して、最も嬉しいことは、最近、江戸川乱歩氏によって「日本探偵小説傑作集」が選集せられたことです。私はその一本を手にして、毎日毎日繙《ひもと》いていました。森下雨村様、ここ一ケ月ばかり、ずっと続けてあなたのことを考えていたと言うのは、その選集の序文として、あなたの書かれた「探偵小説発達史風に」という一文の、私に与えてくれた感銘を指して言っているのです。これは、実に、近頃私の読んだうちの、一番感銘の深い文章でした。

ポオやドイルが紹介されて、徐々に探偵小説愛好の気分が醸成されて来たところに「新青年」が創刊せられ、一方に大衆文学の擡頭と共に、頻りに翻訳探偵小説が歓迎せられた時代――やがて小酒井不木の犯罪文学研究の側面的援助と、江戸川乱歩の出現とで、日本に始めて創作探偵小説の勃興し来った事情が、あなたの体験を透して、率直、簡明に綴られているのを読むと、我々後進のものは、何とも言えぬ懐かしさと、感激とを覚えるのです。探偵小説が通俗低級の読物から、漸時に引きあげられて、遂に理智高級な読物となって来たのは、小酒井、江戸川、横溝、甲賀、大下等の諸先輩の努力と共に、その総元締として「新青年」の牙城を築いた、森下雨村の、身を以って描いた歴史に外ならぬのです。これは、人の心を打たずにはおかぬでしょう。

さて、こうして今や、探偵小説は、一般大衆は勿論のこと、大学教授、法曹人、軍人の間にも多数の愛読者を持つようになりました。甲賀三郎氏の如きは、斯くの如く一般に愛好せらるる読物に対しては、作者はそのテーマ、描出の内容について、道徳趣味の上からも充分に気をつけなくてはならぬ。一般大衆を指導し、高尚なる趣味の普及に努力すべきであると云うような意見をも洩らしています。なるほどそうです。そういう方面からも、充分注意をする用意が必要でしょう。

しかし、われわれは長い文学の歴史でよく知っています。文学が、道徳や政治や教育を主人に持つ時は、それはやがては大衆に飽かれ、捨てられ、顧みられなくなるのではないでしょうか。大衆の芸術的鑑賞力を軽蔑してはなりません。時とすると、作者よりも大衆の方が、ずっと秀でた鑑賞力を有し、ずっと勝れた芸術観を所有しているでしょう。そうであるならば、私共はやはり芸術的感興の向うところ、ただそれのみをめあてにして、励み学ぶより外に大衆の指導となる方法もまたないであろうと考えるより外はありませんでしょう。江戸川乱歩氏の前述の選集に、日本の探偵小説の水準が、いつの間にか順次に高められて来たという意味のことを述べられているのを、私はそういう立場から解釈しているのです。私は探偵小説の本質について考える時に、やはり一定の型式に縛られてはいるが、探偵小説は文学の一つの種類であり、芸術的感興が、その一定の型を通って出て来たものに外ならぬと考えて居ります。しかもその型式は、詩歌や戯曲などよりも、ずっと楽な、自由な型式であると考えて居ります。

さて、私の言いたいことはまだあるのです。水準が高められたと言われています。ところが、東京日日新聞の（十月十日）「蝸牛《かたつむり》の視角」という欄に、六白生《ぱくせい》の「局外小説家出でよ」という一文は、日本探偵小説壇には江戸川乱歩氏の言うように、多様性があるが、今日の純文学壇には、それがない。これは職業作家ばかりであることに起因する。そこで局外批評家と同じ意味の局外小説家の出ることを望む、という意味を書いて、吉村冬彦は随筆より小説へと乗り出してみるといい、木々高太郎も、精神分析読物小説なぞで道楽をせず、その精神分析をもっと本格に文学的に生かして行ったらと思われる、と書いています。これは私に対する好意の言葉ではありますが、私は何か、これらの言葉のうちに、純文学は高級であるが、探偵小説は低級であると暗々裡に考えられているのではないかと云う疑いを起させるものがあると思いました。

探偵小説のようにむずかしい型式で、苦労している私共には、そう思われているのは悲観です。私は、今日の純文学壇に横行しているような小説ならば、私の書く探偵小説の十分の一の努力で書きあげて見せると言ってやりたいのです。

森下雨村様、そこで私はあなたのことを、更にずっと考えているのです。あなたが、十年前に幾多の材幹を馳使《ちし》して、探偵小説を低級読物から、現在の高さにまで高めたあなたの経験を、もう一度繰りかえして、私共もまた経験してみたいものです。その頃に比べれば、探偵小説の鬼は多くなっています。新らしい時代があとからあとからと出ています。ここで思い切って、純文学をも指導するような意気で、探偵小説の大旆《たいはい》をあげるならば、その旗下にはせ集るものも頗る多いだろうと思います。あなたを総帥として、水谷準氏を副将として、江戸川、大下、甲賀、海野氏等を参謀として、もう一度往年の勇気を振い立てて頂きたいのです。探偵小説の黄金時代が来るであろうとあなたが言われました。そうです。もう一と息で、来るのではないでしょうか。

探偵小説芸術論

一、二つの精神的活動

私は近著「人生の阿呆」に、長文の自序を附して、私の探偵小説に対する覚悟を披瀝した。そして同時に、探偵小説は凡そ文学発展の歴史のうちで、極めて近代の発見にかかるもので、その将来の生長は測り知るべからざるものがなくてはならぬ、と述べた。

凡そ人間の精神的活動のうちで、二つの全く区別すべき、互いに独立している活動がある。その一つは論理的活動であり、もう一つは芸術的活動である。この二つの精神的活動は、人類文化の歴史にあって、各々まこと絢爛たる花を開いているのである。例えば論理的活動からは、数学や、自然科学や、それから哲学やが咲き出でた。そしてもう一つの精神的活動からは、あらゆる芸術、例えば美術、文学、音楽、演劇、映画等が生れた。

この二つの精神的活動は、互いに独立発展して来ているのであって、曾つて根本的に結合する道を見出し難かったのである。なるほど、音楽、演劇、映画の如きは、自然科学的努力と相俟って誕生し、発育して来たものであるから、一見、これは、この二つの精神活動が融合して生れたものかの如き観がある。しかし、仔細に検討してみると、そうではない。自然科学の発展によって得来った精華、自然科学の結果として現われて来た技術、等を充分に受入れ、これを用いて芸術的活動が形を得て来ているのであって、決して精神活動としての、この二つの活動が結合して出て来たものではない。

しかし、この二つの精神活動は、ついに離れ離れの発展をなすべきもので、決して結合することの出来ないものなのであろうか。この人類の長い希望を充すかと思われるほどに、極めて近代に発展し来り、今やその洋々たる前途を望んで生長しつつあるものが、正に探偵小説であった、と私は信ずるのである。

探偵小説は、論理的思索と、芸術的創造とが、完全に結合した時に、その最も高き作品となり得るのであって、これは欧米または我が国の多数の作家によって遂げられてはいないけれども、凡そ探偵小説に精進するものの、はるかに望みつつある理想でなくてはならぬと考える。斯く考えることによって、我々は、探偵小説の将来の発展は、まことに測り知ることの出来ないものであることを、正しく理解し、正しく信ずることが出来るのである。この意味においては、探偵小説は、現在あるがままのものであってはならぬ。益々生長し、益々興隆し、そして益々高められてゆかなくてはならぬのだ。

この探偵小説発展の一路は、凡ての偉大なる創造のしかるが如く、旦々たる大道ではない。見ることの出来る人には、一つの輝く白道と見ゆるであろうが、さて踏みしだいてみると、その荊棘《けいきょく》の道であることが身に泌みて判るであろう。この道を至難であると喝破した人がある。それは、江戸川乱歩氏であって、氏は「新評論」八月号に「探偵小説の意欲」と題する、いみじき一文を発表したのであった。

江戸川乱歩氏のこの一文は、その溢るる理解、その充ちわたる体験、そして見凝めるべきものをはっきり見凝めている正直な態度、凡そ探偵小説を語るものの心の底を打ち来る一文であった。この如き一文を書いて呉れる人が一人ある以上は、私は自分の探偵小説芸術論の道を、決して寂しく思わぬでもよいと、慰さめらるるのである。

二、探偵小説の本質

探偵小説の本質に関する論議のうちで、最も重要なるものは、これが芸術であるか、または芸術ではないか、という二つの立場についての論議にある。

芸術であるという主張は、芸術なり得るという主張と同じものであって、必ずしも従来提出されていたものが、完全なる芸術と認められなくても成立し得るものである。と同時に、芸術ではないという主張は、芸術なり得ない、いかなる努力を払うとも、遂に芸術たり得ないという主張と同じであって、この二つの主張には根本的の違いがある。この点を混同して、現在まで提挙せられた作品は、芸術ではなかったが、将来の作品の成果によって芸術たり得るという主張をするとすれば、それは、この二つの本質論を混同したものであって、それは遂には、芸術であるとの主張に帰してしまってよいのである。ここでは、既に、我が探偵小説壇で一般に呼びなされているように、一方を探偵小説芸術論と呼び、一方を探偵小説非芸術論と呼んで区別することにしよう。

探偵小説非芸術論を把持する論者は、欧米の殆ど全ての探偵作家がそうであるし、日本では、甲賀三郎氏外、殆ど凡ての探偵作家がそうであると思われる。この議論は、探偵小説本格論と変格論とに対しても深い関聯を持つものであるが、その詳細については、甲賀三郎氏の雄篇「探偵小説講話」（雑誌プロフィル昭和十年度連載）を一読して知る必要がある。この主張を要約すれば、探偵小説は芸術でもなく、また芸術たり得るものでもない。これは大衆の娯楽を目的とする、言わば主人持ちの文学なのであって、これを芸術たり得ると考えるのは、探偵小説の邪道であるという説である。甲賀三郎氏のみではない。ヴァン・ダインの如きもはっきり斯の如き主張を高明しているのであって、凡そ欧米並に日本の探偵小説壇にあっては探偵小説非芸術論が風靡しているのであると言っても過言ではないであろう。

私は、この如き風潮に対して、敢然として探偵小説芸術論を振りかざすものである。私と志を同じうする作家も、日本の探偵小説壇に少なからずあるのであろうが、凡ての新らしい進路に対してそうである如く、そこには幾多の危惧と、遠慮とそして懸念があるために、私の説に賛同して呉れる論者は、極めて寥々たるものであるのも、また止むを得ない。しかし独往の間に、徐々に私の理論体系も出来つつある。その一端は、既に、本文の冒頭に述べたところであるが、私は、将来生れ来るべき、若い時代のために、たとえ私自身がその主張によって亡びるであろうとも、身を以って試みる。これが、必ず貢献するところあるものと信じて、なお、益々その道を歩みたいと考えつつあるものである。

ただ、ここに一つ、是非とも所懐を述べなくてはならぬことがある。それは、探偵小説非芸術論を抱く作家は、謙遜であって、却って、探偵小説芸術論を抱くものが、不遜に見ゆるということの否なるについてである。

北町一郎氏は、「探偵小説の芸術性」(ペンクロフト八月号)において、この重要な示唆を与えたのを見た。私は、深くこの指摘に打たれ、遂に、この点については少からず思索が費やされなくてはならぬと考えたのであった。

一見、探偵小説非芸術論は、謙遜な態度に見える。しかし、これは仔細に考えると、探偵小説非芸術論は、はるかに不遜であって、探偵小説芸術論の方が、殆ど測り得可からざるほど謙遜なのであった。私は、既にしばしば、大衆読者の芸術的鑑賞力を軽蔑してはならぬ、と述べた。ここに敢て、芸術的鑑賞力とのみは言わぬ。凡ての意味において、読者の鑑賞力は、決してこれを低しと見てはならぬ。否、却って、最も高くこれを評価するところに、作家の謙遜があるのである。

読者の鑑賞力に対して、ある程度の見くびりを持たなくては、芸術的精進を不必要とする論説は出て来ないのである。読者の鑑賞力を、最も高く買って、精進これ努めるところに、作家の謙遜があるはずである。探偵小説非芸術論は、正にこの意味においては、読者の鑑賞力に対して、ある程度の「見くびり」を把持し、作家にとっては安慰と怠惰との住地を与えるものにならずにはいないであろう。これに反して、読者の鑑賞力を極度に高く買って、芸術の域にまで高めんとして努力した作品でなくては、敢てその高い鑑賞の前に堪え得ずと信ずる作家は、恐らく最も謙遜の位地に居るものとなすことが出来るであろう。

私はこの意味において、読者の前に最も謙遜である。その努力はなお未だ至らぬけれども、それは、我が謙遜なる心情の足らざるがためではなく、一に我が力量の不足によるのであって、この力量の不足を痛感するがために、私は益々探偵小説芸術論のうちへと陥りつつあるのである。

蜘蛛の巣と手術死

事実は小説よりも奇なりと言う。

これは、自然に起ることが、人間の考えの及ばぬような起りかたをする。人間の考えることにはいかに奇なることを考えようとしても、それは限度があるのだ、という意味でもあろう。

しかし、もう一つの意味もある。小説は現実的でありたいと努力する。現実的でないと読者に訴えるところが少くなるから、いかに奇をやろうとしても、どうしても現実的の努力をするので、それでこの言葉のような傾向になってくる、ということもあるに違いない。つまりは、小説が、自然のように大胆に、奔放に奇を作ることが出来ないことに、この言葉の意味があるのであろう。

事実をそのまま記述したものが実話なのだから、そして、奇でも何でもない事実などというものは記述もなにもしないのだから、実話は小説よりも奇であるか、そうでなくてはまことに詰らないものなのである。

例えば、次に述べるのは、実話である。そして、正に、現代小説のうちの最も奇なるものも、これには及ばない。だから、こんな小説を書いたら、読者は奇と感ずるより前に、何だい、これは作者の空想に過ぎない、少しも現実味がないではないかなどと言うかも知れない。

ある青年があった。ある大きなデパートの女店員に、本気で惚れた。そういうことは沢山あり得る事実だろう。そういう場合に、青年は多くは、その女に手紙をやったり、誘い出しをしたりして、仲よくなるに違いない。僕がそうであったとしても、その誘い出しを工夫するより外はないと思ってしまうに違いない。ところが、その青年は真面目な青年であった。それでただ、女の名前を聞き出しただけで、あとは結婚を目的とする、常道にして大道なる道を採った。

知人を辿って、遂にそのデパートの女店員監督といういかめしい人に逢い、何階の何番の何子さんという、女店員に正式に結婚の申込みをしたいのだから、名前と番地と、それから未婚か既婚かを調べてくれと頼んだ。監督もこの話を真面目に受取ったから、相当の仲人を立てるならば、その申出でに応じようと言った。

そこで、立派過ぎるような仲人が立てられた。そして双方の意志が合致して、とにかく、正式に見合いをしようということになり、双方の父母が附添って、さて仲人の家で逢ってみると、その青年は驚いてしまった。

女は、目的の女ではなかった。目的の女より、数倍美しい、健康そうな少女であって、何と聞き正してみても、名前は同じなのである。そのデパートには、偶然に、同名異人、しかも、同じ階の女店員で、年齢も殆ど同じなのがいたのだ。それで、紹介の労を取った監督が、青年の話があった時に、少しも疑わずに、その青年が見初《みそ》める位であるから、二人のうちの美人の方に違いないと考えてしまったので、その方を紹介したのであったことがあとでわかった。

さて、この結婚は、実話では成立しているが、小説では、成立してもよろしく、また成立しないでも、あとは作者の腕次第の面白いものに出来るに違いない。ただ、この話を聞いた時は、ちょっと嘘の、あり得ないことのように、僕には思われて仕方がなかった。これを、ある友人に話して聞かせたら、「事実は小説よりも奇なり」という言葉を、その友人は直ぐ思い付いたのであった。

さて、僕の語ろうとするのは、恋愛実話についてではない。探偵実話についてである。

探偵実話は、近頃の流行で、実話だか不実話だかわからぬものに、実話と銘を打っているのから、前捜査課長の物語る、真の実話らしいものに至るまで、月々の雑誌にのる数は大したものであろう。僕も、今まで沢山の実話を読んだ。また、人から沢山の実話を聞いた。聞いた実話は、今は別として、書かれた実話について考えてみよう。

僕の考えてみよう、と言うのは、近頃、僕が執念深く考えている、探偵小説芸術案に、それが関係があるからである。

探偵小説は芸術でもない、文学でもない。芸術だの文学だのと考えるのは邪道のうちの邪道であって、探偵小説を毒するものだ、と言うのが、探偵小説非芸術論で、これは、欧米及び日本の大部分の探偵作家が主張しているところであり、そして、僕が孤独敢然として反対しているところである。

月々雑誌にのって、読んでいるうちは面白いが、すぐ忘れてしまい、そして二度と決して読もうとは思われない、探偵実話と同じものであってはならぬ。探偵小説は、外の文学と同じように、何度も繰りかえして読まれ、読む度に渋味の湧き出るものでなくてはならぬ、と僕はいつか述べた。こう述べながら、では、探偵実話には、人の記憶に値いし、人の文学的情操を湧かしめるようなものが一切ないのだろうか、それがもしないとすれば、何故であろうかと考えた。

これは、決してないと断定することは出来ない。あるいはあるかも知れぬ。下手な探偵小説よりも、もっと探偵小説であるものが、時としてあるに違いない。しかし、少なくとも、僕の今まで読んだ探偵実話のうちにはそれがなかった。無かったのではないが、確かに少なかった、と言うことは出来る。

ではなぜであろうか。

この話を少し分析してみよう。僕は、探偵小説が読者に与える興味、あるいは感銘には二つの要素があって、その二つの要素が、少しも互いに互いを排斥せずに、渾然として化合しているところに、真の立派な探偵小説があるのだと信ずる。第一の要素と言うのは、人間の論理的思索を満足させるものであり、もう一つは、人間の芸術的鑑賞を満足させるものである。

探偵小説非芸術論の論者は、この二つの要素が互いに、他を傷つけ合い、排斥し合うものと考えるらしく、それは、数学の出来る子供は英語や国語が出来ない、国語や英語の出来る子供は数学が出来ないものと思い込んでいる親達のようなもので、こういう親達に育てられると、子供はやはりそのどっちかになるか、そうでなければ、どっちつかずの駄目なものになるかする。数学も英語も、少しも互いに排斥せずに出来るはずで、同じように、探偵小説は二つの要素が共に適度に化合して出来るはずであるし、今出来なくても、将来出来るはずであると考えるのが、探偵小説芸術論の立場なのである。

さて、この二つの要素が満足させる時に、探偵小説の最も正しい、最も楽しい、価値が認識されるはずであるが、探偵実話が読者に与える満足には、この二つの要素の満足を共に与えるものは極めて稀で、多くは一つしか与えない。では、どちらの要素を与えるかと言うと、主として、論理的思索の満足の方が多いのである。例えば、犯罪の場所に、髪の毛が落ちていた。これを顕微鏡で見てみると、女の髪の毛で、その髪にはある寄生虫があった。それで下層階級であること、年齢のこと、営養不良のこと、等から推論して容疑者のうちから犯人を決定した。調べてみると、その女は、男が外に女をこしらえたのに憤ってやったのだ、というような実話があるとする。この実話は、明らかに、髪の毛の一本か二本の、誰も落したということが判らぬような小さい手掛りを残していたために、遂にその発見から辿った論理的追求で解決したのであるから、充分論理的思索の満足は与えるであろう。しかし、ただこれだけである。なるほど、そのあとに一二行嫉妬のための殺人であるという説明がついている。しかし、その嫉妬の内容が、平俗凡庸なもので、少しも人の心を打つものもなく、人の心を高めるものもなく、芸術的鑑賞を満足させるものもない。これでは、第二の要素の満足はないのである。

それればかりではない。第一の要素の満足と言っても、時とすると、少しも論理的思索の満足ではなく、実際の場合には、なるほどそれが重大なものであったには違いないが、実話として書かれた場合には、偶然な、馬鹿らしい、論理的追求でなしに、直ぐそこに残された証跡によって、犯人があばかれてしまうような場合が多い。

例えば、ある夜明けに、一人の青年が自分の兄が強盗のために殺された、と訴えて来た。多数の警察官が現場に行って検査してみると、その青年の兄が惨殺されて居り、室内は取り乱されて、いかにも金品を物色したようであり、賊の侵入した足跡もあった。

弟は「賊は確かにこの所から逃げてゆきました。私が見て居りました」と言うのに、その足跡は一致しているらしかった。

そこで検事は、強盗殺人事件であると、推定を下して、現場の検証をしていると、一人の刑事が、検事を別室につれて行って、「強盗が逃げ去ったと言って弟の証言した庭のところには、よく見ると蜘蛛の巣が一面に張られております。しかもその巣は相当古いものらしく、しかも破れていません。昨夜人が出入りしたものとしては、いかにも不審です」と報告した。

検事は、仔細にその場所を調査したあとで、弟をそこにつれて行って、弟の供述した検証調書の記載を指し示しながら、この蜘蛛の巣を指摘して責めた。弟は、これで参ってしまって、遂に犯行の事実を自白したが、その原因は父親の残した財産の相続分配の争いであった。

この実話は、天網ではなく、蜘蛛網が犯人を捕えたのであるから、仲々面白いと言わなくてはならぬが、その発見は、刑事の偶然な発見であり、その追求も、単に指摘だけによって自白せしむるという極く僅かな論理的思索の満足しか含んでいないのである。

僕の探偵小説であれば、この時志賀博士が出て来て、その蜘蛛の網は顕微鏡検査によって何日前に張られたものであるかを証し、朝の日光はどちらから照らしていたから、弟にはこれが見えなかったのであるか、と言うような精細な事項を調査するであろうし、従って蜘蛛の網の意味もただこの実話だけの意味ではなくなって、もっと複雑な謎の解き目とならなくてはいないはずで、そうして始めて心ゆくばかり論理的思索の満足を読者に与え得るようになるであろう。探偵小説にあるようなことは、実話にはない。と言うのは、実際の犯罪事実には、そんな複雑なものはないだろうし、複雑なのは、そんな一つの結び目からは、実際の場合は解けないであろうし、しかし、書いたものとして、読者に与える満足から眺めると、探偵小説の方が実話よりも更に真実なものとなるのである。

さて、実話には論理的思索の満足も、斯くの如くに、僅かでもあり、かつ甚だ不充分でもある。のみならず、芸術的鑑賞の満足は殆どない、と言った。それは、実話を語る、語り方、例えば文章とか、会話とか、全体の物語の排列とかいうことが巧みでないという意味ではない。そういうものは、一に内容によって定《き》まってしまうもので、徒らに文章を飾ろうとしたところで、内容が芸術的鑑賞に堪え得るものでなければ、決してうまくゆくことが出来るはずがない。

内容とは何か。それは、その物語りに現われて来る人物の生活、思想、道徳、等によって定まる。だから、実話でも、稀に見る教養の高い、科学または芸術の天才によって行われた犯罪に関するものであって、その生活、思想、道徳、等に対する洞察の深い人によって書かれたものである時は、実話でも充分に読者に芸術的鑑賞の満足を与えるに違いない。だから、こういう場合は、下手な探偵小説よりも、実話の方がはるかに面白く、かつはるかに文学でもあることになる。だから、実話の興味と、実話の芸術たることは、一に、その実話のうちに出て来る人物、または人物と人物との相剋が、内容の深さを持っている場合である。探偵小説だとて同様である。論理的思索の外のものは、その内容の深さによって定まるのである。

内容の深さは、単に人物の生活、思想、道徳等によってのみ来るのではない。悪の天才とも言われるような悪人を主人公としても、やはり達せられる。これは、悪についても、天才的な創造、生活、思想、等が出来るであろうからに違いない。このような場合にも、やはり読者には充分芸術的鑑賞の満足が与えられるのであって、その秘密なる心理は、恐らく、ホフマン、ポウの如く怪奇文学が与えるものに似通っているであろう。サド侯爵が深い芸術として許されるのも、同じような心理になるのであろう。

僕は、第三の実話として次のようなものが、この意味において、前の実話よりもはるかに二つの要素を満足させることが多いと思う。

ある若い外科医があった。

ある日、婦人患者をつれて、その良人《おっと》が診察を乞いに来た。予診を取ってみると何か婦人科の病気らしかったので、外科医は、知り合いの婦人科医に紹介しようとして、「これはどうも、外科の領域ではないから、婦人科医に診てもらったらどうだ」と言った。

この時、ついて来た良人が、いかにもその外科医を信頼しているような顔をして、

「でも、前に一度婦人科に診てもらいましたが、どうも思わしくありません。そこへある友人から、先生は手術にかけては比較にならぬ腕を持っておられるという話を聞きましたので、それで、少しは御専門が違っても手術なら先生にして頂きたいと思って上りました」

と述べた。そして、「先生の手にかかってもしものことがあっても、私共は決して怨みに思ったりしないほど、実は先生を信頼しているのです」と附け加えた。

この言葉が若い外科医の心をあおり立てたのであったかも知れない。

「なあに、生命にかかわるような手術ではないよ。外にゆくのが面倒だと言うなら、僕がしてあげてもいい、では一週間許り入院するね」

と言ってしまってから、この若い医者は、簡単ではあるが、本来は婦人科医がやるべきである手術を引き受けてしまった。

手術は順調に行った。

若い外科医は、手術室から患者を病室に運ばせて、自分の部屋に帰ったが、どこかに一抹の不安があった。それで、一体どこに不安の原因があるのだろう、と考えてみたが一向にわからぬ。ただもしあるとすれば、婦人科医のやるべき手術を、自分がしたということだ。しかし、それは、何も法律的にも、医学的にも、少しも気が引けることではない。昔は勿論のこと、今でも、田舎などでは専門が分れていないから、外科も婦人科も、時とすると内科も小児科も一緒くたなのだ。何もそ

れを自分が不安がる必要はない、と思って自分で自分の不安心を除けようとした。

夕刻病室に回診した時は、女は手術のために疲れたようではあるが、脈もしっかりしているし、何事もなかった。手術はうまく行ったと信じた。

ところが、夜八時頃に至って、急に、女の良人というのが院長室へやって来た。見ると蒼白い、妙な顔をしている。

どうしたのか、と聞くと、妻の容体が変なのだと言う。そんなことはないはずだ、というので良人と一緒に病室へ来てみたが、女の容体は少しも変ではない。ただ、しかし、医師は、女が何か恐怖の表情をしているのに気付いた。しかし、「痛みが出て来たのですね。手術の時は麻酔薬をつかってあるのが、薬がきれて来ると、少しは痛みますよ。少しも心配はありませんよ」と慰めて、そのまま自室に帰ってしまった。

その夜、宿直の看護婦にたたき起されて、驚いて行ってみると女は死んでいた。病室に行った時は、もう死んでいたから、施す手段《すべ》もなかったが、念のためシーツをめくってみると、相当下の方へ出血している。

この外科医は、その後年とってから、この時の自分が、もう少し落付いていたならば、事態はよほど変っていたであろうと思いかえすことが度々あるのだが、その時は、若いし、かつあわてていたものだから、女の繃帯が医者以外のものによっていじられていたのを気がつかなかった。否、気がついたが、それを注意しなかった。てっきり手術がわるかったもの、手術死であったものと思い込んでしまったので、良人が案外音なしくしているのを、むしろ感謝した。

死亡診断書を与えた。黙って引きとって呉れた良人に、むしろ感謝したい位に思っていたのだ。

その後、約二三ケ月してから、この外科医は急に警察から調べられた。内容を聞いてみると、良人が二度目の妻を殺して、莫大の保険金を取った。それで手術後の死因について何か不審はないか、と言うのであった。外科医はハッとしたが、死亡診断書を与えてあるし、死骸は既に焼いてあるから今更ら疑惑を述べても仕方がないと思って黙っていたが、このことが心の奥深く刻まれて、ひょっとすると予め自分を選んで手術してもらい、手術後何か操作をかって出血させ、かつ薬を飲まして殺したのを、自分は気付かなかったのではないか、と考えた。

この男は、三度目の妻を貰った。そして今度も、妻の婦人病を口実に、手術を受けにある婦人科医に行ったが、この三度目の妻が、結婚二年間の良人の行動から、良人の意図を疑って、二度目の妻の死因を自分で秘かに調べ始めた。調べるために、この外科医を尋ねて、自分の疑いを述べた。

外科医の闘志が猛然として起って来た。そして、女に策を授けて、自分の知っている婦人科医にゆくようにすすめて、故意に良人の意志通り手術をせしめた。そして手術のすんだあと、病室へ女を帰してしまってから、秘かに監視をした。女が協力したことは勿論で、その夜、繃帯を破って故意に出血させようとした良人を捕えて、その懐中から砒素剤を奪い取って証拠として訴え出た。

こうして、この殺人保険魔を捕えたのであったが、この実話のうちには、人の心を打つものがいろいろある。

二つの条件

探偵小説を読んでみて、さてまた、探偵小説を書いてみて、探偵小説の理想的なものはどういうものか――そうしょっちゅう考える。するといろいろの条件が出てくる。本格でなければならぬ。サスペンスが強く、結末の思いがけなさが圧倒的で、文章もうまくなければならぬ――などと考える。

この外にもいろいろある。花やかなのがよい。軽快なのがよい。詩情がなくてはならぬ。重厚なのもよい。

事物的の知識がよく消化されて、それをまた誰にも判るように再現しなくてはならぬ。――などと考える。

考えあぐんでやってみると、一方づいたおかしなものとなる。そういうのが好きだと言う人もあり、そういうのは嫌いだと言う人もある。作家が芸術家であればあるほど、自信があると同時に謙遜なものと見えて、愛読してくれる人があると、それもよい作かと自分でも思うことにもなるのであろう。

考えたあげく、私は二つの条件だけでよい。外のものは、それがあれば自然に出てくると思うようになった。

一つの条件と言うのは、問題の解決が完全に数学的でなければならぬと言うことで、これは探偵小説の最初の要求であり、また最後にそこへ来る要求でもある。途中で、そんなことはいらぬなどと考えるものである。一時反抗してみたり、わざと別に考えたりするものであるが、結局これが一条件である。

第二の条件は、心理的に完全でなければならぬことで、主役をなす人物が寸分のすきもない心理の歩みを持たねばならぬことである。私はこの第二の条件だけを重要視して長く歩んで来た。この方が重要だと考えて来た。

しかし、ほんとうはこの二つの条件は、車の両輪でどっちも大きく、たくましいことが是非とも欲しいことである。

推理小説の範囲

1　探偵小説論より

探偵小説とはどんなものか、これを文学評論的に定義づけることはむずかしくはない。それは、犯罪または犯罪めいた事件についての謎と論理的解決を主体とする小説である。

更に、文献的に定義づけるのも困難ではない。それは英国のコナン・ドイル、クロフツ、フリーマン、フィルポッツその他、また米国のヴァン・ダイン、エラリー・クウィーン、スタンレイ・ガアドナアその他の書いた小説及びその類似のものであると言える。

かくの如くであるから、探偵小説は謎に主眼を置くと怪奇小説、神秘小説等とつながってくるし、解決に主眼を置くと科学小説につながってくるので、まるで互いに反対の方向のものが、渾然として入ってくることになるのは当然であった。

そこで、凡ての類概念と同じく、探偵小説とはいかに狭くも定義づけられるし、またいかに弘くも定義づけられる。主としてそのうちに取り扱う推理（論理的過程）に主眼を置いて、広くしてゆこうとしたものが推理小説であると考えてよいであろう。

2　現実的・機械的

推理小説のうちには、従って、現実的な機械的な推理小説が含まれること勿論で、探偵小説と科学小説の大部分はそれである。現実的な謎がある。そして機械的な推理と解決がある。それが探偵小説のかなり大部分のもつものであり、また科学小説のかなり大部分のもつものである。

3　歴史的・考証的

同じような意味で、歴史的の事件をとって来て、これを考証的に解決しようとする場合にも、この小説のうちには推理が最も重点を置かれることになる。推理小説のうちには、当然歴史的、従って考証的の小説が入ってよいであろう。

森鷗外の歴史小説、特に「大塩平八郎」の如き、「左甚五郎」の如きは、そのような意味で、推理小説のうちに入れることも出来る。このような例をあげると、それは探偵小説や科学小説と似ても似つかぬものとも見られるであろうが、その形態上の相似はないけれども推理上ではかなり近いものと見ることが出来るからである。

ジクムント・フロイドの「ミケランヂェロのモーゼ」の如きは歴史的・考証的の論文であるが、小説よりも興味深い叙述で出来ている。私はあれを小説として翻訳することが立派に出来ると考えて、翻訳を試みてみた。（私の編輯している推理小説叢書の一冊として近く出すことになっている）

更にたとえばシュリーマンの希臘《ギリシャ》発掘の記録の如きもまた、この意味では推理小説として書きつづることの立派に出来るものと考える。

日本では、松岡譲の天山北路の探険考証の小説のようないい例がある。

4　思索的・哲学的

思想を取り扱った小説は、日本には類例が少ないが、森鷗外「かのように」の如きは、ファイヒンゲルの哲学を、その推理を追って小説としたものであるし、これも立派に推理小説の一つの模型である。

森鷗外には、そのような傾向が強く、例えば「妄想」の如き「沈黙の塔」の如きはその例としてよいであろうし、その意味では芥川龍之介「ある阿呆の一生」「河童」の如きは思想を取り扱ったものとしてよいと思うので、その形態の甚だしく逸脱していることを気にかけないならば、思索的の小説という意味で推理小説のうちに含まれてもよいと私は考える。

しかしここにも困難な問題がある。それは、思索的の問題をとり扱い、思想を取り扱えばそれだけで推理小説と言ってよいかという疑問である。次節にのべる心理的という問題についても共通である。

思索は、結局、それを一つの興味のある哲学として取り扱う時にはじめて推理小説のうちに入り得るのではないであろうかと、単に漠然と考えておいてみたい。

5　心理的・内観的

さて、推理小説のうちに、最初にあげたいものを、私は故意にあとにしたのであるが、心理的の推理を主眼としたものは、勿論推理小説と言ってよい。

しかし、この問題については、いろいろの議論があるであろう。と言うのは、凡ての小説が心理的の推理のないものはない。もし、心理的の推理という意味で、推理小説と呼ぶならば、あらゆる小説が推理小説のうちに含まれてしまうであろう。そうなると、推理小説という類概念は、あまりに広げられ過ぎてしまって最早や一つの類概念として成立しなくなるであろう、という議論である。

これに凡ての小説に対する問題があるので、めんどうなことを考えたくない人達は、すぐにこの議論に立脚して、小説を分類したり、その類名を冠したりすることはやめたらいいと言い出すであろう。

実際に、小説に類名をつけることは好ましくない。日本の、特に通俗雑誌でよくやる、家庭小説であるとか恋愛小説であるとか、時代小説であるとか、その意味では純文学であるとか、純粋小説であるとか、大衆文学であるとか、社会小説であるとか言うのはよろしくないと言える。

アメリカにもないではない。ウェスタァーンものと言えば歴史もののうちの一種の大衆小説を意味し、ミステリーと言えば怪奇小説と推理小説とを意味しているが、しかし、このようなものの氾濫は好ましくないが、意味のある類名は、雑誌の上で売るという名で、文学論理に取り扱えるものに限って、必要でもあるし、意味もあると言えるであろう。

推理小説というのは、このような文学評論的の意味の充分にあるものとして取り扱えると思うが、そうなると、単に心理的と言うのであってはそれだけで推理小説とすることが出来ないのは当然である。

そこに、私は、推理小説のうちに最も多く人間の心理的の推理を、何か具体的の事件、生産、言わば、そのために具体的の結果を生ずる心理的の問題に限って推理小説のうちに入るとしなくてはならぬと思う。

しかし一方に、その心理的推理の方法に具体的の立脚地があるものは、恐らくやはり含まれると見てよいであろう。例えば、プルーストやモオリヤックの如き人の小説のあるものは、その内観的の方法が、方法として極めて具体化されているのがある。そしてそれは一読して推理小説としてよいと思われるのがある。

この意味では思索的のものについても同じで、それが哲学的の方法に結合して出来たものについて、言うべきではないかと前節で述べたのが、それに当るのである。

6 結論

文学評論的に推理小説というものが類概念として成立すると思うが、そのためには、なお将来の努力にかかる点が多い。

作家のものを研究的に取り扱ってこの類概念をはっきりさせる道もあるし、それにはその場的の努力が必要であろうけれども、成立せしめる根拠はあると思う。

しかし、その類概念の上に立って、将来の努力によって、一つの新らしい小説の道を拓いてゆくということが、必ず立派な実を結ぶことになるとの予想も、私はかなり強くもっている。

そして文学というものが発展してゆく時には、必ずこのような将来の努力をかけた試みが現われるものと考えるので、推理小説についての顧慮が、作家にも読者にも望ましいというのが、私の結論である。

探偵小説入門

探偵小説は日本では馬鹿にされきっている。それは単なる娯楽よみもの、スリル読物、エログロ読物となっているからである。

そうでなければいいと思うが、それは各人各説で、そうであるべきだという人もある。であるから、そう考えている人の入門指導と、僕の入門指導とはまるで違うだろう。何か一せいに攻撃される感じがするが、しかし、こうも考えられる。それが何か新しくこの小説に志す人に刺戟ともなり、また真の心うつものともなり得れば、妨げにはならぬと思うので、請いにまかせてかくことにしよう。

（一）探偵小説はまだきまった形というものはない。これは、文学いや小説というものにきまった形がないのと同じなのだが、そのことが議論となるような奇妙な文学なのである。

探偵小説はポオに始まる。ポオの死後約一〇〇年になっているから、まず百年前ぐらいから始まったのである。ポオが五六篇の立派な探偵小説をかき、それが今までの小説と大へん違っていたのである。それで人類はこんな小説、こんな文学もあるものかと、始めて知ったのである。

あとから考えるとポオ以前にも探偵小説だと言っていいようなものもある。しかし、人類をしてこのような小説ジャンルがあることを示した初めの人は、何といってもポオであるとしてよいであろう。だから、探偵小説はあまり古い歴史を持っていない。特に、短篇の探偵小説はまずひどく新らしい文学ジャンルであると断定していいだろう。

ポオについで短篇探偵小説の立派な作品をかいたのはコナン・ドイルである。この二人の偉大なる作家が、殆ど短篇探偵小説の形式と内容とをきめてしまったかと思われたのは、この二人が偉かったからである。しかし必ずしもこの二人の形式だけが探偵小説ではない。チェスタートン、それからフリーマンのような形式も立派に探偵小説である。シメノンの短篇も立派な別の形式である。その意味では、これからも、ポオ、ドイルの外にいろいろな形式が発明されるはずで、それを志してよい。モウパッサンやソマセット・モームの短篇のうちに、形式は異る（というのは文学として、人間を描こうと努力しているから）が探偵小説はある。オ・ヘンリイのうちにもある。これらの形式はポオやドイルとひどく異るが、しかし探偵小説である。

しからば、探偵小説は形式できまるものではない。その内容、その取り扱い方できまるのだと申してよい。

ところが形式論が人々を捉える。そしてポオ、ドイルの形式でないものは、探偵小説ではないと言う人がある。その人その人の考え方だから、そう言ってもいいはずだが、しかし、その人にも他人を制禦する権利はないし、力もあるまい。

短篇小説の外に長篇小説もいろいろ現われた。クロフツ、フィルポッツの如き作家につづいてヴァン・ダイン――更にエラリ・クイーンそれからアガサ・クリスチなどがいろいろの形式を出したが、どこか共通している。この場合にも全く同じで、決して長篇小説だからと言って、探偵小説は形式がきまっているわけのものではない。これにもあらゆる新形式が生ずるはずである。

（二）では形式でないとするなら、何で探偵小説を独特のものと認めるのか。これは内容である。

この内容は（A）トリックの発明　（B）意外性のある解決　（C）物的推理の駆使の三つである。

そこで、探偵小説は謎があり、物的推理があり、解決があり、しかもその謎が犯罪でもよしそうでなくてもよいが、とにかく最小これだけの内容をもっていなくてはならぬのである、とせられて来た。それがいままでの、いや現在でも、探偵小説成立の根本的の要求であるとされている。それでよいのであるかという問題はあとまわしにしよう。この三条件がともにそなわっていると、恐らく誰でもそれを探偵小説と認めるであろう。それは現在の日本の探偵小説界の主潮なのである。

私にもこれには異議はない。ただ私はこれだけでは足らない。将来の探偵小説のためにはこれだけでは困るというのである。困るといっても、それは枝葉末節であろう。大切なものはこのうちに含まれているであろうと、誰かいうかも知れない。僕はそれに対していうのである。大切なものが入っていないのだ。それが困るのであるから根本的に困るのだ。否、この三つだけでは大切なものが入っていないのだ。それが困るのであるから根本的に困るのだ。否、この三つうのである。では、大切なものと僕のいうのは何か。それは次のものである。この三つを含む物語といえば、必ずしも犯罪である必要はないが、犯罪物語にいちばん必要なものであるから、小説の題材としては犯罪をえらぶであろう。

犯罪と言っても大小さまざまある。あまり人の関心を引かないものもあるし、大いに心をそそるのもある。このようなもののうち、人類の最大のタブウに触れている犯罪がいちばん人の心を引くことはまちがいがない。とすると、それはまず殺人事件である。

殺人事件もうっかり誤って殺したなどということでは面白くない。どうしても発覚をしない工夫をし、智的に計画を立て、そしてうまく成功しているのでないといけない。それには新らしいトリック、人類の今まで知らなかったトリックが必要である。——こうして、ここにあげた三箇条の条件は、殺人物語をかくときには生き生きとしてくるであろう。だから今まで探偵小説といえば殺人小説であり、そして、表題も「××殺人事件」とか「××の秘密」とかいう題のものが多かった。ドストイエフスキイの「罪と罰」などが殺人小説でありながら、それをうたわず、その小説の永遠のテーマである「罪と罰」とを表題にしているのとは甚だちがうのである。

さて、犯罪は誰がおかすのであるか。それは人間である。空よりおちた墜星がおかしたり、顚覆の汽車が犯したりしたのでもよいが、それが人間の意志に関係がない殺人は、犯罪とはならぬし、また探偵小説のテーマにもならない。犯罪は必ず人間が犯すのである。人間が犯罪を犯すには必ず動機がある。動機なき殺人だというならば、動機のない理由即ち動機のないことの動機がある。

そこで僕のいうのは三つの条件の外に、動機が描かれていなくてはならぬということである。従来の探偵小説にも勿論、動機は描かれていた。しかし必要な条件のうちには入っていない。だから金をとるため、恋の嫉妬のため、――とそういうことである。つまり真に必要な条件となっていれば、これに相当の主力をそそがれるが、そうでないから甚だ類型的である。「金か」「そうか」といった次第である。

ところが、僕はこれが最も重大な条件で、上にあげた三つの条件などは、むしろこの条件の下にあるとすら言いたい。殺人事件でも、他の犯罪事件でも、動機がユニークなものでなければ小説にはならぬ。このことは将来の探偵小説に対する修業の第一に注目しなくてはならぬことである。しかし、僕と反対の立場に立つ人々は、このような提言を批難するだろう。特に初めの三条件よりもはるかに上に置くというに至っては、高太郎狂気せるかと怒るに違いない。いやそれよりももっと大いなる非難を発するであろう。それは高太郎遂に探偵小説を否定すと言うに違いない。

しかしここで狂し、ここで否定するのは「従来の探偵小説」についてであって、決して将来の探偵小説についてではない。しかもここに入門書をかくのは、将来の探偵小説についてである。

(三) 動機はいったい何からくるか。それは類型的に人間の悪しき慾望からくると考えてしまえば、それまでのことである。しかし、いったん類型的な心理をはなれて、人間そのものを探求してゆくと、実に動機こそは無限の広野であり、その修業こそは、真の文学の修業である。

人間心理の巨大なルツボはここにひそんでいるのだ。

こうして探偵小説の修業も、人間の研究、文学の研究に触れなくては出来ない。探偵小説は文学ではないという考え方とは、この意味が恐らく判らないからであろう。動機を第一とする理由は、動機が異れば必然的にトリックも異ってくるのに違いない。それは動機こそは人間の真の存在、人間の真の生活、人間の真の性格より発するものであって、それは人間の顔の異るように異る。

勿論、それが人間性に根ざすことは一般である。しかし、小説というものは一般心理を描くものではなく、人間性一般、即ちヒューマニティーの大いなる流れが、その人間、その生活にはいかなる具体的の形をととのえて出現しているかを描くのである。それが「心理学」や「犯罪学」と小説と異るところであり、それがなければ小説はないからである。

故に動機を描くことになるとまず人間の生活が描かれねばならぬ。人間の性格が描かれねばならぬ。

従来の探偵小説にはこれがなかった。なかっただけではない。不必要とされていた。金持ちは金持ちで放蕩である。学者は学者でボクネン人である。人妻は人妻で浮気である。未亡人は未亡人で人にだまされるという風に、従来は類型はあるが人間はなかった。何故なら人間はほんの添えもので、トリックと、物的推理と、意外なる解決とのカイライであり、操り人形でしかなかったからである。

しかし、人間が具体的に生活し、その生活よりトリックが案出されることが気付かれてくると、トリックそのものが既に生きているのである。そうなってはじめて真に待望する探偵小説が生れるであろう。

（四）人間を描くには、作者に思想がなくてはならぬ。それが厭世思想のもち主であるか、社会思想の持ち主であるかにより、その作者の作品のうちに現われてくる人間、その人間の性格、その人間の生活は自ずと異って来る。

ここで思想というと誤解する人もあろうが、それはドストイエフスキイはドストイエフスキイの作品をかいた。それは他の作家と異る。ゴルスワージイはゴルスワージイの作品をかいた。一行といえどもゴルスワージイならざるものはない。ソマセット・モームは、モームの作品をかいた。このような大衆的、類型的の傾向のある作者でも、彼の作品は他の作家の作品ではない。それは、その作品に彼の思想が貫いているからである。

探偵小説もまた、作者の生涯を以って描かれていなくては文学ではない。その作者の成長が一作ごとに刻印せられていなくてはならぬ。彼の抱く文学が深くなると共に深くなるものでなければならぬ。

こういうと、多くの人々が僕を馬鹿にしはじめる。ドン・キホテは相手にならぬという。探偵小説を語るのに、ドストイエフスキイやゴルスワージイやモームを引いてくるのは馬鹿者に類するといいうかも知れない。いや今まで、いつも僕はよく言われて来た。しかし、将来の作者たらんとする人々に、もし僕が正直にすすめるならば、僕はどうしてもこれを最後に言わないではいられない。この点では、まことに因果なことであると歎く外はない。

(五) いかなる勉強をすべきかと聞かれれば、僕は答える。初の三つの条件については、ポオ。ドイル。ヴァン・ダイン。クリスティ。クイーンを研究せよ。あとの二つの条件についてはーーそれは文学の歴史のうちの重要な作品はみな学ばねばならない。そしてはじめて将来の探偵小説の修業が出来る。

これが僕の結論である。この結論をのべると、僕は恐らく最後の意地悪い攻撃をうけるであろう。それは「お前はそれをやったか」という、最大のアッパア・カットである。それについては僕は二つの答のどちらかで防戦しよう。その一つは「今や、僕もその修業の第一歩を踏み出している。僕も長夜の夢から、全くさめた。これからは、僕の生命の長さで、これに答えるより外はない」というのであり、もう一つは、一歩をすすめて「このようなアッパア・カットは、僕の要求した修業をすっかりすまして、なおかつ僕の理論の誤りを指摘する人でないならば、僕はその攻撃の資格のある人とは思わない」という答である。

探偵小説についての新論

探偵小説とはいったいどういう小説であるか、そしてその将来はどうなるか、これが私に与えられた題目である。

現在海外の探偵小説に就ては江戸川乱歩が、日本の探偵小説に就ては中島河太郎が、その独自な見解にもとづいて論陣を張って居られるが、私は、一体、探偵小説というものはどういう小説なのか、また、探偵小説の将来がどのような方向を辿って行くであろうか、ということに就て考えてみたいと思う。

大まかに言って、探偵小説というものは、所謂探偵が出て来て、いろんな犯罪事件を解決する小説だと一般の読者には思われている。しかし、探偵小説の本質をしかく簡単に言い現す事は出来ない。

探偵小説が、エドガー・アラン・ポーに始まり、各国で、この手法に基いた小説が読まれるようになってから、まだ百年そこそこである。歴史は百年そこそこであるが、現在この小説の本質がどんなものであるかということに就ては、探偵作家は、夫々深刻に悩んでいるのである。単に探偵が出て来て事件を解決する小説だと一口に言ってしまうことは出来ない。

こんど小説新潮に松本清張が、探偵小説を書いている。これは相当面白い。立派な作品だと思うが、長い間、探偵小説を書いた人なら、ああいう探偵小説は書かない。

書かないと言うよりか、ああしたものは書きたくなってしまうのである。一般的に言って、従来の探偵小説の形式やトリックの使い方で、探偵小説を十篇も書けば、いやになってしまう。そして深刻に悩むようになる。

ここが純文学との違いで、純文学作家であるならば、勝手な方向へ進出することが出来る。

しかし、探偵小説には、残念ながら探偵小説としての制約がある。

それならば、その制約とは何か？　いったい、探偵小説というものはどんな小説かと言えば、探偵小説の制約は次の三つに圧縮することが出来るだろう。
（一）　謎――まずこの小説には謎がなければならないということである。
（二）　推理――第二は、推理していかなければならない小説であること。
（三）　解決――第三には解決がなくてはならない。探偵小説といわれるものに解決がないのはあり得ない。しかし、この解決に就いては一見解決がないように思われる小説もあるが、よく計算すれば解決があるという小説もある。つまり文章そのものには解決がないように思われても読者が綿密に計算して行けば解決があるという探偵小説である。一見解決が無いように思われるだけで前記には当てはまっている。
ひるがえって純文学には、この解決というものは必要ではない。女は涙を流して部屋を出ていった……と事件中途で女が消え去っても、純文学なら余韻嫋々《じょうじょう》というわけで、大変読者が喜ぶのである。

まず第一の「謎」であるが、この謎が、単純なものでは困るのである。例えば、五円玉が床の上をころがって無くなってしまったというような謎では困る。これはやはりその極限として殺人に関するものが多い。何故、殺人が行われたか、その謎を解いて行くということが探偵小説の一つの要素になっているのである。だから、従来の探偵小説が殺人を重要な要素として考えている以上、殺人がタブーになっている国でしか探偵小説はさかんにならないわけである。人を殺すのが何でもない国では、探偵小説は起って来ないわけである。

国家が優先して、割合に死刑が簡単に行われているソ連ではあまり探偵小説は読まれていないし、また書かれてもいない。

生殺与奪が権力の手に握られている国ではあまり探偵小説は読まれていないということである。また、第二の推理に就て言えば、普通の小説と違って、こうなればこうなるだろうという抽象的な意味においての推理、観念的な推理ではいけない。探偵小説になるためには、物的証拠がなくてはならない。探偵が調査して、物的証拠を摑んだ上での推理でなければならない。これは、普通の小説では必ずしも必要ではない要素である。

第三の解決に就ては、立派な探偵小説は意外性がともなわなければならない。しかも意外性の上に意外性が積み重ねられたものがよい。これをどんでん返しと我々は言っているがしかしこの意外性も三つ以上は無理である。本筋が解らなくなってしまう。犯人だと思ったのが意外にも犯人ではなく他に犯人があったという意外性である。この三つの条件が探偵小説の要素であるが、ところがこの三つを考慮しながら作品を書いてゆくと、十篇も書くとうんざりしてしまう。職人のように品物を造るという考えだけにおち入ってしまうのだ。

作家としてこの気持はたまらないものである。いわゆるマンネリズムになるのはいやだ。

純文学の作家ならばこの障害をつきやぶって他の方面へ新境地を求めるということになるのだが、探偵作家にはそれが容易でない。

新しい面を切り拓こうと努力する。そして悩む。対象に新生面を拓くことも一方法である。小説の対象をアヘン窟に求め、また男色に求め飛行機や電波の科学に求めたりして、新生面を拓こうとする。これも結構なことであるが、それ丈では、またすぐに満足が出来ない境地へ到達してしまう。

過去百年の探偵小説の歴史において作家はこの悩を経験していないものはないと思うが、対象の面ばかりではなく、探偵小説を画く手法においても新しい方向を辿った努力がなされている。例えば、ハードボイルド派などがこれである。ハードボイルド流の文学は、非情の文学とも言われ、客観の文学とも言われる。

ハメットに始まり、ガードナーなどもこの手法で探偵小説を書いているが、この傾向は純文学にも影響し、ヘミングウェイ等もこの手法をとり入れている。

ハードボイルドの手法というのは、描写の方法に主観が全然入らないのである。

極端な例を云えば、A子はB太郎と接吻した。と作者は書く。作者はその場合、A子の心理も、B太郎の心理も全然書かないのである。「A子が『あたしあなた大好き……』と云ってB太郎に接吻する。二人は恋愛関係にあった……」というようには書かない。A子とB太郎が、恋愛関係にあって接吻したのかどうかは全然読者には解らない。憎しみ合っているが、表面的に妖婦的に接吻しているのかどうかも解らない。読者がどのように解釈しようと勝手なのである。結末に行ってああ、あの時は、あれはああだったのかと思う。ただ、行動だけ書くので、非常にスピーディーである。ヘミングウェイの『老人と海』等もこの手法をとり入れているし、アンドレ・ジイド等のほめたのもこの法とその影響である。

しかし、対象の問題にしろ、ハードボイルド調の描写方法にしろ、これは探偵小説の本質を衝いているものではない。探偵小説でもなければ、それが進む方向を示しているものではないのである。ただ描写の方法論に過ぎないと言えるのである。

どういうところに探偵小説があるかという疑問にこたえてくれるものではない。

前述したように、ポー以来の探偵小説は、謎、推理、解決の枠があった。この枠にとじこめられているかぎりトリックが問題となってくる。奇想天外なトリックを中心とした探偵小説を書くことが探偵作家の目標であった。

しかし、このトリック中心主義に就てもいろいろ議論がある。

江戸川乱歩氏は、その探偵小説論において、トリック中心主義を主張して居られる。これはポー以来の探偵小説の歴史を振り返えれば当然なのである。しかし、トリックを中心に考えて行くと、その小説に登場する人物は、どうしても道具になってしまう。そして生きて来ない。トリックを完成させるために、むしろ人間の配置をつくるような、恰好になってしまうのだ。

私は、この主張に対して、早くから探偵小説はまず、生きた人間を描かなければならない。トリックは勿論必要であるが、そのトリックを考えるのは人間であるし、生きた人間が考え出すようなトリックであらねばならない。山を知らない人が山を主題にしたトリックを書く事は不可能であるように、まずその人間が書かれていなければならないと、主張した。

大下宇陀児氏は、私のこの説にやや賛成である。そしてその小説に生きた人間を登場させているし、また社会性のあるテーマにとり組んで居られる。「石の下の記録」から先日単行本になった「虚像」にも、この努力がなされていると思う。

現状の探偵小説に対する主張は以上のようである。

しかし、他の作家はともかく私はこの探偵小説の現状に就て深刻に悩んでいるのである。私の探偵小説の考え方、本質論もこのままでは自分を納得させることが出来ないのである。どこかへ、ふっ切《い》って行かなければ満足しない。新しい文学が、別な形で書かれなければならないと深く信じているのだ。

探偵小説についての新論

私が最近、探偵小説が進んで行く方向として考えついたことは探偵小説は「人間の智慧の勝利」を主題とした小説であるということである。

永井荷風や丹羽文雄が書いている小説を純文学と名づける。すると「人間の智慧の勝利」を画く小説は探偵小説だと言うのである。探偵小説と言って悪ければ、推理小説と名づけてもよいだろう。

私は、これからの探偵小説の本質をこのように考える。

例えば、ウイリアム・アイリッシュの小説に「義足をつけた犬」という小説があるが、そのストリーは、犬をつれた盲人の乞食が毎日、公園で物乞いをしている。この乞食を利用して、ある悪者が麻薬の取引をする。盲人はその不自由な身体で、その悪人の住居をつきとめ、遂に悪に勝つという筋であった。これこそ、人間の智慧の勝利である。その盲人と麻薬の密売者とを比べた時、体力は千分の一だし、また財力に就ても比べものにならないし、一方は自動車を持ち、他方は犬にひかれて歩くという極端なハンディキャップを持つ。しかしながらその智慧が、密売者を屈伏せしめるのである。完全なる智慧の勝利と言い得るだろう。

本質をかく考えると、これからの探偵小説の進み得る方向があるし、行き詰った現実の壁をつき破ったかなたに拓けている沃土があると思うのだ。

純文学には、この智慧を画く小説というものはないのだ。むしろ純文学と智慧とは背馳《はいち》しているのである。純文学は智慧よりも、情の文学である。推理小説は智慧の文学である。その智慧なるものは必ず謎に向けられる。謎を解くということになり、犯罪に向けられる。犯人を逮捕するということになる。

より勝れた智慧が、集団の暴力に勝ち、また機械力にも勝つという、向けられるところはどこでもよいが、今までの所謂、純文学にない一つのジャンルを創造する根拠としてこの考え方がその方向であると思うのである。

極端に言えば、従来の小説は、殴るか泣き落すか、どちらかの情にうったえる文学であるが、智慧の加わった小説が現われて来れば、それは必ず推理小説になると言えると思う。

ドイルや、ポーや、ハードボイルド派にもない新鮮な形において探偵小説が脱皮することが希ましいことであるし、また、私が、最近たどりついた探偵小説に対する本質論はそれである。

そしてまた、「智慧の勝利」ということは人間自然の欲求の現れでもある。

卑近な例であるが、ここに美しい女がいる。しかし残念ながら馬鹿であり、白痴である。そして他にあまり美しくない女がいる。しかしその婦人は、智慧があって、貴方に手の届くように世話をしてくれるとする。

もちろんその人が美人であれば問題はないが、前者の美人ではあるが白痴の婦人と比べたら、少しは美人でなくても頭の良い婦人を対象に考えたいのがこれからの男の慾求であると思う。

この人間の自然の慾求としての智慧を主題とした推理小説こそ、今後の新しい方向を指向するものであると信じたい。

探偵小説の本質

(一) 甲賀三郎との論争

探偵小説について、私が甲賀三郎と論争致しましたのは、探偵小説を書き始めて一年目か二年目のことであります。探偵小説を書いて経験のある方はすぐおわかりになると思いますが、その一年目、または二年目という時が、探偵小説を書くのがつまらなくなるときなのです。この一年目とか二年目を通り越して二、三年目になりますと、それで金も入るし、世の中にもてはやされるし、まずこれで行こうという気持になることと思います。さてこの一、二年というところが、どうにもがまんができなくなる時です。つまり探偵小説を書くことが面白くなくなってしまうのです。またなにかウソをこしらえて、そしてまことしやかに書くのがいやになる。いやならやめたらよかろうという考えもありますが、やはりやらなければならない。そこで非常につまらなくなるものです。魂をうちこんで書くようなものを書きたい。その時、なんとか新しいやり方を考えることになります。

ポー以来、コナン・ドイルにしても、その他の現在にいたる作家達が築き上げたものは、まことにりっぱなものではありますけれども、いつもこれでは不満足をおぼえるというわけです。その不満を出してみたいという感じから、私は恐らく甲賀三郎と論争をしたのです。彼が探偵小説は文学ではないということをいいだしたので、それに対して、わが心の不満をなんとか吐いてみたいということが論争になったのです。けっきょくは、探偵小説というものを愛するからこそ論争したので、甲賀三郎を憎いとか、いやだとかいうことを考えたことはないのです。

（二）探偵小説は文学ではない

私は本格探偵小説論者です。しかし、今本格といわれている小説が最上のものと考えていないのですから、ここでそう申すと誤解を来しますが、どうも探偵小説が文学でないということであると不満足である。なんとか文学であってもらいたいと考えたのでした。しかしそう考える心の底には、現在のものは文学ではないということが承認せられているのでした。今はっきり、私はそう思いますが、当時はそれすら確信がつかず、これでありながら文学論などを唱えているのです。

今はしかし第一にこのことを決定して進んでゆきましょう。紙にかかれたもので、小説めいたものならば、何でも文学だという立場もあります。そういう立場では江戸川乱歩のものも野村胡堂のものも文学です。私のものも文学です。それでよいと考えているならば何をいう必要もない。ところが、江戸川乱歩のものも野村胡堂のものも、私のものも文学ではないのです。否この三人のものだけではありません。ドイルもヴァン・ダインもエラリー・クウィーンも文学ではありません。それですから、事が重大なのです。しかし今は、正にそのような作家のもの（今六人をあげてありますので六人を考えていますす）は何故文学ではないのですか。まずそれを決定してゆく必要がありますす。それは、既に甲賀三郎も江戸川乱歩も言っているように、それまで六人の作家のものは、

（一）　トリックがあって

（二）　人物がそのトリックに相応しいようにつくられている

という二条件にしばられているからです。それが探偵小説の本質なのだからです。ではこのような本質では何故文学が生じないか、それはこの本質から読みものとして三つの条件が生じてくるからです。

（一）　謎があること。人殺しは最上の謎となります。この人殺しのうちにトリックがかくされるのが一番トリックとしての本質が生きてくるのです。
（二）　物的証拠を用いた推理があること。これも探偵小説の条件ですが、これは歴史小説にも考証小説にもそれから、普通の小説にもあることが出来る。文学として決して矛盾しない条件です。
（三）　意外な解決があるということ。解決、これは文学にはない条件です、否これが条件としてあると文学は少々困ります。しかし、完全に困るわけではないのですから、これはやはり文学と背馳するわけではありません。意外も、そうです、文学と背馳をしません。しかし探偵小説の意外性はその本質、即ちトリックから出てくるわけですから、この出源は異ります。
ですから文学とならぬのは、人間が先きでなくて、トリックがさきだからです。このことは探偵小説がトリックを中心としてうごくものである以上、どうしても否定されません。

（三）　探偵小説文学論

そこで、私の探偵小説文学論というのは、現在探偵小説が文学だという主張ではないのです。しかし、将来、文学になる見込みはないのではない。これは次にのべるような理論にもとづく。それでもしも、そういうことが出来るとしたら、それは文学でもあり、探偵小説でもあるものであるというのです。

即ち私の探偵小説文学論というのは一つの理想論なのであります。しかもこの理想論も、どうせ変った文学をやるなら、元気をつけたらよかろうという考えもあり、しかも、そういうものが出来たら最高文学であるとしました。いままでなかったような文学が、これから生まれるに違いない。そしていままで千五百年も二千年もいろいろな人が文学をやって、たくさん人が出たが、それが思いつかなかったようなことができるようなら、まず最高といってもよい。探偵小説最高文学論というのが出て来ました。最高という言葉に対しても非常に批難があったのであります。またいまでもその通りであると思いますが、しかし賛成の方もないわけではない。私はそんな道を歩んで、現在まで来たのであります。そのような考え方から、どうしても出て来ます考え方はこういう言葉です。それは、探偵小説はポーから始源してまだ百年やっただけじゃないか、これから生れてくる人が、すばらしい別の形のもの、いや新らしい別のものを生むことだってないとはいえない。あってもらいたいのだというのです。この言葉は非常にいい言葉だと思って、しょっちゅう使っていましたが、今年の初めに、中島河太郎が、私と名指さないが、その考え方を引用して、探偵小説の本質というものがきまっていれば、それからいろいろな形が出て来るということも考えられるけれども、その本質が三つの条件というものであれば、その出て来るであろうという形式がいままでのものと変ったものではあり得ない。それはむしろ無意味な言論ではないかということを指摘しました。私はそれをみて、ショックをうけたと同時に、なるほどそうだった。探偵小説というものの本質が、既にあげた三つの条件にあるなら別の形式が出るはずはない。探偵小説の本質が果してあの三つの条件なのかをまず考えなければならぬと深く感ずるに至りました。中島河太郎はそう論じて、そこで重大な結論を引き出しました。それは探偵小説は従来のやり方で細々と行くか、既にトリックが出つくしたのだから、探偵小説はこれから衰微する一方であるというのです。

そこで再び探偵小説を書きはじめて一年か二年したそのときと同じような非常な苦悩に陥ったのであります。その苦悩のあげく、探偵小説本質論というものをもっともっと考えなければならないということに思い至って参ったのであります。謎がある。そして物的の証拠を用いた推理があって、そして意外な解決がある。この三つの形式、これはポー以来、ドイルあるいはその他の諸君がはっきり決めた形でありますけれども、これは本質じゃない。それは本質から生じてくる一つの形にすぎないのです。そのことは、あとで本質論を申し上げればすぐ判っていただけることなのです。

(四)アメリカ探偵小説の爛熟

(附)大下宇陀児の偉業

そう考えて現在のアメリカ探偵小説界をながめてみましょう。すると、三つの条件のことで何か新味を出そうとしてあがいている状況が非常によく見えます。

例えば、エラリー・クウィーンのあの連中をみて下さい。ガードナアはどうでしょうか。あれは時々法廷場面を描くことによって、新味を出しています。ダシエル・ハメットはどうでしょうか。あれはハードボイルド、即ち純客観描写で新味を出しています。これはもう愛するとか憎むとかいいません。いきなり接吻するとか、なぐりつけるとかいう、全く没心理の方法を求めました。スピレーンはどうでしょうか。ハードボイルド以上にエロを極端に出します。

もし心理的のものを脱却しないでエロを出すと、これは既に日本の江戸川乱歩が先輩です。ところがスピレーンは乱歩をうらがえして、アメリカに乱歩時代を現出したのです。

その他アルコールを中心とし、オッカルティズムを中心とし、更にむしろ架空のトリックであればあるほどよいと考えているディクスン・カアの如き小説家もまた一方の雄をなしています。

すべてこれらのあがきは、本質の研究から出ないで、三つの条件をあくまで探偵小説の助からぬ条件と考えていったものです。この結果はますます文学でないか、あるいは架空という点の燃焼で一種の文学へと近づいているに過ぎません。

しかし、小説というものの本質はそんなものではないはずです。小説は人間を描くものです。真実を、そして生活を、しかり生命を描くものです。いかなる架空といえどもそれが生命をかけても惜しくない架空とならなければ、例えばリラダンにならなくては小説とはなりますまい。これではじめて文学なのです。

そこで、三つの条件を守りながら人間を描く方法を求めた人があります。その意味では、私はこれを高く評価するのですが、大下宇陀児が社会を、戦後の世相と特に年少の人間の社会を描こうとしました。それは彼の「石の下の記録」よりはじまって、「虚像」に至ってかなり完璧に近づいたといってよいでしょう。

これは、探偵小説家の一つの創意です。しかもアメリカなどに先がけて彼がその方向に歩んだことは、一つの偉とするに足りましょう。

しかし、それにしても大下宇陀児がまだ悩んでいるのは何故でしょうか。それは、やはり社会を描いても、探偵小説の三つの条件を形として守る以上はどうしても文学に迫るのが困難だからです。

これはどうしても本質より考え直す必要があります。本質はもっと別にあって、本質の一つの形が、この三つの鉄則となって現われたものであるというように考えて行かなければウソだというように私は思ってくるに至りました。

(五) 探偵小説の本質

私はそう思いまして、それじゃ本質というものはどんなものであるか、それはいままでの文学になかったことはもちろんです。なかったら、少しもおそれる必要はない。どういうものであろうかということを深く考えてよいと思いまして、結局考えついたのは次に述べるようなものなのです。そういうことを思い到って参りますとなるほどそうだったのだ、自分はまだまだ考えが足りなかったのだ。ともかくもそういうふうに考えて、自分は探偵小説というものをまた見直してみたいという考えに立至りましたわけです。

まず探偵小説は文学であると仮定します。ところが今までの文学とは違っている。どこが違っているか。それを、本質が違っていると考えますとはじめて気付いてくることがあります。

いままでの文学はあこがれの文学でありました。恋変小説もありますし、人生小説もあるし、いろいろあります。なにかをあこがれている文学である。なにかを嘆く文学でもありました。非常に悲しい人生の運命を嘆く文学でありました。即ちあらゆる意味で慰めの文学でありました。ところが、いままでの文学を検討してみますと一つだけいままでの文学の持たなかった、人間の非常に重要なものが残されていました。それは文学にはならないものというふうに思われているものです。これはどういうものかというと、人間の理智であります。このことはおぼろげながら論じられていました。これで「探偵小説は理智の文学」であると、誰かも、私共も言っていました。そう書いた印刷物を探がせばいくらも出てきます。

しかし、その時に、理智と申しましたものは、探偵小説のうちの推理が理智を用いているからであって、決してこれが探偵小説の本質だと考えたわけではありません。

あとから、自分を理窟づける人は、いや、その時から自分は理智というものを本質と認めていたといい張るでしょう。これは空虚な主張です。

何故ならば、理智の文学などと申しましたが、それは自然科学を用いて推理をし、物的証拠を用いて推理をするからです。決してそれを本質と言ったのではないのです。こじつけはいくらでも出来るが、そんなことをしていても何の役にも立ちますまい。

ここで私は、誤解のないように、理智といわずに知恵と呼びましょう。智恵です。それは暴力よりも勝つことが出来る。人間の悲惨な運命にも勝つことが出来る。なによりも智恵というものはそれをよく働かせれば勝利をしめることが出来るものだ。その智恵の勝利を描いた文学というものは今まで一つもなかったと私には思われるのです。戦争の勝利を書いた文学はあります。しかし、それは智恵の勝利じゃない。成功した人の伝記をかいたのがあります。それから、立志小説があります。しかしそれは私の考えている智恵の勝利を描いたものではありません。やはり、人間の慰め、訴え、あきらめを描いたものです。

たった一つの智恵だけで、人生に打勝つことができる。うちかつことが出来る。暴力にうちかつ、悲しみにうち勝つ、そういうのが智恵の勝利であり、それを高らかにうたう文学というものは、今まで人類は一つも持っていませんでした。

私の現在考えている探偵小説本質論は、それは人間がいままで持ってなかったこのような文学であります。人間の智恵の勝利を謳う文学であります。そういうふうに私は考えざるを得ないのでありますます。智恵の勝利は幾らでもあるじゃないか、自然科学を開発したのも智恵の勝利じゃないかというと、その通りであります。だが、しかし、それは文学じゃない。そのような人間がいまや原子力まで自由に自分の手の内ににぎりました。これは皆、智恵の勝利でありますが、その智恵の勝利を文学の形で小説の形でつくる。それが探偵小説です。原子力を開発した難かしい数学の伴った論文を私共はもっています。しかし文学のうちに、また小説のなかにこの新しいもの、いままで人類が一つも持たなかったもの、それを描くのを本質とするのは探偵小説です。探偵小説以外からそれらしいものをあげる人があったら、一々論駁してお目にかけることもできるだろうと思います。人間がかつて持ったことのないところの智恵の勝利を高らかに謳う文学、人間の暴力に対して、金力に対して、我らは権力に対してただ一つ智恵だけで勝つことができるということを高らかに謳おうとする文学であると考えるに至りました。

そう考えて、探偵小説の三つの条件のことを考えてみましょう。それは、今のべたような本質から出てくる一種の形式です。そしてこれがやはり今まで探偵小説としてここまで発展して来たのです。

そこで、私は、将来、この本質さえ失わなければ必ずしも三つの条件を守らないでも探偵小説が生れると考えるのです。そしてそれは三つの条件にしばられないことになると、これこそ正に文学として自由に発展すると考えるのです。

この意味で、中島河太郎が指摘したところに、私は参ったと同時に、私の探偵小説文学論は一つだけ理想に近づいたことを覚えるのです。

トリックと手品は子供のよみものでしかないでしょう。しかし、人間の智恵の勝利はそれこそ大人が喜んでよみ、喜んで書くものではないでしょうか。

従来の探偵小説を広くしてということも考えたことがありますが私は現在は、探偵小説から、その周辺を開拓し、純文学に行こうということなどは考えてもいないし出来るとも思っていません。それは本質に合うような、本質から出て来るような形は、まだまだ人間の生産するものとしていくつか変ったのが現われるに違いないというふうに考えます。それが私の探偵小説論で、二十年来そのことを考えて到達したものであります。この意味で、常に私の論敵となって私を啓発してくれた江戸川乱歩が用意している最後の駁論は、知っています。それはそんなことをいったってだめだ、やって実物をみせなければ駄目だということなのです。そうです。私もそう思います。一、二カ月前に、やっとその考えに到達したので、実物はこれからやるのです。勿論これからと申しても、すぐできるか、どうかわからない。それは文学の常であります。しかし批判というのはいきなり最後の止めをさすのが能ではないのですからこの本質論の駁論をも十分に伺いたい次第であります。

(六) 二三の補遺

私は探偵小説に拘泥しているのでしょうか。否私は探偵小説に拘泥するから、そういう考えに至ったのではありません。智恵の勝利を謳った新しい文学が出て来れば、それは探偵小説以上のものであるという議論もありますが、その考えこそ探偵小説に拘泥したと考えたのです。そういうものが出れば、みなさんが読み、我々が読んで、やはりこれも探偵小説だったと感じられるものに違いないという予期を私はもつのです。私は探偵小説イコール智恵の勝利を謳う小説と思うのです。しかも本格探偵小説だと必ず思われるに違いないと信ずる。本質論は、ものがなくてもいえるので、やはり三つの形式だけが、本格探偵小説だと思うのは、まちがいであると思うのです。

トリックは出つくしたといいます。しかし私は今までの探偵小説はそうであるが、智恵の勝利を謳う文学という立場をとると、ある一人の智恵に対するこちらの智恵の勝利、ある一人の暴力に対する智恵の勝利、それは無限のトリックを生んでいるといえます。これは日常私達が処世の際にその能力を用いているからです。子供の智恵にも勝利があります。その上の勝利もあります。最高級の本格探偵小説もまた智恵の勝利を描けます。少年探偵小説を読んでみますと、不満足なところがあるのは、少年の智恵を軽蔑している大人が書いたものだからです。最上級の世界の数人しか解らない問題をつかまえても、もちろん智恵の勝利がえがける。そこに本質の変らない本質からいえばどっちも立派なものと考えます。

私の技法

一、出発

昭和九年の初夏であった。海野十三がやって来て、探偵小説をかけという。海野十三が工学士佐野昌一であることは知っていた、というのは、当時財団法人「科学知識普及会」というのがあり「科学知識」という雑誌を出していたが、佐野昌一も私も寄稿者であり、やがて評議員となり、一二度評議員会で同席したことがあったからである。

この会は日本のあらゆる偉い科学者の集った会でその後、日本科学協会と改名したが、私の二十数年の経験では、日本で科学普及をするなどということは不可能で、いくら金をかけても駄目であると結論をすることになった。

そこでこの会は改名して、科学者の意見を交換する会としたが、結局今は科学書または研究書の自費出版を援助するという会になって、それが現代に必要なことであると見えてまず安定しているのである。

さて、佐野昌一工学士は知っていたが、その時に来たのは海野十三としてであって、思いがけない提案であった。

「どうして、そういうことを考えられたのですか」

「それは君が、科学知識に書いている、生理学の解説をよんで、それで君なら小説が書けると見込みをつけてきたのさ」

私が返事をしぶったのは文学が嫌いだったからではない。どうせ文学をやるなら詩を、自由詩をやりたい。――と兼ねて考えていたからであった。しかし、あの海野十三の人柄に接して一時間もすると、何とかあの人の言うことを承知してみたいという気を起すものである。「勉強してやってみます」と言って、一と夏の猶余を願った。

その夏、手当り次第に探偵小説をよみ、時に乱歩の「心理試験」に勇気づけられて処女作「網膜脈視症」をかきあげた。

今から考えると、この題はよろしくない。むしろ「血管の影」とすればよかったと思うが、受けとった水谷準は、その年の十一月の巻頭にのせてくれ、木々高太郎が誕生した。名前は海野十三がつけてくれたので、どうかと思ったが、やはりつかってみると、固定することは、本名でも何でも同じであると思うように、今はなっている。

二、技法

私の技法というと、恐らく無くはない。私より一年前に同じ「新青年」から出た小栗虫太郎の作品のようなものは、あれは独特のもので、私には真似も出来ない。それればかりではない。私はあれは少しく晦渋すぎると思う。あの味をのこして、ああ晦渋でないものが出たら、何といいであろう。塔晶夫なぞが独特のものを打開するのではなかろうか。

私は、極めて削り易い文体が好きである。これは小説家としては損である、というのは、内容がしっかりしていないと、いいものにはならぬからである。しかし作家にとってはわるくない、というのは、内容に賭ける気にさせられるという点である。

第二は、私はトリックにそう重きをおかない。むしろ犯罪の動機、事件の動機に重大な中心をおく。もしも人間におこり得る心理的危機で、深い、そして科学の思いがけない新らしいものがあるならば、推理小説として最上のものと思う。

同じ金を欲しいという考えにも、人間には表面的な単一な動機でなく、深いものがあり得るはずである。それをえぐり出さないでは、面白くあるまい。

推理小説の本筋はそういうものであって、その本筋さえ失わなければ、必ずいいものが出来ると思う。

第三は、本筋に関係のないもので大切なものは、出てくるものが本ものでなければいけないということである。例えば外国のある都市を描くとする。少しもその国の言葉が出来ないで、その国に行ってみたところが本ものが描けるわけはない。そういうものがもしいいものになるとすると、調べるだけでなく、その国に遠くから傾倒する歳月をおくる必要がある。

今、本筋に関係がないものでといって眼につくのは、性描写である。その人物が何も男と寝る必要は少しもないものを、刻明に性描写に引きずり込む、本物が描けるわけはない。それに反して、真にその物語と性的行動がキイをなすような小説であるならば、本物が描けるだけではなく、それこそ、今まで誰もやっていないといってよい。そういうものがあったら千古の興味を引くであろう。

どうも、私の技法と称して、私は自分の出来なかった、言わば「去年の希望」をのべてしまったようである。最後に、しかし私の探偵はどうであったか。

大心池先生という精神病学の大学教授を最初設立し、大心池ものもいくつか書いた。その他二三の人物をつくったが、今愛着をもっているのは大心池先生で、出来ればその人の生涯のいろいろな時期にいろいろな犯罪または人間の心理的危機に触れて、死に至るまでの生涯を書きたい。

今、ほかのことで、気をとられているので、小説を怠けているが、ここ一年か一年半でそちらは片付くので、もう一度小説を書きたい。その時の一つの野心がそこにある。

もう一つの野心は、私は長篇を殆ど書いていない。二三の中篇があるだけである。それで、今度書く時は長篇だけを書きたい。
大心池先生の死ぬ前に、私が死ぬかも知れぬ。そうなればそれで終る。

解題

横井司

第二次世界大戦前の探偵小説界において、探偵小説非芸術論の立場に立った戦前本格派の驍将・甲賀三郎に対して、探偵小説芸術論を唱え、次々と清新な作品を発表し、第二次探偵小説ブームを小栗虫太郎と共に牽引した作家・木々高太郎こと本名・林髞《たかし》は、一八九七（明治三〇）年五月六日、山梨県西山梨郡山城村（現・甲府市）の、六代続いた医師の家に生まれた。山梨県立甲府中学校を卒業した一九一五（大正四）年、上京して詩人の福士幸次郎に師事し、詩作に勤しんだ。このころ使っていた筆名が佐和浜次郎（あるいは石和浜次郎）で、福士の主宰する雑誌『ラ・テール』や『ヒト』などに佐和名義で詩作を発表していたという（鈴木令二「或る作家の周囲その11＊木々高太郎の周囲／永遠の青年の横顔」『宝石』六二・四による）。ちなみに、権田萬治の報告によれば雑誌『現代』三六年一〇月号掲載の「文壇大家花形の自叙伝、附現代文芸家名鑑」には「本名土橋浜次郎、明治三十一年十月山梨県に生まる」云々という略歴が示されているそうだ（『宝石』六一年四月号掲載の「木々高太郎論」脚註1。なお、同論考を「探偵小説と詩的情熱＝木々高太郎論」と改題して『日本探偵作家論』〔幻影城、七五〕収録した際、この脚註は省かれている）。慶応義塾大学の林髞であることが知られるとまずかったのか、それとも単に韜晦してみせただけだろうか。一八年になって慶応義塾大学・医学部予科に入学。その後、医学部に進学したが、仏文学者の山内義雄によれば、その頃『日本詩人』誌上において、林久策の筆名で「ドイツの新らしい詩人たちの紹介や作品移植などに目ざましい活躍を見せていた」（「颱風の眼」『木々高太郎全集月報』四号、朝日新聞社、七一・一）という。「林久策」という筆名は祖父の名前だそうである。

二四年に医学部を卒業。医師免許を取得し、慶應義塾大学・生理学教室の助手となった。二七（昭和二）年に医学博士の学位を受け、二九年には医学部助教授となり、渡米。三二年になってヨーロッパ留学の途に付き、当初ドイツに滞在。その後、旧ソビエトのレニングラード実験医学研究所に赴き、パブロフ Ivan Petrovich Pavlov（一八四九～一九三六、露）の許で条件反射学の実験に従事する。帰国後の三四年に科学知識普及会（後の日本科学協会）評議員となり、同じく同会の評議員を務めていた工学士・佐野昌一（こと海野十三）と知り合い、探偵小説の執筆を慫慂された。そこで書き上げた「網膜脈視症」が、水谷準の好意により『新青年』に掲載されることとなり、名探偵・大心池《おおころち》先生を創造。ここに探偵作家・木々高太郎が誕生した。ペンネームは本名の林髞を分解したものである。翌三五年の『新青年』誌上では、活躍が期待される新人に課す連続短編企画もこなし、大心池先生と並ぶ代表的なシリーズ・キャラクターである小山田・志賀両博士が登場する「死固」を皮切りに、大心池先生が登場する「妄想の原理」、ノン・シリーズの「睡り人形」、「青色鞏膜」、小山田博士が単独で登場する「恋慕」といった力作・秀作を発表。並行して「迷走神経（後に「迷走」と改題）」「就眠儀式」なども発表。『新青年』のみならず、『オール讀物』『改造』『週刊朝日』などの一般誌にも進出を果たし、本名での科学・医学随筆の執筆と並行して旺盛な執筆力を示して、たちまちにして斯界の寵児となった。

一九三六年には、小山田博士と志賀博士が活躍する初の長編探偵小説「人生の阿呆」を『新青年』に連載し、完結後は探偵小説芸術論を唱えた大部の序文を添えて刊行。翌年、同書及び探偵小説の発展に尽力する功績が認められて、第四回直木賞を受賞した。同じ三六年には、『ぷろふいる』に「探偵小説講話」を連載中の甲賀三郎と、探偵小説の芸術性をめぐる論争を展開した。一方、初の新聞連載長編「折蘆《おれあし》」を『報知新聞』に連載。翌三七年には、小栗虫太郎・海野十三らと共に、『探偵文学』（三五・三～三六・一二）の後継誌として『シュピオ』を創刊した（翌年四月終刊）。三八年、自伝的色彩の強い長編「笛吹」（別題「或るアナーキストの死」・「雲と詩のあの頃」）を学芸通信社を通じて地方新聞に連載。また、甲賀三郎・大下宇陀児との連名による、その時点における実質上の全集である『甲賀・大下・木々傑作選集』（春秋社）を刊行している（各人八巻ずつが予定されていたが、完結させたのは甲賀のみで、大下は七巻まで、木々は六巻まで刊行するにとどまった）。三九年から四〇年にかけては、海野十三・大下宇陀児と共に連作シリーズ「風間光枝探偵日記」を連載。他にアメリカ在住で日系二世の新聞記者・安達文雄のシリーズなどを散発的に発表するが、次第に戦時色が濃くなっていく世相に棹さし、ＳＦや防諜小説、ユーモア小説の執筆が増えていった。本業である医学方面の仕事では、四四年に生理学関係の主著である『大脳生理学』を上梓している。

終戦後の一九四六年、慶応義塾大学・医学部教授に就任。同年、短編「新月」を『宝石』に発表（同作品で四八年に第一回探偵作家クラブ賞［現・日本推理作家協会賞］短編賞を受賞している）。以後、戦前同様に旺盛な執筆力を示した。同じ四六年には、雄鶏社から「推理小説叢書」の刊行を開始し、推理と思索を基調とした文学「推理小説」と呼び、探偵小説もそれに含ませることを提唱した。現在使われる「推理小説」という用語は、この時の木々の提唱に由来する（ただし、その後、本来の意図とは異なり、探偵小説の代用語として使われるようになった）。四七年から四八年にかけて、後に映画化された長編「三面鏡の恐怖」を『サン写真新聞』に連載。また四九年から五一年にかけて、戦後の代表長編となる「わが女学生時代の犯罪」（後に「わが女学生時代の罪」と改題）を『宝石』に連載。五三年から、『新青年』の廃刊によって中絶したままだった長編「美の悲劇」を『宝石』誌上で再開するが、翌年ふたたび中絶。これは完結を見ないままに終わったが、五六年には長編「幻影の町」の連載を開始した（翌年完結）他、『光とその影』を書き下ろし刊行。さらに六〇年になって、大心池先生最後の事件といわれる『熊笹にかくれて』を書き下ろし刊行。現実の事件をモデルとした同作品は、木々なりの社会派推理小説を試みたものであった。六二年には連続短編の第一回として「騎士出発す」を発表。翌六三年には文芸同人誌『詩と小説と評論』を創刊し、新人の育成に努めた。それと同時に大脳生理学者としての仕事が多忙となり、そのためか、連続短編の第二回「アッシジの女」を最後に、推理小説の執筆からは遠ざかることとなった。六四年、唯一のミステリ評論『推理小説読本』を上梓。六七年には詩集『渋面《しぶづら》』を、六九年には第二詩集『月光と蛾』を刊行。続いて長編評論『詩論・自由詩のリズム』が予定されていたが、その刊行を見ることなく、一九六九年一〇月三一日、心筋梗塞により永眠。翌月、『詩論・自由詩のリズム』が刊行された。

木々のエッセイ「わが技法」を遺稿として掲載した『推理小説研究』第七号（日本推理作家協会発行、六九・一二）の巻頭言で、同号の責任編集を務めた松本清張は、締切り間際に歿した木々高太郎を偲び、次のように書いている。

木々氏は日本の推理小説にはじめて知性と詩を導入された。大脳生理学の大家である氏がこのような新鮮な作風をうちたてられたことは近代推理小説の出現としてわれらは大いによろこび、第二の鷗外の道を歩まれることを期待した。木々氏の初期の短篇群のみずみずしさと香気を見るとき、それは必しも不可能な望みではなかった。が、氏はあまりに多才であった。その故に興味が拡散し、最も中心点たるものに凝集し、深化しなかった憾みがある。

そして続けて、「江戸川乱歩を一方の極とすれば、木々氏はまた一方の極である。大まかにいって現在の推理小説はそのどちらかの流れをうけている。その上で変貌と多様性とを加えている」と記した。だが、一方の極である乱歩が、何度も形を変えて全作品が提供され、テクストの読み直しと研究の進展が著しいのに対して、もう一方の極である木々高太郎の受容の現状は、何とも寂しいかぎりである。

そうした状況を生んでいる原因のひとつは、木々の主張する文学的探偵小説が松本清張の登場によって達成された、という共通認識があるためではないかと思う。また、文学的には優れているかもしれないが、探偵小説的にはいわゆる本格ものを書く作家よりは劣るという共通認識も、木々作品の受容を妨げてきた原因だといえるかもしれない。さらには、いわゆる純文学にのみ価値があるという考え方が崩壊したことも、原因としてあげられよう。そうした価値観の崩壊は、まさに木々の死の前後から生じつつあった。

木々の歿後すぐに『木々高太郎全集』全六巻（朝日新聞社、七〇～七一）が編まれ、刊行された。全集と謳ってはいても、実質的には選集というべきもので、科学・医学関係の随筆や読物を除いたとしても、生涯に亘る文業を収めたものとしては、あまりにもささやかな巻数だったといわざるを得ないものだった。当時は桃源社から復刊された国枝史郎の『神州纐纈城』に端を発する大衆文学のリバイバル・ブームの真っ最中にあたり、探偵小説に限ってみても、江戸川乱歩や横溝正史、夢野久作、小栗虫太郎、久生十蘭らの全集が企画され、続々と刊行されていた時期であった。その中にあって木々高太郎の全集は、いわゆる〈大ロマンの復活〉と総称されるような異端の文学作品群とは趣きを異にしており、そのためもあってだろう、その後、根強いフォロワーを生むこともなく、その代表短編が『新青年傑作集』（立風書房、六九～七〇）などのアンソロジーに収録されるかたちでの受容という状況がしばらく続いた。

八〇年代に入って、愛書家のための情報誌である『BOOKMAN』第三号（八三・二）が「書棚から消えていった作家たち!!」という特集を組んでいる。そこに寄せられた石川正三のエッセイ「凡作が代表作とされていることの不幸」が、その時までの木々の受容の現状をよく伝えている。第四回直木賞受賞作である長編『人生の阿呆』（三六）が、ただ直木賞受賞作であるということのみをもってして、各種の探偵小説全集に再録され続けてきたことは、木々にとっての不幸だという主旨の文章の最後で、石川は「木々高太郎は最良のものを集めて紹介されるという（略）機会のあまりない不幸な作家なのではないか。／一冊の傑作集が文庫に入っていても、決しておかしくはない作家なのである」と書いていた。ところがその二年後、石川の言葉に応ずるかのようにして『日本探偵小説全集7／木々高太郎集』（創元推理文庫、八五）が刊行された。同書は、石川の主旨を受けたのか、『折蘆』（三七）『わが女学生時代の罪』（五三）の二長編を軸とする傑作集成になっていた。その後、八八年になって『人生の阿呆』が初版本の体裁に近づけたかたちで創元推理文庫に収められたが、残念ながら、文庫化の動きはそれきり、ぱたりと止まってしまう。

八八年といえば、綾辻行人が『十角館の殺人』でデビューして二年目のことで、後に新本格ムーヴメントと称されるようになる、若い作家たちによる新しい動きが台頭しつつあった時代である。そうした新本格ムーヴメントが、いわゆる社会派推理小説を仮想敵として、それに対抗するかたちで自らのありようを規定していたことに思いを馳せるなら、松本清張が切り開いた社会派の先駆的作家であるとも捉えられる木々高太郎の再評価が滞ってしまったのも、当然といえば当然だったのかもしれない。

ようやく九七年になって『光とその影／決闘』が講談社の文庫コレクション「大衆文学館」の一冊として刊行された。奇しくも同年、春陽文庫から、同文庫の名作再刊シリーズ「探偵CLUB」の一冊として『網膜脈視症　他4編』が刊行されており、時ならぬ木々ルネッサンスの動きが見られたのだが、しかしその後はまた、読めない時代が長く続くこととなる。

論創ミステリ叢書では先に、木々が海野十三・大下宇陀児らと共に試みた連作シリーズ『風間光枝探偵日記』（二〇〇七）を復刻紹介している。だが、そこではわずかに三短編を紹介することができたにすぎず、木々作品の真髄を伝えるものとしては、いかにも心もとないものであったといわざるを得ない。それから三年後、ここにようやく、一冊まるまる木々作品を集成した作品集を編めたことを欣快の至りとするものである。

一九九七年の『光とその影／決闘』以来、十数年ぶりの単独著書となる本書では、「『読切り短篇を積み重ねて、一つの長篇を構成する』という凝った試みで、終戦直後に発表された同型式の長篇『詩と暗号』とともに、木々ミステリのベスト級作品である」（日下三蔵「人と作品　木々高太郎」『光とその影／決闘』講談社・大衆文学館、九七・一二）といわれる『風水渙《ふうすいかん》』（四〇）を中心に据え、それ以外はノン・シリーズ作品を中心に、これまで収録される機会があまりなかった評論・随筆も併録することで、戦前から戦後にかけての創作の軌跡が追えるようにまとめてみた。というのも、現在、木々高太郎の作品選集を刊行する動きがあると仄聞したからである。その企画中の作品選集は複数巻に亘り、木々の代表的な名探偵ものや連作シリーズを中心に構成すると聞いたので、そちらとは極力、収録作品がダブらないように心がけた次第である。詳細は各編の解題に譲るが、結果的に、木々が抱懐する推理小説観が鮮明となるようなセレクトに仕上がったのではないかと考えている。大方の支持が得られることを期待したい。

以下、本書収録の各編について、簡単に解題を付しておく。作品によっては内容に踏み込んでいる場合もあるので、未読の方は注意されたい。

〈創作篇〉

「風水渙」は、最初の七話分が「探偵小説連続短篇」の総題で、『現代』一九三七年六月号（一八巻六号）から一二月号（一八巻一二号）まで連載された後、初出時に「風水渙」という表題だった第一話を「小僧と酒徳利」へ、また「童謡の謎」という表題だった第七話を「釣鐘草の提灯」へと改題した上で、『甲賀・大下・木々傑作選集／木々高太郎第二巻／四十指紋の男』（春秋社、三八）に収められた。その後、初出不詳の第八話「純情の指輪」を加えた全八話が『風水渙』（春陽堂文庫、四〇）としてまとめられた。戦後になって、「純情の指輪」を除く全七話を収めた『四十指紋の男』（極光書房、四九）が刊行されている。また、第一話「小僧と酒徳利」のみ、初出時の題名である「風水渙」に戻されて『木々高太郎全集』第三巻（朝日新聞社、七〇）に採録された。

本文を見れば分かるとおり、第一話から第七話までは各章のタイトルがなく数字のみだったのに対し、第八話だけ章タイトルが加わっている。『現代』掲載分を確認すると、やはり数字のみで章タイトルはない。このことが、第八話は春陽堂版を刊行するにあたっての書き下ろされたものではなく、初出誌が存在していることを疑わせるに足る。その第八話の初出誌が確定できていないこともあり、ここでは第一話から第七話までは春秋社版に基づき、第八話のみ春陽堂版を底本とした次第である。初出誌と初刊本の本文を比較すると、例えば第一話では、第四章で「中年の、スマートな洋服をきた男」がもたれている橋は、初出誌では昌平橋であったのに対して、初刊本では聖橋になっていたり、あるパラグラフを改行して段落を増やしたりと、細かな差異が見られるが、創元推理文庫版『人生の阿呆』（八八・七）の解説「三位一体の『人生の阿呆』」で宮本和男が紹介しているような、著しい改稿の跡は見られない。ちなみに、そこでいわれている「木々の強烈な個性と強さ」からすれば、体裁の統一など考えずに第八章を書き下ろしたとも考えられなくはない。初出誌が存在するのか、書き下ろしなのか、今後の調査研究に委ねたい。

「作者の言葉」は、『現代』一九三七年五月号（一八巻五号）に掲載された。また、最後の三段落分を削ったものが、翌月の『現代』に再掲されている。先の『木々高太郎全集』第三巻「作品解説」中で中島河太郎が引用しているのは、その再掲されたものであり、「作者の言葉」全体が単行本に収められるのは今回が初めてである。

その「作者の言葉」にあるように、『風水渙』は「毎月一つづつ、いくつかの短篇を重ねて、大きな一つの長篇になるやうな試み」を行なった連作長編である。このような構成は、戦後になって山田風太郎が試みており、また現在では多くの作家が手をつけているため、ありふれたものに思われるかもしれないが、当時としては斬新な試みであった。木々自身は夏目漱石の『彼岸過迄《すぎまで》』から着想を得たように書いているが、本連作を読んだミステリ・ファンの中には、モーリス・ルブラン Maurice Leblanc（一八六四～一九四一、仏）の『八点鐘』*Les huit coups de l'horloge*（一九二二）を連想した者もいたのではないだろうか。浜田知明「米国版『八点鐘』」（『Raoul』18号、ルパン同好会、八八・八）に記載された邦訳書誌によれば、一九二四年に博文館から「探偵傑作叢書」第二八巻として田中早苗訳が刊行されており、一九三〇年には平凡社から『ルパン全集』第七巻として、戦前からのルパン・シリーズの訳者としては第一人者である保篠龍緒訳が刊行されている（『風水渙』以前に限っていえば、三三年、三五年にも保篠訳は形を変えて刊行された）。従って、木々がこれらいずれかの訳本に接していたと考えても、おかしくはないだろう。

ルブランの『八点鐘』では、夫と別居中の人妻オルタンスが、彼女を愛するレニーヌ公爵と名のる快男児と共に冒険に乗り出し、数々の難事件の解決に立ち合うというストーリーで、最終的にはオルタンス自身の事件ともいうべき冒険によって物語の幕が下ろされるという連作短編集である。木々の『風水渙』では警視総監の令嬢である大木勝子が、謎の男性の導きで数々の事件に遭遇し（あたかも社会勉強といった趣きなのだが）、最終的には勝子の結婚問題にまつわる謎の解決を通して、男性の出自が明らかとなるというストーリーである。第一話で描かれる謎の男性の過去が、最終話で再び浮上してきて、意外な展開を見せ、そのことが勝子の結婚問題の決着と関係してくるという構成によって、全体の結構を整えており、長編としての緊密度では『八点鐘』を上回っている。

各編を見渡しても、残された指紋を照合するたびに毎回違う結果が出るという謎を扱った「四十指紋の男」や、曲馬団のライオンが精神病を患い、飼育係を噛み殺すという事件の背後に隠された巧妙な殺人計画を暴き出す「獅子の精神病」、失せ物探しの興味と政治秘史とを絡ませた「祖母の珊瑚珠」、病院内で起きた猟奇的殺人を扱った「霜を履む」、暗号解読の興味と出生の秘密を絡ませた「釣鐘草の提灯」など、バラエティに富んでおり、これまで評価されてこなかったのが不思議なくらいの秀作揃いである。また、「四十指紋の男」には志賀博士、「銀十二枚」と「霜を履む」には落合警部、「祖母の珊瑚珠」には小山田博士といった具合に、大心池先生を除く、当時の木々作品の代表的キャラクターがそれぞれの作品でゲスト出演を果たしているのも読みどころのひとつであろう。さらに、『人生の阿呆』の「自序」で木々自身が名づけたところの「祖母文学」としての要素も盛り込まれており、戦前期の木々高太郎の作風を総覧するのに好個の作品である点も見逃せまい。

「無罪の判決」は、『探偵春秋』一九三七年一月号（二巻一号）に掲載された後、『夜の翼』（春秋社、三七）に収められた。さらに、『甲賀・大下・木々傑作選集／木々高太郎第四巻／高原の残生』

（春秋社、三八）に再録された。

出入りの植木職人の娘を妻として迎えたインテリの夫が、ピッケルで刺殺された妻の傍らで発見され、自分が殺したと自白する。事件の裁判を担当した地方裁判所の判事が、事件の背後に横たわっていた人間関係と、心理の綾を解きほぐして、判決を下すという作品である。証拠も完全で、自白も明白でありながら、安易に判決を下すことにためらいを覚える理由を探る内に、加害者や被害者の心理的径庭が鮮やかにあぶり出されてくるという展開は見事なものである。木々にはこうした、司法に携わるものの目を通して、社会制度のあり方を考えたり、人間心理を剔抉したりするという作例が多く、戦前の「宝暦陪審」（三九）「厳罰」（四〇）、戦後の「千草の曲」（五二）「異安心」（五七）などが思い浮かぶ。本作品はその早い例だが、それとは別に、「事件は完全に腑に落ちて了はないと、正直な判決は与へられぬ」という松本辰一郎判事は、典型的な木々キャラクターのありようを示していて興味深い。木々作品では、腑に落ちずに不安定な状態の登場人物が腑に落ちた時に、その理由を説明しない場合も多い。そうした点が、木々作品は難解だといわれる所以ともなっているると思われるのだが、本作品に限っては司法官が視点人物となっているだけあって、水際立った説明ぶりで、知識人のひとつの典型を見事に描きあげた好編である。

なお、第六章に以下のような部分がある。

「比叡子さん、お金はちつとも惜しくないのです。若し、此処に三千円持つてゐたら、僕は君の前で、それを焼いてみせることも出来るのです……比叡子さん、僕は、こんなにも女の人を崇拝し、愛したことはないのです。そして、こんなにも人生の道化者になつたことも亦ないのです」

ストリンドベルヒの戯曲を、何度も舞台にかけた比叡子には、人生の道化者と言ふ言葉の、辛い、深い意義を知つてゐた。

ストリンドベルヒ Johan August Strindberg（一八四九～一九一二）はスウェーデンの小説家・劇作家で、小説では『痴人の告白』*Die Beichte eines Thoren*（一八九三）、戯曲では「無罪の判決」にも出てきた『令嬢ジュリー』*Fröken Julie*（一八八八）がよく知られている。木々にとっては重要な作家で、留学中にストリンドベルヒの二番目の妻に会って話を聞いたという設定の「ストリンドベルヒとの別離」（四〇）という短編も書いているくらいだが、右に引用した箇所で注目されるのは「人生の道化者」という言葉だ。この言葉がストリンドベルヒの作品から採られたものかどうかは、詳らかではないが、似たような言葉を表題とした長編『人生の阿呆』を連想せずにはいられない。ここでいわれる「人生の道化者」と「人生の阿呆」とは、共に同じニュアンスで使われている言葉だと思われる。その意味でも本作品は、木々文学を考える上で重要な一編といえるのである。

「高原の残生」は、『モダン日本』一九三七年一〇月増刊号（八巻一二号）に掲載された後、『甲賀・大下・木々傑作選集／木々高太郎第四巻／高原の残生』（春秋社、三八）に収められた。

これもまた司法官を視点人物とする一種の法律ミステリである。都心を離れ、かつての赴任先である地方のホテルに滞在していた元検事が、謎の呼び出しを受けたことで、過去の事件の真相が明らかになるという作品である。ミステリ的には、犯人にも事件の真相が判然とせず、自分の犯行を告白することで司法側の謎ときが完結するという面白味がポイントになるだろう。いわゆる密室の殺人が扱われているが、作中の興味の中心はトリックのオリジナリティにあるのではない。日露戦争と北支事変（支那事変・日中戦争）というふたつの戦争の時代を対比させて、運命悲劇的な雰囲気を醸し出しているのが読みどころのひとつといえようか。

ところで興味深いのは、本書における元検事の発言が、「無罪の判決」の松本判事の発言と、百八十度といっていいくらい異っている点である。

いつたい検事は真実をあばき出すと言ふ役目ぢやあないのぢや。人事を尽して真実を推定するのだ。人事以上の真実があれば、それは最早や止むを得んのぢや。法の精神は真理ではない。人間の約束——さうだ、約束の履行——頭脳の働きから言へば、論理の正しさにその根拠を置くのだ

また元検事はかつての加害者との会話において、被害者がなぜある行為をしたのか、という点について「それは判るまい。それにはやはり断定がいり用だ。つまり独断がね」とも述べている。こうした考え方も、ひとつの腑に落ちる落ち方というべきだろうが、松本判事との差異を意識せずにはいられない。

「高原の残生」で描かれたような司法の判断については、『折蘆』（三七）における、主人公・東儀四方之助と志賀博士との間で交わされたやりとりが思い出される。洋行先から帰ってきて持ち込まれた事件の解決を、釈然としないながらも受け入れたのは、「つまり過去の事件でもあり、その解決が一番傷つける人が少くもあり、だから警視庁や検事局の意見に賛同したのさ」と志賀博士は言う。そして、過去の事件の探偵に乗り出そうとしている東儀に対して、さらに次のように述べる。

実際の犯罪だの、実社会に影響を与へる問題についての探偵だの、に従事するやうになりますとね、これは判らない、といつて放つて置くことが出来ないのです——否、出来るためには、非常な犠牲を払はねばならぬし、非常な威力を持つて、抑圧するだけの偉人でなくては出来ない、（略）その人がいへば、世間でも、世界でも納得するやうな偉人が、これは判らんといへばよろしい。然しさうでなくては、それが出来ない。例へば金筋の入つた警察官、あの金筋には、安寧秩序の乱されるのを恐れる、世間の人々の信頼がかゝつてゐるのです。放つて置くことは、即ちその信頼を裏切ることとです

右の志賀博士の姿勢に見られるような、司法の持つ社会的責任というモチーフが、形を変えて現

われているのが「高原の残生」なのだともいえよう。

「白痴美」は、『新青年』一九三七年一二月号（一八巻一七号）に掲載された。単行本に収められるのは今回が初めてである。

洋行中で留守にしている画家のアトリエから、両手を切断された女の死体が発見された。この事件を担当することになった上原検事は、死体がミロのヴィーナスのような姿態をとっていることに気づき、それが事件解決への道を開いたという作品である。

ストーリーの途中で、これまでのミロのヴィーナスをめぐる論争が紹介されており、木々にしては珍しくペダンティックな内容だが、それは「専門的の知識がトリックに用ひられずとも、必然的にその構成のうちに入り来るやうな作品が読み度いし、又書き度くもある」（「現実的作品と専門的作品」『新青年』三五・八増刊）という創作意図に基づくものと考えられる。

ちなみに、ここに登場する上原検事は、後に「白骨盗難」（三九）において、姪の奈知子と共に再登場している。

「桜桃八号」は、『ロック』一九四六年一〇月号（一巻五号）に掲載された後、江戸川乱歩・大下宇陀児との共著『探偵小説三人集』（白亜書房、四七）に収録された。さらに「桜桃8号」と改題の上、木々の著書『冬の月光』（展文社、四八）に収められた。

会社の用事で地方に出かけたまま失踪した父親が、生きているかどうかが曖昧な状況が示される冒頭の展開が秀逸である。その行方を探してほしいという依頼を受けた私立探偵の潮田による捜査の面白さが描かれた作品だが、途中で易にうかがいをたてる場面を挿入し、易と探偵の違いについて述べているのが興味深い。探偵小説としては、被害者の心理が犯罪を誘発したという点がミソということになろうか。

「猫柳」は、『週刊朝日』一九四七年一月一日号（五〇巻一号）に掲載された後、『葡萄と無花果』（岩谷書店、四七）に収められた。

「桜桃八号」に引き続いて潮田探偵が登場。父親の鉄道自殺に冷静に対処するヒロインが印象に残る一編だが、後半でそのヒロインに恋愛問題が起こり、現場で拾った肥後守（ナイフ）が後年の運命を決するという展開は、良くも悪くも典型的な木々作品のプロットといえる。前作では桜桃の葉が絡み、本作では猫柳が象徴的に描かれているので、あるいは植物をモチーフとして潮田探偵を狂言回しとする連作をまとめる意図があったのかもしれない。

なお、初刊本巻末の「後記」には「『猫柳』には尚後篇がある。これはいつの日か判らぬが、烱眼な読者は、それを予想して下さるであらう」と書かれている。おそらくは生きていた父親との対決が描かれるものと思われるが、残念ながら後編にあたる作品を確認できず、今回は収録を見送った。了とされたい。

「秘密思考」は、『文芸読物』一九四八年一月号（七巻一号）に掲載された。単行本に収められるのは今回が初めてである。

現実に起きた事件を講談の題材として何度も演じる内に、事件の真相が見えてくるという展開が素晴しいが、何より、「話しながら、自分でも意識しない思考が流れてゐて、それが自分の語の結論に驚いた」という推理のひとつのあり方が印象に残る好編である。なお、『別冊宝石』七二号（五七・一二）として「木々高太郎読本」が編まれた際、同号は「自分の読本を自分で編輯するという異例なことを試み」たものだと木々自身が記しているが（「六人の新人を推薦する」）、そこに再録されたということは、書き手にとっても自信作だったのだろう。

「心眼」は、『宝石』一九五一年一月号（六巻一号）に掲載された。単行本に収められるのは今回が初めてである。

明治時代を舞台に盲目のヴァイオリニストがたまたま遭遇した殺人事件を解決に導き、探偵としての資質に目覚めるが、それが新たな悲劇を生むことになるという作品。盲目のヴァイオリニストという探偵役の設定が面白い。明治を舞台に取ったものとしては「菊の軌跡」（三八）という秀作が思い出される。また『折蘆』以来の、敗れ去る探偵というモチーフが見られるという点でも、見逃せない一編である。

「詩人の死」は、『宝石』一九五六年一月号（一一巻一号）に掲載された。単行本に収められるのは今回が初めてである。

詩人でもあった木々の資質がよく顕れた作品である。殊に晩年になって自由詩の理論書を上梓した木々の情熱を垣間見させるという点で重要なのだが、摑み得ない理論を摑もうとする精神の歩みは、そのまま探偵小説文学論に邁進した書き手の精神の歩みと重ね合わさるような気がされて、興味が尽きない。「自由詩の理論は定型詩のうちにあつたのだよ」という詩人の言葉は、「探偵小説は、その条件が充《みた》されれば充さるる程、すぐれた文学となる」（「自序」『人生の阿呆』版画荘、三六・七）という木々自身の言葉を彷彿させよう。境野一郎は「自由詩の先が見えて了つた」ために悲劇的な最期を迎えたわけだが、そこにこめられた木々の思いは奈辺にあったものであろうか。

「騎士出発す」は、『宝石』一九六二年一一月号（一七巻一四号）に、「連続短篇の1」として掲載された。単行本に収められるのは今回が初めてである。

晩年になってまで「連続短篇」の構想を持ち続けていたということは、こうした形式への木々のこだわりを示していて興味深い。冒頭に「欧羅巴への旅は、彼には三度目である。一度は大戦の前、二度目は五年前、そして今度である」と書かれているが、木々自身も何度も渡欧していることが思い出される。第二次大戦前の海外旅行は『エキゾチックな短篇集』（三九）としてまとめられた一連の作品を生んだ。また、求めても得られなかった女性への恋愛感情をモチーフとしているという点では『人生の阿呆』を連想する読者もいるかもしれない。本作品はそうした木々の筆法がよく顕れているという点でも興味深い作品である。

なお、連作自体はこの後「連続短篇の2」として「アッシジの女」（六二）を発表しただけで、残りが書き継がれることはなかった。

〈評論・随筆篇〉

「探偵小説一年生」は、『新青年』一九三五年四月号（一六巻五号）に掲載された。単行本に収められるのは今回が初めてである。

確認されているかぎりでは、木々が書いた最初の探偵小説関連のエッセイ。ここにすでに木々の抱懐する探偵小説観が完結したものとして見出せる点が重要である。以後の多くの創作やエッセイは、すべてここに書かれたことの拡大反復だったといえるかもしれない。木々高太郎という作家は登場した時点ですでに木々高太郎以外の何ものでもなかったのである。

なお、その後「探偵小説二年生」（『ぷろふいる』三六・一）、「探偵小説三年生」（同、三七・一）と書き継がれていくが、このうち「探偵小説二年生」は、甲賀三郎との論戦の火ぶたを切っているものと判断されたのだろう、『木々高太郎全集』第六巻（七一）に収められている。

「現実的作品と専門的作品」は、『新青年』一九三五年八月増刊号（一六巻一〇号）に掲載された。単行本に収められるのは今回が初めてである。

「探偵小説問答」というアンケートの回答として書かれたもの。海外探偵小説を論じることを通して、木々のアイデアのモチーフを垣間見ることができる貴重な資料である。なお、『ローマ劇場事件』*The Roman Hat Mystery*（一九二九）については『折蘆』内でも論及されており、よほどお気に入りの作品だったことが分かる。

「『鬼』の説法」は、『新青年』一九三五年一二月号（一六巻一四号）に掲載された。単行本に収められるのは今回が初めてである。

「ペン・ハイキング（幸運の手紙）」というリレー・エッセイ企画のために書かれたもの。本文にもある通り、サトウ・ハチローの手紙を受けた十四番目の書き手として、森下雨村に向けて、斯界における運動を促している。木々が意識していた、ジャンルに関わる者の特権意識や階級制度をうかがえる点が興味深い。

「探偵小説芸術論」は、『探偵春秋』一九三六年一〇月号（一巻一号）に掲載された。後に、ミステリー文学資料館編『幻の探偵雑誌4／「探偵春秋」傑作選』（光文社文庫、二〇〇一）に採録された。

「探偵小説は、論理的思索と、芸術的創造とが、完全に結合した時に、その最も高き作品となり得る」という木々の文学観がコンパクトに示されており、甲賀三郎との論争を経て固まってきた思考の結果をうかがうのに好個のエッセイといえよう。

「蜘蛛の巣と手術死」は、『新青年』一九三六年一二月号（一七巻一四号）に掲載された。単行本に収められるのは今回が初めてである。

実話をめぐる考察を通して探偵小説芸術論の考えを展開したエッセイ。冒頭で紹介されている恋愛実話は、後に木々自身が「結婚問答」（三九。後に「銀杏の実」と解題）として作品化している。確認できなかったが、残りふたつの実話についても、作品化しているかもしれない。

「二つの條件」は、『宝石』一九四六年六月二五日発行号（一巻三号）掲載された。単行本に収められるのは今回が初めてである。

先の「探偵小説芸術論」でいわれていた「二つの精神的活動」や、「蜘蛛の巣と手術死」でふれられていた「探偵小説が読者に与へる興味、或ひは感銘には二つの要素」があるといった分析を思い出させよう。従って、本エッセイで「数学的」といわれているのは「論理的」といっているのに等しいということになる。

「推理小説の範囲」は、『プロメテ』一九四七年一月号（二巻三号）に掲載された。後に、『木々高太郎全集』第六巻（朝日新聞社、七一）に採録された。

戦後に提唱した「推理小説」という用語の、木々自身の考えがよくうかがえる代表的なエッセイである。

「探偵小説入門」は、『別冊宝石』一九五三年五月号（通巻二七号）に掲載された。単行本に収められるのは今回が初めてである。探偵小説を志す人々への入門書という体裁を借りながら、『人生の阿呆』で披露していた探偵小説観をさらに展開して、動機の重視という視点を打ち出したエッセイである。ここでいわれる動機とは、いわゆるホワイダニットの対象となる問題設定としてのそれではなく、トリックを弄する行動のリアリティに根拠を与えるものとしてのそれである。また、作家の思想が犯人の行動原理を規定するという考え方を披瀝するものともなっている。それはまた探偵小説文学論の根拠でもある。

「探偵小説についての新論」は、『探偵実話』一九五六年五月号（四月一五日発行、七巻七号）に掲載された。単行本に収められるのは今回が初めてである。

「探偵小説の本質」は、『探偵倶楽部』一九五六年六月号（七巻六号）に掲載された。後に、『木々高太郎全集』第六巻（朝日新聞社、七一）に採録された。

右の二編は共に、一九五六年三月一二日に新宿・紀伊国屋書店で開かれた東京作家クラブ主催の文芸講座において話された講演の要旨をまとめたものである。「探偵小説についての新論」の方は掲載誌の巻末に「（作者一閲）」とあることから、『探偵実話』編集部の手になるものと思われる。「知恵の勝利を描いた文学」という晩年の木々がたどり着いた探偵小説観が示されているという点で重要なエッセイである。また「探偵小説の本質」で、「私は本格探偵小説論者である」と自己規定している点も見逃せない。なお、「探偵小説の本質」で言及されている中島河太郎の論とは「探偵小説変貌論その他」（『探偵倶楽部』五六・二）である。

「私の技法」は、『推理小説研究』一九六九年一二月一五日号（通巻七号）に「遺稿」として掲載された。

死の直前まで探偵小説に対する情熱を持ち続けたことがうかがえるエッセイである。なお蛇足ながら、塔晶夫は中井英夫が最初に『虚無への供物』（六四）を上梓した時の筆名。

[解題] **横井 司**（よこい つかさ）
1962年、石川県金沢市に生まれる。大東文化大学文学部日本文学科卒業。専修大学大学院文学研究科博士後期課程修了。95年、戦前の探偵小説に関する論考で、博士（文学）学位取得。『小説宝石』で書評を担当。共著に『本格ミステリ・ベスト100』（東京創元社、1997年）、『日本ミステリー事典』（新潮社、2000年）など。現在、専修大学人文科学研究所特別研究員。日本推理作家協会・日本近代文学会会員。

木《き》々《ぎ》高《たか》太《た》郎《ろう》探偵《たんてい》小説《しょうせつ》選《せん》　〔論創ミステリ叢書46〕

2010年6月20日　初版第1刷印刷
2010年6月30日　初版第1刷発行

著　者　木々高太郎
叢書監修　横井　司
装　訂　栗原裕孝
発行人　森下紀夫
発行所　論 創 社
〒101-0051 東京都千代田区神田神保町2-23 北井ビル
電話 03-3264-5254　振替口座 00160-1-155266
http://www.ronso.co.jp/

印刷・製本　中央精版印刷

Printed in Japan　ISBN978-4-8460-0919-9